TIBIKURO

Essay Critique
Keiji Matsumoto
Selection
9 / 9
Koshisha

チビクロ

チビクロ

目次

第I章　詩／文学

第Ⅱ章　詩／映画

第Ⅲ章　映画／フィルム

チビクロ

第I章

詩／文学

詩人の生きる道 ―― 大岡信

大岡信の詩集は、『草府にて』を刊行当時に買った。また古本屋で『透視図法――夏のための』と『遊星の寝返りの下で』を買ったように思う。ずっと昔の話だ。買ったが、まともに読んだかどうか。今はもう自宅の本棚にはないので、三冊とも売ったか棄てたかしている。私は割合、本に執着がある方なので、手放したということは、それを読んだ当時はあんまりピンと来なかったのだろうと思う。

この原稿を引き受けてから、自宅の本棚に大岡信の単行本が一冊もないことに気がついた。あるのは、「ユリイカ」や「現代詩手帖」のバックナンバーに載っている大岡信の発言だけだ。私が知る大岡信は詩の雑誌の座談会に頻繁に参加していた頃の（鮎川信夫、吉本隆明らとともに）大岡信でしかない。そういうのを私は九〇年頃にせっせと読んでいた。詩人の座談会ならバックナンバーで読む昔のそれの方が圧倒的に面白かった。しかし面白いのは主に鮎川信夫や吉本隆明の発言であり、大岡信の発言はどこか優等生的というか、学級委員長的で、博識なのはわかるがちっとも面白くなかった。たぶん、そういう印象のせいで、私は大岡信の詩や批評やエッセイにあんまり興味が持てなかったのだと思う。私は正直に言って大岡信が書いたものをほとんど真面目に読んでいない。

じゃあなぜこうした原稿を引き受けたのか。「若い詩人が大岡信を読んでいない」ということを編集者がちらっと言ったからだ。私などはまったくもってその一人である。じゃあ読んでいない立場から何かを書いてやろうと思った。大岡信に興味がない、ということが、単に不勉強を意味しているとも思えない。そこには何か理由があるはずで、その理由を掘り下げてみようと最初は思った。でも、別に大岡信だけを故意に読んでいないわけでもない。他にもまったく無視している詩人はいっぱいいい

＊　以下の文章は、「現代詩手帖」二〇〇三年二月号の大岡信特集のために書いたものを若干加筆訂正したものである。ボツになった原稿をこういう形で公表するのは問題アリだと思うが、「重力」のHPが停滞気味なので大澤信亮氏の求めに応じることにした。およそ配慮というものがなく、いやらしいほど挑発的な文章だと自分でも思うが、このようにしか書けなかった。たぶん掲載は無理だろうと思っていた。しかし若く勇敢な編集者はOKを出したのだった。ゲラの校正も終えた。ところが出張校正先から深夜に電話があって突如ボツとなった。そんなバカな話があるかと思い、頭に血がのぼって（しこたま飲んでもいたが）「ボツはボツでいいが、仕事としては完了しているはずだから原稿料をよこせ」と私は怒鳴った。「何か送りますから」と若い編集者は言った。いまだに何も送ってこない。それっきり原稿の依頼も何も彼からは一切ない。まあいいよ。しょうがない。ただ、最後の最後になってボツというのは、最後の最後までこの若い編集者が粘ったということかも知れず、そうであるなら悪いことをしたなあと少しは思う。

る。

それに、大岡信を読まない理由はたぶん単純だ。大岡信が若手の詩人にあんまり興味を示していないと思われたからだ。自分が書いている詩が、大岡信に届くなんてとても考えられなかった。どう転んでも私が書く詩や散文を大岡信が読むことはないだろう。そう思うと、とりあえず大岡信はどうでもいいという感じになってしまった。私に少しでも現代詩を勉強しようという気があれば、それでも読んだと思うが、勉強する気もあんまりなかったので、結局読んでいない。でもこの頃はちょっと勉強しないとヤバイなあという気がしているので、今回はいい機会だと思って、いろいろと読んでみた。

以下、この数日間で読んだ本のリスト。

図書館で借りたもの／『大岡信詩集　続続』、『遊星の寝返りの下で』、『故郷の水へのメッセージ』、『光のとりで』、『世紀の変り目にしゃがみこんで』

本屋で買ったもの／『現代詩読本・大岡信』、『旅みやげ　にしひがし』

他に野村喜和夫・城戸朱理『討議戦後詩』の大岡信についてのパートも読み直してみた。ちょうど年末から正月にかけて読んだので、いつも以上に酒浸りの読書である。

一番勉強になったのは、何と言っても『現代詩読本・大岡信』だ。この本を読んでいるうちに、もう充分じゃないかという気持ちになってきた。いろんな人が大岡信について書いている。ここに私などが新しく書き加えるようなことがあるとはとうてい思えない。今になってやっと勉強しているのだから。でも正直な感想を書いてみる。

『現代詩読本・大岡信』では、巻頭の谷川俊太郎と入沢康夫と三浦雅士による討議がとても解りやすく、かつ面白かった。誉めたたえるだけでなく、結構厳しいことも言っている。その厳しい発言は、私にはいちいち腑に落ちる感じがした。

例えばこういうところ。

谷川「でもそのころの方が、彼は同時代というものにすごく関わっていたよね。今の居直り方にはちょっと同時代というものはもう求めんってところがあるでしょ」

とか、

入沢「(…)『草府』あたりから、ちょっと惰性的というか、さっき出た言葉を使えばプロの細工になったなと思う」

とか。

これは、八〇年代の半ばに大岡信とすれ違った、というか出会い損ねた私が持っている大岡信の現在に対するイメージそのものだと言ってもいい。もちろんお二人(谷川、入沢)とも、大岡信の長年にわたる丹念な読者であり、優れた才能や仕事を充分認めた上でそういうことを言っているわけで、苦言の部分にだけ勝手に頷かれるのは迷惑だろうが。

でもとにかく私はそういうイメージで大岡信を敬遠していたと言える。今回いろいろ勉強してみて、『現代詩読本・大岡信』に収められた「代表詩50選」を少し生真面目になって読んでみて、「やっぱ昔は凄かったんやなあ」という感慨を持ったし、八〇年代以降の詩もこうして出来の良いものをピックアップしてみると、悪くはない。また読んだ当時はピンと来なかった『透視図法——夏のための』や

『遊星の寝返りの下で』も、なるほどそういう視点（詩が書けないという危機感のなかで書かれた、という）で読めば、確かに異様にピリピリしていたような気もしないではない。詩集としての追い込み方は全然足りないけれど。

今回一番勉強になったのは、「一篇の詩で勝負するというのはこういうことか」と、少しヒントみたいなものが得られたことだ。私などは端から一篇の詩で勝負するということを諦めて（というか小馬鹿に）しており、詩人は一冊の詩集でもって勝負すべきだと考えているので、かってはそういうこと（一篇勝負）もあり得たのだと、つくづく溜め息をついた。「クリストファー・コロンブス」なんて素晴らしいじゃないか。「翼あれ　風　おおわが歌」のみずみずしいこと。何を今さらと言われるかも知れないが、今勉強しているところなんだからしょうがない。

でも影響は受けるだろうか。何篇かの詩からは「影響受けてもええかなあ」という気はしたが、それもやっぱり昔の詩だ。今はどうなんだ、となると、かなりキツイ。『光のとりで』『世紀の変り目にしゃがみこんで』『旅みやげ　にしひがし』と読んでみて、正直な印象は、なんか説教臭い年寄りの詩だという感じ。大岡信も七〇歳を越えた立派な年寄りなんだから、それはそれで等身大で正しいのかも知れない。でもそれだけじゃいかんだろうという気にもなる。学級委員長から葬儀委員長になったみたいだ。特に『旅みやげ　にしひがし』は、二七〇〇円＋税も出して買ってしまった詩集なので、腹が立った。これはほとんどエッセイ集だと思った。こんなん詩集じゃないよ。実質せいぜい一二〇〇円＋税くらいの本だ。題名からして詩集じゃない。むかしのピリピリ感を期待する方が馬鹿だとも言えるが、このダラダラ感は何だ。これが「新しい詩の試み」なのか。大岡信は「あとがき」の冒頭で「詩というものの書き方がよく判らなくなった、何年も前から」と書いているが、今さらそんなこと言われたって困るよ。ただしこの居直り方はかなり凄い。凄いが、いいんだろうかこれで現代詩は。

大岡信は「うたう」ということがどういうことなのか判らなくなったと言う。これが大岡信の言葉でなければ普通の認知症である。大岡信の言葉だから、何か意味深長だ。続けて「この詩集『旅みやげ　にしひがし』は、その状態を克服するために考えついたものだ」という。よう判らんがようするにリハビリなのだろう。そう言えば谷川俊太郎も新詩集『minimal』についてリハビリという言葉を使っていたように思う。リハビリなら自宅でこっそりしておけと思うが、リハビリまでもが作品として通用してしまうことに、この世代のスター詩人の不運があるのかも知れない。不運というのは、もちろんイヤミだ。

結局年寄りは強いということか。強いし、ずうずうしい。「おーい　元気か　カナダの詩人よ」とか書いているしな。詩か、これ。「水はちゃんと飲め。／無理して体の鍛練はするな、泳ぐより、プールを歩け。／しかし適度に無理もしろ。時には徹夜も」なんてのは年寄り仲間に呼び掛けているんだろうが、これは詩か、ほんとに。やっぱり買って失敗した。損した。私は酒の飲み過ぎでいろいろ検査に引っ掛かり続けていて、職場の上司や妻からこんこんと説教されて国立医療センターに紹介状付きで送り込まれたことがあるが、待ち合い室は年寄りばかりで、三時間も待たされて、ようやく診察室に入ったら「おまえ若いくせに何しに来たんだ」といった対応だったから「ちゃんと診察せえよ！」と医者に怒鳴り散らしたことがある。今の現代詩もなんかそんな気分だ。

私にはやはり大岡信の詩の現在はたいへん貧しいように見えるが、見方を変えれば豊かにも見えるのだろう。その豊かさを、例えば高齢ゴルファーに喩えるなら判るような気もする。マイペースでこつこつ息の短いショットを刻んでいく。渾身の一打というものはない。ショットもぶれる。しかし打数によってラウンドを整える技術はある。たまにはナイスショットもあるだろう。そういう豊かさ。

ただし一冊のラウンド（＝詩集）として、どう読めばいいのか、私には判らない。「あとがき」を読めば、詩集ごとに、その一冊をつらぬく主題や問いがあることが記されている。方法も形式もある。それでも私には散漫な印象が残ってしまう。一つ一つの詩篇を、一冊の詩集に集約せんとする力学のようなものが希薄だ。それは大岡信が一冊の詩集ということを念頭において詩を書いていないからだろうと思う。ある時期に、様々な機会に、様々なメディアから依頼されて書いた詩を、単に一冊のなかに並べただけではないのか。

そこで見えてくるのは一人の老詩人の姿でしかない。「あとがき」の言葉は、ようするにそれらの詩が書かれた一時期の大岡自身の姿を、「こういうことだった」といった具合に整理しているようにも読める。もともと大岡信は「一篇勝負」の詩人だった（と私には思われた）のだから、ずっと同じ態度で詩集を造っていたのかも知れない。そんな気がする。それに、たぶん、それが普通なのだ。詩集というのは、もともとそういうものなのかも知れない。一冊の詩集で勝負するというのは、乱暴に言ってしまえば、「テクスト主義」みたいなもんだ。私なんかはそういう主義だ。それはそれで貧しいと思うが。

「うたう」ことを意識すればなおのこと、大岡信にとって「テクスト詩」なんて屁のようなものに思われたのではないか。もちろん「テクスト詩」のなかにも「うた」はある。そんなことは、大岡信は百も承知だろう。承知だが不寛容だ。詩が「テクスト」と呼ばれることを、頑固に突っ撥ねてきたようなところもあるのではないか。だから大岡信の現在は、私が思うに、「うた」からも「テクスト」からも「渾身の一篇」からも引き離された場所にあるように思う。でもどこかに回帰すればいいとは思えない。年寄りの回帰なんてたぶんもう読むに堪えないと思う。むしろ今がチャンスなのだ。老いの彼方、一八番ホールの向こうの樹林の彼方へふらふらとさまよい出るべきだ。そこで狂ってほしい。その不自由な身体、不自由な脳、つまり老いに、言葉ごと身悶えてほしい。アルツ化していく言葉の、過激な崩落こそが読みたい。まあこういうのを「ないものねだり」というのかも知れないが。

稲川方人考

鮎川信夫から岡田隆彦へ、というのが、若き日の稲川方人が指し示した現代詩における「現在」の持続であった。当然稲川自身も、その持続の上に自らの詩を置くことを意図したであろう。「わたしは〈六〇年代詩〉の気風の持続を、負うだろう」と稲川は宣言したわけだが、それは簡単に言ってしまえば戦後詩の歴史的現在を問い続けるという、後発の詩人にとってのあたりまえの態度に過ぎない。

しかしそのあたりまえの態度表明が、当時（一九七五年前後）の現代詩のジャーナリズムにおいては、かなり反動的に響いたことは想像できる。なぜなら当の六〇年代詩人たちの多くが、戦後詩の歴史的現在という抑圧、呪縛からいかに解放されるかを模索していたからだ。あるいはむしろ、当時のジャーナリズムこそが「気風の更新」を求めていたと言えるだろう。その象徴的な存在が荒川洋治だ。荒川はデビュー当時、先行詩人から激しい反発を喰らったことになっている（自ら語っている）が、ジャーナリズムの期待は明らかに彼の方に集中していたように思われる。

歴史的現在を問う態度は、常に何らかの不自由を伴う。その不自由を「悪しきもの」とみなす限り、歴史的現在とは、できるなら帳消しにしたい「負債」として意識されるしかないだろう。しかしもちろんこの「負債」は逆立ちしても帳消しにはならない。この時「負債」は、ジャーナリズムの無意識、ひいては書き手個々の無意識へと深く刻まれるのである。その無意識から生まれる記憶喪失的な態度こそ、稲川が激しく苛立った「擬態」に他ならない。「わたしは〈六〇年代詩〉の気風の持続を、負うだろう」という宣言は、私には「知らないとは言わせないぞ」という脅しに聞こえる。稲川にはすでに、戦後詩から手渡されたもの（技術も含めてだ！）が「負債」なら「負債」で、それを引き受けようとする自覚があったはずである。

しかしこの「負債」は同時に、六〇年代詩から引き継いだ「資産」でもある。その積極的な意味を、稲川は例えば盟友であった平出隆に見ていたのかも知れない。また吉増剛造に対する現在に至るまでの一貫した支持も、「負債」よりはむしろ「資産」への理解によるものだろう。六〇年代詩人たちの多くがこの「資産」の運用を持て余している時、吉増だけがその投機に成功したのだと言えるのかも知れない。そして稲川が吉増に向ける眩しげな視線の背後には、ほとんど「資産」を凍結してしまったような存在として、岡田隆彦がいる。稲川が岡田の晩年に向ける視線は、痛ましい。稲川と岡田との間に親密な交友があったわけではない。だが稲川の『封印』と岡田の『時に岸なし』は、奇跡のように強く呼応し合っていると私には思われる。

残酷に言ってしまえば、七〇年代以降の岡田隆彦は、「敗北主義」を貫いた。そうすることで戦後詩の倫理主体というものを絶望的に生き続けようとした。私にはそう思われる。この「敗北主義」は、いかに倫理的であったとしても、生きていく上では何の価値もない。だが書くこと、書き続けること、自己を他者に向かって引き裂き続けることにおいては、その破滅的な力学を支えたであろう。優れて醜悪（「私は人間として最低」）である。ここには死ぬよりはマシという程度の抵抗しかない。だから岡田は、「文学」からの擁護を乞うという身振りなど一度も示さなかった。

稲川方人はどうだろう。「文学」からの擁護は乞わない、という態度は徹底している。しかしその態度が「敗北主義」から来るものだとは思わない。岡田における「敗北主義」とは、自らが実体のある歴史的存在として意識される時間の中にあり、その時間を後退によって耐え続けることで、手続きを欠いた野蛮さでもって更新されようとする詩史の風景にNOと言い続ける体験であっただろうと私は考える。しかし稲川には、最初からそんな体験は約束されていない。なぜなら彼には「生活が虚構なんだ、と」実感されているからである。またより身体的には、岡田にはどうしようもない病的な飲酒の習慣があり、稲川にはない、といった下世話な差異もここでは重要だ。稲川はこうしたもろもろの不幸（「死ねるだけの高さ」）を、歴史に投げ返すこともできなければ病理に回収することもできないのである。とするならば、歴史や病理といったステージの袖、だから自らが実体として登場することの叶わない時間の、その「現在」こそを、生き続けねばならないだろう。戦略などという小細工ではなく、やはり態度＝意志としてだ。

その態度を稲川は「サボタージュ」という。そしてそれを「彼方へ」と接続する時、その態度はより喜劇性と悲劇性を増す。おおよそ人は「彼方へ」などサボタージュできはしまい。人にできることは「ちょっとサボる」程度だ。「ちょっとサボる」をいくら繰り返しても、どこにも行けはしない。

では「彼方へ」とは何を指しているのだろう。それは散文的思考の持続を意味していると私は思う。詩は、散文的思考の持続に耐え切れない者たちが逃げ込む自意識のユートピアであり、同時に、散文的思考に創造的飛躍を与える天啓であるという理解が一般的であろう。しかし、ここで稲川はそうした二つの理解さえ否定しているように思われる。それが「彼方へのサボタージュ」という態度であり、それによってかろうじて耐えられるであろう戦後詩の歴史的現在に向けた投機である。

「彼方へのサボタージュ」。散文的思考の持続によって詩を可能にすること。それが喜劇でなくて何であろう。悲劇でなくて何か。それは言わば勝ち目のないバリストである。そういう意味では敗北主義かも知れぬが、一人バリケードの向こうに居座り続けるという態度によって、あの甘く切ない敗北からもサボタージュし続けるのだ。市場からはもちろん、文芸批評からも長く現代詩はダメだと言われ（無視され）続けているが、何が実際ダメなのかはよく見えていない。だが稲川方人の詩集を読むとき、なるほどこれは確かにダメだろうと実感できる。こんな卑屈な態度で何ができるのかと。しかしだ、稲川は詩を可能にする「現実」を問うているのではない。「文学」ごときが信じているそんな「現実」など、もはやありはしない。ここで問われているのは詩を可能にする「条件」だけである。

続・稲川方人考

私には書かねばならない課題が二つある。一つは稲川方人論（の続き）で、もう一つは批評家の鎌田哲哉が「早稲田文学」二〇〇二年五月号に書いた批判（「松本圭二の重力と卵巣」、以下「重力と卵巣」）に対する反論である。しかし時間（と場所）がない。後者には稲川方人に対する批判もあり、またより強烈に守中高明を批判してもいるので、この場を借りて、稲川論と鎌田に対する反論を同時に試みたいと思う。

一

「重力と卵巣」のなかで、鎌田は守中を激しく批判している。それは私が「図書新聞」に連載したクロニクルで、守中の新詩集『シスター・アンティゴネーの暦のない墓』をほとんど手放しで評価したことによる。その評価の仕方がよっぽど気にくわなかったのか、鎌田は守中に対し、「何年経ってもツェラン／デリダ／レヴィナスの用語を直接的に真似し続ける愚行」であるとか「この人は、手づかみで物を語れる人ではないよ」とこき下ろしている。そのような詩人を評価することは、鎌田にとっては「親切心」「提灯持ち」「日和る」ということにしかならないようだ。ちなみに私が図書新聞で同書を評価したのは、浅田彰が守中の新詩集を絶讃するより以前であることを鎌田には言っておく。だがそれらはどうでもいい。鎌田の守中批判は、これまでもさんざん繰り返されてきた物言いの反復に過ぎない。彼らは守中の言質を眺めているのであって、詩を読んでいるのではない。この程度の批判に動揺して「声」を変える、「書き方」を変えるような詩人であったならば、私は守中を評価したりはしないだろう。問題はむしろ、「重力と卵巣」でも言及されている、福田和也と守中との間でかつて起きた対立（への鎌田の見解）の方にある。それがどういう内容であったか、鎌田は御丁寧に私に（私が勤める図書館で）調べるよう要求しているが、そんな必要はまったくない。鎌田自身が都合良く要約した次の「趣旨」だけで充分だ。

「みかけ上どう正当なことを言っても、私の暴力はあなたには馴致できない、なぜならあなたの議論はアプリオリに安全な場所で物を言っているだけで、その底にある〈泥の中〉で自分と勝負するつもりが全くないから」

これが鎌田が理解するところの、福田の守中批判である。「じゃあおまえは〈泥の中〉で勝負しているのか」と誰もが思うだろう。それについては、鎌田は福田をすでに批判したことになっている。そこを除けば、鎌田は福田の批判におおよそ同意しているようだ。つまりこう言い直せばいい。「みかけ上どう正当なことを言っても、私の暴力はあなたには馴致できない、なぜならあなたの議論はアプリオリに安全な場所で物を言っているだけだからだ。われわれは、その底にある〈泥の中〉でこそ自分と勝負すべきである」と。その言説は、守中批判であると同時に、松本を批判する目的で書かれたこの鎌田批評の核心ともなっているように思われる。しかしもちろん、鎌田は福田×守中の小さな論争を愚直に反復するつもりで書いてはいないだろう。なぜなら鎌田は、彼自身も含め、「安全な場所で物を言っているだけ」のあらゆる存在に対して攻撃しているからだ。そうした存在を鎌田は寄生虫と呼ぶ。よって鎌田の批判は、単に守中、松本に向けられたものではない。より単純化してしまえば、その批判は戦後の日本人の在り方を問うという場所にまで出てしまうだろう。それはそうだが、ここでは現代詩が問題とされているのだから、鎌田による現代詩批判として読んでおく。鎌田はこれまでも再三にわたり現代詩一般を批判している。さらには現代詩を論じる（＝擁護する、と鎌田には理解されている）絓秀実に対してまで難癖をつけている。現代詩人＝寄生虫とまでは言わない（いや、ほとんどそう鎌田は言っているが）までも、現代詩というジャンルに巣食うある似通った性質の存在が、彼の批評対象となっているのは確実である。そしてその対象は、「重力と卵巣」でついに稲川方人にまで及ぶ。

2

鎌田はここで稲川を本格的に論じているのではない。また守中に対するようには、徹底的に否定はしていない。むしろ詩については、『封印』にしか言及されていないが、それなりに評価しているようである。しかし散文については手厳しい。「現代詩文庫に収録されているエッセイや手帖が妙にへなちょこなのはなぜだろう」「〈気風の持続を負う〉という言い方は俺なら絶対しない」と書く。現代詩文庫に収録されているのは「批評・エッセイ」である。その「批評」をあえて「手帖」と呼ぶ鎌田の悪意は可愛らしいものであるとしても、それらを「へなちょこ」の一言で片付けるのは性急すぎる。ただし私がそう思うのは、文庫に収録されている稲川の批評（「〈われわれ〉とは誰か」、「気風の持続を負う」）が、現代詩のジャーナリズムにおいて大きな意味を持っていることを知っているからだろう。それらは、発表当時はもっぱら荒川洋治との対立のなかで物議をかもしたに過ぎぬかも知れないが、以後も様々な文脈において繰り返し参照されてきた、いわゆる七〇年代ラディカリズムを代表するような文献（などと言われてしまうことを稲川は激しく嫌悪するだろうが）であるはずだ。それを「へなちょこ」の一言で切るのは、いかに鎌田が門外漢であるとしても、やはり性急すぎる。さらに「何か中野孝次が昔戦後文学を継ぐ、とか言ったのに似てないか？」という理由で「〈気風の持続を負う〉という言い方は俺なら絶対しない」と言い放つ鎌田は、稲川のその言葉の意味を完全に履き違えている（それについては、私が『稲川方人全詩集』の投げ込みに書いた「稲川方人考」を参照していただきたい）と言わざるを得ない。

ここには大きな断絶がある。その断絶は、次の鎌田の言葉でほとんど決定的となるだろう。「守中の文庫の方に収録されている稲川との往復書簡を読むと、今度は何を言いたいかわからない、まどろっこしい文体を互いが競い合う表現が続いてうんざりだ」。鎌田には悪いが私は彼らの往復書簡がほぼ百パーセント理解できると思っている。理解できるばかりか、詩の現在について交わされた、最近ではほとんど読むに堪えうる唯一の対話であるだろうとさえ思う。むろんこうした物言いも、鎌田にとっては寄生虫どもの薄気味の悪い連帯にしか思われないだろう。しかし私はそうした断絶を単に鎌田の無知に回収する気はないし、「われわれ」の連帯（そんなお遊びが可能だとして）、その歴史性（アプリオリな、だ）への逃げ口上にするつもりもない。私にとって重要なのは、鎌田が門外漢であることを少しも恐れずに発言していることだ。「戦後詩の歴史なんて知るか」という態度で立っている。そしてその態度自体、誰にも批判し得るものではない。なぜなら、戦後詩の歴史に精通していなければ理解し得ない言説など、一歩外に出てしまえば全く通用しないからだ。よって鎌田の「へなちょこ」という断言は、九〇年代に登場した若き文芸批評家の「直観」として重要である。

ところで、くだんの稲川×守中書簡が理解できる、というのはどういうことなのか。私は口が裂けても戦後詩史に精通しているなどとは言えない。だが彼らの書簡は理解できる。理解のレベルは問われるだろうが、それはとりあえずどうでもいい。逆に、戦後詩史に精通しているからといって、彼らの書簡が理解できるとは限らないだろう。現代詩というジャンルの住人たちにとっても、おそらくは、稲川や守中の言葉は極めて理解し難いものであるかも知れぬと思う。そう思う時、この断絶は、現代詩の内部においても層を重ねていることに気付く。あるいは現代詩の内部においても、鎌田の振る舞いに見られる程度の断絶は体験されていると言えるのではないか。「〈泥の中〉で自分と勝負すべき」云々も、思えば荒川が稲川に言った「ＩＱの高木から降りて来い」とかいう言説と似ていなくもない。だが実際どういうことなのだろう。「アプリオリに安全な場所」とは具体的に何を指しているのか。「その底にある〈泥の中〉で自分と勝負する」とは。まあだいたい言わんとしていることは想像できる。鎌田ならこう言うだろう。それは「既得権を振りかざして新規参入を拒む族議員的な保身である」と。「われらを甘やかし続けている総ての制度に対して抗え」と。それだけなら実に美しい物語である。闘争の条件を仮構することに批評家は余念がない。だが仮構は仮構だ。そんな美しい場所に詩人はいないし、おそらく鎌田自身もいないはずだ。

現代詩は、いや、現代詩を含むすべてのジャンルは、文芸批評も同様だが、閉じることで、すなわちある閉域を仮構することで、ジャンルの自明性をかろうじて存続させているに過ぎないと私は思う。よって当事者がその閉鎖性を批判することは、「いったいどの口で」という賤しさを免れ得ない。しかし自身を深く傷付けてまでも、この閉鎖性を打ち破ろうとする勇気は時に大事である。鎌田の批評が常に自ら血を吹きながら中央突破を試みているのは大いに認める。だが無垢の身振りによって他者たろうとするならば話は別だ。門外漢と無垢は違う。そうした類の幼児性を愛する気など私にはさらさらない。私は、本心を言えば、ジャンルからの庇護を無批判に乞うことと、ジャンルの閉鎖性を批判することは同じぐらい下らないとさえ思う。私には稲川や守中の詩が、すでに吹き曝しの場に放り出されているように見えるが、本当は鎌田だってそうなのだ。ジャンルのタコ壺化を批判するなどという呑気な話をしている場合ではない。そんな嘘っぱちで文芸批評が延命できると思ったら大間違いである。いったいいかなるジャンルに優れた閉域が仮構できているというのか。せいぜい半開きの唇から涎を垂らしているだけではないのか。

3

鎌田の批評に引っぱられ過ぎた。私の詩に対する批判にはほとんど答えていないが、それは別の機会にする。ここからは稲川の詩について書こうと思う。すでに正しく指摘されていることであるが、稲川方人の詩、ではなく詩集は、抒情詩である。ただしこの「抒情詩である」という断言は単純なものではない。戦後詩においても「抒情詩風の詩」なら腐るほど書かれている。それはライトヴァースに限らない。いちいち実例は挙げないが、そうだったはずだ。だがそれらは断じて抒情詩ではない。それらは抒情詩と真に向き合ってはいない、と私には思われる。あるいは、「戦後詩において抒情詩は可能か」という問いに向き合っていないと言うべきか。ともあれ、戦後詩において抒情詩を書くことほど困難な試みはなかったはずである。

またぞろ何かと思われるだろうが、「アウシュヴィッツ以後、詩は野蛮だ」とかいうアドルノの有名な言葉をここに持ち出そう。私はその言葉の本来の意味というか痛みを、深く内省しているわけではない。感覚的には判るが、ドイツのことは判らない。ツェランに任せる。だが日本のことなら多少は判る。私は長い間、日本の戦後詩は「野蛮」ではない詩を模索しているのだと考えていた。それは抒情の根っ子を可能な限り切断する試みのように思われた。つまり、「野蛮だ」と言われているのが抒情詩だと理解していたわけだ。戦後詩のモラルでは抒情詩は「悪しきもの」として見なされていると。だが同時に、それはモラルとしてはそうだが、実際は違うのではないかとも感じていた。むしろ詩人は抒情の根っ子を可能な限り匿っていたのではないか。そのことを可視的にしたのが、稲川の第一詩集なのだと思う。私は稲川の詩集が「野蛮な抒情詩」に本気で向き合っているもののように思われた。

敗戦後、ギルティー以後、「野蛮」でしかないはずの抒情詩を可能にするにはどうすればいいか。

どう書けばいいか。稲川の第一詩集が試みたのはそういうことではないか。それは同時に、死者「y・o」と正しく決別し、「数個の／母の分裂を浄める」ための方途でもあっただろう。死者を、母の分裂を、隠匿された抒情ではなく、剝き出しの、凶暴な抒情によって捕らえること。それが詩集『償われた者の伝記のために』の動機であるだろう。戦後詩の優れた成果は、死に損なった者、死に切れなかった者によって成された。私は端的にそう思う。岡田隆彦はそれを「死ねない光の記念」（『われらのちから19』）と書いた。だがおそらく稲川は違う。彼は殺し損ねたのである。殺し切れなかった。稲川は「わたくしには／死ねるだけの高さがあったのである」と書いているが、それは死ねなかったことを嘆いているのではない。「にもかかわらず死ななかった」ことを主張しているのだ。同時に、「低すぎて死ねるかばかやろう」と言っているように思える。何に対してか。現在に対してだ。そしてその現在、歴史的現在はおそらく継続中である。

4

稲川は殺し損ねた。誰を？　言うまでもない、父親をだ。ところで、詩集『君の時代の貴重な作家が死んだ朝に君が書いた幼い詩の復習』が刊行された時、多くの読者はその「貴重な作家」が中上健次であると理解したであろう。タイミング的にはそう理解するのが当然だった。それに稲川も中上も「文芸首都」を出発の足掛かりにした作家である。稲川が中上を意識していなかったはずがない。ところが稲川は、それがあろうことに大江健三郎であることを告白している。これは重要だ。父殺し＝王殺しという障壁を運命的に抱え込んでしまった中上に対して、稲川もまたそれを創作の鍵とすることは可能だったはずである。断片的に読み得た来歴を思えば、むしろ稲川にこそそうした、絶望的な、理由はあったはずである。しかし稲川は父殺しという物語を仮構しない。殺し損ねた父を、執拗に殺し続ける、というそんな虚構さえ許せないのだ。そんなことで、気が鎮まるわけがない。「数個の／母の分裂を浄めることへの／執着」から出発（なんと痛ましいことか！）したこの出来損ないの長男は、殺し損ねた父親との和解の方途を模索しようとするのである。

『稲川方人全詩集』を読んでみよう。殺し損ねた父は、どういう姿で登場してくるか。「年老いた先生」としてだ。稲川は「年老いた先生の傘に入って、／対岸へ通勤する人々を見て」いる。私はその風景に激しく感動する。私はこの詩、「さようならアントナン、ぼくはまだそこまでは行かない」を初出の時からはらわたがミンチになるほど愛しているが、稲川がこれを以後の詩集から厳しく除外していることに戦慄する。未刊詩集『鹿のゆくえ』のなかで不意に登場したこの「年老いた先生」は、同じく未刊詩集である『形式は反動の階級に属している』では、より重要な存在となっている。だが「年老いた先生」は未刊の二詩集に分散されているように、どうにも収まり具合の悪い存在でもあったようで、稲川はその存在を核にした一冊の詩集＝長篇詩を完成させることはしなかった。ここでは詩人には珍しく幸福な時間が許されてあるように思う。殺し損ねた父親の傘の下に立つ小さな「ぼく」という光景は、詩集『われらを生かしめる者はどこか』によって「生地との悪い別れ」というオブセッションから解放された、一瞬の油断が覗かせたものであったのかも知れない。それはおそらく突破的な出来事、あるいは超現実だったのではないか。このような詩を書いてしまった（一度ならず）ことに、もっとも狼狽えたのは稲川自身であったかも知れない。ともかく稲川は「年老いた先生」詩の系譜を、一度は捨てた。そして別の形で、すなわちあり得べき長篇詩（自ら詩に課した形式）として、最初から（再び）書かねばなるまいと考えたはずである。唐突に与えられたイメージ、その強烈な風景のなかで期せずして和解してしまうのではなくて、もう一度出会い直そうと思ったのではないか。そうして書かれたであろう詩集『２０００光年のコノテーション』は、私には稲川の二冊目の処女詩集のように思われる。私は稲川の六冊の既刊詩集の中で、これが一番好きだ。

この詩集も刊行当時、大きな話題となった。批評の多くは、稲川の詩が変容したことを指摘していたように思う。その中でも城戸朱理のそれは「封印は解かれたのだ」という高らかな宣言と共に記憶されている。おそらく城戸（に限ったことではないだろう）には、『２０００光年』以前の稲川の詩（とりわけ『封印』）に見られる強い否定の詩学が、ある種の倫理規範として抑圧的に感じられていたのではないか。「封印は解かれた」おかげで、以後の城戸の批評は、否定性＝ニヒリズムを厳しく排除し、あるかなきかの肯定性を現代詩に見出そうと試みるようになる。その集大成が『討議戦後詩』なる座談集と言えるだろう。残念なのは「封印は解かれた」と書いた自らの批評を、城戸自身が封印してしまったことである。たしか『アレキサンドリアの復興』という題で近刊予告までされていた彼の第一評論集に、その批評も当然収録されるはずだったろう。なぜ城戸はそれを封印せねばならなかったのか。なぜ『討議戦後詩』で、城戸自身もっとも影響を受けたはずの稲川方人について語ろうとはしなかったのか。それを問うことは案外重要な気がする。稲川方人の現在にとって重要であるだけではない。現代詩のジャーナリズムの現在にとってだ（二〇〇八年の『戦後詩を滅ぼすために』思潮社に所収）。

話がそれてしまった。とにかく『2000光年のコノテーション』には日本の現代詩を肯定的に捉え直す視線などまったくない。むしろボロクソに言っている。それでも肯定的な響きがあるとすれば、この詩集が光に充ちており、「帰れない郷里」ではなく、どういうわけかひたすらアメリカの地方都市を彷徨い続けているからであろう。陰気な感じがしない。乾いている。彷徨っているのは「バイクに乗った若い日の君の父」であり、彷徨いながら彼は手紙を書き続けている。その手紙は三〇年遅れで届く。その手紙は同時に詩でもある。なぜなら「若い日の父」とは「ロバの文字が読めない詩人のひとり」であるからだ。「ロバの文字」とはこの国の緩慢な「闘争」としての「詩学」である。ようするに日本のかったるい詩学とは無縁の存在として「若き日の父」はある。三〇年遅れで届く手紙は詩集『二〇〇〇光年』として「君」によって読まれる。「君」はそこに見たこともない「父」の「毛深い神の腕」を見ようとするだろう。だが「君」はといえば「煙突の底」におっこちたままだし、「内部」はすでにカラッポで、「真実」を何一つ知らない。「君」は「魂のくず」であり「病気の青空」を遠く眺めながら、「地獄」と「天国」を同時に傷付けるばかりだ。三〇年前の「地上のいきさつ」を報告する「父」は、「夏になれば傷を負った隕石が／君のなかに落ちてくるだろう」と「約束」してくれるが、それはこの国のいかなる詩学によっても読み得ない白痴の言葉なのだ。そして「父」が勇敢であればあるほど、それは「君」に似ていない。コノテーションは激しくすれ違うばかりである。だから「君」は「父ト母デナイ／愛ヲ、／文字ノ上ニツクル」しかない。「君」はひたすら煙突の底で羽搏き続けるだろう。詩集『2000光年のコノテーション』とはこういう詩集である。

この「バイクに乗った若い日の君の父」が「年老いた先生」の生まれ変わりであることは言うまで

もない（しかし……こうした断言も実に下らない。詩を論じること、物語へと返すことの虚妄、徒労は耐え難い……）。稲川は「年老いた先生」を「若い日の父」へと反転させたわけだが、同時に「先生の傘の下」から「ぼく」を追放した。追放された「君」にとって、もはや「若い日の父」とは衝突も和解も不可能な他者でしかない。「君」は「若い日の父」を慕うこともなければ、嫌悪することもない。それは「2000光年」の彼方から響く失われた声のごときである。稲川はこうして、父的存在を仮構し直した。そこには陰鬱で絶望的な感情はない。むしろ妙な明るさがある。写真のような明るさが。

5

『君の時代の貴重な作家が死んだ朝に君が書いた幼い詩の復習』。これが、今のところもっとも新しい稲川の詩集である。この「貴重な作家」とは大江健三郎である、ということは先に書いた。稲川は新宿駅のプラットホームで、この作家が「リゾートしに行く」のを目撃したという。それはある座談での質問に稲川が答えたものだ。広く読まれているとは思えないので、その発言の該当箇所をここに箇条書きで引用しておく。

「（君の時代の貴重な作家とは）必ずしも中上健次ではない。七割は大江健三郎だ。大江健三郎という反面教師的な存在。特にノーベル賞受賞以後、大江が考えている人類という概念を無視するわけにはいかないというのが、肯定的な意味としてあった。それをどういう風に組み換えて我々が語っていくのかということを、少なくとも詩集では意識した」「あの蒸し暑い新宿駅の雑踏と、涼しそうな踊り子号に乗ってニコニコしている大江が、何か見事な反語のような気がして妙に感動した。そんなものは六〇年代だったら、一番馬鹿にされていたことだ。しかしあのニコニコ顔は馬鹿にできない」(「sagi times」2号)。

これは映画を巡る座談中に突然さし挟まれた質問に対する咄嗟の受け答えであるから、どこまで本気か判らない。その後話題は、ノーベル賞前後より大江小説の主題として読み得る「超越性への肯定的な接近」と、九〇年代以降のゴダール作品との相似を巡る話題へと向かう。稲川の言葉を読むかぎり、この詩集は大江的な肯定性と「七割」は向き合った、ということになる。だが実際にテクストを読めば「リゾートしに行く物語作家」に現代詩は苛立つばかりだ。「中上健次を現代詩でやると絶対壊れてしまうから、これはやれない」(同)と稲川は語るが、「三割」の中上の方に、やはりシンパシーは強いのではないか、と私は思う。そう思うが、ここで摑んでおくべきは稲川が「六〇年代だったら、一番馬鹿にされていた」ものを、ともあれ肯定的に(詩において)捉え直そうとしていることである。

蒸し暑い真夏の新宿駅での大江との不意の遭遇、と「妙な感動」は、「年老いた先生の傘に入って」「対岸へ通勤する人々を見ていた」(「さようならアントナン、ぼくはまだそこまでは行かない」)という詩の風景を、やはり思い出させる。つまり父との和解というビジョンへの情動が、期せずしてここでも露呈しているのではないだろうか。この詩集では「若い日の父」が再び「先生」「懐かしい先生」へと反転している。たしかにここには「年老いた先生」の傘のなかに入っていた時のような親密さはない。「先生」はすでに過去の人であり、かつて「先生はこう言った」といった具合にこの詩集では語られる。しかしながら『2000光年のコノテーション』における「若い日の父」よりは、遙かに

「ぼく」に近いし、ちょっとした体温も感じられるようだ。『償われた者の伝記のために』が、永遠に回帰不可能な郷里との距離を大きな欠損として抱えていたように、『2000光年のコノテーション』もまた永遠に接近不可能な「父」との距離を抱え込んでいたように私は思う。その不可能性はほとんどSFに近い。私は『2000光年』を読んだ時、これは『猿の惑星』のリメイクではないかと思ったものだ。一方、『君の時代の貴重な作家が死んだ朝に君が書いた幼い詩の復習』と『われらを生かしめる者はどこか』も、その方法論の相似において、隔たりを欠損として抱え込むのではなくその距離を測り直すという試みにおいて、対をなしているように思われる。

ところでこの詩集の題名は極めて難解である。「君の時代の貴重な作家」が大江であるとすれば、「死んだ朝」というのは未来時を指している。その未来時における朝に「君が書いた幼い詩」を「復習」するというのであるから、この題名が置かれている時間はそのさらに未来であるということになる。すなわち、ここでは「2000光年」の彼方が、過去的な現在として生きられているという転倒がある。こうした時制の転倒は、とりわけ「湾岸以後」の稲川の詩や発言に顕著である。未来時を過去形で語るという視線は、未知に対する「投機」を許さないという態度でもある。総ての条件(詩を可能にする)は現在にあるということだろう。この現在は、決してアプリオリに仮構された現在ではない。もっと言ってしまえば、紙の上にしか進行中の現在はない。つまり書く、ということはそういうことだ。

ドンブラコ ―― 岡田隆彦

岡田隆彦について書いたのは岡田隆彦の死の直後であったから一九九七年のことで、僕は三二歳だった。その時は初めて会うに等しい稲川方人に、取材というかインタビューというか、まあ、相談みたいなことをしている。それで自分としては結構長い岡田隆彦論を書いたのだったが、詩人の（と特に記す必要はまさかないだろうが）北條一浩と大喧嘩をし、彼の責任編集で岡田隆彦追悼号となるはずだった同人誌「ビアンコ」三号は流れた。流れたまま永遠に休刊だ。ついでに言っておくがその一件以後、僕は詩人と関わるのがすっかり億劫になり、一切の交友を断ってしまった。もともと詩の友人は彼一人だったわけだが。

むかしむかし。

僕はよく斜に構えて、「詩人で結局、一番好きなのは岡田隆彦だ」なんて言っていた。それは批評ではなく嗜好だった。吉岡実は高級すぎるし、吉増剛造はオカルトすぎる。僕には岡田隆彦の、あのグダグダ感がちょうどいい。いや違うな。グダグダなのにどこかスマートだ。そこがいい。クールだ。グダクールだ。いやもう日本の詩人でカッコいいのはこの人だけじゃないか。そんなことを言っていたら、死んでしまった。

岡田隆彦の詩をグダクールと名付けたのは、『時に岸なし』（一九八五年）を読んだからである。これは衝撃的な一冊だった。ブコウスキーよりもグダグダじゃねえか。なのにヘミングウェイのようにクールだ。グダクールだ。しつこいが、そう思ったのである。このグダクールは、僕が詩を書く上でもっとも影響された感覚、というか美学であって、グダクールのアンテナを張ってると、いろんな好ましきものが引っ掛かってきた。音楽、美術、映画、詩。時代はバブル全盛で、「デパチカ」には惣菜じゃなくて洋書や輸入レコードや現代詩が並んでいた。

この文章は自分よりも若い人間に向けて書いている（僕が書くのはぜんぶそうだ）から、「そりゃ言い過ぎだろう」と思っても年寄りは黙っていてほしい。とにかくバブル期は現代詩にとってラッキーな時代だった。詩書専門店が渋谷と池袋の某百貨店内にそれぞれあり、同時に、早稲田通りや神保町の古書店街には未だ七〇年代の空気が色濃く澱んでおり、つまり詩集や、詩の雑誌のバックナンバーが夢のように突き刺さっていた。いま自宅の本棚にある岡田隆彦の詩集は、すべてその時代に古書店で遭遇したものである。店の奥の硝子ケースの中にあった『史乃命』（一九六三年）だけは高額過ぎて買うことができなかったが、それ以外の詩集は全部ふつうに買えた。『われらのちから19』（一九六三年）はさすがに諦めていたのだったが、或る日、行ったことのない京急沿線をうろつきながら古書店をはしごしていたらあっけなく出会ってしまった。たったの四〇〇〇円（嘘じゃない。さっき本棚から抜き出して確認した)。今から思えば奇跡のようだが、そんなことが、八〇年代の後半まではあり得た。で。

今回のテーマである六〇年代、の岡田隆彦については、現代詩文庫『岡田隆彦詩集』にある「せっかちな自伝」でおおよそ知ることができる。「安保のなかでちっぽけな芸術の自律性が自分の根柢からゆらぐが、一方、バカどもの付け焼刃的政治主義を根柢から憎む」と書いている。この「バカども」が「凶区」を指しているのは言うまでもない。

いや言っちゃいけない。「凶区」にも「ドラムカン」にもバカどもはいたし、そのバカどもをバカどもと思うバカどももいたであろう。ようするにみんなバカどもだった。いやそうじゃない。自分以外はみんなバカだとみんなが思っていたのではないか。僕の、想像上の六〇年代はだいたいそんな感じだ。

いずれにせよ「社会科学書を乱読した」とも書く岡田が政治に無関心であったはずもなく、また芸術なるものが(むろん詩も含めて)いかに政治性を内包しているか、なんて百も承知だったはずで、ゆえに「付け焼刃的政治主義を根柢から憎む」わけだ。観念的な大風呂敷を広げて、被害者なのか弱者なのかヒーローなのか、いやその総てだと言いたげなスローガンを書けばアンガージュマンたり得ると思っている「バカども」を、岡田は心の底から軽蔑していたことであろう。彼はその大多数の「バカども」のアンチであろうとした。ひたすら恋愛詩を書くことで。

政治運動に現を抜かしている連中を横目に、恋愛に現を抜かしてみせる。やっぱカッコいいよ。「バカ殿」なみの過激さ(ちなみに志村けんがザ・ドリフターズの付き人になったのは一九六八年)だ。岡田が一九六三年に新芸術社から立て続けに出した詩集『われらのちから19』『史乃命』は、言うまでもないが恋愛詩集である。恋愛詩集の元祖といえば『智恵子抄』だが、高村光太郎にしたってそれがデビュー作ではない。『道程』あっての『智恵子抄』だ。いきなり恋愛詩集を世に問うたのは、僕が知る限り（あんまり知らないが）、岡田隆彦だけじゃないのか。

いやまあそれもこれも「アンポ」あってのことか。「アンポ」の「アンチ」だ。ようするに「チンポ」だ。恋愛詩集なのだからチンポで正解だ。下品だなんて思うな。若い岡田は必死だった。僕だって必死に書いている。『史乃命』にある、「夏を　はかる唇」なんてチンポなしには書けない。「ふるチンで広瀬川の河床をダイヴィング」だぞ。もうね、僕はこの詩が大好きで大好きで、読むたびにため息をついてしまう。

とにかく岡田隆彦は二冊のチンポ詩集で六〇年代スター詩人の頂点に立っていた。「嵐」で言うなら岡田は「マッジュン」だ。吉増剛造は「ニノ」で、天沢退二郎はさしずめ「サクライくん」。鈴木志郎康は「アイバくん」あたりで、「オオノくん」は……。いや違うな。喩えるならヌーベルヴァーグの映画作家たちであろう。岡田はトリュフォーだ。盟友だった吉増は当然ゴダール。冗舌かつ偏執狂のロメールは鈴木か天沢か、秋元潔は呪われたジャック・リヴェットで決定……もうどうでもええこんな話。

冷静になろう。チンポはいつまでもビンビンではいられない。そういうわけで、七〇年代以降の岡田隆彦はグダグダになる。第三詩集となるはずだった『わが瞳』は途中で萎れてしまって、詩集としてのビジョンや戦略、すなわち「追い込み」を欠いたまま七二年に刊行される。モチベーションの激しい低下が伺える。酒の影響だろう。でも僕は、個人的には六〇年代の二冊より七〇年代の詩集の方が好きだ。特に『零へ』(一九七四年)は、まさしくモチベーション・ゼロで詩に向き合っている感じがして、痛々しくもあるが、やっぱクールで、この辺りからグダクールの美学が芽生えたのではないか。結果的に第三詩集となった『海の翼』(一九七〇年)も、詩集の出来としては『わが瞳』よりも断然優れており、ここで初めて岡田は一冊の詩集の造形を意識したように思う。ちなみに『海の翼』は書肆山田で、『零へ』は青土社の仕事だ。

六〇年代の二冊を除き、僕が岡田隆彦の詩集のなかで一番幸せな一冊だったと思うのは、『生きる歓び』(一九七七年)ではなく、七八年に出した『巨大な林檎のなかで』だ。僕はこの詩集を読むとすごく嬉しくなる。そこには憧れのニューヨークで、無邪気に、無防備にはしゃいでいる岡田の姿があるからだ。その姿は、六〇年代の慶応で、吉増剛造らとビート・ジェネレーションの詩を読み耽っていた若き日の岡田へとつながる。

「僕も八〇年代に早稲田でビートニク読んでました」

「おまえ誰だ?」

「岡田さんは三田詩人を復刊させましたよね。僕も早稲田詩人会を復活させたんです。半年しか持ちませんでしたけど」

「おまえ誰だ?」

「マツケイです」

僕は残念ながら生前の岡田隆彦とは出会うことができなかった。でも吉増剛造とは大学時代に出会うことができて（もう二〇年以上前だ）、復活した早稲田詩人会で作った小冊子「27号室」を手渡したのだった。「27号室」というのは、旧早稲田詩人会が自主制作していたサークル誌の名称で、僕たちはその名称をそのまま引き継ぎ復刊させていた。吉増剛造は僕が差し出した「27号室」を懐かしそうに手のひらで柔らかく撫で、ページを捲り、そして言った。

「バックナンバーがあればぜんぶ欲しい」

それから、「編集後記はちゃんと書いた方がいいよ」とアドバイスしてくれたのだった。吉増剛造と言葉を交わしたのはその一度きりだ。僕がもう少し謙虚な人間であれば、いろんな詩人に出会っていろんなことを学ぶことができたのかも知れないが、今も無理だし、昔はもっと無理だった。僕は詩人よりも詩集と酒を飲む方を好むし、詩人たちはいつだって古本屋の暗がりにいた。

そして岡田隆彦は一三年前に死んでしまった（一九九七年没）。生きておれば七〇歳ぐらいか。でも少しも残念だとは思わない。二一世紀目前の死は正しくて美しい。僕はそう思う。僕が好きだった人たちはみんな二一世紀の手前で死んでしまった。日本の詩人や小説家ばかりではない。その死はすべて、パウル・ツェランの後追い自殺みたいなもんだろうと僕には思われる。

六〇年代の、言わば政治バブルで浮かれていた時代に、二冊のチンポ詩集で登場した岡田隆彦は、八〇年代の経済バブルで浮かれていた時代に、『時に岸なし』という希代のアル中詩集を残して散った。「アル中」は、今ではチンポ以上に不適切な表現なのかも知れない。でも僕は「依存症」などという病気みたいな言葉は使いたくない。「アル中」は病気なんかじゃない。運命だ。

『時に岸なし』は、入院治療によってアルコール中毒から恢復した、その過程を回想した詩集とされているが、ドイツのウニカ・チュルンが、精神分裂症から恢復した後に綴ったと言われている『ジャスミンおとこ』がそうであったように、嘘っぱちである。「恢復などありえない」という、深い絶望を運命のように受け入れ、静かに向き合うようにして書かれている。

だが水の物語は
決して終らない。
岸はどこにもありはしない。

これは『時に岸なし』に収められた詩篇のなかで最も美しい「水の物語」の末尾三行である。この「水の物語」が詩集全体を、そして「アルコール中毒」を指していることはいわずもがなであろう。ホルマリン漬けの胎児が蘇らないように、アルコール漬けになった臓器は二度と恢復しない。

みずくきの息づく光よ。
　光を放つ炎に倖あれ。
だがそのありかを
　気づかぬ者に
　　知られる必要はない。
やがてくる夏の

淫靡な浜辺もまたついえさる。
　時は流れ、ながれてゆく。
時に
　岸なし。

　詩集の最後である。「やがてくる夏」の「夏」が、「夏を　はかる昏」の「夏」から放射されているのがわかる。そして水、水、水。「ふるチンでダイブ」した広瀬川の清流と、アルコール（言うまでもないが、中毒者にとってはそれこそが水なのだ）が、ここで混じり合う。

「アルコール中毒は作家特有の伝染病だ」と言う人がいる。そうであるなら僕などは典型的な感染者であろう。「アルコール中毒はフルタイムの労働だ」と言った人もいる。そりゃそうだ。夜の街で、誰かと会って、うだうだ酒を飲んでいるだけなら社交の範囲だろう。僕らは家で飲む。一人で。深夜に。あるいは朝っぱらから。本を読んだり、何かを書いたりしながら。

　ところで僕は「詩的六〇年代」はなかったことにしている。八〇年代の終わり頃に、菅谷規矩雄の『詩的六〇年代』を読んだときに、「もうこれはなかったことにしておこう」と思ったのである。六〇年代に登場した詩人たちが、七〇年代をどう過ごしたか。それを問う方がよほど大事だと思われた。僕は荒地の亡霊のような大御所詩人らがのそのそやってきて、今の詩はどうのこうのと講釈を垂れるのをクダラネエと思った。五〇年代も、六〇年代も、六五年生まれの僕にはどうでもよかった。日本の現代詩が真の変革を体験したのはどう考えても七〇年代なのだ。七〇年代こそがあらゆる意味で日本の現代詩のピークである。そしてそのピークを体現したのは、むしろ七〇年代を通過できなかった詩人たちなのだ。

岡田隆彦は、七〇年代を通過できなかった詩人たちのそばにいたと思う。彼自身、上手く通過することができなかった。現代詩と現代美術という最悪の二重苦を背負って、ずっともがいていた。吉増剛造も、天沢退二郎も、鈴木志郎康も、それぞれのフィールドを見出し、そこにちゃっかり収まって、上手にやっていたのだ。僕にはそう見える。それなりに、着々と、キャリアを積んできた。ゆえに「現代詩文庫」の続編を持つことができた。続編を持たぬ岡田は、やはり七〇年代を通過し損ねたと言う他ない。

僕はあってしかるべき岡田隆彦の全詩集が未だに刊行されていないことを、どんな理由があるのかよく知らないけれども、美しいと思う。死後なおアンチを貫いている感じがする。今、岡田隆彦の詩が読めるのは、「現代詩文庫」の岡田隆彦詩集ぐらいか。でもそこには彼が六〇年代に書いた詩しか収められていない。その後の、三〇年以上に及ぶ仕事が、ごっそり抜け落ちている。その欠落を、詩書出版界の社会的責任がどうしても行き届かない、今となっては修正不可能な詩史的断層として僕は意識している。その断面の美しさを、適当な言葉でフォローするつもりもない。酒を飲みながら見つめるだけだ。

するとと断層から声が聞こえる。

「浮いてこい」

女の声だ。

岡田史乃が第一句集『浮いてこい』を「手帖舎」なる版元から刊行したのは一九八三年だった。装幀は吉岡実である。『浮いてこい』。すごい題名だ。すごすぎる。アルコールに溺れてぐったりと沈んでいる隆彦がいて、その様子を見つめている史乃がいて、「浮いてこい」だ。強い。なんて強い言葉だろう。この一言だけで、史乃の完勝と言えるかも知れない。表題の由来となった史乃の一句。「悲しみの芯とり出して浮いてこい」。句集の末尾はこうだ。「去年今年詩人籠れる鍵の内」。

でも岡田隆彦は決してノックアウトされたのではなかった。『時に岸なし』が刊行されたのは史乃の句集刊行の二年後、一九八五年。この詩集で岡田隆彦は見事な復活を果たす。まさしく「浮いてきた」のである。それがたとえ一瞬の復活でもかまわない。詩人は死ぬが詩集は残る。詩集は何度でもよみがえることができる。

岸辺のない時を、浮いたり沈んだりしながらドンブラコと漂っていた岡田隆彦が、最後に残した詩集は『鴫立つ澤の』（一九九二年）という。死を色濃く予感させる表題だ。刊行から五年後に岡田は逝った。その一九九七年に、ロシアの映画監督アレクサンドル・ソクーロフが日本で撮った映画『穏やかな生活』に、まさに「鴫立つ澤の」シーンがある。いや鴫ではなく鴨だったかも知れない。澤に佇む渡り鳥の影を映画はいつまでも見つめていた。そこには「孤独ですか？」という字幕が入っていたと思う。

サタンの書

――山本陽子「遙るかする、するするながらⅢ」

日本語で書かれた最も異様な言葉だと思う。痛ましさの強度に圧倒された。日本の現代詩はアンダーグラウンドだから、そこからなおも地下に潜ろうと思うと部屋に閉じこもって布団にくるまっているしかない。そんなふうにして三年ぐらい日本語を恨み続けていたが、壊すこともできなかったし、壊れることもできなかった。山本陽子の詩（暗号化された不可解な日本語だと思った）に出会ったのは一九八六年に遺稿詩集が刊行されたときだ。僕はその詩集を池袋の「ぱろうる」で見つけた。七月堂が制作した私家版だ。以来、僕はこれを密かに「サタンの書」と呼んでいる。まず装丁からしてまともじゃない。背のない筒状の段ボールに白と黒の二冊が包まれていて、段ボールの表面にも二冊の背にも何も印刷されていない。つまり、外側からは著者名も書名もまったく分からない。それは本の形を模した紙の造形物といったような姿で書店の本棚に差し込まれていたのだ。箱から出すと、黒い本の表紙には『山本陽子遺稿詩集』と赤い文字で記されており、白い本は追悼文や解説等の散文で構成された別冊になっていた。別冊から得るところは多かったが、これがなければ（僕の勝手な美意識では）より完璧な書物になっていたことだろうと思う。

そして山本陽子全集が漉林書房から刊行されることになる。一九九〇年、その第二集でようやく彼女の「横書き詩」群（それは遺稿詩集からも弾き出されていた）に辿り着く。彼女が異様の増殖をぎりぎりまで追い詰めていった時代の詩群だ。僕はそれらをわくわくしながら読んでいたが、しだいに当惑していったことを覚えている。この異様を好奇の視線だけで楽しむということができなくなった。単に単語や文法が壊れているということだけならばちょっとした言語障害ということで理解できるし、修飾の一種として壊してみせているだけならそういう詩法もあるだろうと理解できる。ところがここにはどうも彼女なりに発案された別の文法があるように思われ、また分裂した単語にも何らかの規則があるように思われたのだ。ようするに日本語の文法と単語を素材にして、彼女にしか分からない特殊な言語体系が形成されているような印象を持ったわけだ。遺稿集の別冊では坂井元彦氏が科学的な分析を試みていたが、そうしたアプローチをしてみたくなる気持ちもよく分かったし、氏の分析もここに来ていちいち腑に落ちた。

日本語に愛されなかったということなのかも知れない。それでも詩を書こうとしていた。呪われた詩集だと思う。あの頃の僕は自分への執着を病理に還元したいと願っていた。おまえの精神は病んでいるというお墨付きが得られたらどんなに楽だったか。しかし病理もまた逃げ道にはならないということをこの詩集は告げていた。病理に抗う厳しい態度がこの詩集を緊張させているように思われる。緊張しながら激しく痙攣しているような状態をイメージする。そしてこれは凄まじく孤独な戦いでもあったと思う。ここでは彼女一人だけが日本語から疎外されているのだから。

そうして山本陽子の詩は僕にとっては唯一の現代詩のアンダーグラウンドとして意識されることになった。この呪いは現代詩の至るところで今もなお散見できる。日本語を壊してみせるだけではもう何も面白くない。絓秀実は『詩的モダニティの舞台』という本のなかで「怠惰」ということをキーワードにして山本陽子の詩を分析していた。「怠惰」という身体的な状態のなかで言葉だけが極端に研ぎ澄まされていくという経験は誰にでもあるだろう。むしろ「怠惰」こそが詩に緊張を与えるのだと言えるような気さえするがどうか。しかしそうした状態を持続させるということは容易ではない。いわゆる社会生活に巻き込まれるところで詩がダレていくという感覚が僕にはある。いけないとは思うが、なかなか折り合いがつかない。詩が一度きりの試みであるということは今ではとても困難になっている。しかし反復に抗いたいという欲望を小馬鹿にはできない。「サタンの書」に睨まれているわけだ。

純粋詩人に物申す

——『高貝弘也詩集』

　詩人は批評が書けなければダメだという定説がある。確かに近代詩以降、文学史に名を刻んでいる詩人のほとんどが批評を書いてきた。それは詩人の不可避的な属性であって、ようするに詩人は詩だけ書いておればいいというものではなかった。もちろん、すべてがすべて詩論と呼べるような本格的なものではない。今では読むに堪えないような批評的な散文を適当に書き散らしていた詩人もいる。しかしながら詩が残ってナンボなのであって、人それぞれ得手不得手があるのだから、ヘボな散文までが残されたとしてもそれはそれで名誉なことだ。いかに優れた詩論であれ、それだけを残して消えた泡沫詩人なんて聞いたことがない。

　しかるに、とにかく詩人は批評が書けなければダメなのである。私は何度そう言われたことか。この定説は戦後詩以降さらに強固なものとなっており、詩人が詩よりも批評で勝負するという風潮さえなきにしもあらずである。批評はオモロイが詩はナンジャコリャみたいなのが詩壇ジャーナリズムのなかには確実に存在する。ただし批評がオモロイだけましであり、批評もつまらんし詩もクダラナイのにやたらでかい顔をしているというのもある。ようするに田舎政治の世界だと思えばいい。前置きが長くなったが、高貝弘也という詩人はそうした田舎政治とは無縁の詩人である。「極北」とか「虚空」という言葉が似合う詩人であり、世俗に穢れていないという印象ではピカ一である。九〇年代の現代詩はそうしたタイプの詩人をもう一人見出している。江代充だ。

九〇年代の現代詩はこの二人の突出した詩によってその現在を支えてきたと言っても過言では（あるが、まあいいとして）ないだろう。実際この二人に対する評価は、相対的な評価以上の言説を多く導き出している。だがそうした評価は、言うまでもないが、ジャーナリズムの怠慢を露骨に物語っているのである。確かに高貝も江代も詩壇的田舎政治とは無縁かも知れない。しかし同時に批評とも無縁なのである。それは彼らがほとんどまともな批評を書いていないことにも由来している。批評を書かなくても高く評価されている、ということではない。中原中也研究や宮沢賢治研究でもあるまいし、そんな特権的なポジションが現代詩の現在に与えられるはずはない。ようするにここでは、批評を書かないから高く評価されているという事態が少なからず起きているのであり、それはもはや期待値だけの世界だと言っていい。これは最悪だ。

「現代詩文庫」一六七番の高貝弘也詩集は、彼の詩集をオリジナルの形態（尋常ならざる書物）で読んできた私にはどうでもよいサンプル本で、採録されている「詩論、エッセイ」の類が唯一期待するところではあった。初見の七つの散文が採録されていたが、いわゆる詩的散文の類であり、まあ呑気でいい御身分だなというのが私の印象だ。まるで神学者のようで畏れ入ってしまうところもあるが、結局そういうところに詩の言葉が回収されていくのだとすると、絶対に違うだろうと私は強く思うのだ。この時代に誰がもっともラディカルな詩集制作を実践してきたのかと問うなら、それは吉増剛造ではなくて高貝弘也であったはずだ。そこにはキレイごとでは済まされないズズ黒い欲望が渦巻いていたのではないのか。

詩集制作の隅々に至るまでの高貝のこだわり、その統括願望に、発行者や編集者、デザイナー、オペレーターはうんざりしながらも付き合ったことだろう。しかし彼らは高貝の寝言に付き合ったのではなくて、批評にこそ付き合ったと考えるべきだろう。だからもう神学者風の寝言はいい。詩人の批評をまともに書くべきだ。「現代詩文庫」にも入ったことだし、そろそろ捨て身になって自分自身への期待値を裏切ってみてはどうか。高貝の詩の言葉が常に人の生死に張り付いているのはわかる。でもそれは神様が課す苦役などではなくて、むしろ彼の詩の言葉が欲望しているユートピアかも知れないのだ。それを批評の届かない空白地帯としている限り、現代詩は腐っていくし、その腐敗と自分だけは無縁だと思わない方がいい。詩人であることは神学者であるよりもよっぽど困難ではないか。

殺気と抒情

――中尾太一

異様に長く垂れ下がった一行。その連なりが詩を構成する。この詩形式は即座に、稲川方人の詩集『聖－歌章』（二〇〇七年一〇月）を想起させる。詩形式ばかりではない。中尾太一の第一詩集『数式に物語を代入しながら何も言わなくなったFに、掲げる詩集』（二〇〇七年六月）は、その表題の異様な長さにおいて稲川の詩集『君の時代の貴重な作家が死んだ朝に君が書いた幼い詩の復習』（一九九七年五月）を想起させる。さらに言えば、詩集に収められた詩篇の総てにおいて、稲川方人の全詩集からの影響が露骨に示されている。むろん中尾太一は意識的である。それは本書の、これはマニフェストであろう、「あとがきにかえて」を読めば明白だ。

誰だって先行詩人からの影響を受ける。あたりまえだ。特定の詩人から強烈な影響を受けることもあるだろう。大多数の詩人はその影響に無自覚であり、趣味の領域で真似事をしているに過ぎない。しかし、未知の新人として出発したいと願う詩人であれば、ふつうはその影響下から逃れようとするだろう。そのために、可能な限り影響の痕跡を消し去る作業から始めるはずだ。あるいはその影響を、詩人や詩史に対する礼儀正しい敬意としてそっと差し出してみせるだろう。いわゆるオマージュという態度だ。では中尾太一の詩は稲川方人に対するオマージュと言えるのか。言えない。どう読んだってオマージュではあり得ない。単に無自覚なのか。そうではないと本人が書いている。ではこの露骨な影響の掲示をどう読むべきか。

結局、僕には「喧嘩を売っている」としか思えないのだ。「捧げる」ではなく「掲げる」という態度、そのアクションにおいても、そう考えるしかない。とすれば、中尾太一はここで、稲川方人の全詩集を解体し、それをプレ・テクストとして、自らが執着し構想するところの抒情詩（しかも恋愛詩だ！）として再構築＝リメイクしてみせたのだと言えるのではないか。問題はその詩形式である。先にも書いたように、この詩形式は稲川が「聖-歌章」で試みようとしたものだ。稲川がその試みを一冊の詩集として問う（二〇〇二年にはすでに予告されていた）前に、それを先取りしてしまったわけである。こんな事態がかつてあっただろうか。

「おいちょっと待てよ！」と僕なら言っただろう。「そりゃねえだろう」と。だが稲川はそんな野暮なことは言わない。むしろ中尾太一を激賞する。なぜなら、稲川は自らが試みようとした詩形式にオリジナリティーを主張したことなど一度もないからだ。むしろことあるごと（「現代詩手帖」誌上での対談や座談、二〇〇三年の「秋吉台芸術村現代詩セミナー」での講演など）に、それが共時性を持ち得ること、「稲川某というヤツの達成」などに還元されるべきではないことを口にしていたように思う。とはいえ、そこで試みられた詩形式が現代詩の新たなスタンダードとなるはずもない。特異な詩形式の批評的歴史的共有といったことが本当に起こり得るのか。実は政治的共有ではないのか。僕がひっかかるのはそこだ。

では稲川や中尾太一の他に、近年、このように長く垂れ下がった詩形式を試みた詩人がいただろうか。僕が知る限りでは倉田比羽子の『世界の優しい無関心』(二〇〇五年)がその最初の実践であったと思う。次に瀬尾育生の『アンユナイテッド・ネイションズ』(二〇〇六年)が、その詩形式を部分的に採用しつつ、散文詩と行分け詩の双方に要請される今日的問いを意識的に展開してみせた。その次が中尾太一、ということになる。いずれの詩集も稲川は絶讃してみせる。その度に、それが一時的なモードではないことが確認されてゆく。これはいったいどういう事態か。

稲川は言うだろう。口語自由詩以後のいわゆる「行分け詩」は、無意識の領域に支えられた技術に過ぎないのだと。それは「ズル」であると。よって「行分け」という行為にひそむ無意識を徹底的に意識化するしかないのだと。それが現代詩の出口であり、同時に真の始まりであるだろうと。マジかよ、と僕は思う。そんなことができるのか。そんなことをやっていたら狂ってしまうだろう。

そこで僕は気がついたのだ。そういう試みをやってみせた詩人たちがすでにいたのではなかったか。山本陽子や支路遺耕治(川井清澄)たちだ。彼らは六〇年代後半から七〇年代にかけて、日本の現代詩のもっともラディカルな局面に立っていた。行けるところまで行こうとした。そして帰ってこれなくなった。現代詩の歴史に深く潜行してしまったように僕には見える。だとすればこの異様に長い一行という詩形式もまた、より深く潜行するためのダイビング＝タイピングなのだと。そこで現代詩の失われた可能性と再会する。約四〇年ぶりの再会だ。

ゆえにこの詩形式は「死ねるだけの高さ」を可視化したものではない。「殺せるだけの深さ」を可視化したものであろう。誰を殺すのか。「海洋」に気持ち良くプカプカ浮かんでいるボンクラ詩人どもだ。いいか中尾太一、間違えるなよ。死ぬのはヤツらだ。現代詩なんてぜんぶネタにしてしまえ。

詩クロニクル2001

懺悔の値打ちもない
町田康の新詩集出版停止が投げかけるもの

もともと現代詩など読んだことがなく、読んでみたところでなかなか興味の対象とはなり難いし、ダンナが詩を書いているということをどう理解していいのか（おそらくかなり恥ずかしいのではないか）困っていた様子の妻ではあったが、ぽつぽつと依頼が来て、小遣い程度とはいえ原稿料を頂いているのだから、まあ作家の端くれではあるのだろうと思っていたようだ。

ところがいざ詩集を造るという段になると、打ち合わせと称して度々上京するようになる。「ふつうは編集者が出向いてくるものではないの？」と妻。私が茶を濁していると、妻は妻なりに、そうしたアゴアシ代も詩集刊行のあかつきには、当然支払われるであろう纏まった額の原稿料のなかに計上されているに違いないと解釈した様子。だから、原稿料どころか一〇〇万円近い制作費をこちらで負担することになるのだと打ち明けた時、彼女は絶句し、大きく落胆し、幻滅をあらわにした。

実際は限りなく自費出版物に近いものを、あたかも版元の企画本であるかのように見せ掛けて出版する。著者は私家版であるよりはその方が見映えがいいし、もっぱら書店への流通こそを期待しているのだから、高額な費用負担にも文句は言わない。かくして詩書出版業界は、出版業ならぬ製造業（造るだけで儲かる）で細々と生き延びることになる。実に不健全だ。しかしこれが健全化すれば、詩集など今の一〇分の一程度しか書店に並ばないだろう。それは青土社の現在の詩書刊行点数を見れば明らかである。この不健全さが、いかに切迫した悪循環によって成り立っているにせよ、詩書出版にとっては一つの実践的な運動のモデルたり得ているのだから止めるわけにはいかない。私はこのことを肯定的に理解するまでに一〇年かかった。多くの幻滅を通してだ。

今月は町田康の一件が最大のニュースだろう。刊行目前の新詩集『土間の四十八滝』を、版元の思潮社が一方的に出版停止にしたという内容だが、著者のエゴと版元のリスクとが最大値で衝突せざるを得ないこの文学の血腥い辺境では、どんな理不尽なことも普通に起こり得るということだ。思潮社の判断が正しいとは思わない。しかし、思潮社が町田の読者を切り捨ててまで守ろうとした何かに、私は決して無縁とは言えないだろうと思う。

日本の詩集はどこにあるか
詩書流通の現状

私は福岡で暮らしている。福岡には詩書専門店なるものは存在しない。詩集を買うときはダメもとで中心地の大型書店に行く。たまに新鮮な現代詩が紛れ込んでいることもあるが、私の実感では稀だ。それにしても詩集らしい詩集が少なくなったような気がするのは私だけか。詩集だというのに、見た目は小説と変わらないような、返品に便利なカバー装の普通の本にさせられている。大手取次からの指導でもあるのか。

装丁も確かめずに取り寄せ注文する感覚がまったく理解できない私は、書店の店頭でペラペラめくって、買うか買わないかの判断ができる詩集にしか反応しない。となると、もうほとんどの詩集には出会わないことになる。書評や時評で紹介されている詩集の多くも、本屋で普通に売られているわけではない。詩のジャーナリズムはどうやって詩集を仕入れているのか。まず間違いなく献本に頼っているだろ

う と私は思う。献本という詩人対詩人、もしくは業界関係者への「私信」のようなものが、詩書流通の実質になっているのは知れたことだ。世の中には放っておいても続々と献本が舞い込んでくるような詩人がごろごろしているわけだ。本屋で詩集が買えなくてもちっとも困らない詩人たち。詩のジャーナリズムは彼等によって担われている。昔からそうだ。かく言う私も自分の詩集を一〇〇冊ぐらいばらまいた。

最近読んだ詩集らしい詩集は北川透の『黄果論』(砂子屋書房)だけだ。ならばごちゃごちゃ書いていないで『黄果論』について書きなさい。テクストに真摯に向き合いなさい。その通り。でも私は『黄果論』しか読んでいない。せめて「たまたま読んだ何冊かの詩集のなかでこの詩集が良かった」という程度の実感は欲しい。そうでないと何を書いても嘘になるような気がする。詩書流通の現状を無視してジャーナリズムもクソもあったものではない。本屋本屋で偶然に出会えない書物なんて……。しかし書き手は必死だ。私も必死になって未知の才能に出会う努力はすべきなのだろうが、だんだん頭に来た。するかそんなもんばかやろう。

現代詩って何なの？
アーサー・ビナード『釣り上げては』

アーサー・ビナードの『釣り上げては』(思潮社)を読んだ。東京出張のついでに探して買った。今年度の中原中也賞詩集である。実は私の詩集も同賞の最終選考に残っていた。そういうわけで、「こんな詩集は絶対に認めないぞ」という思いで『釣り上げては』を読み始めたのだった。帰りの飛行機のなかで読み耽っていた。そのおよそ一時間のあいだに、私はアーサー・ビナードがどんなやつなのかよく判った。

アーサー・ビナードという詩人は、二〇年ぐらい前に父を飛行機事故で亡くしている。その父の記憶や、父の死へと向き合う視線が、痛切だが温かみのある言葉で綴られている。これは言ってみれば慎ましい追悼詩集なのだと思う。時に彼はタッパーを持って「キヌゴシ」を買いに行くような庶民であり、よれよれになったTシャツをタッグが取れるまで着続けている貧乏人でもあり、「エホバの証人」の勧誘員を相手に日本語の自主トレをするちゃっかり者である。浮浪者に自己を投影してみたり、もし選挙権があったとしても投票に行かず部屋でゴロゴロしていただろうなどと呟いてみせる。そしてその傍らに、小さな隣人たちへの優しい眼差しを置く。どうも憎めそうにない。ということが判るように彼の詩は書かれている。判りやすい。共感できる。そこが長所だ。しかしそれ以上にこの詩集が強いのは、何よりも日本語こそが愛されているからだと思う。

妻にこの『釣り上げては』を読ませて、「おれの詩集とどっちが良いと思う?」と聞いたらウーンと唸ったあとで、「あなたのやってる現代詩って何なの?」と言われてしまった。実に的確な反応だ。咄嗟に「チンポの切開手術みたいなもんだ」と答えていた。判るわけがない。私はそんな日本の現代詩をせっせとやっているが、アーサー・ビナードはアーサー・ビナード自身を悠然とやっている。そういうことだと思う。私は「詩人」というのがほとんど差別用語であるような無理解な一般現代社会を生きているが、アーサー、君はどうだ。私は未だにエロ本買うより現代詩集を買う方がよっぽど勇気がいるのだが。つまり現代詩はそれぐらい凄まじくエライはずなのだが。

どうか岡田隆彦の詩がみんなで読めますように

むかし、岡田隆彦という、アル中の詩人がいて、私は大好きだったのだが、今ではたぶんあんまり知られていない。凄い詩人で、六〇年代の、現代詩のヒーローだった。その詩人が一九八五年に出した『時に岸なし』(思潮社)というアル中詩集は、私のバイブルであり、この爛れた生に唯一、小さく頷いてくれるものだ。

その岡田隆彦も死んでしまって(ずいぶん前に)、私はもう、詩を書いても、読んでほしい人がいなくなってしまった。その代わりにこの数年は、もうやってられないと思うと、彼の詩集ばかり読んでいる。つい先日お医者さんに、「このままではアル中ですか？」と冗談で聞いたら、「いやもう立派なアル中ですよ」と言われてしまった。記憶を失ったり、やたらと暴力的になったりするのはアル中の初期症状らしい。血液検査の数値も酷いものだった。「どうにかしなさい、このままでは奥さんやお子さんが可哀想だ」と医者は言う。ああそうですか。まあそうでしょうね。

岡田隆彦が死んだとき、すぐにでも「全集」が出るような話を聞いた。しかし未だに刊行されていない。なんて不当な。しかし、私は実は「全集」なんてどうでもいい。そんな重厚で読みにくい書物で詩を読みたいなんて思わない。『吉岡実全詩集』（筑摩書房）を買って損したという苦い経験がある。ほとんど本棚の飾りにしかなっていない。だから『田村隆一全詩集』（思潮社）は買わなかった。私は思潮社に言いたい。どうして「現代詩文庫」で岡田隆彦の続刊を出さないのか。既刊の『岡田隆彦詩集』（現代詩文庫三〇番、思潮社）で読めるのは、彼の六〇年代の詩篇だけである。

七〇年代以降の岡田隆彦の詩集が、私は好きだ。なぜなら、そこには抵抗の痕跡が、泣きたくなるほど理性的に露出しているから。彼はしきりに「渇き」という言葉を書いた。咽が渇くのなら水を飲めば済む。しかし彼は水の代わりにアルコールを飲み続けた。いったい何に渇いていたのだろう。理解か？　愛情か？　たぶんそうではない。やはり詩に渇いていたのだと思う。そして詩が渇いていた。それはミイラのようになり、最後は化石になった。ひとりの言葉の、果敢で残酷で見事な生涯だ。

北川透『詩的スクランブルへ』ほかへそのごまvs詩論

三月の終わりからずっと体調が悪くて、それでも仕事には行っていたのだけど、とうとう寝込んでしまった。解熱時の汗を吸い込んだ下着が気持ち悪くて、ぶるぶる震えながら何度も着替えた。ぜんぜん風呂に入っていないので、カラダ中がべたべたしていて臭い。なんとも気力を失って、しょうがないので臍の穴に指を突っ込んで、黒いものをほじって鼻先で嗅いでいたら、妻が仕事から帰ってきた。おまえもこれを嗅いでみろと差し出してみるが、応じない。虚しい。

世界はかくも退屈で、とりあえず何かやっていないと身が持たない。だから人は時に詩など書いたりしてしまうのだろうが、詩論となると話が違う。暇つぶしでは書けない。詩論を書くというのは、よっぽどの使命感でもなければできないことだろうし、それは読む側にとっても同じではないだろうか。誰が暇つぶしに詩論を読んだりするだろう。おれだって読みたくないよ、そんなもの。でも「読まなアカンよなあ」と思ってそれなりに気にかけるのは、ジャンルという概念の存続を支えているものが作品ではなく「批評」であることを信じるしかないからだ。歴史的に。

そういうわけで、今月は「現代詩手帖」五月号の詩論特集や、北川透の新刊評論集『詩的スクランブルへ』(思潮社)をふらふらになりながら読んだ。北川が野村喜和夫や守中高明らに仕掛けた論争(『討議戦後詩』に対する)は喧嘩腰で、嫌みを言うときはカタカナ表記にしたりして、なんというか、結構笑える。品がない。この品のなさが最大の勝因だったのではないか。使命感というより、欲望が剝きだしになっているような感じがする。それが言葉に強度を与えているのだろうと思った。

笑えたと言えば、相原コージの『なにがオモロイの?』(小学館)。これは圧倒的にオモロかった。歴史的にだ。暇つぶしにコンビニで買って読んでいて、本気でそう思った。大衆性と作家性とのせめぎあい、ギャグ・マンガの定型(パターン)の確認と破壊と更新、それらがここでは同時に起きている。凄い。

やぶれかぶれ
飯島耕一『浦伝い　詩型を旅する』

飯島耕一の新詩集『浦伝い　詩型を旅する』(思潮社)が刊行された。それにあわせて、「現代詩手帖」六月号で、新倉俊一と飯島が対談している。そのなかで新倉が「(この詩集では)〈自由詩の定型〉が全面開花している」と評したのに対して、飯島自身もそれはうまい言い方だと、実際そういう試みだったのだと頷く。定型論争の当時、「定型」という言葉に頑なにこだわる飯島に対し、たとえば平出隆はこう発言していた。「すぐれた詩的実践はそのままで、詩形式批判として形成されてくるほかはない」（『光の疑い』）と。

「自由詩の定型」なる言葉と、「詩形式批判として形成された詩的実践」とに、どれほどの理解の違いがあるのか。私にはほとんど同じことを指しているとしか思えない。とすれば、飯島耕一は今に至ってやっと平出の理解に辿り着いたのだと言える。いったい飯島は論争当時、人の話をまともに聞いていたのか。「聞いてられるか、そんなもの」というのが、たぶんこの詩人の偉大さだ。「実践あるのみだ」という。

また、そもそも日本の現代詩が「何でもありのオジヤ状態になっている」ことを嘆いて「定型」なるものを提唱したはずの飯島が、この対談では「……だから、もうなんでもいいんですよ。なんでもね、引っ張ってきて層の厚いものを目指したかった」と言っている。この不徹底ぶりはどうだ。「自由詩の定型」なる矛盾した言葉を援用するなら「不徹底の徹底」とさえ言いたくなる。これこそ飯島耕一の真骨頂だ。

私はふざけているのではない。『浦伝い　詩型を旅する』という詩集は面白い。飯島耕一という「やぶれかぶれ」な詩人の美質がよく伝わってくるからだ。そしてこの詩集には今の世界を肯定しようとする視線は微塵もない。基本的には「みんな死んでしまえ、ばかやろう」と言っている。なんせ「うしろのほうに坐っている／金色の髪の学生に／おい／おれといっしょに／ニューヨーク爆撃に行かないか」である。しかも連作の最後を締めくくるのは、手術の前日に陰毛を剃りに来た「十九か　はたちの／現代っ子の看護婦さんの／やさしい手の感触」であり、「あの手が／結局　最後に残されたのか」とこの色オヤジは呟くのだ。そんなもんだけ肯定してどうすんねん。でも実に見事に詩人だ。詩人はこうでなくてはいけない。

切手を舐めているうちに気を失った
平出隆『葉書でドナルド・エヴァンズに』

長い間その刊行を心待ちにしていた本が出た。平出隆の『葉書でドナルド・エヴァンズに』（作品社）がそれだ。しかし、刊行された本は、私が夢見たものとは違っていた。ここに収められたテクスト群は、初出時（「.i s」ポーラ文化研究所）では、ドナルド・エヴァンズ自身の作品（偽切手）がちりばめられたオールカラーの図版とともに組まれていたはずである。もう一〇年以上も昔の話だ。私がイメージしていたのは、初出時の優れたデザイン・ワークがそのまま再現されているような書物であったから、正直言って拍子抜けしてしまった。

むろん、著作権上の問題でエヴァンズの作品を惜しげもなく使用することはできなかったのだろうと容易に推測される。またそのことが、この書物の刊行が遅れた理由になっていたのかも知れない。しかし結果的に、平出は初出時の形態からほぼテクストのみを救い出したのだと言えるし、そうすることが何らかの意義を醸成するまで一三年間の遅れが必要だったのだと言えるのかもしれない。

ではどのような意義が醸成されたのか。遅配、誤配、散逸、紛失。着想時の仮構が、放置された時間のなかで現実の方に近付いてくる、似てくる、という二重の構造がここにはある。それが、あたかもそのように読めるのでなければ、おそらくテクストのみを再構成するには、強度が不足していたことであろう。

ではこの書物は詩集と呼べるか。私は断言できる。これは平出隆の新詩集である。「親愛なるドナルド・エヴァンズ」「ドナルド・エヴァンズ」「ドナルド」「ドーク・エモンズ殿」「ドナルド」「ドナルド」と、呼び掛けは次第に親密になっていくが、もちろん平出は葉書を一方的に送り続けている（書き続けている）だけだ。「不在」に向けられたこの夥しい投機（回収不能な）は、言うまでもなく、「花嫁」連作でデビューして以来、平出の詩を貫いている厳格な「態度」であり、それはいたしかたなく現代詩の運命に似てしまうだろう。

まあしかし、これだけ嘘っぱちが書けるというのは凄い。平出隆という詩人は、ひょっとしたら「実生活」なるものをナメまくっているんじゃないかとも思いたくなる。いやそれはそれでまったく正しい「態度」なのだが。

猿の飯場

気狂いの夏だ。最近は思い出したように『猿の惑星』(68)のサントラばかり聴いている。言わずと知れたジェリー・ゴールドスミスの傑作である。酒の肴にはうってつけだ。ビョーン、ダッドットッドン、ジュワーン。メロディーのメの字もない。こんな現代詩が書いてみたいものだ。

花輪和一の『刑務所の中』(青林工藝舎)。去年の七月に刊行されたマンガ。それを今頃になって紹介するのも気が引けるが、これはめちゃくちゃ面白かった。著者の花輪氏は拳銃不法所持で懲役三年の実刑を受ける。その獄中記だ。ニコチンからもアルコールからも遮断された塀の中で、花輪氏は凄まじく規則正しい生活を強いられる。その結果、思いがけず「体の軽い」「さわやかな朝」に再会する。花輪氏はそれをこのように言う。「そうだ思い出した／子供の頃の夏休みの朝がこういうさわやかさだった」。ああ、ああ、なんという奇跡のような極上のギフト！

塀の中だろうが外だろうが、男たちだけの世界が『猿の惑星』にも劣ることは薄々判っている。なんせおれは男子高出身だ。そして親父は土方をしていた。母は飯炊き。いわゆる飯場育ちだ。そこで交わされる日常的な会話というものは、実にどうでもいいことばかりである。ひたすらどうでもいいレスポンスの連鎖をやっている。同じ話題を毎日同じ時間にみんなで延々と繰り返すわけだ。「コーヒはやっぱUCCやねえ」「うんUCC。でもポタジュウはポッカ」「そうそうポッカポッカ」等々。脳がドヨーン。思考を回避することがマナーなのだ。とにかく時間だけ過ぎてくれればいいという。

そうだ思い出した。飯場では朝飯を食べながらTVで『小公女セーラ』を観るのが日課だった。早朝の再放送アニメだ。おっさんたちがみんな真剣に観ていた。絵の具で描かれた彼女の理不尽な生涯を。あんぐりと。誰もチャンネルを変えようとしない。あれは何だったのだろう。あの空気は。考えよう現代詩は。いや考えるな。ちがう考えるべきだおれは。夏休みの朝! ビィヨーン、ダッドットッドン、クゥワー、ジョーン。上半期のベスト詩集は吉田文憲の『原子野』(砂子屋書房)に決定しました。……

片輪の文学
高貝弘也『再生する光』

「ふつう人間は明日ということを考えますよね。ところが父は……」と息子が語るほど、吉田一穂という詩人は破天荒な人だったらしい。しかしその詩となると精緻きわまりない。なんせ生涯かけて一冊の詩集をリメイクし続けたような詩人である。いわゆる完璧主義者だ。その完璧主義も行くところまで行ってしまい、最後は「白鳥」一篇しか認めぬほどであった(あと数年生きていたらそれさえ否定したであろう、と息子)という。「文学というものは健康であるべきで、片輪の文学は認めぬ」という一穂自身の言葉をここで紐解くならば、彼は自身の詩でさえ「片輪の文学」と判断したことになる。壮絶だ。

かつて四方田犬彦をして「吉田一穂の隔世遺伝か? この不吉さはただごとではない」と言わしめたのが高貝弘也だ。高貝は「書物」で勝負し続けている数少ない現代詩人である。「書物で勝負する」というのは、詩集を作品の最小単位とするということだ。これは近代以降の詩人にとっての宿命だと私は考えている。それに対し、「詩人は一篇の詩でこそ勝負すべきであり、それが結果的に編纂されたものが詩集である。だから読者はどこから読んでもいいし、好きな詩だけを繰り返し読むことができる」というのが、おそらく詩集という書物に対する一般的な理解だろう。

しかしその考えに高貝は一貫してNOと言い続けてきた。その闘いは徹底しており、その徹底は、組版や造本の意匠の細部にまで及んでいる。当然である。書物を最小単位とする以上、ありうべき詩形式の獲得と全体像の構築、その具体的な刻印とは同等に示されねばならないからだ。つまり彼の詩は、本質的に、書物の設計と深く関わらざるを得ないのである。何を言っているのかさっぱり判らないという人は、高貝弘也の新詩集『再生する光』（思潮社）を手に取ってほしい。

吉田一穂の完璧主義は「病理」に少し接近し過ぎたと私は思う。高貝のそれは「病理」を厳格に排している。しかし、そうであるために、「聖なるもの」への危険な接近が試されているように思う。不吉だ。「病理」も「聖なるもの」も「片輪の文学」へと至る他ないであろう。それが詩の必然？　冗談じゃないよ。

本当に小さい秋を見つけました
川端隆之と川口晴美とリミックス詩

川端隆之という詩人が川口晴美という詩人（以下「という詩人」省略）にいちゃもんをつけている。内容はほとんどゴシップに近い下世話なものだ。こういう話。川端は「現代詩手帖」でリミックス詩篇なる企画物を連載していた。彼の詩を別の詩人にリミックスさせる、というもの。で、川口もそれに参加した。そして川端の「戦争」という詩を彼女なりにリミックスした。問題は彼女がそのリミックス詩を新詩集『ＥＸＩＴ』（ふらんす堂）に採録したことに端を発している。タイトルを「戦争」から「№Ａ」に変えている。そしてこれが川端とのコラボレーションであるむねの注記がない。他の詩篇では引用出典の注記がされている。これはおかしいではないか。

川端は言う。敢えて出典を明記しないというのであれば、その意志を「現代詩手帖」編集部なり川端本人なりに前もって告げ、許可を取るというのが筋ではないかと。いいなあ。俺はいっぺんに川端が好きになってしまったよ。彼は正直だ。ようするに「誠意を見せろ」と。腰の低いソフトな書き方はしているが、言っていることはほとんど極道である。この川端のいちゃもんが掲載されているのが「現代詩手帖」（一〇月号）だというのがまた泣かせる。恥

松本圭二セレクション 9

栞
二〇一八年六月
航思社

資本主義とオルタナティヴ――山本 均

松本圭二の作品が「セレクション」全九巻として刊行されると聞いたときは思わず笑ってしまった。しかし実際に、最初に刊行された『ロング・リリイフ』『詩篇アマータイム』『さらばボヘミヤン』の三冊が本屋の店頭で並べられているのを見たとき、全九冊が揃うのが楽しみになった。それも今回の巻で現実となるので、本屋で並んでいるのを見てどんな感慨を覚えるのか、出版社の営業のように、今や少なくなった本屋巡りでもしてみようかと思っている。

＊

一九九六年に福岡に行き、その後結婚した松本とは、電話でもメールでもあまり連絡しなくなったが(内容も今では全く覚えていない他愛のないものだ)、そのうち三回の電話だけは今もはっきりと覚えている。

『アストロノート』(初版)を刊行した時のことだ。同書がホームページでの直売だけと知って、少部数でも本屋に置いてもらうなど、自分のあずかり知らないところで、顔の見えない読者の手に渡るような何らかの方法もほしいだろうと話した。しばらくして、ある女性が都内の本屋に置いてもらえるよう本屋巡りの営業を買って出てくれ、個人経営らしき本屋と東京堂書店（神保町）に置いてもらえることになったと聞いた。この女性は、他の出版社の編集・営業だったが、松本の作品になにがしかの興味を持ったのだろう。東京堂からは、サインを入れてくれ、そうすれば買い取れる、という提案があったそうだ。女性の行動には当然感動したが、それ以上に、トークイベントやフェアを開くのではなく、買い取りという確実に売り上げになる判断をした東京堂の店員には頭が下がる[*1]。

　そこで、実際に置いてあるところを見てみよう（そして購入しよう）と東京堂に行ったが、すでに完売してしまったのか、見つからなかった。でも単純なことに気づいた。本屋で買うよりも直接買ったほうが、松本には少しでも多くお金は入るのだ。で、松本の家に電話してみた。奥さんが出たので「山本ですが、『アストロノート』を送ってください」と住所を伝えると、「はい、わかりました。郵便振替用紙を入れておきます」「お願いします」。なんとも

2

簡単だ。

　数日後『アストロノート』が送られてきたが、あまりの活字の小ささに一〇〇円ショップの老眼鏡では読めなかった（さらに青色の本文用紙に、紺色の文字という造本で、なんとも読みづらかった）。拡大鏡を買ってあらためて読んでみたが、それでは集中力が続かない。活字が小さいのは頁数を減らして制作費を抑えるという経済的な問題だからと分かっていても、そう簡単には読ませないという松本の素晴らしい悪意かなと穿った考えも掠めたが、それは、俺がそうあってほしいと望んだだけであろう。

＊

　それからしばらくして、国会図書館で暇つぶしをしながら携帯電話でネットを見ていた時のことだ。松本が賞をとった、といった文章があったので、知り合いの編集者に真偽のほどを調べてほしいとメールしたところ、返信には『アストロノート』が萩原朔太郎賞を受賞した、これは事実である、と。びっくりしたし、本当に良かったと思った。賞金が出るのだろうから、これで本の制作費は回収されるし、本を出すことが松本家の家計を圧迫することがなくなるだろう――潤すまでにはいかないだろうが――、

そういう意味で快挙であると思った。

夜になって松本に電話した。俺が発した一言目は「おめでとう」ではなく「ざまあみろだな」だった。なぜ、「ざまあみろ」であったのだろう。それは詩に興味がない、あるいは松本に興味がない、はたまた松本の詩を批判してきた、そういう人たちに対しての言葉ではない。それらのことは自由だ。そうではなく、松本が詩を書いていることに対するコンプレックスなのか、詩が分からないことに対するコンプレックスなのか（分からないなら、それはそれでいい）、全く関係ないところで「松本は詩人だからな」としたり顔で分かったふりをしている奴らに対しての言葉だった。そんな奴らは権威に弱い、賞に弱い。そんな奴らの言葉を封じるくらいの力は賞にはあるかもしれないと考えたのだった。*2

＊

数年後、古本屋で「松本圭二セレクション」全九巻が栞付きで売られているかもしれない。それよりも私は夢想する、カバーが汚れていたり、破けていたり、中に書き込みがあったりして、店頭の一〇〇円〜三〇〇円のコーナーで売られているのを。それらを買っていったり、図書館で借りてコピーしたり

3

する者が、パソコンを駆使して「松本圭二セレクション」の海賊版、あるいは『詩篇アマータイム』の初出を集めてそれをサンプリングして『贋作アマータイム』を作ったりしないかな（これぞオルタナティヴ）と甘い考えに耽るが、でも詩はどこで屹立するんだろうか。それが詩壇といわれるものやその周辺ではないことだけはわかるが。

＊1　小泉義之氏は、「東京オリンピックも瀬戸内国際芸術祭もまったく等価である。どちらも文化を売り物とするメガイベントであり、どちらも直接間接の経済効果を狙う資本主義的な祝祭である。（…）文化産業として、両者は等価である」とし、さらに「各種のアートプロジェクトと大学で催される各種学術集会は等価である。一方はアートを掲げ他方は学術を掲げているが、文化経済的には等価である」（「競技場に闘技が入場するとき」『反東京オリンピック宣言』航思社、二〇一六年）と正しい認識を書いている。つまり、資本主義社会においては、文化が資本主義と密接な関係において発展してきたことは常識

であり、市場に流通しないものは批評にさらされることがないのと同様である。内輪のじゃれ合いだ。その結果、ジャンルにせよ個々の作品にせよ、それらは最終的に停滞し、堕落するしかない運命にあるのだといえる。しかし世の中、オリンピックと万博で溢れている。

事実確認はしていないのだが、『アストロノート』（初版）が東京堂で売られ、買われたことで、萩原朔太郎賞の候補に入れられたと聞いたことがある。

*2 俺がそういう態度をとらなかったのは六〇年代後半の時代の雰囲気の影響で吉増剛造『黄金詩篇』と鈴木志朗康のプアプア詩を読んでいたからかもしれないが、荒地派などに興味が広がることは全くなかったし、それらの詩も今読むと昔の熱が甦るというより、どこまでも醒めていくのみで、やはり俺は散文寄りだなと感じてしまう。話はずれるかもしれないが、詩的身体と散文的身体の現前にふれられる七里圭の映画『サロメの娘』の各バージョンを観ることで、詩（的なもの）、散文（的なもの）に関する考察を広げることが可能だ。

松本圭二の思い出——坂口一直

松本圭二がスタンス・カンパニーで働いていたころのことは、三〇年近く前のことだし、正直言って、もうあまりよく覚えていない。

うちの設立が一九八六年で、松本が来るようになったのはその三、四年後のことだったと思う。たしか松本は、アテネ・フランセ文化センターで働こうとしたけど断られて、アテネのビルの管理人さんのところで雑用係のアルバイトをしているうちに文化センターの仕事に関わるようになったんじゃなかったかな。まあ近くにいて入る隙を窺っていたんだろう。文化センターは、上映のほかに字幕制作をやっていたんだけど、その作業は主にうちの事務所でやっていた。そんなわけで松本はうちに出入りするようになって、アテネの仕事がないときはうちの仕事（出張映写など）もやってもらった。それで、仕事場はスタンス・カンパニーであっても、アテネの仕事をやるときはアテネからギャラをもらい、うちの仕事をやるときはうちからギャラをもらう、という感じで松本は働いていた。

　当時は、映画祭バブルのような時代で、字幕の仕事も多数あった。逆にいうと、映画祭のシーズンしか仕事がないから、松本は「季節労働者のようだ。他の時期は何をすればいいんだ」とぼやいていたのを覚えているよ。実際、松本は映画紹介――批評や評論というところまでは行かない――のライターとしてもアルバイトをしていた。情報誌みたいな雑誌の映画紹介のコーナーで、無署名であらすじなどを書いていた気がする。

　松本に最初に会ったときの印象といっても、特段覚えていない、というのが実情だね。ただ、うちにはやはり映画好きが集まっているわけで、好きな映画が話題になったとき、「お前は何？」と聞いたら「動物映画です」と。当時『子猫物語』（86）という大ヒット映画があって、映画人からは総スカンだったわけだけど、そこをあえて「『子猫物語』なんて最高じゃないですか。人間なんて信用できませんから」と言ってたのが印象的だった。斜に構えていた。社内ではおとなしく、黙々と仕事をこなしていたけれど、徐々に、根っこに何か屈折したものを抱えているのが見えてきた感じだった。そうしたらある日突然、松本が金髪になって出社してきた（笑）。松本が映画に出演する直前、八九－九〇年ごろのことだったと思う。以前、松本にそのきっかけを聞いたことがあったような気がするけれど、女にふられたとか、そんなようなことだった気がする。うちの会社には髪が腰ぐらいまである男がいて、それと松本の二人がパルコ・パート3の映写室に入っているのを客席から見れば、ロン毛のやつと金髪のやつが並ぶという、異様なメンバーの会社だった（笑）。その頃から松本に対して、一物あるやつかもという注目をするようになった。

松本が映画に出演したのは佐藤寿保監督のピンク映画『二重の鍵』（公開題「手錠暴行魔　いたぶる！」90）が最初だった。助監督を瀬々敬久がやっていて、瀬々を経由して、パンクスの役をやるやつはいないかと打診があって、松本が金髪だからちょうどいい、と紹介したのがきっかけだった。それで、気がついたら他の監督も松本を起用していて、瀬々監督の『昭和群盗伝　月の砂漠2』（公開題「破廉恥舌戯テクニック」90）と佐野和宏監督『Yokohama Long Goodbye』（公開題「変態性戯　みだらに苛めて！」91）に出演した。『月の砂漠2』は、奇しくも福島原発を舞台に、原発ジプシーと円谷幸吉を題材にした映画。下元史朗が赤尾敏のような役で、松本はその弟子にあたる役だったけど、このときはもう金髪をやめていた。ピンク映画は男優には仲間内だったり素人だったりを使っていたという面もあるけど、松本には役者としての資質もあったのかもしれないなと、今になって思う。

松本は当時すでに「僕は詩を書いている」と社内

6

でも言っていて、それでみんな「西新宿の地下街で『わたしの詩集を買ってください』なんてやってるのか」なんて、わりと茶化していたんだよね。で、誰も松本の詩を読んでみようというやつはいなかった。うちは、ふつうに働きたくなくて集まってきている集団だし、基本的に、自分以外の誰も認めないような人間の集まりみたいなところもあったしね。松本が「あるゴダール伝」（セレクション第七巻『詩人調査』所収）に書いていたけど、だるいロックをかけながら映写に出かけていく、というのはヴェンダースの『さすらい』（76）気分だな。映写機修理屋と出張映写の違いはあるけど、ワゴン車の後部に映写機を乗せて音楽をかけながら、地方の映画祭や上映会に行く。そういうロード・ムーヴィーの気分を味わっていた。世捨て人というか流れ者というかそんな感じ。

で、松本も出張映写に行ったことがあるんだけど、「富山の女」事件というのが起きてね。富山の出張映写から戻って数日経ったときのこと。突然、四〇代ぐらいの派手な女が大きなスーツケースを抱えて「松本さん、いますか?」と、うちにやってきた。たまたま松本はそのとき留守にしていたんだけど、聞けば出張映写の仕事後、みんなで飲みに出かけたスナックのホステスらしく、どうやら松本と懇ろになって押しかけてきたんだという（笑）。松本もいないし、うちにそのまま居座られてもしかたないから、説得して帰らせたことがあるけど、その後どうなったのか。

そんなある日、突然うちの会社の留守電に「てめえら、ふざけんな。ぶっ殺してやるぞ」とか「火ぃ、つけるぞ」というのが録音されていたことがあるんだよね。うちは字幕制作・映写のほかに配給もやっていた頃で、当時『五月　夢の国』という韓国の光州事件（一九八〇年に起きた、民主化を求めた民衆蜂起とそれに対する政府の大弾圧）を題材にした作品を配給していた。韓国では当局から上映中止を勧告されるような映画だったから、その手のやつからじゃないかとみんな思っていた。「俺たちも影響力あるな」ぐらいに思って、ある意味、話題になっていると喜んでいた。で、それはそれで、そういうことがあったな、ぐらいな感じでずっとそのままだったんだけど、いつのことだったか、それから何年かたった後に、松本が山本均ちゃんと連れだって来社したときに、「じつはあれは松本やったんや」と（笑）。「そうなんだ、マジかよ」と（笑）。留守電のあった当時、まだ松本はうちの会社で働いている最中だった。何食わぬ顔をしながら働いていて、俺らが「こんな電話があったよ！」なんて浮かれ騒いでいるのを横目に、内心おもしろがってたんじゃないか。ニタニタしてたんだよ、たぶん（笑）。黙々と仕事しながら、ほくそ笑んでいたに違いない。「俺だよ」なんて（笑）。

うちの会社は、ある意味自由な雰囲気なんですよ。逆にそれがちょっと「こいつら、ダラダラ過ごしやがって」というか（笑）、「ぬるま湯に浸かっているような暮らしをしやがって」という感じで、ちょっと一言言ってやろうという欲望が生まれたんじゃないか。その気持ちもよく分かる。やはり俺たちの松本に対する扱い方というのも、さっき言ったように、「詩人だ」ってことをおちょくっていたし、そのころ年齢も社歴も多分一番下だったろうから使い走り的な。それに松本は、そんなに自分を主張するようなことはなかったから、わりといいように使っていた。そんなこんなで、「いっちょ、こいつらをあたふたさせてやろう」って思ったんだろうな。

で、ついに松本があるとき「明日、話がある」と言ってきた。たぶん辞めたいんだろうなとすぐにわかった。詩を書こうと思い立ったということもあるだろうし、こんな毎日を続けていても仕方がないと思った、ということもあるんじゃないかな。映写の仕事というのは単調というか、淡々としたものだから。そうした積み重ねのなかで、映写よりも詩のほうが勝ってきた、やはり自分は詩を書かなくては、と。それで、他のやつらには、俺は松本が辞めないように引き留める、と言っていたんだよ。でもその前日に行った居酒屋で、サンマの骨が俺の舌に刺さり、ものすごく腫れて話すのもままならない状態になってしまった。近所の歯医者に診てもらっても、骨は舌の肉の中に入りきってしまっているから、自然に抜けるのを待つしかないと言われて、何もしてもらえない。せっかく松本を説得しようと結構意気込んでいたんだけど、痛いし、話せないし、面倒くさくなってしまって、松本に向かって舌足らずな喋り方で、「もう、まあ、いいだろう」という感じで終わった（笑）。松本にしてみれば引き留められるのを期待していたのかな。と、当時は思ったりもしたけど、まあ意志は固かったんだろう。ともかく何年（月？）かしたある日、『ロング・リリイフ』を持ってきた。うちみたいなところで働いた短い期間が、多少なりとも彼の詩作に影響したなら、それはそれで意味があったのかもね。

松本の詩集については、『ロング・リリイフ』や『詩集工都』『詩篇アマータイム』は、出版当時に買ったよ。現代詩とかあまり読まないんだけど、愚痴のキレが面白いじゃんと思いだしたのは『アマータイム』あたりぐらいからかな。

（談・敬称略／スタンス・カンパニー代表取締役）

著者解題

完走の手前で――松本圭二

たった今、『チビクロ』の第Ⅰ章「詩／文学」のゲラを読み終えたところだ。いやあびっくりした。予感はしていたが、呆れるほどの下品さである。ほとんどが三〇代に書いた文章だが、書きっぱなしで、忘れていたものが実に多い。この男は書き棄て御免で突っ走っていたのがわかった。でもいったいどの方向に向かっていたのか。妙な悪たれキャラを作ろうとしているのも痛いし、暴言を吐いたのち、ビビってフォローしてしまう小心ぶりも見苦しい。

三〇代にもなって（いや、だからこそか）焦燥感にもがき苦しみ、無謀な攻撃と、嘘寒い自虐によってなんとか凌いでいたこの男。だが、なんとまあ、四〇代になって立ち直っていくのである。それは映画保存という職業上のテーマがあったからで、フィルム・アーキヴィストとして生きる道を選んだ男は、詩を断ち切ったのだった。いや本当なら酒こそを断ち切るべきだったのだが、まあそれは良しとしておこう。ともかく男は、映画保存の仕事に専念することとなる。そのあたりのお話は、おそらく本書の後半に収録されているだろう。

しかしこれほどまで現代詩にコミットしていたとは、私自身、意外であった。稲川方人論を二つも書いているし、岡田隆彦や山本陽子にしつこく言及もしている。ただしこれは飲酒による記憶障害によるものであろう。一度書いたことを忘れてしまっているのだ。これは怖い。結局、同じような名前が何度も出てくるという、極めてふり幅の狭い文章が続くことになる。たまに目先を変えて、同世代や若手の詩人を相手にすると、勝手な思い込みばかりを乱発するありさまだ。これじゃあ原稿依頼が途絶えてしまうのもあたりまえだ。先に私は詩を断ち切ったと書いたが、実際は詩の方から断ち切られているのである。

まあでもおもろかった。こんな文章がよくも雑誌等に掲載されたものだ。いやボツになった文章も実は本書に拾われている。もうこれは航思社・大村智氏（発行人にしてセレクション編集人）の根性と呼ぶほかない。マイナー雑誌（失礼！）や同人誌に細々と掲載され、今となっては誰も覚えていないだろう二〇年以上前の文章を、ここまで拾い集めたのだから。読んだのはまだ第Ⅰ章までだが、やはりこうしてまとめて読むとマツモトケイジなる詩人の鬱陶しさがよくわかる。

個人的にはなんといっても雑誌「ユリイカ」のインタビュー記事、「詩集のつくり方」が再録されたのがうれしい。これは関係者の承諾なしでは無理だったはずで、大村氏はその手間を惜しまなかった。このインタビュー記事も、雑誌掲載のまま長く忘れられていたはずで、ようやく可視的になったわけだ。当時「ユリイカ」の編集者だった郡淳一郎氏と組んだ仕事だったが、まあ青土社（「ユリイカ」発行元）が思潮社と書肆山田と七月堂に喧嘩を売りに行くような仕事で、事前の戦略会議や勉強会含め、本当にハードな仕事だった。一応は私がインタビュアーの役目をしているが、記事にまとめ上げたのは郡氏であるし、彼の大きな仕事だったと思う。

ところで私がもっとも驚愕したのは、おそらく一番ヤバいであろう大岡信論（「詩人の生きる道」）を冒頭に置いていることだ。大村氏の攻めの編集方針だろうが、なかなかラディカルで凄い。まさにこれこそがボツ原稿だったのだ。まあ中身を読めばボツで当たり前の内容だ。もうずいぶん昔の話だが、これを私はネットに曝してしまった。その行為が後にどんな影響を及ぼすかをよくよく考えもせずに。当時私は、ネットを地下的な場と理解していた。今では思いっきり地上的である。一ヶ月かそこらで消える雑誌どころじゃない。この悪辣な文章は今現在もネット上に存在しており、私の悪評の根源となり続けているわけだが、もうこうなったら申し開きも何もない。

さて、途中まで読んだ印象に過ぎないとしても、セレクションのなかでこの第九巻『チビクロ』が最も過激なものとなるのは明白だ。批評の水準を問わなければ、読み物として十分愉しめると思う。客観的かつ無責任に私がそう断言できるのは、『チビクロ』の全体構成を、テクストの取捨選択まで含め大村氏に一任したからだ。もし私が口を出していたら、こんなに怖くて恥ずかしい構成にはなっていなかっただろう。そういう意味では、『チビクロ』には大村氏の才気と批評性がみなぎっていると思う。むしろん文責の一切は私にあり、書かれた文章に時効はないから、文句のあるやつは私に言ってほしい。

『チビクロ』に限らず、私はセレクション全九巻を通して、事後的な加筆をまったく施していないし、改稿についても明らかな書き間違えのみで、数ヶ所しかない。それも大村氏の指摘によるもので、なるほど意味が通らないセンテンスが幾つかあった。他は誤字・脱字・表記の修正の類であって、ようするに可能な限り何もしなかったわけだ。それは計画当初からのコンセプトだった。セレクションは松本圭二死後の刊行物だという設定なのだ。それは趣味の悪い虚構ではあるけども、そうとでもしなければ、一年余りの期間に全九巻を完走させることなどできなかっただろう。

最後になるが、実は大村氏からは、『チビクロ』の栞にぜひ雑誌「重力」の顚末について回顧してほしいとのリクエストがあった。たしかに『チビクロ』に収録されている論考の中には、「重力」に引っ張られて書いたものが少なくない。今でも「重力」のウェブサイトには三人の写真がアップされている。鎌田哲哉、西部忠、松本圭二。みんな三〇代だった。とっくの昔に放棄されたはずのサイトが、未だネットに上がっているわけで、そこには懐かしさというより、現在進行中の気味の悪さしかない。三人とも死んでいたっておかしくはないのだから。「重力」というプロジェクトを総括できるとすれば、最後の一人となった鎌田哲哉だけだろうが、どう総括しようとすでに読むに堪えないだろう。私にできることは薄れた記憶(もう一五年以上が過ぎている!)を頼りに回顧する程度か。しかしその回顧もまた決して客観的とは言えまい。ただ、一つ言えるのは、常に「重力」の中心にいて、強い磁場となっていたのは鎌田哲哉だった。諸説あると思うが、私の印象では鎌田が「重力」を作り、そして壊したのだ。他のすべての参加者は、鎌田による「重力」生成と破壊との間で、ただ狼狽えていただけだとも言える。

鎌田哲哉の問いはこうだ。なぜ、自分以外の者、例えば松本が、自分に代わる強い磁場たり得ないのか。鎌田は終始そこに苛立っていたと思う。その問いの前に、多くの参加者は敗北していくしかなかった。「重力」には優秀な組版デザイナーもいたし、雑用を買って出るような協力者もいた。映画監督、劇作家、経済学者、文芸批評家、編集者、そして詩人。彼らがみな、互いを否定の言葉（強弱はあるが）で傷つけ合い、饒舌から沈黙へと至る時間を共有したのだ。「重力」を支配していたのは言語による「内ゲバ」だった、と言えば、「いやそれだけではなかった」という声も聞こえてくるが。

まあ、でも、そんなことは参加者の誰にとってもどうでもいいことなのだ。私たちは被害者にも加害者にもなれなかった。それが「重力」だった。被害者の正義を認めず、加害者の贖罪さえも認めない。カルトによる宗教的救済や、テロリズムによる政治的救済も認めない。そもそも「重力」なる雑誌／プロジェクト名には、いわゆる「ポストモダン主義」が流行させた「遊戯性」なるタームに対する明らかな嫌悪感がある。カルトもテロも、「ポストモダン主義」の成れの果てじゃないか。

そう、だから「重力」は遊びじゃなかった。本気だった。ではこの時代に、どのような力学が本気の共同体を可能にするのか。鎌田はその力学を「経済的自立は精神的自立の必要条件である」というテーゼに置き換えた。でもねえ、そんなもんは、サラリーマン家庭が日々必死でやってることなんだよ。おそらく「重力」参加者は、いや、少なくとも私は、そんな糞テーゼではなく、その「本気力学」を鎌田哲哉という強烈な磁場にこそ見いだそうとしていた。私がその磁場に支払った出資金は一〇万円だった。まあ安いもんだ。

ずかしいのお。はっきり言おう。川端、おまえはえやつかも知れんが間違ってるよ。川口が正しい。単純な話だ。出典を記さないのは「敢えて」でも何でもない。必要がないからだよ。だいたい川口はコラボレーションなどというそんなおちゃらけた遊びを信じていないと思う。つまりその詩は最初から彼女の作品なのだ。リミックス詩なるものを自分の作品にしてしまうぐらいの覚悟がなかったら、そんな企画に参加しても意味ないよ。

しかし久々に「現代詩手帖」で「噂の真相」的記事に出会えてほっとした。まだ棄てたもんじゃないと思った。こういうのがもっとないとね。ゴシップがね。場がもたん。川端隆之さん、ありがとう。俺は川口よりもおまえが好きだよ。消えちまえ女なんて。

瓦礫の時間
本棚の総ての詩集がよそよそしく

この一週間で一四万円もすってしまった。スロット全敗である。そのうちの一〇万はキャッシングだ。来月には妻にバレるだろう。家は崩壊するだろう。こういうのも緩い児童虐待になるのだろうか。今日も仕事をサボってしまった。出勤するふりをして、マクドナルドで時間を潰して、キャッシングして、スロットで負けて、家に帰ってきて、ああそうや原稿書かないかんと思って、酒を飲んで、これを書いている。職場には電話を入れる気にもならない。どうなるんだろう。もう終わりだ。

二〇〇一年一一月八日午後三時。あと三時間で妻は子供らを連れて帰ってくる。その前に逃げるしかない。車はある。ガソリンならコスモカードでなんとかなる。これを書き終えたら逃げよう。瓦礫の下には何もない。ニューヨークよ、瓦礫の下には何もないぞ。それは家に帰っても何もないのと同じだ。陰惨な時間だけが残る。それが敗戦ということだ。俺の妻は職場の汚らしいオヤジどもと温泉旅行に行くと言っている。いいさ、浴衣で団欒して来なさいよ。汚らしい、汚らしい国だ日本は。詩か。詩の情報か。何もないよ。さっきから電話が鳴りっぱなしだ。うるさい。鬱陶しい。

午後一〇時。俺は唐津の手前まで車を走らせていた。コンビニで缶コーヒーを買って、見知らぬ国道を眺めながら飲んだ。せいぜいここまでだ。結局、帰るしかないのだ。無駄な抵抗はやめろと誰かが叫んでいる。家に帰ると妻が泣きそうになっていた。「どうしたらいいのか判らない」と彼女は言った。職場の上司はしつこく電話してくる。しょうがないので電話を取った。今日なぜ休んだのか、なぜ連絡をしなかったのか説明せよと言われた。黙り込んでしまった。俺だって判らないのだ。

本棚の総ての詩集がよそよそしく思われる。そして新しい詩集はみんなソッポを向いている。ニュースの言葉はいよいよ醜悪になるばかりだ。「子供たちのために」と妻は言う。勝手に壊れないでほしいと。もう「私のために」とは言わない。

穢れた膣の言葉

守中高明『シスター・アンティゴネーの暦のない墓』

守中高明の四冊目の詩集が刊行された。『シスター・アンティゴネーの暦のない墓』（思潮社）がそれだ。「歴史化」されてしまうこと――物語に登録されてしまうことの虚妄を激しく糾弾する、「人間ではない者」の言葉でもって綴られた呪われたテクストである。その声は第一詩集『砂の日』から一貫して変わらない。守中は最初から本物だったし、陰惨な夜の経験を緻密に重ね合わせていた。「更新」などという腐った夢とは無縁の場所で、守中の詩は最上の現代詩の可能性を維持してきたのだ。

「産む」ことを誰からも厭われた「膣の言葉」でこの詩集は綴られている。「アンティゴネー」は母となることを運命的に剝奪された存在だ。彼女は数千年前に死んでいるのかも知れない。だが判らない。彼女の墓には暦がないので。そうした存在。ゾンビ、というより気体（アストラル体）に近い存在が、ここでは「汁を垂らして」いるわけだ。体液を。それがこのテクストの言葉である。

涙とか汗、血、などとは守中は言わない。そんな塩気はない。何もない。質量がないのだ。精子なき精液か、これは。そして守中はしきりに「国家」と言う。だからここで守中が意識している「国家」とは「水物」のようだ。エエカゲンな。上下（時間軸）を偽り左右（歴史認識）に振れるという。ようするにオールマイティーな自己像ということだ。それと徹底的に抗っている。それが守中の詩なのだ。世界的に。

世界的に、と思う。不幸は至る所にあるが、それを不幸と感受する限りにおいて不幸は不幸のままだ。時間は容赦がないから総てを忘れさせてくれる。問題は何なのだろう。忘れないことは残酷だからいっそのこと「歴史化」してしまいたいと人間の言葉は動く。歴史とは人間の記憶喪失を免れた物語の一つだろう。守中はそれを裂く。忘却の恵みに抗って不幸の始まりと出会う。不幸よ、なぜおまえは不幸なのかと問う。私はかつて「言葉は不幸だ」と書いた。しかしそれは認識に過ぎない。「言葉よ、なぜおまえは不幸なのか」と問うべきだった。

読書日録２００２

夏に読みたくなる詩人

某月某日　図書館に読みたい本があったためしがない、というのは少し穿った考えだ。たしかに神保町や早稲田通りで古書店をハシゴしたり、注文もしないくせに方々から古書目録を取り寄せていた頃は、図書館など調べものをする以外には目もくれなかった。だが、実際こうして図書館に勤めてみると、私の想像力程度が読みたいと願う本など、なにほどのものでもなかったような気がしてくる。

この海辺の図書館から、私の住み処は徒歩五分であるので、ほとんど街には出ない暮らしが続いている。もう六年にもなる。街に出ないということは書店にも行かないということだ。以前の私であったなら耐え難かったことであろう。しかし、今ではその必要が不思議と感じられない。もともと新刊本の多くは立ち読みで済ませていた方である。それは単に情報収集に過ぎなかったとも言える。読むべき本はいつか読める。これも図書館勤めの悪癖と言わざるを得ないが。

さて、もうすぐ夏である。夏になると必ず読みたくなる詩人、というのが私にはいる。一人は岡田隆彦。これはやはり「夏を　はかる唇」（『史乃命』）という鮮烈な一篇の印象から来ている。もう一人は伊東静雄である。夏の詩では「水中花」が有名だが、私は「都会の慰め」という詩篇をもっとも好んでいる。

主人公はＯＬ。彼女は仕事を終え、夕刻の街を一人家路へと向かうが、帰宅してしまう前に「ゆつくり考へてみねばならぬ事が／あるやうな気がする」ので、どこかに座りたいと思う。「大都会でひとは何処でしづかに坐つたらいゝのか」、というわけで、彼女は映画館に入る。そして「かすかな頭痛といつしよに映画館を出て来る」。「もう何も考へることはなくなつてゐる／また別になんにも考へもしなかつたのだ／街には燈がついてゐて／彼女はただぼんやりと気だるく満足した心持で／ジープのつづけさまに走りすぎるのをしばらく待つてから／車道を横ぎる」。

かっこいい詩だ。伊東静雄のアンソロジーは複数の版元から出ているが、この詩も当然収録されているはずで、ほとんどの図書館で簡単に読めるだろう。

詩人の文章

某月某日　嫌な写真である。原稿といっしょに顔写真を送れとあったので、夜中に自分で撮ったのである。もちろん泥酔している。「酔っ払って書いている限り私はあなたを認めない」と妻からは言われているが、どうしようもない。書けば書くほどダメになっていく。

毎年一つ、どうでもいいテーマを決めてとにかく全否定するというルールを私は自分の生涯に課した。子供が生まれたのがきっかけだ。五年前のことである。去年のテーマは「映画祭」だった。その前は「音楽鑑賞」だ。今はＣＤも聴かない。その最初のテーマが「スポーツ」だった。そんなものがなくても私は生きていける。なくても構わないテーマを選んで一つ一つ潰していくのだ。「酒」「ギャンブル」「詩」、これがなかなか潰せない。「妻」「子供」、潰せるわけがない。全肯定だ。じゃあ「私」は？

やっぱり潰せない。だからいつまでたってもダメなのだ、と思う。私の書く散文はだいたい独善的で甘ったれており、この顔写真のように気持ちが悪い。それをある若い編集者は「詩人の文章」と言った。「もう詩人の文章はいらないんです」と。私は呆然とした。なぜなら彼は詩の雑誌の編集者だからだ。他に言いようがあるだろうと思ったが、案外マトを得ているのかも知れない。むろん彼は「詩人」を否定しているのではない。自己愛を処理できずにグチばかり書いているような男を否定しているだけだ。傷口はいたる所にある。だが、出口がない。

沢渡恒。写真家・沢渡朔の父。戦時中の稲垣足穂を支えたモダニズム・シュルレアリスム雑誌「カルト・ブランジュ」の主宰者。石川淳が文壇デビューさせようとした矢先に三五歳で夭折してしまった「詩人」。彼のテクスト(『エクランの雲』イヴ叢書、二〇〇二年)を読みながら、「不運」について考えた一週間であった。まるでゴールポスト直撃である。跳ね返ったボールをディフェンダーが大きくクリアする。しかし、その間延びした放物線の彼方には多くの子供たちがいるはずだ。子供たちは攻め上がるだろう、それを信じよう。

現代詩のアーカイヴ化に抗う

某月某日　『稲川方人全詩集』(思潮社)がどうも私のなかでは収まりが悪く、本人は「流動的な」と言うが、やっぱりこれはこれで墓を建てたという感じがしてしょうがない。「現代詩文庫」を『戦後名詩選』なるアンソロジーに集約してしまおうという思潮社の自意識は、明らかに現代詩のアーカイヴ化を可視的にしてしまっているが、この「全詩集」なる企画にも同様の危惧を感じる。

思潮社が店仕舞いを考えているとは思わないし、現代詩が過去の蓄積を再生産するだけのジャンルに成り下がるとも思いたくないが、例えば稲川、荒川洋治、平出隆、伊藤比呂美といったあたりをプロデュースした『新鋭詩人シリーズ』や、ねじめ正一、松浦寿輝、吉田文憲らをプロデュースした『詩・生成』といった企画が今では不可能であるとするなら、現代詩のジャーナリズムは九〇年代以降まったく機能していないと言わざるを得ない。

加えて、現代詩を支えてきた同人誌というメディアが商業誌と拮抗できるだけの力を持てなくなっていることも事態を最悪にしている。同人誌に代わるものとしてネット上のホームページがあるとしても商業誌は全くフォローしていない。こうした状況下で企画刊行される現役詩人の「全詩集」が、単に仕切り直し程度の理解で流通し得ると考えているならば、冗談ではないという思いが私にはある。

おそらく若手詩人には、無理して自費で詩集を出したってアホらしいという気分が蔓延していることだろう。実際、商業誌に優れた詩篇をコンスタントに発表しているにもかかわらず二冊目、さらには最初の詩集さえ持とうとしない詩人たちがいる。詩集を世に問う、ということに何の期待も持てないとすれば、書き捨てるより他にあるまい。あるいは朗読というタレント活動に出口を見出すしか……。

すべて茶番である。プロデュースできないのならせめて淘汰しろと言いたくなるが、結局それも自己診断に負わされているのだろう。趣味の世界とはそういうものだ。腐り切っている。

これから

今夜は雪が北国のように降っている。降り積もる雪を見ていると書く気になる。「これからの詩をこう考える」というテーマを与えられた。考えない者にとってはいい機会なので今から考えてみようと思う。ただこれからの詩と私の書くものが接近することがあるのかどうか分からない。考えるという行為と書くことも大きく隔たっているように思われる。昔は詩作品に何を先行させるかということで苦心したことがあった。何を先行させようと、それによって詩作品を支えることはできないと思い、やめてしまった。同時に、作品の成立を求めることも今はもう放棄した。

何をもって詩の成立と言うのか、というナイーブな問いを瀬尾氏にふっかけたことがある。「あなた自身がそうであると主張するのでなければ、誰もそれを詩とは認めないだろう」と厳しい答えが返ってきた。私は見切るという仕方で一つの作品を終わらせていたので、そのような主張をすることはできないと思われた。同じ問いをこれは別の場で守中氏に差し向けてもいる。このような問いが発せられるのは「あなたが詩はこうあるべきだという虚構を生きているからだ」といった内容の話を守中氏はされたように思う。

誰もが共有できるあるべき詩の像など存在しない、としても、「ある種の詩型式がモードとして複数の詩人らによって共有される」という出来事は起こる、と、これを言ったのは鈴木志郎康氏だ。〈散文詩の現在〉というものがそれにあたるのだろうか。私はどのようにその現在を共有できるだろう。これがぶざまな崩壊からのぶざまな再生の像であるのならば、少なくともその歴史性だけは共有すべきなのかも知れない。

いや違う。それが散文詩であろうと何であろうと、〈現在〉を〈共有〉する仮構を楽しむことはできない。昔はかろうじて私の詩はこうあってほしいという像が見えていた、あるいは見ようとしていた。像の完成のために、作品に先行する様々な階級の虚構を用意したと思う。それら先行物が詩人にかわって詩の成立を主張する、というお伽話を疑いながら許した。そのようなお伽話からいかに遠く隔たるか、書いてしまえば、私の「これから」はそういうことになるのかも知れない。先行物をひたすら排除するうちに、〈私の詩〉という像は見失われていったのだが。

作品を終わらせるということもしなくなった。右側から始まる言葉は、右側から即死しながら、左側へと通過してゆく。「その左」を失えば、何度も垂直に落ちてしまえばいい。詩は言葉の定着を許さぬ何かだ、という新しい許しを得て、時にリニアのように滑らかに周遊し、時に失える失えると呟きながらハサミを入れてゆく。そうした言語活動の集積が、途方もなく壮大な失敗となればいいという新しいお伽話。楽天的な嘯き。これが〈私の詩〉であるなどと、どうして言うことができるだろうか。

そうだ、今思いついた。「私は才能だけで書いてゆく」と宣言しよう。「私は詩のイノセンスを信じている」と書いてもいい。このイノセンスは詩人のそれとも言葉のそれとも違う。私の〈才能〉だけがその存在を知ってゆくのだ。新鋭らしい話だ。「詩は生成するものではない」「詩は不可能性なのだ」「誰も詩を所有できない」。これらはいったい誰の言う言葉なのか。「所有はできぬが共有はできる。それが詩のイノセンスだ」。これは私の言葉ではない。私は本当は誰とも詩を共有したくはないのだろうと思う。私だけが知るその存在を誰にも知られたくはないのだ。私はそれを知っている、ということだけを誰かに知らせたいのだろうと思う。「私」とはなんと気味の悪い話かという話だ。

しきりに雪のかたまりの落ちる音がしている。四日市は北でも南でもない。北に住みたいという強い願いは今も継続している。兄はしばらく沖縄に住んでいた。私は東に住んだ。四日市がつまらない街だとは思わない。工都という言葉は好きだ。海辺の石油プラントは今でも圧倒的に存在している。これは近代が成し得た異様だ。近代の巨人たちが海辺に横たわり、海風を遮り、増殖を繰り返している。鉄のアナグラムかと思うこの増殖のシステムは、プラント（植物）という言葉が示すほどに自然なのだ。この自然が私をアイデンティファイするということはないが、いずれ死ぬしかない私も、時間の円環運動のなかにいるのだから、自然に属するしかない。

言葉は死ぬことができぬ、という意味で反自然の物質だと思う。そうあってほしい。それが自然のようにしか存在していないとすれば、人間が言葉によって自然を模倣するからではないのか。詩は再び生き始めるのだと言うが、崩壊と再生という円環運動も、詩人たちによって何度も繰り返されてきた自然の模倣そのものだ。そのようにしか時間は流れないのならば、それをつまらないと言うことは卑怯だと思うが、やはりつまらない。

もうやめておこう。考えるとろくなことはない。公の場でのそれではない発言を不正確に引用してしまった。それぞれの詩人に詫びたい。

ミスター・フリーダム

現代詩を書いていて、自由を感じたことは一度もありません。自由でありたいと望んだこともないし、自由であるべきだと考えたこともない。現代詩を書く、という体験は、私にとって多くの不自由、抱え切れないほどの不自由を、自明の負債として引き受けるところから始まっていたように思います。今でもそうです。こんなふうに書いてはいけないのではないか、こんなことは彼らがすでに書いていたではないか、気持ち良く壊れてはいけない、壊れたように見せ掛けてはいけない、これも使えない、あれも使えない、捨てよう、塗りつぶそう、風通しが悪い、スカスカしている、これでは意味がない、これでは何やら過剰に意味ありげだ、違う違う……。そういう声はいったいどこから聞こえてくるのか。もちろんその声の一つ一つにマトモに耳を傾けていたら、いつまでたっても詩を書き出すことはできません。結局はどこかで目をつぶって、何かに見切りをつけて、ジャンプするようにして書き始めるのだから、私は自分が書く詩に一つも確信が持てない。ようするに最後はカンだけを頼りに書いています。

ただこれが、ひとたび現代詩を読むという体験に転じると、私は時に信じ難いような「大いなる自由」を感じることがあります。それはほとんど奇跡のようだとさえ思う。というのも、そこで体験した自由ほど力強く、大きく、切なく、勇敢で、新しく、懐かしく、超繊細で、破天荒で、つまり調和の幻想に具体的に勝利しているものを、他のどのようなジャンルにも見出せないだろうと思うから。冗談ではなく、本気でそう思います。私は映画の仕事を生業としているけれど、それを未だに平気で続けていられるのは、映画なんか少しも恐いと思わないから。日本の現代詩の方がよっぽど優れているから。でもそれはほんのごく一部です。ごく一部でしかないけれど、圧倒的に他のジャンルに超越していると思えるものを、日本の現代詩は持っている。その自由を前にしたとき、そこで味わい尽くす快楽は、まさに「法悦の時」としか言いようがありません。書物を、その詩集を、私は持ち堪えられなくて床に落としてしまうわけです。感覚としては。

こんなふうに書いたっていいんだ。こんな飛躍の仕方がアリなんだ。こんな言葉の接続ができるんだ。こんなふうに物語を発動させて、奥にしまって、表面にはり巡らして、骨をポキポキさせて、皮膚を切り裂いて、こんなふうに頁を割って、こんなふうにノンブルを振って、こんなふうに出来損ないの言葉を置いて、淫らになって。ああ凄い。自由だ。なんていう自由だろう。もう何でもアリだ。そう、そんな感じで、今まで見たこともなかった世界が登場してくる。扇情的な音楽を伴って登場してくるのではないですよ。静かに、紙の上に、右から左へと登場してくる。でも判っているわけですね。読む人はね。それが自由に書かれたものではないのだっていうことが。抱え切れないほどの不自由と果敢に闘って、それが獲得されたなけなしの自由だっていうことが。つまりその自由は、厳格な詩形式を必ず伴っているわけです。例外なくそうだと思います。新しい詩形式がそこで初めて発見されている。改めて、ではないですよ。詩人たちはまるで新しい大陸を発見しようとしているようです。二〇世紀の後半にね。誰もがバカだと思うような場所で、日本の現代詩は。でもどうだったのだろう。どんなに厭になっても投げ出したりはしなかったと思う。バカのような欲望を。そこから奇跡は実際に生まれているのだし、そこで獲得された自由は、言ってみれば、誰も考えつかなかったライフ・スタイルを提示しているとまで言えるのじゃないか。それぐらい凄い。日本の現代詩にはそれぐらい凄い詩集が五冊ぐらいあると思います。

だから私は書こうとする。性懲りもなく。死ぬまでに一冊でもそんな詩集が作れたなら本望だと思って。口語自由詩というのは、ある意味では、典型的な後退の一パターンに過ぎなかったのかも知れない、と私は思う。そう思うのはやっぱり、いつの時代でも、「判りやすい普通の言葉」で詩は書かれるべきだという勢力がヌケヌケと存在するから。口語自由詩というのは、革新であったと詩史は教えているけれど、私はやっぱり後退だったのだと思う。もうついていけないよ、という。受容のされ方としてはそうだったのではないか。詩が大衆化されていくという風景は、どんなにかおぞましかっただろう。今でも自分の詩が大衆化されることを夢見ている詩人が少なからずいて、売れてナンボやとうそぶきながらダレた詩を書いているけれど、若いやつに多くて気が滅入るけれど、気の毒としか思えない。ポップ詩だのビジュアル詩だのと言って、被害者ヅラした甘ったれの詩人たちが寄り集まって、われらを見出せと主張しているけれど、何なのかと思う。そんな後退の仕方と真っ向から闘うために、現代詩は現代詩であろうとしてきたのに。

一般に現代詩と呼ばれている文学の辺境に対するマス・イメージと、現代詩のジャーナリズムが内面化している自己像とに、それほど大きな開きがあるとは思わない。現代詩は外部から勘違いされているジャンルでは決してないのだから、無理解を嘆いてみたって仕方がない。私は詩を書いているというだけで多くの人々から軽蔑され、迫害を受けているけれど、それには一々もっともな理由があるはずだと考えるようにしている。つまり彼らが正しいのであろうと。私が嫌うのは、こういう惨めで、おいしいところの全くない現代詩の外に、別の現代詩、大いに読まれて、モテモテで、尊敬され、金も稼げる現代詩があってしかるべきだと夢想し、あんなアホないわゆる現代詩とは一緒にしてほしくないという態度で業界をゴロついている連中だ。私は、そこで夢見られている幼稚な自由ほど、ぶざまでチンケなものはないと思う。誰も認めなくても、私はとても才能があるはずだから、そのうち世界が仰天するような新大陸を発見するでしょう。できなかったとしても、堂々として、どんな境遇にもひるまないで、この不自由を耐え切るでしょう。死んだり狂ったり病気になったりしている場合ではありません。

包丁男と泡沫詩人

——詩の現在を、私はこう考える

僕は生きていく上での希望と言えるようなものを少しずつ見出そうと努力するようになって（なんという凄まじい言い草だろう）、ここ数年いろんな可能性（＝ないものねだり）を諦めてきた。貧しさを引き受けることで、昔だったら絶対拒絶していたような、小さな歓びを得たいと思うようになった。年をとったのだ。もう三七にもなってしまった。昔の詩人なら一仕事了えている年齢だ。貴乃花の引退会見を見ていて、詩人もスポーツ選手と同じなんじゃないかと思えてきた。現役を続けるのは三五歳ぐらいまでが限界なのではないか。気力と体力の衰えを感じたらきっぱりと引退すべきじゃないのか。詩人にだって引き際というものがあるような気がする。今の現代詩は、数少ない現役力士のなかに、現役力士のふりをした多くの親方やちゃんこ鍋屋が混ざっているような気がする。ちゃんこ鍋屋の方はまだがんばっている感じがするが、親方というのはどうしようもない。ただのデブに成り下がっているくせにのこのこ土俵に出てくる。やせ細ってるのもいる。そんな連中は一気に押し出してしまえと思うが、そうならないのは、彼らが間違っても現役力士と当たらないように配慮されているからだ。その配慮が今の詩壇ジャーナリズムのメインの仕事になっている。親方×親方、これが最悪。ちゃんこ鍋屋×ちゃんこ鍋屋、ちょっとほほえましい。親方×ちゃんこ鍋屋、白熱まではしないが、まあまあ相撲になる。詩の現在は、おそらくこの親方×ちゃんこ鍋屋でもっている。

しかしそれは詩壇ジャーナリズムの互助会的敬老精神がやっていることであって、本当の詩の現在はそんなところにはありはしない。詩の現在というのはいつも危険な場所にあるはずだ。僕などはもうずいぶん後退し、停滞し、頽廃しているが、まだちゃんこ鍋屋を開業するまでの資金がないので、番付の下のほうでもがいている感じがする。せめて幕内にいないと、危険の真の在り処は見えにくい。僕は自分が十両にいるのか幕内にいるのかぜんぜん判らないので、判らないということは、もっと下なのかも知れない。まあいい。もう相撲の話はやめだ。とにかく詩の現在はいつも危険な場所にある。そして僕はその危険な場所がだんだん見えなくなってしまった。それだけのことが言いたかったのだ。

だから詩の現在のことは、ほとんど判らない。自分の現在のことで精一杯だから、見取り図のようなものは何も書けない。詩をゆっくりと読む時間がない。たぶん、いい詩集があっても見落としている。自宅に送られてきているものに対してさえも、見落としている。カンが凄まじく鈍っていると思う。昔はだらだらと頁を捲っていても、力のある詩は脳に飛び込んできた。詩はそういうものだと信じていたし、実際、そうやって読んできたのだ。僕は勉強家でもないし、ジャーナリストでもないので、詩は楽しみとしてだらだら読んできたが、だらだら読んでも、「これは」という詩はすぐに判った。でもそれが最近はなくなってきた。どうしようもない。何を読んでもピンと来ない。本当に鈍った。

最近で「これは」と思ったのは田中宏輔の『Forest。』（開扇堂）ぐらいだが、こんなに凄い詩集がどうして圧倒的な話題にならないのだろうと思うぐらいで、どう凄いのか自分で考えたり書いたりするのは面倒だ。でも凄い。圧倒的に凄い、と思ってしまうのは、彼の詩集を相対化し得るような視線を僕が持っていないからだろうし、こんな有り様では持てるはずもない。でも田中宏輔は自分がとんでもない詩集を自力で造っていることを充分自覚しているだろうし、それが徒労に終わるだろうことも百も承知のような気がする。まあとにかく彼はラディカルなので、すっかり保守化した僕なんかとは二百億光年ぐらいの開きがある。どうすりゃいいんだ僕は。それといつも気にしているのは高貝弘也。高貝弘也の現在。まあ仮想ライバルとでも言えばいいか。僕は田中とも高貝とも一面識もないが、どこかでマムシの兄弟みたいなつながりを持ちたいという気がある。あるような気がする。でもじかに会ったら「なんだこんなやつ」と思ってしまいそうで会えない。だいたい詩人はじかに会うとダメだ。いっつも「なんだこんなやつ」と僕は思ってしまう。精神の棒が腐り果てているからだろう。それで僕は詩人の友達は一人もいない。いなくていいんじゃないのか。でも高貝とはちょっと友達になりたいな。田中は恐いけどな。田中は恐いよ。会ったら屁みたいなやつかも知れないけど、書いている詩は恐い。高貝はすっかり保守化したな。「現代詩文庫」にも入ったしな。あれはショックだったよ。なんだありゃ。でもいいんだそれで。ささやかな希望だ。

がっくり来た。僕はもうダメだけど高貝にはもうちょっと頑張ってほしい。それから松山の栗原洋一。この人には一度会ったことがある。東京で会った。もうその面影も忘れてしまったが、いま何をやっているんだろうか。三年ぐらい前にふと思い立って電話をしたら、「もう詩は書いていないのです」と言っていたけれど。他にも頑張ってほしい人はいる。一面識もないが中川千春。彼はいつまで『全国の天気』（七月堂）の詩人をやっているのか。一面識もないが小原眞紀子。彼女はいつまで『湿気に関する私信』（七月堂）の詩人をやっているんだ。もう詩人じゃないのか。気狂いすれすれのアナグラム詩篇「メアリアンとマックイン」は棄てたのか（その後二〇一〇年に書籍化）。結局、僕がまともに付き合った詩人は北條一浩だけだ。まともに付き合いすぎて、うんざりしてしまった。もう長く音信不通だ。北條はいつまで『フラワーズ』（思潮社）の詩人をやっているつもりなのか。冗談じゃないぞ。おまえらの期待値なんてとうに消え去った。まだ正当に見出されていないなんて思っていたら大間違いだ。

また悪態をついてしまった。こんなことが書きたいのではない。僕は彼らの詩集が読みたいのだ。同人誌やウエブ・サイトにちょこちょこ書いていたってだめだ。詩人は詩集でちゃんと勝負してほしい。高貝や田中はそれをやってるじゃないか。和合亮一とか田口犬男がどんなに評価されたって、僕は栗原や小原や中川や北條や浅見洋二やたなかあきみつや鶴山裕司の、永遠に出ないかも知れない次の詩集の方が優れているに決まっていると思い込んでいるのだ。余計なお世話か。そんなもんといっしょくたにするな、か。でもなんで詩集が出ないんだ。現代詩をつまらなくしているのは君らだ。ようするに金がないんか。僕も前に「貧乏人は詩人を続けられない」と言われたことがあるが、そしてそれはほとんど真実だが、五〇万円ぐらいあれば何とかなるんじゃないか。一〇万ぐらいだったら僕は資金提供する。賞金を取ったら返してもらうという条件付きで。そういう条件なら他にもカンパを名乗り出る者がいるんじゃないか。いや、ゴメン。いないだろう。僕もよく考えたら一〇万出すなんて無理だ。ああちゃんこ鍋屋が遠のいていく！　遠のいていくオレンジ林！

世代論的な物言いがいかに嘘っぱちかは承知の上で、でも僕は九〇年代詩人というものの存在をある程度は実感できる。実年齢はまちまちだが、ビッグネームを挙げるなら守中高明、城戸朱理、野村喜和夫あたりになるのだろう。ただしそれは詩壇ジャーナリズムでの活躍が幅を利かせているのであって、詩集勝負ということで言えば、先に挙げた高貝弘也、田中宏輔、それに江代充、川口晴美、関口涼子、小池昌代あたりのコンスタントな活動が優位に立つだろう。和合亮一や田口犬男はその次の世代と位置付けられるべきだ。そんな位置付けはどうでもいいと言えばどうでもいい。どうでもいいのだが、そうした下世話な世代論に彼らの集合なり遍在なりを回収してしまいたい、してやってもいいじゃないか、という気が少しする。なぜなら彼らの仕事が、世代論的理解に回収されることを超えて立とうとしているふうにも思えないからだ。むしろ回避しているのではないか。どこかで、ある固まりとして消費されてしまうことを怖がっているのではないか。僕にはそう思える。それが九〇年代詩人（僕も含めてください）の限界として見えてきているような気がする。かつて「われわれはうようよしている。われわれはひとりだ」と言ったやつがいたが、実は「うようよ」もできていないのではないか。

消費されてしまうことへの恐怖。その恐怖にもっとも強迫され続けているのが、先に挙げた、第二詩集が出せない（もしくは活動休止に陥っている）一群の九〇年代詩人のように思われる。いつの時代だってその程度の泡沫詩人はいたのかも知れない。しかしその泡沫性が変質している。妙な粘着性を持っているように思える。その粘着泡沫性とは、例えば一向に回収されない不良債権のようなものだ。

バブル経済のころは「借金も財産だ」という言葉があった。僕にその言葉を教えてくれたのは伊東の温泉旅館で包丁人見習をしていたチンピラ崩れの男だった。その男はろくに仕事もできないくせに、愛車の購入費や改修費で八〇〇万円ぐらいの借金をしていた。こんなろくでもない男に誰がそんな大金を貸すのかと思ったものだ。「借金も財産だ。男の信用だ」と彼は言い放った。「男の信用」なんて言葉は、泡沫詩人には発明できない言葉だ。それは「誠意を見せろ」が決まり文句の世界に生きる連中の言葉だ。この男は包丁人のふりをしているが包丁人ではない。そんなことは僕にはすぐに判った。人にたかって生きているだけの男だ。でもその男と僕にどれだけの違いがあるだろう。たたかっているつもりでたかっている。

ああびっくりした。僕は何を書いているだろう。伊東の包丁男なんてどうでもいい。世代論の話をしているのだった。世代論的な理解に回収されてしまうことを回避した詩人たち。彼らは自分に対する期待値を抱え込んだまままさまよっているように僕には見える。その膨張した期待値がまるで不良債権のように僕には見える。そういうことだ。それが九〇年代詩人の暗黒部分を形成しているように僕には見える。九〇年代前後に、強い批評精神をともないつつ登場して、どういうわけかすぐに不良債権化してしまった一群の詩人たち。決して負け越しが続いたわけでもないのに、また怪我をしているわけでもないのに、勝手に休場して、ずるずると番付を落ちていった詩人たち。彼らがきっぱりと現役を引退したというのならそれでいい。でもそうではない。単に次の詩集を投げ出してしまっているように見える。彼らが隠しもっている不良債権＝期待値。そこが問題だ。とにかく詩集を作るべきだ。土俵に復帰すべきだ。それとも自分たちで土俵を作るか。あかん、また相撲に戻っている。

ニッピョンギョと詩のことば

日本の現代詩の言葉というのは、評判が悪い。難解で、わけがわからんと言われる。その通りだと僕は思う。アメリカやフランスや韓国の現代詩の言葉はどうなのか、僕は知らないが、たぶん日本よりはマトモではないか。日本語は壊しやすい。なぜ壊しやすいか、国文学者ならいくらでも理由が挙げられるだろう。僕は詩人だから、詩を書いている時の実感として、そう思うだけだ。壊しやすい。簡単に壊れる。だけど完全には壊れない。うーんわけがわからん。でもとにかく現代詩は、もうさんざん日本語を壊してきた。破壊度が一番高かったのは、六〇年代の終わりから七〇年代の初めにかけての一時期だったと僕は思う。具体的な名前を挙げると、山本陽子、支路遺耕治あたりか。この二人は、あんまり有名な詩人ではないが、これからきっと有名になるだろう。二人ともすでに死んでいる。

とりわけ山本の詩は、何が書いてあるのかさっぱりわからない。引用すべきだが、引用もできないぐらいだ。難解とかいうのではない。そもそも解がない。書いている方も、何を書いているのかわからなかったのではないか。そういう詩。そういう詩の言葉を、若い、新しい、無名の詩人たちが競っていた時代があった。もちろんそんなものは長く続かない。せいぜい二、三年の出来事だったと思う。その後も、単発的には、日本語を破壊する目的で詩を書いているとしか思えないような詩人がいたりするが、まあちょっとした思いつき程度のもので、強度というか、気狂い度は、たいしたことがない。ただし本当の気狂いが詩を書いていることはあって、これもほとんど表には出てこないが、読めば凄い。まったくわからない。

しかし山本陽子や支路遺耕治というのも、何もその時代に突発的に、突然変異的に出てきたというのではない。集団的に出てきたことに意味があるわけだが、その背景には、天沢退二郎や鈴木志郎康、吉増剛造といった、日本語破壊の先駆者たちがいた。天沢たちのラディカルな言葉を、さらに追い込んでいったのが山本たちだといえる。その時代、短い二、三年の間に、詩のラディカリズムは破滅的な方に向かって、一度は行けるところまで行ってしまった。そんな感じがする。ただし天沢たちにだって先駆者はいただろう。先駆者たちの詩の言葉に刺激を受けて、日本語を壊しにかかったはずだ。それはたとえば宮沢賢治だってかまわない。宮沢賢治の詩の言葉もそうとう変だ。ふつうの日本語ではない。西脇だって朔太郎だってみんな変だ。考えるまでもなく、と僕は思うが、日本の詩の言葉は、口語自由詩の発明以来、日本語を壊し続けてきたんじゃないのか。

なぜ詩人たちは日本語を壊さなければいけなかったのか。それを考えはじめると、僕の頭では答えは出ないので、考えない。実作者の感覚で言うしかないが、僕は日本語というのは、嘘しか言えない、嘘しか書けないような言葉ではないかという感じがしてしょうがない。いや日本語だけではなくて、言葉というのは基本的にそういうものだと言語学者なら言うのかもしれない。何て言えばいいのか本当に嘘っぽい。何を言っても真実らしさがない。僕などはガキのころからそういう感覚で暮らしてきた。嘘、冗談、悪口、愚痴、それだけで生きている感じがする。真面目なことを真面目な顔で言っているやつを見ると、アホにしか見えない。

これはどうしようもない感覚だ。ようするに日本語ではマトモな詩が書けない。マトモな文学はできないということだ。何かとんでもない文章になってきた。最近NHKの幼児番組で「にほんごであそぼ」というのをやっているが、「日本語」なんてのは「あそぶ」程度でちょうどいいんじゃないか。僕の子供たちはその番組が大好きで、番組で紹介される宮沢賢治の言葉や中原中也の言葉、あるいは「じゅげむ」とか、誰の言葉か知らんが「コガネムシは金持ちだ」とか、ぜんぶ覚えてしまって、あそびまくっている。日本語というのはヘンな言葉だというのを、二歳三歳のガキに教え込むのはきっと正しい。「どっどどどどうど　どどうど　どどう」なんて、文学っちゅうよりやっぱあそびの言葉じゃないか。

だんだん文章が乱れてきた。最初に戻ろう。日本の現代詩の言葉というのは、評判が悪い。難解で、わけがわからんと言われる。その通りだ。なぜこんなことになったのか。考えたって仕方ない。でもはっきり言えるのは、「わかりやすい言葉」とか「ポップな言葉」で詩を書いたって、評判が良くなるわけがないということだ。というのも、そういうのは実際いっぱい書かれているからだ。表に出てこないだけで、全国に無数にある同人誌に書かれている詩や、「ネット詩」なるものは、ほとんど「わかりやすい」「ポップな」言葉で書かれているように思う。それで、そういう詩は、上手い下手はあるが、僕に言わせるならぜんぶ嘘くさい。もともと嘘くさい日本語で、なるべく普通に書かれているのだから、嘘くさくないわけがない。

「わかりやすい詩」の代表は谷川俊太郎。たいへん人気がある。「どうせ書くなら谷川俊太郎みたいな詩を書けばいいのに」とよく言われる。僕はあんまり試みたことはないが、「谷川俊太郎みたいな詩」を書こうとした詩人、書こうとしている詩人、書いている詩人はきっとたくさんいるに違いない。なのになぜ誰も谷川俊太郎みたいになれないのか。それがわからない。谷川俊太郎の詩だって、やっぱりどこか嘘くさいのだし、似たようなテイストの嘘くささを真似ることだってそう難しくはなさそうだ。谷川俊太郎は日本語の嘘くささを十分に自覚した上で、真実らしき言葉へと洗練させてゆく術を知っていて、とても上手い。それが谷川俊太郎の詩の言葉だとして、でも洗練技法程度のことならば、そんなに難しい話じゃない。センスの問題はあるかも知れないけれど、谷川俊太郎だけがとびきりセンスが良いというわけでもないだろう。何が違うのか。谷川俊太郎研究家ならばその理由を幾らでも挙げられるだろう。

その「わかりやすい詩」、具体的なイメージとして「谷川俊太郎みたいな詩」は、「話しことば」と「書きことば」というテーマに強引につなげるなら、どちらかというと「話しことば」の方だろう。「話しことば」というのはなんとなく「わかりやすい」感じがするじゃないか。だいたい「話しことば」で難解なことを言うやつは嫌われる。ただし僕は「話しことば」というのも嘘だと実感しているから、「わかりやすい」けれどもだいたい聞き流している。だから「話しことば」というのは聞き流す言葉。適当に相槌をうつ言葉。リアクションの連鎖だけで成り立つような無意味な会話を可能にする言葉だと考えている。文字に表してもほとんど意味がない。「あー」とか「うん」とか「それ」とか「まあね」とか。人間はだいたいそういう言葉しか普段は話していないと思う。いちいち頭を使って言葉をひねり出していたら死んでしまう。何も考えないで、言った先から忘れていくような言葉でもって、一日は過ぎていくわけだ。そういうもんだと思う。だから「話しことば」で文学なんて書けるはずがない。詩も書けない。「話しことば」そのものではなくて、ただ「話しことば」ふうの表現を採り入れているだけだ。谷川俊太郎の詩だってそうだ。ぜんぶ本当は「書きことば」だと思う。

じゃあなぜ谷川俊太郎の「書きことば」は難解にならないのだろう。わかりません。僕のカンでは、やっぱり日本語であそんでいるからじゃないか。そう思うよ。あそんでる感じですよ。いや谷川の詩にも深刻そうなやつはあるよ。でも基本はあそびでやってると思う。たぶん。あと仕事。「こちとら仕事で書いとんじゃい」という意識が、谷川の頭のどこかにあると思う。で、仕事というのも、日本の場合は半分あそびじゃないですか。半分あそびでやってないと病気になる。僕の周りをみても、みんな半分あそんでます。そういうところがないと、余裕がなくて、何をしていたってつまらないでしょう。つまらないものを書いても誰も読まないでしょう。

その誰も読まないものを書いているのが日本のいわゆる現代詩か。「詩のことば」なんて、あるのかどうか。あるとしたら、やっぱりわけのわからないヘンな日本語だろう。日本語を破壊するというほどではないにしても、僕だって普通には書けないという実感はある。過剰にある。なぜ普通の、意味の通る日本語で書けないのか。嘘しか書けないからか。じゃあ壊れた日本語で書けば真実が書けるのか。リアルな何かに出会えるのか。そこに何があるんだ。あるような気がするだけじゃないのか。自分の声、自分の言葉。そんなもん最初からないと思わないか。

日本語は嘘の言葉だから、嘘の綻びのような場所が必ず見える。それは「書きことば」の中にも見えるし、「話しことば」の無意味な行ったり来たりの間にも見える。告白の中にも見える。手紙の中にも、政治家の演説にも、TVキャスターのゴタクにも見える。見ないふりをしていたら、何の問題もない。みんな見ないふりをしているのだから。そこを無理やり見ようとすると、日本語の綻びを掻き分けるようにして、言葉の迷宮のなかに落ち込んでしまう。意味と音と文字がばらばらの世界。

現代詩を書くというのがそういう体験だとすれば、本気でそんなことを続けていたら、狂うか、死ぬかするのが当然だ。日本の現代詩は、ほんの短い一時期、そういう体験をしたのだ。そして壊すのを途中でやめた。引き返してきた。当然だ。日本語を壊す前に自分が壊れるからだ。僕なんかはそれをネタにしてあそばせてもらっている方だ。そして人間のうちの少数には、難解なのが好きなのがいる。どこかの外国語を眺めるようにして、日本語のめちゃくちゃなやつを眺めるのが好きなやつ。僕なんかそういうやつだ。金にならんような才能しか愛せないやつもいる。とにかくヘンな言葉、脱臼したような文節、ジャンプしまくる断面、そういうのが好きなやつがどこにでもいる。そこに「詩のことば」があるような気がする。日本語を壊さないと、「詩のことば」には出会えないような気がする。でもそれも嘘なんだ。ぜんぶ嘘だ。

詩に固有の言葉なんてない。あるはずがない。あるのは形式だけだ。詩は、口語自由詩というやつは、使える言葉なら何でも使ってきた。使い捨てにしてきた。言葉なんて少しも大切にしてこなかった。そうじゃないか。法の言葉も、学問の言葉もぜんぜん信用していない。生活の言葉なんてのも信用していない。そういうやつが詩を書く。書きたくなるんだ。それでも、嘘でもいいから言葉には何かあるぞ、何かあるぞ、と思って、いじくり回して、やっぱり壊しまくるんだ。自分が壊れない程度に、ちょっと手加減して壊しているのが今の現代詩だ。壊して何かを造っている。本を造る。詩集を造る。そこには何かが確かに書かれていて、意味らしきもの、風景らしきものがあって、真実らしきものが恥ずかしそうに突っ立っている。それが美しいと思うやつもいるし、自分にはまったく関係ないと思って投げ捨てるやつもいる。謎は謎のまま硬直していて、あるいはボケーっとしていて、いつまでたっても誰にも理解されない。それが、僕の愛する現代詩だ。

インタビュー　詩集のつくり方（聞き手＝松本圭二・郡淳一郎）

おまえみたいな詩人は腐るほど見てきたよ　木村栄治（七月堂）

七月堂の詩集では松浦寿輝の『ウサギのダンス』『女中』、朝吹亮二の『密室論』、阿部日奈子の『植民地の地形』、栗原洋一の『吉田』などが私にはパッと思い浮かぶ。どの詩集も普通の本ではない。「詩集とはこういうものだ」という具体を突き付けてくるような造本だ。しかし七月堂の基本は同人誌だろう。七月堂は同人誌とともに走ってきたのだ。とりわけ『シネマグラ』と『麒麟』が私には光り輝いて見えた。前者は映画の、後者は詩の同人誌だが、それらはジャンルを超えて読まれていたはずだ。

七月堂は発行人であり印刷技術者である木村栄治、編集長であり経理や営業を含めた実質的な経営者である知念明子、組版技術者および御意見番の内山昭一が主なメンバーであり、言ってしまえば魔の三角形である。一時期私はその内側で働いていた（主に集配ドライバーとして）。七月堂は、会社であることや家族であることの制度的な約束事をすでに解体し尽くしており、こんな関係性はふつう成り立たないだろうという場所で三人が三人、ポツンと立っているように私には見えた。ありえない会社、ありえない家族、ありえない本。木村栄治はそれを詩集制作でもって実践している。破壊的な力学において出産に立ち会うこと。これが木村栄治の美学ではない、ぎりぎりの、他にどうしようもない力学だろう。

　木村栄治という人はたいへん魅力的な人で、出版社の代表だというのに風貌は危なっかしいホームレスにしか見えない。いつ七月堂に行っても寝ているか酒を飲むかしている。時々自家製料理を作っているが、それは残飯を煮込んだような異様な食べ物で、私には絶対に食べられなかった。

（松本圭二）

——七月堂を立ち上げた経緯は？

木村　自分で印刷すれば同人誌が安く作れると思って。中古の印刷機を業者から譲り受けて、アパートで回していたら怒られちゃった。それで場所を借りたのがきっかけです。結局、自分の雑誌を作るというより商売になっちゃったけど。

——木村さん自身は詩集は作らなかったんですか。

木村　ないよ。詩は書くごとに棄てていたからね。『詩学』に載ったりしたこともあったけど。だいたい下手だった。それに七月堂が詩集を作るようになったのは後のことで、最初は同人誌の印刷と発売専門だった。岡田哲也、田村雅之、樋口覚の『方法的制覇』（一九七六－八五年）とかね。

——印刷所兼出版社としてスタートしたわけですね。

木村　出版社なんていう意識があったかどうか。とにかく印刷でもしないと、あのころは毎日何もすることがなかったわけだから。何かやっていないと、毎日が不安だったんだろうなあ。

——その前は何をしていたんですか。

木村　放浪です。

——七月堂ができたのはいつですか。

木村　一九七三年かな。二九歳でした。七〇年代の終盤の頃、学生が同人誌を作りに毎日のように来ていました。それで毎日のように酒盛りが始まる。そして、気がついたんですよ。時代の雰囲気って言うのかなあ、それがなんか息苦しいんですよ。その原因はね、こう言ってしまうと語弊があるけど、吉本隆明さんの影響が強すぎたんですよ。学生運動が下火になっていった頃です。とにかく私自身の息苦しさが加速されていって、その原因に吉本信者がうちに集まりすぎているってのがあった。学生運動の残滓みたいな空気が濃かったんです。それで私が鬱屈しているあいだに、連中が吉本さんの『試行』とか北川透さんの『あんかるわ』に投稿すると載っちゃうんですよ。そういう雑誌があの頃いっぱいあったんです。その流れのなかで、この息苦しさをなんとか取っ払おうと思ったんですよ。その時に、ものすごく詩集が出したくなった。

——でも七〇年代の終盤と言ったら、学生たちが詩を読むような環境はすでになかったんじゃないですか。どうして詩集を?

木村　それはね、ある詩を読んだからです。四方田犬彦さんたちがやってた『シネマグラ』（一九七七－八〇年）の終刊号に載った詩を読んで、「あっ、これだ！」と思った。それが松浦寿輝の「ウサギのダンス」だったわけです。新しい方向性が見えてきたように感じた。とにかく吉本さんのこの霧をバアーっと切り開いてみたいと。それで『ウサギのダンス』（一九八二年）を出したのが本格的に詩集を出しはじめた最初なんだな。

——その後、『シネマグラ』に参加していた松浦さんたちが『麒麟』（一九八二－八六年）を作ったわけですね。『麒麟』は売れたんじゃないですか。僕は学生のころ読んでいて、北川透さんや瀬尾育生さんたちの『菊屋』と『麒麟』は『現代詩手帖』より面白いという感覚はありました。

木村　いや、五〇〇部しか作ってないもの。最高で八〇〇だったかな。

——同人誌としては、当時は圧倒的なクオリティだと思ったんですが、七月堂が相当なこだわりを持って手がけたんですか。

木村　いや、松本邦吉さんがほとんど編集した。彼は編集者ですから。

——当時、『麒麟』を一号造るのにどれぐらいの費用がかかったんですか。

木村　二五万前後でやってた。

――安い。だから七月堂に詩集を頼むと安くできるというのが噂になったのかな。

木村　そんなはずはない。だけど、うちはかなりしつこく計算してたからね。

――『麒麟』以降に手がけた同人誌で、手応えがあったのは？

木村　『ユルトラ・バルズ』（一九九六年-）ですか。あれはいいんじゃないですか。中川千春さんたちの。『妃』も（第一期の）終わりの方はやってたんですよ。よかったですね、私は。田中庸介と、もう一人山の詩を書く人がいたでしょう（高岡淳四）。彼はいい詩を書いていましたよ。たしか京都の方に行っちゃって。今どうしているのかなあ。

――でも、今どうしても読まなきゃっていう同人誌が見あたらない。インターネットの掲示板とかに吸収されちゃったんですかね。現代詩っていうのは本当は同人誌が支えてきたはずですよね。

木村　かつてはね。今も本当はそうなんだろうけどね。『麒麟』というのは本当は大メジャーなんです。本人たちはアンチをやりたいからマイナーのふりをしていたけども。あの頃からメジャーとマイナーがごっちゃになってしまって、全部同じになってしまったんじゃないか。それが同人誌が力を持たなくなった原因かも知れない。

著者のエゴと出版社の意地との激突

――今まで手掛けた詩集の中で、特に印象に残っているものはありますか。

木村　そりゃあ、松本圭二の定価一万円の『詩集』（一九九五年）ですよ（笑）。

――二万円ですよ。

木村　あの時は大喧嘩したけども、あれは俺が馬鹿だった。商業主義に毒されてしまってさ、松本の言うことがわかんなくなっちゃってた。あのあとすぐにわかったんだ。俺は松本が言っていることをやろうと思ってずっと詩集やってたんじゃないかって。松本が逃げたあと気付いた。

――解説すると、僕は自分の手で詩集を造りたかったんですよ。紙の選び方から装幀から、何から何まで。そういう計算もあって七月堂に就職した。木村さんの仕事を手伝いながら、自分の詩集を思い通りに造りたいとやるわけですけども、七月堂というのは出版社ですから、当然エディターシップが介入してくる。書き手のこだわりに対して、最後は線を引く。原稿を書き手から奪い取らないと、いつまでたっても詩集なんてできませんよね。ところが僕は自分の金で造るんだから自分の好きにさせてくれと言うわけで、そこでぶつかったわけです。その時に、その衝突がどこにも回収できなくなっていったんじゃないかな。出版社のエディターシップというか習慣みたいなところにも回収できなかったし、著者のエゴに回収されることは僕が頑なに拒絶していたわけですから。

木村　俺としては最後には「おまえ何様だ！」って気になっちゃうわけですよ。

――でもそうは言わなかったですよ。木村さんは「どうしておまえはそんなに自信がないんだ。おまえがふらふらするのは自信がないからだ」と言った。

木村　自信のない生き方をしてたんだよ、あなたは。

――『詩集』の前の第一詩集の『ロング・リリイフ』（一九九二年）は社員になる前で、いきなり原稿を持ち込んだんです。木村さんはその時、詩をざっと読んで、「こういう詩を書いているやつは長続きしない、一冊で消えるだろう」って言いましたよ。

木村　やべえ詩を書いていたからなあ。自分を破壊するような。

――でも、その日の夜に電話があった。「この詩集は七月堂で出すから」って。実は僕はその前に書肆山田に相談してたんです。そしたら見積もりが来て、八〇万ぐらいかかると。とてもそんな金は作れないと思って、ちゃちな装幀でいいからもっと安く造ってくれって言ったんです。そしたら書肆山田の鈴木一民さんから手紙が来て、あなたはいつ死ぬか判らないけれども、あなたの本はあなたの死後も確実に残るんだ、と。

木村　……。

――書肆山田の詩集造りの態度は、はっきりしていると思いました。詩人は死んでも詩集は残る。詩人よりも詩集が大事なんだ、だからちゃちな本なんて作れないんだ、と。無名の、貧乏な詩人に対してもその態度は崩さなかった。ところが七月堂に行ってみたら、木村さんが、もう詩集なんてアホらしくて付き合ってられるかって調子で、「詩集にくだらん幻想なんか持ったらいかんぜ」と言うわけですよ、いきなり。「おまえみたいな詩人は腐るほど見てきた。どうせ一冊で終わっちゃうんだよ」って。

木村　そんなこと言ったかなあ。

――言いました。書肆山田と七月堂の反応が極端に違うので、僕は面くらいました。でも僕は「今しかない」という焦燥感でピリピリしていたし、死後のことなんか知るかっていう思いもあったんで、詩集を造るならこっちだと思ってしまった。出しましょう、費用は三〇万ぐらいでどうかって言われて、あこれでなんとかなると思った。

話を変えましょう。木村さんが考えるいい詩集ってどんなのですか。

木村　まず全体像があるってことです。最初の一行から最後の一行まで、なにかが貫かれている。それがあれば、必ずどこかにあるんですよ、予言が。予言か、過去の物語の破片か、その人にとって抜き差しならないような一行が必ずあるんです。それはいい詩集ですよ。全体像が摑めれば、本当に言いたいことが何かが見えてくる。

――七月堂の詩集では、僕は松浦さんの『ウサギのダンス』と朝吹亮二の『密室論』（一九八九年）がやっぱ凄いと思うんだ。それ以外にもこういうのがあるって、ぜひ聞かせてくれませんか。

木村　それはちょっと、あなたやめてくださいよ。まあでもそうだなあ、増田元宏さんの詩集は三冊造ってるんですけどね。『雨の羅針』（一九八四年）はいい詩集だなあ。

――『霜晴らしの鹿』（一九八五年）もすごくいい。どうして読まれないんでしょうね、あの人の詩は。

木村　だからねえ、俺はホントに嬉しいよ。俺以外は誰も評価しないってのが。

――七月堂から遺稿集が出た山本陽子は今評価されていますよ。あと、僕は小原眞紀子の『湿気に関する私信』（一九八七年）と中川千春の『全国の天気』

（一九八九年）は、今でも時々読み返したりしてるんだけど。それから鷹田愛の変な詩集も出していますね、透明のケースにバラバラのページや巻物が入ってるやつ。『ティリ』（一九九五年）。たなかあきみつの詩集もよかった。『声の痣』（一九九〇年）。

木村　あの人（たなかあきみつ）は写真がいいんだよ。写真も一緒にのっければいい詩集ができるかもなあ。あの人は実直で真面目な人ですよ。

――七月堂は基本的には、制作費著者負担を前提に詩集を作っていると思いますが、持ち込まれても断る場合もあるでしょう。引き受ける、引き受けないを判断する基準って何ですか。

木村　断るときは手紙で返事を書くわけです。やるときは、ほとんどその場で決めてる。いい詩集を出さなきゃという義務感はあるんだけど、基準と言われてもなあ。出さなかった詩集にいいのがあったかも知れないし。ただね、同人誌の仕事で関わった人からの推薦なんかがあると、これはやるしかないんだよ。断ると商売がまずいことになるしね。食っていかなきゃいけないんで、一〇〇本詩集を作ったとして、そのうちの六〇はそういう俗物的なところでやってるかも知れない。残りの四〇は自分で読んで決めたやつなんだけど、その基準ですか。まあ、要するに自分がこういう商売をやっていていいのかどうか、その評価を世に問うってことかなあ。たしかに私もねえ、評価されると嬉しいです。だから気にします。新聞や雑誌の書評欄を。評価されると嬉しいですよ。あの喜びはちょっと人に言えないところがありますよ。

――七月堂の詩集で一番売れたのは何ですか。

木村　『密室論』。五〇〇部近くまで売ったところで中断してしまった。函造りがしんどくてね。

――売れる詩集を作ってやろうという意識はないんですか。

木村　ない。俺はね、売れそうな詩集だって結構断ってるんだよ。「原稿料を出せ」なんてやつはハナから相手にしていないから。

――詩人もリスクを払うべきだと？

木村　そりゃそうですよ。発行人というのは奥付に名前が入っちゃう。これは逃れられないんですよ、萩原朔太郎の感情詩社方式をとらない限り。つまり架空の版元をでっちあげるということだけど。だから本当は版元が全部負担すべきなんです。法律的には、発行人が出版物の全責任を負うというのは世界共通なんです。私は一銭もボラないし真面目にやってる。きちんと原価計算して、印刷代＋紙代＋製本代÷部数で定価が決まる。全部売れたら元がとれる。大雑把ですけどね。で、この時にね、本当に申し訳ないんだけど「あなた何冊買い取ってくれますか?」ってのがあるんですよ。松本圭二は「俺は一冊あればいい」って言い出したんだ。そうなんだよ、それで俺がゴネたんじゃなかったかな。五〇冊ぐらい買い取れよと。

――それは木村さん、違いますよ。僕は最初は五〇冊の私家版にすると言ったんです。それで全部買い取るって。完全な私家版ですよね。そこでまず衝突した。七月堂はそんなことはさせないというわけです。でも僕は私家版ということを盾にして、活版の校正を五校も六校もとったり捨て版をバンバン出したりして、好き勝手やり続けた。この詩集制作を自分で抱え込み続ける根拠として「私家版」があったということですね。それに対して木村さんはその根拠を奪い取った。この詩集は七月堂が制作費を全部出す、おまえからは一銭も取らんからもう一切、口出しするなって。

木村　ああ、そういうことがあったな。知念から相談されたなあ。松本が意固地になってるって。

――それで七月堂の全額負担で、たしか二五〇部造るって話になって、僕はもうしぶしぶ引いた。引いたのに、ごちゃごちゃまだいじってた。ゲラや装幀を。知念さんは絶望的な気持ちになっていたかも知れない。でも一応そういう話になったのに木村さんが「何部買い取るんだ」って言うから、僕は「一冊でいい」なんて言ったんじゃなかったかな。

木村　でも松本は一冊の詩集が欲しかったんだな。一冊だけ造って定価五〇万か。俺のも入れて二冊で二五万。それでもよかったんだよ。だけどなあ、気持ちは判るけども、それじゃあ本なんて作れないんだよ。不可能だよ。知念は読ませたい人の数だけノートを作ればいいじゃない、と怒ってたけど。

やっぱり俺がそんなことはさせないよ。七月堂が。
——木村さんが最後に激怒して、早朝電話がかかってきて「今すぐ来い」って。それで修羅場になった。僕はその時パニックになって、ゲラを床に叩き付けてしまった。「こんなもんいらねえよ」って。あれは第何校だったかな、もうわかんないぐらい。その時に木村さんが即座に言いました。「それがおまえの本性だ」って。僕は土下座して、大泣きして。木村さんとは、それ以来一度も会っていなかったんです。今日まで。

木村　周りの人が見たらわかんないだろうな。いったい何を奪い合ってるのかって。利権なんか何にもないんだからねえ。

——周りから見たら、単に著者のエゴと出版社の意地がぶつかっているだけのように見えたかもしれないけど、それだけだったらあそこまでは行かないですよ。やっぱり著者と出版社が奪い合っているのは一冊の詩集で、それを僕は「これしかない」って形にまで持っていきたかった。でも木村さんや知念さんもその一冊を見ていた。ひょっとしたら書き手よりも明確に見えていたのかも知れない。詩集のあるべき形が。

木村　でもあれは俺の完全な敗北だな。あれは俺と俺の対決でもあったんだよ、きっと。もう一〇年になるか。でもあれやって良かったんだよ、俺は。あれからなんか自分が嫌になっちゃって、詩壇とも縁を切ったしな。

——僕は製本された五〇部を知念さんからもらって、綴じてない折丁のままのバラバラの二〇〇部を木村さんからもらった。そのバラバラが棄てられなくてね。

木村　俺はだからバラバラのやつしか読んでないんだ。今でも寝ながら見える場所においてあるよ。

詩集っちゅうのは害毒をまき散らさないとダメだ

——いま詩集が元気がないように見えるのは、ジャーナリズムの問題なのかな。

木村　元気というのも、その内容を考えないと。いい詩集はあるんだよ。でも、それを誰も読まないじゃないか。秋元潔の詩なんか数十年というもの無視されてると言っていい。かえって気持ちがいいくらいだ。

――読者が頽廃しているってのもあるんだろうけど、詩集だって人間が造る一つの物なんだから、そこにかけたエネルギーは必ず反映されると思う。仕上がりに。強い力をかければ絶対に強い物ができるはずなんだ。詩集が読まれないのは、要するに詩集という書物そのものに魅力がなくなってきたんじゃないのかな。その時に、流通の問題がネックになっているのかなって思う。というのは、ちょっと変わった装幀とか判型にすると書店が嫌がるっていうんです。棚に入らないとか、平台に置けないとか。書店が嫌がるから、取次からも指導されるんだって。つまり小説なのか詩集なのか見た目では判らないようなさ、そういう標準的な本にしてくれって。

木村　そんなことねえよ！　それはまったく嘘だよ。

――流通のさせ方が間違ってるのかな。

木村　取次なんか通さなければいいんだよ、そんなこと言うなら。本屋に持っていけば買ってくれるって。俺はね、本屋に行って七掛けで五冊ぐらい買ってくれって言う。売れ残ったら買い取りますからって。それだって立派な流通ですよ。こっちの利益は薄いけれど、買い取る時も七掛けで買い取ればいいんだから、本屋には一銭も損はさせないですよ。配本じゃないですよ。買い取り。そういう書店が全国回れば五〇軒はありますよ。そういうのを二〇年やってますよ。『ウサギのダンス』だってそうやって売ったんだから。でも労力が大変だからね、今は人にやってもらってるけど。

――具体的に聞くと、七月堂の詩集の流通のさせ方というのは、直接買い取りと地方小出版流通センターで流すのと二つですか。

木村　そうですね。初期からのメンバーですから、地方小の。

――他に考えられないですか。

木村　うーん。どうかな、インターネット販売はずっとやってる。古本屋のルートもあるけどね。

――木村さんは古本屋の免許を持っているでしょう。一時期は七月堂の入口で古本屋をしてたって聞きましたけど。つまり店構えとしては古本屋で、その奥で編集をやって、さらにその奥で印刷機を回しているという。だから七月堂に七月堂の詩集を買いに行くことができたわけですよね。

木村　それは鬱陶しいからエロ本ばかり売ってましたよ。現在『彷書月刊』をやっている田村治芳さんに仕入れから店番までやってもらった。田村さんと一緒に来た倉尾勉さんは印刷をやっていた。昨年石油をかぶって自死してしまったけど、いい詩人だった。古本屋は二年ぐらいしか続かなかったね。

――木村さんが最初は一台の印刷機から始めたって言ったでしょう。自宅のアパートで。それから小さな工場を借りて、そこで編集もする出版社を立ち上げて、さらに古本屋まで持とうとしたというのが何とも言えず感動する。全部やろうとしたわけじゃないですか。もう一回、詩集を自分ところの店頭で売るってことをね、やってほしいんだな。「本日入荷！」って。エロ本じゃなくてさ。

木村　そんなことは、あなたが俺の跡をついでやればいいんだよ。俺は店先の本棚に自分で造った同人誌や詩集を並べていたわけだよ。「このなかに宝がありますよ」って。砂子屋書房の田村雅之が、そこから赤坂憲雄の「異人論」が載ってる『座標』を掘り出したりしてね。それだって流通ですよ。

――最後に大きな質問があるんだけど、「なぜ詩集か」「詩集とは何か」っていう。僕は、詩集とは偽金だと思っているんですよ。地域通貨というか。つまり詩書流通の実質は物々交換の世界じゃないですか。献本が最大の流通になっているわけだから。

木村　偽金だったらできるだけ素朴なのがいいな。使ってすぐにバレるやつ。俺はいつもそういう緊張感があった方がいい。使い終わったら、その後のことはどうでもいいんだ。

――七月堂にとっては、詩集ってのはアジビラみたいなものなんでしょう。

木村　おまえ、政治も含めて考えないと現代詩はダメだぞ。尾形亀之助の方法だってあるのだから。詩集っちゅうのは害毒をまき散らさないとダメだよ。俺は、本は残らなくていい。みんな燃やされていい。でも記憶としては絶対に消えないんだ。何千年たっても消えないんだ。詩集は残らなくても、思いは残る。それが詩なんだよ。詩を書く人って、みんなそういう楽天的なところを持ってるよ。だから書けるんだよ。

——でもそう言いながらも、七月堂っていう出版社は詩集の物としての魅力を最大限引き出していると思いますけどね。『密室論』とか、松浦さんの『女中』（一九九一年）とか。

木村　あの二つは装幀した須賀裕が偉い奴なんだよ。『密室論』の時は、朝吹さんと須賀さんとで大喧嘩になったけどね。朝吹さんがどんなに嫌がっても、須賀は一歩も引かないんだよ。『密室論』の時は床にテント張って泊まり込みですよ。一晩中議論だよ。二つとも、函は俺が紙を貼って作ったんだ。ニカワを溶かしていると、俺は製函屋になったのかと思ったよ。

——アジビラみたいに消えていっても記憶に残ればいいんだっていう態度と、詩集に固有の形を与えてやろうって態度が、木村さんの中でいつもせめぎあってる感じがする。

木村　まあ贅沢な詩集は造ってるからな。それでもあんまり金はかからないんだよ、ホントは。手間がかかるだけだ。

（二〇〇三年一月一五日、七月堂・梅ヶ丘工場にて）

＊編集部注　木村氏は二〇一〇年に死去。

詩集は矛盾の塊り、そして世界の一部　鈴木一民（書肆山田）

今の詩壇の両翼を担っているのは思潮社と書肆山田だと言って間違いない。かつては思潮社と青土社だった。過去に瀧口修造、吉岡実が、現在では鈴木志郎康、高橋睦郎、白石かずこ、江代充が、書肆山田を詩集造りのホームグラウンドにしている感じがある。そして『るしおる』という雑誌を出している（その後、二〇〇七年五月に休刊）。『現代詩手帖』だけに詩のジャーナリズムを代表させてはいけないということだと思う。入沢康夫や岩成達也が現在の詩論を展開する場がここにはある。詩集で私が一番印象に残っているのは稲川方人の『アミとわたし』だ。これは長い間、幻の未刊詩集だった。詩篇が書かれてからおよそ二〇年後に、その詩集がひょっこり書肆山田から刊行された。この二〇年という時間をないがしろにしない、忘れたことにしない、じっくりじっくり紡いでいく、それが書肆山田という出版社の凄みだ。

鈴木一民が営業を受け持ち、大泉史世が編集と装幀を手掛ける。鈴木氏に会うのは初めてだったが、その風貌はなんともダンディで、エレガントで、かつ嫌味がなく、清潔で、つまり書肆山田の詩集が服を着て歩いているような感じがした。はっきり言ってカッコいい。だがその目は恐かった。書肆山田刊の詩集は全国津々浦々で売られている。池袋の外れにある本当に小さな出版社なのに、これは凄いことだ。詩の商人たろうとする覚悟が鈴木氏にはある。そして商品として流通させるためには、詩集は特別な書物でなければいけないという意識が強くあるのだと思う。（松本圭二）

――書肆山田設立の経緯を教えてください。

鈴木　書肆山田を立ち上げたのは山田耕一で、彼はもともと詩集のコレクターだったんだそうです。古本屋の鑑札も持っていて、業者の市場にも出かけていって、おおかた詩集を集め尽くして、それからですよ、現代詩――もちろん彼の嗜好の下ででしょうが――の出版に関わっていったのは。集め尽くした詩集を、もう一度古本の世界に投げ返すことで、新しい詩に関わろうとした。つまり蔵書を売り払って書肆山田を立ち上げる資金にしたわけです。結局、ほとんど全部売ったんじゃないかな。

――それは近代詩ですか。

鈴木　そうです。藤村の『若菜集』から瀧口さんの『妖精の距離』などまで。古書の世界では、戦前の詩集はものによってはかなりの高額で取り引きされているでしょう。戦前の詩集の感覚、古本の世界の独特の価値観みたいなものを身につけて、それで限定版の詩集の出版社として出発した。当時、限定版のブームだったんです。

——鈴木さんはその当時から書肆山田に関わっていたんですか。

鈴木　ぜんぜん。読者としての付き合いだけです。僕が書肆山田に実際に関わったのは七七年です。

——書肆山田が最初に刊行した詩集がわからないんですよ。ホームページの刊行リストを見ると入沢康夫の『倖せそれとも不倖せ・續』（一九七〇年）となってますけど、岡田隆彦の『海の翼』（一九七〇年）には山田さんの設立趣意書が入っていて、これが処女出版だって書いてある。

鈴木　山田が最初に出した詩集は『海の翼』じゃないかな。それが七〇年の一二月。山田は同じ詩集でも特装限定版とか、A5判・B6判とかいろんなヴァージョンを出しているんで、私もよくわからないんですよ。また、若い詩人の詩集も出そうということで、帷子耀、山口哲夫、芝山幹郎さんたちの詩集も手がけるわけだけど、どれだけ動いたかは詳しくは不明です。

——山口哲夫の『童顔』（一九七一年）は僕は普及版で読みました。

鈴木　最初に限定版で出し、その後で普及版を出すというのは、洋書のハードカバーとペーパーバックの関係にも似ている。そういう組み立て方が出版社の構造のなかにあっても本当はおかしくない。

——山田耕一さんは設立趣意書のなかで「純粋造本」という言葉を使っています。これは戦前の野田書房とかの限定本文化、詩集文化をまっすぐ引き継いだような宣言ですね。

鈴木　私は貧乏学生だったから、特装の限定本なんてとても手が出なかったし、触ることも憚られた。でも造本の美学には衝撃を受けましたよ。

——入沢さんの詩集も僕は普及版で読んだんですが、こんな装幀でいいはずがないって思いました。ただしどっちが本物なのかは微妙なところですね。広く読まれた版の方が本物とも言える。

鈴木　普及版は、本と出会う読者に作品を裸のまま託すことだと思う。それはコレクターとしての時間を長く過ごしてきたことへの反省というより、出版活動とは何かという問題だったろうと思う。話を戻すと、書肆山田の成り立ちの背景としては、尖鋭な場所ほど「七〇年」をどうくぐるかという大きな問題があった。仄聞では、思潮社は小田久郎さんが伊達得夫、森谷均さんたちとの有名な共同スペースの時代を経て、大変な苦労をされて現代詩の出版社として不動の形にされたということです。当時の思潮社のスタッフの多くは若かったようで、時代の趨勢もあったのか、組合ができたということです。その組合の主なメンバーが思潮社を出て、『思潮』の編集長だった菅原孝緒さんを代表に牧神社を立ち上げた。その牧神社に、書肆山田は営業を委託しました。つまり、取次に口座を持っていなかったので書店に本を流通させてもらえない。山田耕一は自分で詩集を造り、それを営業してもらうのは牧神社。ですからね、書肆山田だけを切り取ってうんぬんするよりも、そういった多くの人が支え、関わってきた詩集出版文化の営々たる土壌がどんなふうにうねって、そこからどんなテクストが生まれてきたかを見る方が大事だと思う。

——山田耕一さんとはどういった経緯で知り合ったんですか。

鈴木　当時、限定本のブームが終わりかけていました。詩人たちも、立派な装幀の限定本もいいけど、やっぱり多くの本屋に置いてもらい、多くの読者と出会いたいと思っていたのではないかなあ。書肆山田も取次にきっちり自前の口座を作って、独自の営業をやっていくしかないだろうという話になった。その頃僕は印刷所で働いていたんだけど、友人で牧神社の営業部長だった渡辺誠さん（のちに北宋社社主）から、おまえやらないかって声がかかったわけ。

——営業担当者として書肆山田に入ったわけですか。

鈴木　そう。書店や神田村の小取次にいたこともあるから一応本屋の仕組みはわかっているし、書店員として本を見てきた経験を組みたて直せば、何かできる可能性があるかもしれないということで山田に入った。最初の仕事は、牧神社に返ってきた返本の山の中から書肆山田の本を抜き出すことでした。

共同作業としての詩集づくり

――いま書肆山田の詩集の中で、自社企画として、つまり制作費を書肆山田が負担して出す詩集は全体のどれぐらいですか。

鈴木　純粋企画は約四割から五割かな。もちろん年によって違いますけどね。

――それ以外の自費出版でも、原稿を持ち込まれて全部作るわけではないですよね。

鈴木　自費出版でも結果的に六割か七割はお断りしています。現実問題として手が追いつかないために、待ってもらって、やっと形にさせてもらってます。大泉が編集として。可能性があると思えば彼女が時間をかけて、一年かかることもあれば二年かかることもあるけども、書き手とキャッチボールをするわけです。その上で自費出版する。

――それは感じました。最初の詩集（『ロング・リリイフ』七月堂、一九九二年）を出す前に、僕は書肆山田に詩集の原稿を送ったことがあるんです。その時に、送った原稿の中からこれとこれをピックアップして、あとは外したらどうかって提案された。何だよって思ったけれど。

鈴木　それはうちは印刷屋じゃないってことなんだ。出版社なんだってこと。そりゃ見誤ることもありますよ。でも最低限、僕たちにできることはやり尽くすべきではないかと思いますから。書き手とのキャッチボールは、できる限りやろうとしています。

――ただ書き手にも自分の詩に対する強い思いがありますよね。それに自費出版なんだから、自分の思い通りに作ってくれっていう。僕は七月堂でそれを押し通そうとして、ずいぶん喧嘩をしてしまった。

鈴木　どの出版社にも出版哲学はあるわけで、それは固有性の問題であると同時に関係性の問題だと思う。書き手にしてみたら、自分がこれを書いたんじゃないかって思うでしょう。だけど僕はね、そういうのは違うんじゃないかなあ、と思っているんです。書き手の思いも、版元の論理も、どっちも違う。

テクストは印刷屋さんや製本屋さんも含め、個々の孤独な時間を結集した共同作業の結果でしかないのだから。そもそも共同制作なんだと考えないとね。誰がどんな苦労をしたかなんて話をしていると、苦労だけが肥大化していく。苦労なんて何をするにも付いてくるものなんだから、苦労をぜんぶ引き受けた上で、それを相対化するようなスタンスを持たないと、みんなただぐちゃぐちゃになるだけですよ。

――その相対化するスタンスが普及版なのかな。

鈴木　以前に読者として山田の仕事を遠巻きに見ていて、良い仕事だなとは思うわけですが、私たちが最低の生活をしながら手に入れられる範囲ってあるだろうとも思っていた。特装限定版なんて手が届きませんから。それはもうコレクターの「相場」の世界に入っていっちゃう。それはね、本にはいろんな形があっていいということ。愛書家であっても読者じゃないって場合もあるわけだから。だから僕は、それまでの山田の仕事だと限定版と普及版の落差がありすぎるから、その間を埋めるような詩集を作っていこうと提案しました。七七年に入社して、その次の年に谷川俊太郎さんの『タラマイカ偽書残闕』(一九七八年)や大岡信さんの『春　少女に』(同年)を作った。限定版を作ることは考えなかった。普及版の枠の中でどれだけのことができるか。詩集至上主義じゃなくてね。言葉は、空間の中であらゆる他者とたえず出会って、支えられていくべきなんだと思っていたわけです。

――僕は書店や取次など流通の要請で詩集の「形」がずいぶん抑圧されているように思うんですが、書肆山田は闘っている印象がある。例えば『るしおる』(一九八九年－)という雑誌一つ見ても、あの判型すごいじゃないですか。本棚から思いっきりはみ出して。

鈴木　菊地信義さんにお願いしました。もともとは書店を通さずに直接購読者とコミュニケーションしようという考えで、二つ折りにして定形封筒に入る最大の判型にしようと。最初の頃は、今の大きさを二つ折りにして帯封した、中綴じの薄いパンフレットみたいなものだったんです。

――これは書店にとっては迷惑な判型でしょう。

鈴木　つまり、闘う闘わないということより、現実問題ということでしょう。最初に取次の口座を取りに行った時には、担当者に「委託配本はしない」って言われたんです。詩集なんて売れないから、委託にしたら効率が悪いから。それで「返品条件付きの注文口座」なら作ってあげるということになった。つまり、書店を回って自分で注文を取ってきなさい、配送と集金はしてあげるからってことです。

――それは書肆山田以外はどこもリスクを負わないっていう条件ですね。

鈴木　でも今思えば、委託だと本が売れても六ヶ月後の入金だけど、注文なら毎月二五日〆で一ヶ月後に入金されるから、書肆山田がこれまで細々とやってこられたのは、「返条つき・注文」だったからと言えるかもしれない。七〇年前後はまだよかった。ミニコミ誌がものすごく増えた時代です。書店も「じゃあ俺たちが売ってやるよ」って、直口座で、精算処理も書店でやってくれた。そうやって店のオリジナリティを出そうとしていた。その当時の書店員は意識的で、大変な読書家でもあったりして、結構新しい可能性を大切にしていた。そういう面々が現場の判断で詩集も扱ってくれていた。でもいくつもある版元を合わせれば膨大な会計処理になるから、だんだんと取次に一本化されていった。取次に口座がある限り返本がきくわけですしね。ミニコミ誌の人たちって精算にも行かないんだよ。置いたら置きっぱなし、本屋に並んでいたら満足って。それも困るわけだ。だから、売れるか売れないか、本当に売りたいのかどうかさえわからないような本まで含めて、平等に扱いましょうなんて路線は続かなくなった。

――さっき書肆山田は出版点数の半分近くを自主企画本でやってるって聞いてびっくりしたんですが、それで経営が成り立つもんなんですか。

鈴木　ほとんど成り立ってないんじゃない。経営的な展望は、なるべく描かないようにしようと思ってる。

――『るしおる』を出し続けるのは負担にならないですか。

鈴木　なりますねえ。

――僕は福岡で『るしおる』が読めるのは奇跡的なことだと思っちゃうんですよ。むかし渋谷や池袋の「ぱろうる」でようやく買ってたものですから。地方都市の普通の本屋に普通に置いてあるってのが、感動してしまう。

鈴木　それはうちだけじゃないよ。書店さんも、みんな頑張ってるよ。

――『ミッドナイト・プレス』ってありますよね。あれなんかどうですか。腹立ちませんか。判型パクられて。

鈴木　ぜんぜん構わないよ！　大小にかかわらず、いろんな役割の詩の出版社があるべきなんだ。読者と出会うための時間を自分たちで背負うことでしか、テクストは流通しないんだからさ。書肆山田にも「ここで働かせてくれ」って来てくれる人がいるけど、言うんです、「君は自分の田舎で出版をやるべきだ。アドバイスはするから」って。逆に言うと、そういう人たちがうちを支えてくれたのかもしれないなあ。

――九〇年代に江代充さんや関口涼子さんがすごくいい仕事をしたのは、書肆山田のプロデュースと『るしおる』という場の力が大きいと思うんですが。

鈴木　と言うより、偶然出会うわけですよ。偶然出会うなかで、ああ、こいつは凄えなあとなれば、それはこっちも頑張りたいと思うよね。やっぱり本は共同でしか作れない。関口さんに対しても、俺が金出してやるから好きなように作れよなんてことはやってない。いろいろ読み込ませてもらって、僕も意見を言って、それで一緒に作っていける詩人が何人か、結果的につきあってくれている。ありがたいことだと思う。

――今、詩集制作を通して詩人をプロデュースしていこう、という姿勢がはっきり見える出版社って、書肆山田のほかにほとんどない気がします。

鈴木　読者から見れば、どこから出た詩集だっていいものはいいはずだよ。出版社のカラーというのは確かにあるだろうけど。出版社をどう考えるかっていうと、現場の技術も含め、いろんなベクトルが集約する装置なのではないか。いろんなベクトルがその装置を潜り抜けることによって、作品が一冊の形になるのだと思う。それは当然、詩人もテクストのためには一スタッフにならざるを得ない。そういうことが入沢康夫さんなどが言われる詩人と読者の関係ではないでしょうか。

——でも僕には、書肆山田がたとえば江代充を積極的にプロデュースしてきたことが、結果的に囲い込みに見えてしまうところもあるんです。

鈴木　それは共同作業的にやっていくわけだから、ある時期にある詩人と作品に出会い、何かを共有し、それを支えあっていくということはあるでしょう。それが現在続いているということだと思う。

——その「書肆山田的なもの」が、僕にはなにか露骨に見えちゃうところがあるんです。本屋の店頭で見て、著者名や題名よりも先に、あ、書肆山田の本があるって最初に思う。逆に言えば、装幀を見ただけで書肆山田の本だってわかる。あれは何でしょうね。

鈴木　それはね、ずっと大泉と二人でやってこざるを得なかった結果かなあ。できればもっとデザイナーとの共同作業をしたり、若い編集者と一緒に仕事ができたらとか、やっぱりありますよ。自分の貧しさとともに、いつまでこんなことやってんだって、さ。だから若い人たちにまで書肆山田の仕事が届くかどうかは限界がありますよ。自分が置かれているその限界を認めなければ歪んでいくに決まってるんで、限界を全部認めた上で、いま目の前にある時間に対して自分たちに何が可能かということしか、ありえないんじゃないか。あまりにシンプルな考え方だとは思うんだけど。そんなね、何もかもクリアするなんて及ばないことですよ。

自分の身体において、時間とどう関わるか

——『潭』(一九八四−八七年)っていう雑誌がありました。編集同人に古井由吉や中上健次も参加していた。ああいう小説や評論も含めた文芸雑誌を書肆山田が出すのはどういうモチーフがあったんですか。

鈴木　もう文学空間という切り取り方だけでは駄目と思ったんだ。生きている限り、あらゆることに対して貪欲であっていいという、それが基本にありま す。美術に対しても音楽に対しても、その貪欲さは

生きている限り保証されるべきだって思う。その時に、『潭』なら『潭』という言語の空間をとりあえず設定して、その空間の中で何が可能かということ。そして改めて詩や言葉の問題を問いたかった。

――空間を設定するというのは、言い換えれば場を区切るということですよね。フレームはここからここまでなんだと。僕はそのことが今とても意味を持つようになっていると思うんです。インターネットとかメールとか、書物の後の文字メディアが出てきたことによって、書物の固有性が改めて問われているように思うんです。それは区切る、限定する、堰き止める、立て籠もるということだったんじゃないかと思うんですね。本文を決定して、唯一の形に限定して、部数を区切って、他の何かじゃないものを作る。

鈴木　要するに、本造りというのは極めて身体的な作業でしかない。身体的な作業を何かで覆おうとすると必ず膨大な矛盾が出てくるから、自分たちの身体の限りにおいてしか時間に関われないという、これは痛切な思いです。

――書肆山田の詩集は基本的に全部、かがり綴じで活版印刷ですね。ＤＴＰのフォーマットに文字データを流し込むなんて絶対しないでしょう。

鈴木　時代とともにいろんなニーズがあるわけだから、必要に応じてやればいいんですよ。ただ、活版屋さんが次から次へと廃業していく現実もあるでしょう。私たちが活版屋さんと共有できる時間が、後どれだけ残されているのかなっていう思いはあります。

――僕には、書肆山田は活版にすごくこだわっているように見えるんですが。

鈴木　結果としては、『るしおる』も含め、九割九分が活版です。そのぶん経費もかかるけども、それはもう自費出版をする人に了解してもらえるかどうかってところです。

――僕がむかし書肆山田で詩集を作ろうとして、見積もりが八〇万って言われたときは、何でこんなに高いんだろうと思って。

鈴木　八〇万あれば車一台買えるからね。それは高いと思う。

——僕はその時、もう一〇年ぐらい前だけど、しょぼい作りでいいからとにかく安くしてくれって言った。それで鈴木さんに怒られたわけです。「おまえは死んでも詩集は残るんだ」って。でも、そんなにお金がかかるんなら詩人なんて金持ちしかできないじゃないかって思った。一冊だけだったら何とかできるでしょうね。お金かき集めて。でも継続的に活動していこうと思ったら、金持ちしか無理ですよ。

鈴木　じゃあね、あなたはなぜ書肆山田で詩集を作りたいと思ったの？　書肆山田に何を期待したの？

——それははっきりしてると思います。書肆山田の詩集が好きだったからでしょう。書肆山田の詩集って一冊一冊が、テクストと書物の関係を壊しては作り、壊しては作りしているように見えたんですよ。だから僕は矛盾していた。

鈴木　それは大泉の領分ですね。うちは基本的には装幀をデザイナーに任せるという手法は取っていない。原稿を編集して、校正して、最後に校了になるまで付き合って、そこからどんな据え方がデザインワークとしてできるかっていうやり方をしている。ほとんど編集者が装幀しているんだけど、それが山田のカラーになっているんだと思う。デザイナーを立てるにしてもやっぱり共同制作です。

——著者自装を希望する書き手もいるでしょう。

鈴木　うん。でもそれはイメージでしょう。イメージは大切ですが、用紙や組版にしても、形にするためにはやっぱり共同作業しなきゃならない。もちろんそのイメージの揺れ動きには付き合いますよ。でもどこかで書き手自身も立ち止まってしまうことがあるわけで、その時は、たとえばこの色の方がこの言葉には合うはずだよとか、ちょっと背中を押してしまったりする。自分でやりたいという欲望は、いつの時代だってあると思う。それを封印するんじゃなくて、どれだけ欲望を共有し得る地点に降りられるかだと思うんです。

——僕は詩集を作る時に、原稿だけ渡して後は編集者とデザイナーに任せてしまうっていうのが信じられないんですよ。詩集は本の形も含めて作品じゃないですか。つまり自分がすべき仕事を途中で放棄してしまうような気がするんですよ。それに本づくりの悦びもあるわけじゃないですか。それを手放すってのはちょっとおかしいんじゃないかと思う。でも書肆山田で詩集を作った人の中にも、そういうタイプの人っているんじゃないですか。

鈴木　うん。このデザイナーに装幀を頼んでほしいって方もいる。でも、書き手とデザイナーとの信頼関係が問題です。作品をどれだけ読み込んでくれたのか疑問に思うことはたまにあります。でもそんなこと言ってもしょうがないよね。どんな衣装を着せられても生きていかなきゃいけないんだから。

──詩人じゃなくて詩集が生きていくということですね。一貫してるな。でもね、しつこく繰り返すけど、鈴木さんから「あなたが死んでも詩集は残るんだ」って言われた時、「何だ、詩集を作るってことは墓を建てるようなものなのか」って思ってしまった。

鈴木　墓じゃないですよ。

──何なのかなあ、詩集を作るってことは。記念碑？

鈴木　記念碑でもないよね。その時の、その人にとっての限界と言える言語が、これからどう生きられるかっていうことのために詩集を作るわけであって、その言葉がいつ死ぬかは膨大な他者が決めることで、むしろ言葉に生きてほしいためにみんなが関わっているんだと考えていたいですね。

──でもその裏側には、人間は死すべき存在だってのが張り付いてますよね。

鈴木　それは当然ありますよ。

──書肆山田の仕事は、人の「生き死に」にとても神経質になっているように見えます。

鈴木　神経質というより、表現自体が「生き死に」の問題なんだよ。人間の基本的な部分にどう関わっていくかという。それは誰だって、あなただって、どんな仕事をしていたって考えなければならないことじゃないですか。

──でもね、多くの出版社では、編集は「お仕事」ですよ。趣味の時間は別に取っておいて、給料をもらうために本を作っている。鈴木さんの場合は全存在をかけて詩集と関わっているように見える。

鈴木　それは不幸でもあるわけじゃない。「若い編集者がこんなことやってさあ」なんて言えないし、自分たちの限界がモロに出るということだってある。自己主張の部分もどんどん消していくしかないし、それはもう、生きていくこと自体がさ、どうしようもないんだって気持ちになっちゃうんだ。僕たちがやってるのは、「仕事」として成立しない不幸な出版形態かもしれない。市場の論理から言えば。でもそんなこと言ってたってしょうがないじゃない。

――僕は詩集というのは、たぶんそういうふうにしか造られてこなかったんじゃないかと思います。

鈴木　それは「表現」ということ自体がそういうものだと考えなければ、インターネットとか何だとかに足元をすくわれかねない。だから、たえず限界と可能性を行きつ戻りつしながら、時間とお金の問題に向き合っていくしかない。

――「詩集とは何か」っていうことを自分なりに考えてみた時に、昨日も七月堂で言ったんだけど、偽札みたいなもんじゃないかと思ったんです。ほとんど手渡しのようにして秘かに流通しているということで。それと最高の印刷技術が必要だということで。

鈴木　むずかしいなあ、詩集こそ本物の札束かもしれないよ。今流通している金の方が偽札かもしれない。

――ああ、ああ、そうですね。だからそういう価値の転倒を詩集は本質的に迫っているのかもしれない。詩集という偽札には革命が詰まっていると。

鈴木　潜在的にはね。ただ、それはかすかな希望でいいんですよ。それを表に出してしまうと全部崩壊してしまうから。

――でも詩集で家が買えればそれに越したことはないなあ。

鈴木　そうかなあ。昔、書肆山田を僕たちが引き継ぐことになった時に、三浦雅士さんから「山田じゃなくて自分たちの名前を付ければいいじゃないか」と言われたことがあった。でもね、僕はそうは思わなかったんです。山田から会社を引き継いだ時に、結構大きな負債があったけれど、それはマイナスの柱であっても、柱は柱だって思ったんです。それは書肆山田がある時間を生きたということでもあって、だから「書肆山田」のままでいいんだと思った。

――詩の書き手だって債務を負っていると思います。

戦後詩なら戦後詩が生きてきた時間という負債ですよね。その時間から自由にはなれない、どう足掻いても歴史的な不自由を背負うわけでしょう。

鈴木　それは連綿とした膨大な時間ですよ。そこにある新しい切り口でもって切断面を引けば、その新しさを印象付けることはできるけれども、それもいろんな条件の中での装いに過ぎないわけだから。

――負債というのは同時に豊かな財産でもあり得る。

鈴木　そうです。マイナスの財産だけども、その負債を返すためにそれまでの付き合いも続くわけだからね。印刷屋さんなんかとも。そういう関係の持続だってたいへんな財産なんですよ。

――鈴木さんは今でも自分で書店営業しているんですか。

鈴木　だって三人しかいない会社なんだから。頻繁にはなかなか行けませんが、行ってますよ。四半世紀も書店廻りをやってるのは化石だなんて紀伊國屋から言われたりしますけどね。だけど造った詩集をずっと倉庫に積んでおくわけにもいかないじゃない。それをいかに流通させるかっていう責任が僕たちにはあるんだから。流通の悪口なんていくらでも言えるけど、そんなこと言ってたって始まらないよ。

――そうは言うけど、僕はまだいろんな疑問がありますよ。たとえば定価の設定一つにしても、はっきり言って根拠がわからないという現実がある。思潮社で詩集を出した時は、著者買い取り分を全部売っても、負担した費用が回収できなかった。

鈴木　それは表現を商品として流通させるという版元の制度の矛盾ではあるんだけど、その矛盾は矛盾としてたえず残しておかないと、もっと大事なものが振り落とされてしまうんじゃないか。君の言う現実だって両義的かもしれない。定価と部数が連動していなきゃいけないって誰が決めたの？　君はなるべく広く読まれたいと思って思潮社さんで作ったわけでしょう？　そのための定価設定でしょう？　その矛盾は君が感じているだけじゃなくて、版元だって抱え込んでいるはずだよ。

――それだったら詩集の定価設定なんかに根拠はないって言ってもらった方がいいです。最初から。ところが根拠があるように振る舞うじゃないですか。

鈴木　誰が？

――版元がですよ。

鈴木　そんなことはないよ。山田は了解してもらっているけど。だったら誰がいったい営業するわけ？　私家版ならいいですよ、どんな定価をつけても。ただささあ、二万円の定価を付ける（松本圭二『詩集』七月堂、一九九五年）、それは君が読者と出会うために大変な時間を費やさざるを得ないっていうことでしょう。

――それはでも、発行人と営業と両方やってる鈴木さんだけが言えることじゃないですか。多くのいわゆる雇われ編集者は、その矛盾を概念として語るだけで、本当に傷ついたりはしないと思うな。

鈴木　その矛盾をね、今の現実のなかで、詩集を形にする条件を見出しているって考えたらどうなの？　編集者だって頑張ってるやつは頑張ってるよ。彼らの当事者意識がないなんて言いきれないじゃない。そんなね、君は愚痴ばかりに詩の問題を収斂させてどうするのよ？　そんなの負けっぱなしじゃない？　敗北を絶対化するなんて冗談じゃないですよ。個々を相対化することは、自分たちに与えられた時間を個々に発見していくことでしか成り立たないよ。だからいつまでも考え続けるしかない、そこは。

――時間ってのは不思議ですね。なんかそんなことをふと思う。何言ってんだろう。でも今日の取材のテーマは時間だった。人間が時間的に持続しつつも限られた存在なんだってことが根本にあった。物質でもある人間が、その散文的な時間の残酷に、いかに耐えられるかという……。

鈴木　明日の支払いをどうするのかってのが一番の問題ですよ。僕たちがやっている出版は、もう「身体的仁義」の世界ですから。

――凄い言葉だな。

鈴木　僕たちの時間は、エピソードだけでできているわけじゃないんだからね。なのに、なんでみんな本にしたがるんだろうね。今日生まれてくる本は、現在の諸矛盾を全部抱え込んでいると考えないと、帳尻が合わなくなってしまうんじゃない？　詩集に対する強度の度合いというのは誰にでもあるんだよ。その強度の度合いを競うだけでは仕方ないよ。あいつは強度が欠けているから堕落しているなんて、誰が判断できるの？　彼に与えられた時間というものを誰がどんなふうに計るの？　それぞれの度合いの限界こそが、その時代のまな板に並べられた、たくさんの選択肢なんだと思うべきじゃないの？　選択肢は多い方がいいよ。どんな形態を選んだにしても、僕たちは矛盾からは逃れられないんだから。現在も詩集は諸矛盾の塊です。共同作業の結果のひとつ、それが世界の一部ということ。読者とともにね。だから読まれたいためにじっと待っている時間だって、詩集にはあっていいんだよ。

（二〇〇三年一月一六日、書肆山田編集室にて）

詩集、その内容と形式のポリティクス

佐藤一郎（編集者）

現代詩壇における思潮社の功績は私などがいまさら称揚すべきことでもない。『現代詩手帖』や「現代詩文庫」がなければ、今日では社会的にはほとんど現代詩など存在し得ないのである。それに対するアンチとして七月堂や書肆山田の仕事はあるように私には思われる。私はいかに多くの思潮社の編集者から声をかけてもらったことだろう。『現代詩手帖』恒例の新鋭詩人特集で私は過去三回も紹介してもらっている。三冊しか詩集を出していないのだから、詩集を出すたびに注目してもらったことになる。一人の詩人を新鋭詩人として三度も紹介するというのは、私にはありがたいが、やはりジャーナリズムの怠慢なのだ。感謝は大いにしているが、そんなことを口にしても始まらない。

今回の取材は当初、代表の小田久郎氏に依頼し

たが、残念ながら断られてしまった。語るべきことは著書『戦後詩壇私史』にすでに書いたということなのかも知れない。かわりに佐藤一郎氏が取材を引き受けてくれた。七月堂の木村氏、書肆山田の鈴木氏とは違い、一編集者である。同時に、詩集の装幀者、DTPの組版オペレーターでもある。『詩篇アマータイム』の制作を通して、彼のような詩集の「編集者」と出会えたことは私には法外な歓びであり、同時に戸惑いでもあった。詩集には詩人と「発行者」しかいないと思っていたからだ。版元を必ずしも代表しているわけではない個人。私はそれがなかなか理解できなかった。一編集者にそんな自由があってたまるかと思ったからだ。

（松本圭二）

――佐藤さんが現代詩に興味を持ったきっかけは？

佐藤　実家が本屋だったので、書物には親しい環境だったと思うのですけど、もちろん本屋さんがみんな詩に興味を持つわけではないので（笑）、何だろう……僕が最初に読んだ詩集が「現代詩文庫」の藤富保男さんの巻で、それが中学三年生ぐらいでした。たぶんモダニズム的な、多少タイポグラフィカルなものが好きだったということなのかも知れませんね。

――いきなり藤富保男というのはかなり特異な入り方だと思うんですけど。

佐藤　子供の頃に、よく本屋の倉庫で隠れんぼなんかして遊びました。奥の方に返品期限の過ぎた詩集があったりするんですよね。「現代詩文庫」もそういう中の一冊だったと思います。

――一口に編集と言っても、関わり方はいろいろあると思うんです。企画から書き手とのやり取り、ブックデザインまで本づくり全部に関わる場合もあると思うし、その一部だけに関わるということもあるでしょう。佐藤さんが、これは全面的に関わったなと思える詩集はどれが最初ですか。

佐藤　守中高明さんの『二人、あるいは国境の歌』（一九九七年）かな。

――この詩集は、守中さんがいろんな媒体に発表した詩篇を再構成しているわけですけど、完全原稿で受け取ったんですか。

佐藤　守中さんは詩集という、この不思議な「単位」に敏感な方ですから、詩の配列から一ページの行数まで全部自分で指定します。だから詩集の「編集」って、いったい何をやる仕事なのか、これは難しい問題ですね。

——今日はそれが一番聞きたい。守中さんはこの長篇詩をどうやって入稿したんですか。ワープロ原稿？

佐藤　ワープロからプリントアウトしたものですね。これは活版印刷だったからデータは意味がない。

——詩集はなかなか活版を手放せないですね。佐藤さんもそれは意識していますか。

佐藤　僕自身はこれまでむしろ無自覚だった。でも活版というのは、詩集に向いているなあと思いますね。それは結局、詩形式——具体的には組版の行末処理なんかとも関わってくると思うんだけど。ただ逆に言うと、活版で詩集を作るとどうしても強い意味が生じてしまう気もするんですよ、今の時代は。

——今、本を作る技術として活版と電算写植とＤＴＰがとりあえず共存してる状態ですよね。佐藤さんは電算写植でも詩集を作りましたか。

佐藤　最近だと、吉増剛造さんの『The Other Voice』（二〇〇二年）がそうです。思潮社の詩集に限らずに言えば、いま目にする詩集で一番多いのはＤＴＰですね。その次が活版。電算写植が一番少ない。

『詩篇アマータイム』をめぐって

——僕の『詩篇アマータイム』（二〇〇〇年）は電算で、これは佐藤さんの提案でした。

佐藤　あれは僕自身が組版に自覚的になるきっかけとなった仕事でした。最初からあんなタイポグラフィックな原稿じゃなかったですよね。ただし長篇詩で、とにかく長かった。一ページ一八行で組んでも、二〇〇ページ分ぐらいあったんじゃないかな。そこで僕が無茶な注文をしたんですね。半分にしてくれって。それで松本圭二が怒って、ワープロであいう組み方にしてきた。この組版には、とても怒りが感じられますよね、紙面から。

——佐藤さんには最初から、「オーソドックスな詩形式」で勝負すべきだと言われていた。それはなぜだったんだろう。

佐藤　松本さんの前の二冊の詩集、特に『詩集』（一九九五年、七月堂）に拮抗するために、できるだけ反対のことがしたかったんだと思います。つまりカッコ付きですけれども、いたって「ふつう」な詩集。できれば――いやらしい言い方ですけれども――一〇〇万円くらいの賞金が取れるような詩集。

――僕がそれを裏切ったわけです。佐藤さんとしては、話が違うじゃないかというのがあったと思う。

佐藤　原稿が最終形態の組み方に近づいてきて、まず手渡された第一印象はゲゲッていう印象（笑）。僕としては、読む前に予断を抱かせるような詩集にはしたくなかったんですね。でも読めば、こういう詩形式が必然性を帯びてきて、これで行こう、と。

――僕は怒ってあんな組み方をしたのではないです。二〇〇ページの原稿を半分にするという課題に対して、刈り込みたくはなかったわけです。それで一ページの中にどれだけ言葉が詰め込めるかを考えた。

佐藤　天付きの詩行と、地付きの詩行が互い違いに噛んでいるようなページフェイスでしたね。あと天地センター揃えの詩行もありますから、一冊のなかに本文の組み方が三種類あった。それは苦肉の策として理解できるとしても、文字も三段階の大きさがあって、それ以外にも巨大文字が使われていた。あの文字の大小はテクストの流れのなかで本当に必要だったのかな。

――必要だと思ったんです。初稿を一度壊した後で、断片的に再構成していくしかなかったんで、これでは長篇詩としての読みの持続に耐えられないだろうとも思った。だから、記憶のどこかに深く印象づけておきたい言葉を大きくしたんだと思います。

佐藤　松本さんのワープロ原稿の組み方を再現するには、電算写植用に細かく指定しなおさなければならない。いちばん原稿と違うのは、行送りのピッチをきっちり一定にした上で、小さい文字でも大きい文字でも、ちゃんと読める行間を作ったことだと思います。あの時、松本さんはぽろっと瀬尾育生さんの『モルシュ』（一九九九年）みたいに……なんてことを言ったけど、あの詩集はとても文字が大きくて、なおかつ行間が極端に狭い詩集なんですよね。

——細かな指定を入れていくのは嫌な仕事だったでしょう。

佐藤　いや、とんでもない。面白かったですよ。入稿作業をしていると、松本圭二の意図がイヤでも（笑）こちらに入ってくるし。その段階では、もうこの詩集がタイポグラフィックだとは思わなくなりました。

——当初、僕は活版で組むことを考えていたけれど、無理でしたか。

佐藤　ごく技術的なことで言えば、活字では一行の字間を均等に割るのが難しいと思います。この詩集では字間を均等に割ることがひとつのキモになっていたと思う。つまり三つの大きさの文字が混じると、ベタ組で一行に入れられない。それを活字ライクに字間処理すると、奇妙なスカスカ感が出てきてしまうと思います。あと、このテクストは文字が重なる部分もあるので、それもまあ普通にはできない。技術的に本当に活版では無理かというと、これはやってみなければ判らないですけどね。ただやっぱり、これを活版でやってしまうと、違うものになっちゃうという気がする。

——どう「違う」んでしょうね。活版印刷というのは、ついこの間まで自明の存在だったはずなんだけど。佐藤さんが「詩集と活版は相性がいい」というのはどういうことですか。

佐藤　詩集の版面というものの、こう、中から外に向かうベクトルというか力みたいなものが、活版の「矩形の力」と親和するようなところがあると思います。

——日本語の活字は基本的に正方形だから、同じ大きさの活字だけで組むと、本当にきれいなグリッドになるんですよね。八〇年代の頭ごろまではそういう活字の秩序が、詩集の本文のページフェイスを支えていたっていう印象がある。活版印刷というシステムが支えている揺るぎない、静謐な秩序というものがあって、その中では書体の選択であるとか、字間の設定とか、そういうことはほとんど問題にならなかったでしょう。

佐藤　北園克衛が「A5判以上の大きさを持った詩

集の印刷には十二ポイント活字あるいは五号活字が適当であろう。字間四分、行間五号全角アキというのは常識である」「活字の太さは細明朝が無難である」と一九六四年に書いていますね（「詩集を作る」）。かつては、そういうスタンダードがあり得たわけですね。

——詩集の原稿によって、これは活版だなとか、これはDTPだなっていうのはありますか。

佐藤　物理的に、入稿形態によって大きく左右されますが、その詩集の持っているリズムとかテンションとか、いまの時代に対して詩でもってする対峙の仕方とか……いろいろ考えながら決めたいという思いはあります。実際にはなかなか難しい。

——制作費の問題はどうですか。

佐藤　制作費で組版形態を決めることはあまりないと思います。詩集は文字数が少ないし、ページ数も少ないから。

——『詩篇アマータイム』は活版では無理だと言われたんで、「樹脂版」はどうかと。つまり組版は電算写植でもDTPでもいいから、その出力から樹脂凸版を起こして刷ることを提案した。印圧をかけて。

佐藤　そうした方がよかったのかなっていうしこりは残っています。でも、この詩集原稿の内容やたたずまいをみて、むしろ書体とか印刷に関しては一番こだわりのないというか、一番意味のないものにしようとしたと思うんですね。具体的には普通のオフセット印刷で、モリサワの電算写植機を使ったリュウミン書体ということです。

——リュウミンL-KLっていう、いま日本で一番ポピュラーな書体ですよね。

佐藤　今でも『詩篇アマータイム』をリュウミンで組んだことが、これでよかったんだという思いと、もっと何かできたんじゃないかという思いの両方があります。その答えを見つけると言ったらおこがましいけれども、それに対する自分なりの答えを探す試みというのが、藤井貞和さんの『ことばのつえ、ことばのつえ』（二〇〇二年）をはじめとして、一昨年あたりから自分で本文組版をやってみようという流れに直に繋がっていると思います。僕自身がこれまでDTPで組んだ詩集では、リュウミンという書体は一切使っていないんです。『詩篇アマータイム』が刊行された二〇〇〇年当時に比べたら、組版ソフトではInDesignの登場やOpen Typeフォント、PDFの普及などで、DTPがずいぶんやりやすくなっているという面も大きいのですけれど。

――僕は二冊の詩集を活版で作りましたが、やっぱりそれは印圧へのこだわりだったと思います。その感覚は表紙のデザインにも繋がっていて、二冊とも表紙は一色の箔押しなんです。あれも強い印圧がかかっている。だから思潮社で三冊目の詩集を作る時にも、先の二冊の延長線上で僕は考えていた。

佐藤　活字の文字って凛々しいんですよね、どこか。それへの愛着は僕にもあるんです。活字に印圧をかけて紙へ押したときにできる予測不可能なインクの滲みのことを「マージナル・ゾーン」と言いますけれど、詩集の場合、普通の書籍にも生じる天地左右の余白《マージン》と、活字のマージナル・ゾーンと、それから行分け詩の行末の不揃いが要請する、これもほとんど予測不可能な余白《マージン》というふうに、三つの余白が可変的に生じるわけですよね。今から考えると、松本さんの詩集は、このうち後の二つの余白がほとんどない。ないというか、そこへ寄りかからない書き方をしていたと思います。

――活版が組版の問題で無理なら、樹脂版でそれに近いことをしたいと僕は考えた。

佐藤　その松本さんの活字への愛着を僕が全否定した。それはよく覚えてます。一つは、松本さんが思潮社で出したいと言ってくれて、そこでどういう作用を期待しているのかなって考えた時に、七月堂で作った前の二冊とは、本の佇まいとして違うものを作ろうと望んだはずだと、そう思ったわけです。

――僕が一番怖れていたのは、思潮社の詩集づくりのもっともリーズナブルなフォーマットに流し込まれてしまうんじゃないかってことでした。そういうものがあるように思えたんです。

佐藤　思潮社の、かどうかはわからないけれど、僕は単に「リーズナブルなフォーマット」に『詩篇アマータイム』を曝したいという気持ちはあったと思います。

――僕は組版だけではなくて、造本に対しても、これはイメージに過ぎなかったかも知れないけども、いろんなリクエストをしました。そのことごとくを佐藤さんに否定された。

佐藤　松本さんの二冊目の『詩集』が、限定五〇部で定価二万円ですよね。それに対して三冊目の『詩篇アマータイム』は二〇〇〇円で、ちょうど十分の一の定価なんです。最終的には著者だって編集者だって、できたモノをどこかでエイヤッて投げ出すしかないわけだけれど、『詩集』とは違う投げ出し方をしたかったんです、たぶん。僕自身が思潮社で詩集を作ってきて、詩集の作り方自体に過剰な意味を持たせることを、「したい」という気持ちと、「したくない」という気持ちにどうしても引き裂かれているんですね。たとえば書体一つ選ぶにしても、なんだろう……「こだわりの〇〇」みたいなのが何か嫌なんですよね。もちろん実際に詩集を作る時には、細かなところにこだわらざるを得ないんだけども。そこは迷いが大きいところですね。ただ僕自身が思潮社で担当した詩集については、カラーがないのがカラーだと言えるんじゃないでしょうか。

――確かにどぎつい自己主張は感じないですね。でもそれが佐藤さんのカラーなんじゃないですか。

佐藤　素朴に考えても、思潮社のカラーは五〇年近くかけて育ってきたカラーだし、僕のカラー――なんてものがあるとして――はせいぜいが五年かそこらです。でも、あのときは松本のカラーはこれしかない、とどこかで思い込んでいたかも知れないですね。別に謝らないけど（笑）。

――今だから言うけど、佐藤さんのあの時の否定の仕方は、詩集制作の問題を制作費や流通の問題に還元しているように僕には思えました。

佐藤　詩集作りも大詰めを迎えるころのことですけれど、もうなんか七月堂での『詩集』のパターンを踏みそうな予感がありましたよね。松本さんと、校正の郡さんと、装幀の稲川方人さんと、そして僕と発行元の思潮社と。誰かが「ああ、もうやーめた」って言ったらその時点で空中分解しそうだった。でも、最終的に詩集が刊行されなかったら元も子もない。当時のことを思い出すと、申し訳ない気持ちでいっぱいになるけれど、根本はそういうことですよね。なんとか出そうよ松本さんって、祈るような気持ちで。

――佐藤さんと最初に会った時に言われた言葉に戻るけれど、「オーソドックスな詩形式で勝負すべきだ」というのは、「読者が入りやすい形式で出発すべきだ」ということですね。僕はその言葉を聞いた時に、強い反発を感じたんです。「自分は読者と向き合おうとしている、しかるに君は呑気に自閉していればいいと思っている」と、そう言われたような気がしたんです。それは思潮社という現代詩の老舗を担っている編集者のエゴじゃないかと思ったわけなんです。あるいはつまらん職業意識だと。でも本当はエゴでも職業意識でもないですよね。そんなところに回収できるはずがない、やっぱりそれは佐藤さんにとっては切実な問題だった。それと同様に、詩の書き手が組版や書体や装幀にこだわるのも、僕はエゴやつまらん美意識には回収できない切実な問題だと思うんです。

佐藤　『詩篇アマータイム』の装幀に使用する紙を決める段になって、松本さんはタオル地みたいな、工芸的・美的な紙を使いたいと言ってきたんですよね、真っ黄色の。狙いどころとしては――これは僕の印象にすぎないけれど――それこそ朝吹亮二さんの『密室論』（七月堂、一九八九年）のような非常に凝った本造りを計画していた。そんなことを話していたら、隣でそれを聞いていた稲川さんが「おまえらにはポリティクスというものがぜんぜんない！」とけっこう激しく言ったんですよね。それは僕もまったく同感で、『詩篇アマータイム』が向かおうとしているベクトルの先には、そういう装幀はありえないとは今でも思う。

――あのMSテックという紙は、紙とプラスティックの中間のような紙で、それは詩集とフィルムのアナロジーという狙いもあったんですが。

佐藤　今だったらそれは面白いとか言っちゃいそうだし（笑）、実際今でも何でその案をつぶしちゃったのかと悔やまれるんだけれど、でもそれは喩えれば、声を大にして言いたいところの文字を大きくするとか、そういう最悪のタイポグラフィとけっこう似通ってしまうんじゃないかなあ。詩と映画のアナロジーは読めばわかることだし、それをわざわざ文字通りブックジャケットとして纏ったら、詩集の形式が、内容と拮抗するんじゃなくて、内容を追認していくだけの作業になってしまうような気がするんです。

――そうかも知れない。でも、僕はあの時「じゃあ、おまえらにどんなポリティクスがあるのか」と思った。本気で売る気があるのかということですね。そうであるなら、厳しい商品化の視線に曝されても構わないと思いました。そこは疑っていた。この人たちはリスクを負う気はないだろうと勝手に決めてかかっていたかも知れない。『詩篇アマータイム』は、佐藤さんからの「これは電算写植で行きます。オフセット印刷で、書体はオーソドックスなものを使います」という条件を受け入れたことで、テクストそのものが大きく変容した。その条件に積極的な意味を見出そうとして、態勢を立て直して、ぜんぜん違う本にしていったと思います。結果的に、テクストそのものが経済的な下部構造とか他者に対して吹き曝しになっているような感じになって、それはそれで良かったと思っています。

詩集は物質である

――守中高明さんの『シスター・アンティゴネーの暦のない墓』(二〇〇一年)が鈴木一誌さんのデザインで刊行されていて、これも佐藤さんの担当ですね。詩集というものの神話的なイメージを破壊するようなデザインだと思いました。

佐藤　『知恵蔵裁判全記録』(太田出版、二〇〇一年)の刊行に合わせて、青山ブックセンターでシンポジウムがあったんです。「知恵蔵裁判」は、鈴木さんが朝日新聞社を相手に組版フォーマットの著作権を主張して敗訴した裁判ですが、そのシンポに出かけていった。そこで語られていたことが、詩に共通するものがあると思ったんですね。一冊の書物のなかで内容と形式がどういう場所で拮抗するのか――僕は勝手にそれを書物のポリティクスなんていい加減に呼んでいるのですが。それで鈴木さんに手紙を書いたのがきっかけです。ちょうど守中さんの新詩集を構想していた頃で、守中さん自身もテクストと書物の形式や物質性について鈴木さんとどこか触れあう視点を持っていると思ったので、じゃあ鈴木さんにデザインしてもらおうと思ったわけです。これはフォーマットだけではなくて、鈴木一誌事務所で本文を組んでもらいました。

——守中さんは原稿の段階で詩集の細部まで作り上げてくるわけでしょう。鈴木さんは守中さんのプラン通りに組んだんですか。

佐藤　一ページに何行入り、一行に何文字入るかという、基本となるフォーマットがすでに詩人によって指定されていたわけですね。これは守中さんの作品に固有の問題なのか、あるいは詩に固有の問題なのか、ちょっと微妙ですよね。この詩集には三つの組みのモードがあって、一つは行分けの詩型で、もう一つは散文詩型ですね、それと書簡文として書かれているところもあって、その三つは違う組みにしてほしいという守中さんの希望がありました。仕上がりではそれぞれの書体、ポイント、字間、それから天のマージンの幅も違います。

——この本を見て一番異様だなあと思ったのは、本文の行間全部にケイ線が入っていることと、グレイの地に墨の文字の二色刷りのように見えることでした。ふつう本文は白かクリームの紙に黒いインクで刷るでしょう。

佐藤　これは実は一色で、要するにアミかけですが、印刷会社のフクインさんにお願いして合計六パターンぐらいのアミ濃度と文字の見本を出してもらったんです。それを三人で協議して、これに決まった。

——いま、詩集の本文は全角ベタ組が普通だと思うんですが、この本文はずいぶん字間が詰ってますね。佐藤さんも守中さんもよくこれでOKしたなと思いました。

佐藤　単に過剰なデザインだったら、考え直してもらうこともあったんだろうけど、ここには鈴木さんのこの詩に対する批評がはっきりとある。この詩集自体が「法」を巡るテクストなんだけど、それに対する鈴木さんの解釈が視覚化されていると思いました。そしてそれが誰にでも「見ればわかる」というのがすごいことなんだけど。

——でも、このデザインは強い「意味」を持っているでしょう。

佐藤　単なる意味じゃない。もっと突き抜けているというか。真っ暗闇のなかで水のしたたる音だけを聞いていると気が触れちゃうって話があるけれど、うんざりするくらい緊張感が持続している紙面ですよね。過剰な意味、過剰なデザインが守中さんの詩と出会うことによって、ほとんど意味の廃絶にまで至っているような気がします。気がするだけかも知れないけれど（笑）。

——物を作ることに関わる限り、どうしても「意味」を作ることにコミットしないわけにいかないでしょう。

佐藤　そうですね。どんな場合でも、何をしても「意味」は生じてしまう。さっき「書物のポリティクス」なんていい加減なことを言ったけれども、『詩篇アマータイム』にタオル地のカバーをするのは、そこで生じる「意味」が外在的に「本文」に介入するだけにとどまるのに対して、『シスター・アンティゴネー』の過剰すぎるデザインの場合は、視覚的な形式がテクストの内側から「読み」の進行を支えているんじゃないかと思うんです。うーん、ちょっと違う、うまく言えないな。

——うん。ここではテクストと容器がまともに衝突し得ているんです。DTPというのは、どうなんだろう。自由なのか不自由なのか。今までとは比べものにならないような膨大な選択肢の中から、作業ごとに一個一個選んで決断していかなければいけないというところに踏み込んだわけでしょう。

佐藤　本文書体についてだけ言っても、活字（イワタ）、電算写植の本蘭細明朝（LHM）、石井細明朝（LM-NKL）、中明朝（MM-OKL）、DTPのヒラギノ、游築36ポ仮名、五号仮名、リュウミン、イワタ明朝体オールド、などなど一〇書体くらいは頭のなかで試します。組版でも、印刷所で活字で組むのか、写研のあるいはモリサワの電算写植なのか、印刷所のQuarkXPressなのかInDesignなのか、あるいは自分で組むのか。印刷所の書体に合わせるのか、PDFにするのか、全ページをアウトライン化するのか、出力はフィルム出しなのかCTPか……、けっこう一冊ごとに考えるんですけれど、最終的にはその作業があまり見えないようにしたい、と。
――この時代に、「意味」を生じさせないように物を作っていくというのはどういうことなんだろう。

佐藤　それも考え詰めていくと泥沼ですよね。最後は物が作れなくなってしまう。理想を言えば、そういういくつもの試行錯誤が詩集という物質によってぜんぶ無駄になっちゃえばいいんだけれど。もう「すごい」としか言いようのない詩集を指して、「この書体は……」なんて、ちょっと醜悪でしょう。おいおい、ちょっと待てよって。それだけは避けたいと思うんです。

――たとえば造本が醸し出す「意味」というのも、ある場所を想定しないと見えないですよね。新刊書店の平台を想定して、そこで過剰な、というより不必要な意味が生じないように本を作ることが可能だとしても、それを別のところ、例えば中国に持っていったら「なんだ、このヘンテコな本は」ってなるかも知れない。だから佐藤さんの仕事は、詩集のいまの場所というか、枠組みを意識的に設定することだったんじゃないでしょうか。余計な意味を生じさせないことで、逆に詩集を強力に意味づけしてきたのではないか。

佐藤　詩集であるというだけでも、世間一般から見ればずいぶん過剰な本ですよね。過剰というのか、厄介者、余計者というのか。さすがに常日頃は中国の平台のことまでは考えないけれど、本の大きさや組み方も含めて、詩集の「場所」みたいなことは考えざるを得ないですね。詩集の場所。そんなものがこれまでだって本当にあったのかというと、それも怪しいのだけれど、不況云々ということは別にしても、今そういう場所を要求するのはとても難しい。楽観的でいることもできないし、原理的に考えるとモノは作れない。まあ、サラリーマンは気楽な稼業ですから、と思うようにしていますけれど（笑）。

――吉増剛造さんの『The Other Voice』（二〇〇二年）は露骨にタイポグラフィックな詩集です。本文に細かいルビや割注を付けたり、ルビにルビをふったりもしている。この詩集は編集者としてはどうなんですか。

佐藤　吉増さん独特の手書きの原稿と印刷所で組ん

だ文字の並びとが、ぜんぜん違う様相なので、これで本当にいいのかな、ちゃんと「再現」できているのかなという不安はいつもあります。

――吉増さんの詩集はずっと活版印刷でしたが、この前の『「雪の島」あるいは「エミリーの幽霊」』（集英社、一九九八年）から電算写植になりました。この詩集から、活版の時にはやらなかったような極度にタイポグラフィックな詩になっている。つまり活版が持っていた物質的な力が写植で失われたものだから、その代補としてこういうことをやらざるを得なかったんじゃないのか。

佐藤　七〇年代から吉増さんはルビだらけの詩とか、注だけの詩を作りたいなんて語っていたので、当然吉増さんの表現史上の経緯があります。つまりなるべくしてこうなった、と。それと吉増さんが歳を重ねて、目が、なんというか、遠視になるわけで、吉増さんの偏愛する注視、凝視という運動性が、小さな文字へ向かっていったということもあるでしょう。

――吉増さんのあの抽象絵画みたいな原稿に、佐藤さんはどんな指定をするんですか。

佐藤　吉増さんの原稿は受け取る人によって紙面の再現のされ方が全然違うようですね。それはこの詩集を作る時に、雑誌などに掲載された詩篇を集めている段階で判りました。で、これはどうも違うんじゃないかなあと思った場合は、吉増さん自身が元原稿を持っているので、それに当たってみてもう一回組みなおすということをやったんです。クセのある文字だから、まったく予備知識のない人が受け取ったら、これはかなりギョッとするでしょうね。九〇年代後半くらいからだと思いますが、吉増さんは手書きの文字というものを大事にしていて、その評価も非常に高い。それはそうなのですが、書物にするにあたっては、吉増さんの筆跡の魅力を最大限に認めつつも、一切その痕跡を消したい、というのが僕には最初にありました。吉増さんはこの詩集と同時進行で、平凡社の『太陽』に手書きのままの原稿と写真を載せる連載をしていたんですね。でも詩集にするときは、そうした肉筆の痕跡は消そうと考えた。手書きの文字に「詩」があり、「声」や「手」があるとすれば、印刷された文字になってもそれらは残っているはずだという感覚が僕にあって、それは最初の打ち合わせで吉増さんと装幀の菊地信義さんに伝えたんです。カバーにも表紙にも目次にも詩のタイトルにも、いっさい吉増さんの手書き文字の写真を使うのはやめましょうって。

――この詩集は、手書き文字の身体的な力が印刷文字に抑え込まれている、その緊張関係というか拮抗ぶりがすごいですね。吉増さんと佐藤さんの闘いが如実に、ここに現れていると思います。ただこのカバーは箔押しですよね。

佐藤　印刷した文字の上に透明箔を押しています。

――これは印圧をかけたいってことなんじゃないですか。やっぱり何かが活版に戻りたがっているんじゃないですか。

佐藤　本というのは「押す」とか「デコボコする」というところから、最終的には逃れられないと思うんです。物質だから。それは活版への回帰とはちがって、たとえば上製本の背の角を曲げるときにも「スジ押し」という工程が入りますよね。書物本来のデコボコ感から言うと、本文がオフセット・フィルム印刷で、カバーには原理的にそれとは違う「押す」工程が混じっても、それほど僕には抵抗がない。本はやはり、「切断」や「折る」や「押す」といった行為と、最終的には切り離せないと思うんです。

――箔押しは、書物の物質性を確認する行為なのかも知れませんね。佐藤さんの話を聞いていて、著者の領域、編集者の領域、デザイナーの領域、印刷所、製本所の領域というのが、否応なく繋がってきたんだな、と感じます。相互侵犯的に。

佐藤　詩は、詩自体が生み出す内容が当然ある一方で、詩自体が生み出す形式というのもあって、それがテクストというか版面の中から、どうしても外にいろんな作用として出てきてしまう。詩集に普通の本と違う部分があるとするなら、それは詩自体が書物の形を要求していることなんじゃないか――それに耳をなるべく傾けたいというのが、僕自身の本作りの姿勢ではあるんです。

（二〇〇三年二月二一日、青土社にて）

※編集部注　佐藤氏は二〇〇三年三月三一日に思潮社を退社。

ジュニアの世界——阿部和重『シンセミア』

カズシゲ、というと、残念ながらアベではなくナガシマというのが私の短絡である。長島ジュニアをTVで見るたびに不愉快になる。お前は何様だと思う。どうでもいい不幸に過ぎないが、『シンセミア』(朝日新聞社)が二世、三世のジュニアの世界を描いている偶然を、その符合を、私は端的に面白いと思う。ところで、私はほとんど小説を読まない。バカにしているのではない。読まないのは、読めないからだ。読むことが労働に感じられて苦痛なのだ。一気に読めない。結局、『シンセミア』を読み終えるまで三週間かかった。

夜中、アルコールで酩酊しながら『シンセミア』をちびちび読み、朝になると福岡市早良区の職場に出掛けた。昨夜読んだ小説の舞台、山形県東根市神町の不確かな記憶を持参しつつ労働者のように働いた。読み進めている『シンセミア』の影響下のなかで、働いていることが幾分かはアホらしくなり、よくよく考えるならば私もまた何やら壮大な復讐劇のなかに身を置いているのではないかとさえ思われた。滑稽な世界を、滑稽な人物たちが、自らの意志というよりはほとんど運命によって泳がされている。卑小な策略はさらに卑小な策略に飲み込まれ、その背後にある得体の知れない暴力は、大きすぎてかたちというものが見えない。退屈が退屈を生み、不安だけが人々を突き動かす。まったく私たちの生そのものだ。小説に侵蝕された現実は、ほぼ小説と等価であるように思われた。これは読者の錯覚であり権利だ。

私たちが生きる世界は悪意に充ちている。善意とは悪意を覆い隠すためのその場限りの手段に過ぎない。そして悪意を栄養にして太った善意ほど凶悪なものはない。凶悪な善意がふるう暴力によってこの世界の均衡は保たれている。滑稽だが、それが真実だ。何かに偏執しなければとても生きていけそうにない。『シンセミア』が描いているのはそのような世界観であり、まったくリアルで正しい。阿部和重は自らの生地を舞台とした物語に一切の善意を退けた。生地をこれほど悪く描くというのは大変な勇気だと思うが、この偏執狂の小説家は、それによって生地から切断されようなどとは微塵も考えていないだろう。善意を退けることが、生地への再接近を可能にする唯一の現在的な条件であると、ほとんど証明してみせたようなものだ。

『シンセミア』について、着手の段階で八割方の構想は固まっていたと著者自身は言う。その言葉を裏付けるように、唐突に起こる様々な事件の数々は、登場人物さえもが指摘するほどの「できすぎた物語」へと過不足なく有機的に統合されていく。ちょっとしたエピソードも確かな伏線となっており、また突拍子もないオカルト趣味的な戯言さえ、物語の内部ではそれなりに意味を獲得してゆく。大風呂敷をひろげて始まった物語が、その大風呂敷に見事に包まれてゆく様は小気味よく、たいした腕力だと感嘆した。登場人物の多さは、家族単位もしくはグループ単位で頭に入れておけば、私のように記憶力の弱い読者であってもさほど難儀はしない。図面がしっかり引かれているわけだ。

計画通りに事を進めていくこと。阿部和重は五年の歳月をかけてそれをねちねちと実践してみせたわけだが、その執念にはやはり偏執狂的なものを感じる。大変な労働である。単に連載小説という制度が強いた労働であるとも言えるが、むしろ阿部自身が積極的にその制度を利用したのだと考えたほうがいい。その態度は確実に『シンセミア』の物語と力学的にシンクロしている。用意周到な復讐劇を、政治的な覇権争いを、少女に対する占有願望の達成を、そしてありもしない家族の肖像の捏造を、嘘でもいいから獲得しようとする滑稽な主人公たちは、やはり人知れずねちねちとその計画を進めるのである。彼らの悪意に充ちた欲望に翻弄された者たちは、ひたすら傷つき、そして最後には切羽詰まった反撃に出る。救いなし出口なし。馬鹿は死ななきゃ治らない。ああ嫌だ嫌だ、嫌な世界はぼくらのもの。結局、もっとも冷酷に計画を実践し得たのは著者の阿部和重である。しかも阿部は物語の内部に登場人物の一人として侵入する。外在的に、というのではない。物語の構造のなかに「幸運にも殺されなかった一人」として、もっとも卑小で醜い人物の一人として、組み込まれている。救いなし出口なし。

言うまでもなく私たちは、もはや顧みる故郷も持たなければ、帰属すべき場所も本質的には持ち得ない。サークルも職場も家庭も嘘臭く程度の低い虚構でしかないし、その虚構をあの手この手で共有すべく奔走しても、たいした意味が見出せそうにない。滑稽は滑稽でそれを耐え得るだけの分別は社会的に習得可能だが、それもまた自殺するよりはマシというう程度の踏ん張りを辛うじて与えようとするものだ。私たちにはもう長いあいだ耕すべき地面はおろか足を置く場所もない。浮遊する幽霊、気味の悪い自由。自立支援という名目の意地汚い善意によって去勢されて、まったく申し訳なく生活させていただいている。誰かを殺したいと百回以上思ったことのない者は皆無であろう。

酷い文章になってきた。『シンセミア』の悪意にやられているのだ。この小説を『いちご白書』のように読むのは馬鹿げているかも知れない。小説家の想像力は、私のように都合良く作品世界と実生活を同一化してしまう読者の横柄をおそらくお見通しだろう。としても、しかるに小説を読むというのはそういうことでいいのではないか。私は少しも恥ずかしくはない。『シンセミア』の世界を支配しているのは「盗撮」による視線だが、なるほど「盗撮」で見る世界は美しい。そこには真実らしきものがある。ランドサットが見せる俯瞰の視線ではない、地を這うネズミの視線がここにはある。その視線は腐った善意に対してゲリラ戦を仕掛けるしかない私たちのものであり、あるいは大いなるテロを企てている彼らのものだ。

ああしかし……。私は死んだり殺されたりはしない。奇声をあげて、眠っている妻や子供を叩き起こしたりはしない。静かに、夜が明けたら義務のように職場に行く。そして神町の出来事をすぐに忘れ去るだろう。『シンセミア』を楽しく消費し、二度と読み返すことはないだろう。生きていくということは、そういうことだ。私は阿部和重の基本的に「嫌味」な文章をたいへん好ましく思うが、その言質は常にいじけたガキのものと近似してしまう。あるいは「弟的」な媚態にも思われる。だが弟もいつかは可愛げのない歳になる。ジュニアも同様だ。利発な「嫌味」が不愉快な「嫌味」でしかなくなる時が来る。むろん、そうであってもアニキやオヤジどもに愛され（＝許され）、ガキどもに信奉される限りは、職業作家としては事足れりとも言えるが。あのカズシゲのように鬱陶しく存在し、その鬱陶しさを特権として書き続けることも可能だろうが（嫌味）。

いやな感じ――渡部直己『メルトダウンする文学への九通の手紙』『不敬文学論序説』

　渡部直己『メルトダウンする文学への九通の手紙』（早美出版社）は表題通り九通の「手紙」で構成されている。「手紙」というのは、ここではその形式や文体を仮構しているというより、むしろ書き手の態度を示しているようだ。全体は二部構成となっており、一部は批評家への五通、二部は小説家への四通。どちらかと言えば一部の方が面白い。というのも批評家に対する批判を通して、その批判されている批評家が評するところの対象である小説（家）にも批判が及ぶ仕組みになっているからである。具体的に言えば、例えば丹生谷貴志に対する批判（本書第一信）を通して、丹生谷が評するところの村上春樹をも批判するわけである。これは傍迷惑ではあるが、効率的で、かつ適度に胡散臭くもありなかなかの思いつきだ。

　「メルトダウン」という言葉は、原発事故などで耳にする。「炉心溶解」というのがその意味らしいが、どういうことなのかあまり確実なイメージを持たない。とにかく炉心が溶ける、その「溶ける」というイメージと、ここでは原発事故の危機的イメージとが重なっているから、ようするに「文学」が危機的状況に向かってドロドロに溶け始めているという感じなのだろう。「メルトダウン」という言葉が気になりだしたのでしつこく調べてみると、「原子炉の冷却材が何らかの形で流失してしまうことによって燃料棒が冷却できなくなり、その温度が核燃料ペレットの被膜に使われている物質の融点を超え、放射性物質が外部に漏れ出す事故」となっている。結局よくわからないのだが、「メルトダウン」が「放射性物質が外部に漏れ出す事故」そのものを指しているのだとすれば、そこでは何か爆発的なエネルギーがとぐろを巻いているはずである。

だが、そのような状況に今日の「文学」があると言うのは、私には難しいように思われる。渡部直己もここでは「文学」を一種の「原子炉」と見なしているわけではないだろう。むしろ硬直して冷え切った「業界」という認識に立っていたはずであり、ゆえに渡部は、本書に収録した「文芸時評」を、雑誌初出時には「ストレッチ」という名（本書第五信、第六信、第九信をのぞく）のもとに連載していたのではないか。「ストレッチ」とは文字通り硬直した筋肉や筋を伸ばす準備体操のごとき行為であって、要はその程度の比較的軽い書き物として初出時には差し出されていた印象が私にはある。実際本書も、読めば基本的には軽めの書き物に違いはない（改稿を重ねたわけでもないのだからあたりまえだ）のだが、それを「手紙」としたところが絶妙であり、また嘘くさくもある。その文体の妙な親しさからこれは「手紙」というより「私信」に近いだろうとも思う。だから「ストレッチ」のごとく軽やかで「私信」のごとくささやかな書物である本書の表題として、いったい「メルトダウン」なる大仰な言葉がどこから来たのか考えずにはいられない。つまらぬ言いがかりであろうが、私はそんなところでまず引っかかった。

引っかかったのは「メルトダウン」だけではない。本書の腰巻には《この一線を踏み落としたら「文学」に未来はない！》とまたぞろ大仰な売り文句が書かれており、さらには《百戦錬磨の批評家によってボコボコにされている人びと》としてその「ボコボコにされた人びと」の名が記されてもいる。いや確かに売り文句に過ぎないのだからこの程度のハッタリは許されるかも知れぬが、それ自体が渡部が言うところの「メルトダウンする文学」の一典型を示しているのではあるまいか。本書の「後記　あるいは　宛名のない十通目の手紙」によれば、盗作すれすれの作品を恥もなく発表する作家がいれば、それをもって回った言い方でほめそやす批評家がおり、あからさまなセクシズムを剝き出しにした「大作」を掲げる「大家」がいれば、またそれを持ち上げる批評家がおり、ようするに作家と批評家のだらしのない結託ぶりが「メルトダウン」なる惨状を招いているのだという。なるほどそれはその通りなのだろうが、本書がその結託ぶりから無縁であるとは私にはとうてい思えない。

　ふたたび「後記」によれば、渡部は「ここに扱った著作（家）のすべてを〈メルトダウンする文学〉の実例として指弾しているわけではない」とか、「本書の過半は、日頃からむしろ畏敬し尊重し期待を寄せる著作家たちにも宛てられてあり、そこでは、それぞれの批評文や小説作品への吟味や批判を通じて、共に保つべき各種この一線とでもいったものの確認、あるいは共闘への勧誘もしくは祈願・哀訴に似た底意が託されている」（傍点原文）と実直に記している。本文を読んだ印象もまさにその通りだ。「共闘への勧誘もしくは祈願・哀訴」という態度と、相手を「ボコボコにする」だの「罵倒」するだのといった態度はそもそも違う。しかしその両方がここでは共存しているように思える。ではその共存を可能にしている条件は何か。気味の悪い媚態だ、と私には思われたのである。「罵倒」に託された「祈願・哀訴」が許されると思うことからして、批評家仲間との、あるいは「日頃から畏怖し尊重し期待を寄せている著作者たち」とのだらしのない結託ぶりを意味してはいないか。全九通のなかには、確かに遠慮なく「罵倒」し「ボコボコ」にしている対象もあるが、それは叩きやすい相手だけだと私には思われる。渡部は「それを踏み落としたら〈文学〉に未来はないとさえ思える一線」なるものを示し、それを共通の認識として確認し、さらには共闘を求めているわけだが、普通に考えるならまったく傍迷惑としか言いようがないだろう。なんだろうかこのずうずうしい態度は。渡部が考えるところの「それを踏み落としたら〈文学〉に未来はないとさえ思える一線」なるものがどの程度の批評性の上に引かれているかまずは問われねばならぬと思うが、その問いを差し置いて、あたかもそれを普遍的な真理の如く別格に置き、なおかつ「ボコボコにした」（身振りのみだ）という相手にその共有を求めるというすさまじく破廉恥な態度がもし通用するとするなら、それはやはり「仲間内」だけだと思う。そのような「仲間内」の言説はさっさとメルトダウンしてしまった方がいい。はっきり言って渡部の批評の態度はゆるいぬるい。ここでは誰も本当は「ボコボコ」になどされてはいない。ようするに嘘っぱちだ。

その嘘っぱちが最も端的に表れているのは腰巻きだろう。「ボコボコにされた人びと」として九人の名前が列記されている。順に村上春樹、辻仁成、高橋源一郎、石原慎太郎、丸谷才一、井上ひさし、福田和也、加藤典洋、斎藤環。腰巻きを見るだけなら当然、九通の手紙とはこの九人に宛てた手紙だと思うだろう。ところが違うのである。実際の宛先は第一信から順に丹生谷貴志、福田和也、结秀実、加藤典洋、斎藤環、井上ひさし・丸谷才一、中原昌也、高橋源一郎、島田雅彦・星野智幸である。丹生谷貴志、结秀実、中原昌也、島田雅彦、星野智幸の名が意図的に隠匿されている。そして村上春樹、辻仁成、石原慎太郎の名が意図的に強調されているわけだ。「ボコボコ」という言葉があまり当てはまらず、どちらかと言えばむしろ好意的に論じている中原昌也、島田雅彦、星野智幸の名が腰巻き上にないのはわかる。しかしそれなりに苦言を呈している丹生谷貴志や结秀実の名がないのはどういうことだ。理由は様々想像し得るがいずれも下世話なものだ。丹生谷貴志や结秀実よりも村上春樹、辻仁成、石原慎太郎の方が商品価値が高いという事実から、売り上げ向上を至上命令とする出版社側の戦略によってこのような選択がなされたのだとすれば、ここでは、それを良しとした渡部自身と出版社側とのだらしのない結託ぶりが窺えるだろうし、それがまあ素直な見立てであろう。だが私は根性がひねくれているので、もっと嫌な見立てをしてしまうのである。つまり丹生谷貴志や结秀実に対する仲間意識から来る遠慮である。その遠慮は本文中の両氏への「手紙」にも散見できるだろう。結局、「後記」において渡部が述べている態度は、丹生谷貴志や结秀実への遠慮に対するエクスキューズではないのか。「ボコボコ」というほどではないがそこそこ辛辣な苦言を呈しつつ、しかし一方で「共闘」を「祈願・哀訴」しているというのが、丹生谷と絓への「手紙」への態度であり内実なのであろう。ゆえに「ボコボコにされた人びと」のラインナップから外さねばならなかった。とするなら、ここでも批評家仲間とのだらしのない結託ぶりが露呈していると言わねばならない。「メルトダウンしているのはおまえだ」というわけである。

問題なのは結局、文芸批評の地盤沈下であって、そのもっとも端的な現れとして時評＝ジャーナリズムの機能不全が問われねばなるまい。「メルトダウンする文学」とは、渡部にとってみれば「『批評空間』以後」とほとんど同義ではないのか。柄谷行人と浅田彰による『批評空間』を主戦場とまでは言わないが大きなよりどころにしてきた書き手にしてみれば、同誌休刊後、かつては仲間たちと共有し得ていた認識や土台が失われつつあることに哀訴したくもなるのだろう。確かに雑誌『批評空間』は、ある種の書き手や読み手にとっては硬派な批評を保証する磁場でありえたのかも知れない。同誌の「党派性」を揶揄する向きはあったにせよ、確かにそこには強烈な磁力があったことも否めまい。がしかし、そんなことは忘れてしまえばいいのである。どこかに帰属する場所を持ちたいと願う心性が駄目なのだ。それが渡部の批評の態度をゆるくしている。

以上、突っ込みどころの多い本書ではあるが、定価二一〇〇円というのはだいたいアトラス・オオカブトの雄一匹の値段と同じである。アトラス・オオカブトを買うぐらいならば（どうせすぐに死ぬ）、本書を買うのもよかろう。ところどころ、わけのわからない記号式があり面を食らうが、そんなものはハッタリ以上のものではないから読み飛ばすことを勧める。通読しての印象は、渡部直己は阿部和重と中原昌也をずいぶん評価しているなという程度なのだが、阿部和重と中原昌也ならば渡部が傍迷惑にも仲間内と見ているだろうところの、だいたいの文芸批評家が一応は評価しているという感じだろうから、「ああまたこれか」と思う以上の感慨はない。

＊＊
＊

『不敬文学論序説』（ちくま学芸文庫）は一九九九年七月二四日、太田出版より刊行された同名書籍を基に、若干の加筆訂正を加えた上で、新たに「付論 今日の天皇小説」を増補したものである（以上、文庫版末頁のただし書きより）。私は原著を読んでいないので、どの程度の加筆訂正なのかは判らない。ちなみに「付論 今日の天皇小説」については、『メルトダウンする文学への九通の手紙』のなかの第九信「島田雅彦・星野智幸へ」を改題しほぼそのまま採録したものである。刊行当時さまざまな反応があったように記憶する本書を、私などがまたぞろ今の時点で論じてみても仕方ないように思うが、通読してみて、「なんともインチキな本だなあ」というのが偽らざる印象だった。これは渡部直己の言説や語り口から来る印象ではなく、やはり批評する態度から来る印象なのだと思う。この人は批評の態度が一貫してゆるい。そこがひょっとしたら美徳なのかも知れない。煮ても焼いても食えない美徳である。

『メルトダウンする文学への九通の手紙』なる書物の表題や、その表紙まわりの意匠がハッタリであったように、本書もまたいきなりハッタリから入る。渡部は冒頭で「この国で筆を執る作家たちは、ほとんど誰一人として、同時代の天皇（あるいは皇室）を描こうとはしないし、描きだす気配すらない」と書き、続けて「二、三の例外を除き」「近現代の天皇（とりわけ今上天皇）を作中に誘致した小説はなきに等しい」（傍点原文）と書く。しかしながら本書を読み進めてみれば、近現代を代表するような多くの作家が、何らかのかたちで天皇を作中に誘致していたという事実が、渡部自身によって明らかにされていくのである。いちいち名前を挙げるのは面倒なのでしないが、まるで天皇小説を書かずんば純文学作家たり得ずと言わんばかりだ。渡部の実証に基づくなら、天皇をタブーとして遠ざけるどころか、それこそ猫も杓子も「ネタ」として描いてきたことになる。好意的に描いたもの、批判的に描いたもの、それなりの覚悟をして描いたもの、無邪気に描いたもの、暗喩として描いたもの、あからさまに描いたもの、とにかくよりどりみどりである。

その中で渡部が問題にしているのは、言うまでもないが、天皇を批判的に描いた「不敬文学」なるものである。その「不敬文学」なるものを、作家がどの程度の覚悟で書いたかという肝心なところは、しかし曖昧だ。憶測の域を出ないからである。本書によれば、夏目漱石はそうとうの覚悟で（ゆえに暗喩的に）天皇を批判的に描写してみせたことになっているが、鼻糞をほじりながら描いていたのかも知れないのである。小説『こころ』における「K」とは誰かという推理小説じみた問いはそれなりに面白く読めるが、結局それも最後には「K」は「K」だと言うしかないのである。「K」が幸徳秋水であるならば夏目漱石は密かに「不敬文学」を書いていたことになり、渡部の論旨では「だからエライ」となるのだが、夏目漱石のしたかどうかも判らない苦悩をまるで見てきたかのごとく描く想像力にはまったくご苦労様である。

問題は不敬文学そのものより、不敬文学に起因した恐怖政治と、それを回避するためになされた作家、出版界双方の積極的自粛にあるのだろう。それによって文学は骨抜きにされたのだと渡部は言う。だが、私の考えはまったく逆である。むしろそこでは、文学は骨抜きにされたのではなく、「強化」されたのである。大逆事件も「風流夢譚」や「セブンティーン第二部　政治少年死す」が引き起こした一件も、当事者にとってはたいへんな恐怖であっただろうが、文学にとってはラッキーだったと言わねばならない。なぜならそこでは、文学の力、その影響力が、最大限に評価されているからである。少なくとも時の政府なり政治結社なりに対して脅威を抱かせたり、看過し得ぬほどの怒りを覚えさせたりする力があったということだ。これはむろん過大評価であったのかも知れぬ。そうだとすれば、文学にとってはラッキーだったということだ。大逆事件のおかげで日本の近現代文学は強化されたのであり、「風流夢譚」や「セブンティーン第二部　政治少年死す」のおかげで日本の戦後文学は再度強化されたのだと私は思う。同時に、「不敬文学」によって天皇が強化されてしまったとも言える。

では今はどうか。作家たるものタブーを恐れずに天皇を作中に誘致すべし、というのが渡部の主張であるけども、天皇を作中に誘致することが批評に値する作家の条件であるかのごとき言説はまったくのデマゴギーであるから無視していい。しかしながら仮に何らかの着想上の理由で天皇を作中に誘致せねばならないとなった場合に、それを躊躇するような状況が今どこにあるのか。もっぱらそれは作家自身の躊躇よりも出版業界の側にあると考えられるが、週刊誌の皇室記事など今ではタブーも糞もないような状況なのだから、天皇を小説に誘致することぐらいちゃんちゃら平気のはずであるし、場合によっては明らかな「不敬文学」でさえ書かれ得るだろう。ではその書かれ得た「不敬文学」は、文学を強化するような力を持ちうるのか。時の政府なり政治結社なりを暴力的に突き動かすだけの力を持ちうるのか。いったいどのような「不敬文学」であればスキャンダルとなり、作家本人や担当編集者や出版社の社長が脅されたり殺されたりするのか。

現在の「不敬文学」の実践として、渡部は島田雅彦や星野智幸や阿部和重の作品を論じている。特に阿部和重に対する期待は大で、その作品評に渡部自身の批評性を託し、まるで我が意を得たりという調子である。「この国で筆を執る作家たちは、ほとんど誰一人として、同時代の天皇(あるいは皇室)を描こうとはしないし、描きだす気配すらない」と本書冒頭で書いておきながらこの始末である。いや本書を起草した当時はそのような状況であったと渡部は言うのだろう。本書(文庫版)の「あとがき」を読むなら、島田雅彦や星野智彦や阿部和重が「不敬文学」を書くに至ったのは自分のおかげだと考えているようでもある。本気かどうかは知らぬが、ちょっと調子に乗り過ぎだろう。まあそれはそれとして、問うべきは当の島田雅彦や星野智彦や阿部和重の「不敬文学」が真に「不敬文学」たり得ているのかということではないか。渡部の論に即するなら「不敬文学」たるもの何らかのスキャンダルを帯びねばならないはずだろう。何ごともなかったかのようにさらっと書かれてしまっては困るのではないのか。ところが現実には、今日の「不敬文学」はおおむね何ごともなかったかのように、スキャンダルを巻き起こすこともなくさらっと書かれかつさらっと読まれてしまっているように思う。ではそれは、島田雅彦なり星野智幸なり阿部和重なりの「不敬文学」に、単に作品としての力が不足しているからだろうか。おそらくそうではあるまい。どのように書かれようと、渡部が期待するところのスキャンダラスな「不敬文学」そのものが、すでに成立し得ないという現状認識にここでは立つべきではないだろうか。

天皇制という制度ならびに天皇や皇室という存在が、日本の文学にとって、文学を可能にする大きな条件であるというのは歴史的に、というより常識的に頷けるとしても、未だそこに可能性の中心があると考えるのはどうなのか。『不敬文学論序説』とは実に、天皇こそ日本文学の可能性の中心であるというテーゼを不問にしなければ、ほとんど読めない書物なのである。そこがそもそも胡散臭い。もはやそんなところに可能性の中心などないということを、島田雅彦や星野智彦や阿部和重の「不敬文学」はさらっと告げてしまったように私は思うのだ。あるいはこうも言えるだろう。「不敬文学よ書かれよ」と煽っている『不敬文学論序説』こそが、この時代のもっとも不敬な書物であると。しかしながらその不穏な表題をもってしても、本書がいたっておとなしい書物でしかない事実、つまり平然と文庫化されてしまった事実は覆らないのである。タブーたる天皇による文学強化（＝不敬なる文学による天皇強化）という構図はすでに失効していると私は考えるが、かつての発禁テクストを発禁のままにしておくことで、表面的にはその失効が隠蔽され続けていると言える。それは文学の値打ちを高く見積もるための方策かも知れない。むろん、それが好ましいはずもない。発禁テクストは平然と公開されるべきだし、「不敬文学」が大いに書かれるとすれば、まさにそのこと、失効の事実こそを告げるためになされるべきだ。

「詩人くん」と「おカバちゃん」──絓秀実『1968年』

僕は中学三年の時に担任教師との折り合いが悪く、体育祭や文化祭、水泳大会や合唱コンクールといった学校行事をぜんぶ一人でボイコットした。そのために高校受験に失敗して、一時間半ほどかけて通わねばならない私立の男子高に進学した。級友に恵まれ、高校生活にもようやく慣れてきたころ、突然上級生が教室に乱入してきて授業をボイコットするように働きかけてきたことがあった。彼らの目は血走っていた。高揚しており気持ちが悪かった。ほとんどの生徒がそれに煽られて、あるいは面白がって、言われるまま校庭に集合していた。「髪型の自由」を求めての闘争だった。「刈り上げ反対！」というのが彼らの主張である。校庭には坊主頭の運動部の連中までいた。報道関係もいた。首謀者たちが事前に連絡していたのだろう。ボイコットの様子は翌日の新聞の社会面に大きな写真入りで載っていた。

僕はアホらしかった。「刈り上げ反対！」というのが恥ずかしかった。時代はテクノ全盛である。「ＹＭＯ」の「テクノ・カット」が流行っていた頃だ。好き好んで刈り上げをしている連中もたくさんいたはずなのに、何をいまさら反対することがあるのか理解に苦しんだ。僕は校庭には行かずに図書室で外の様子を眺めていた。ボイコットなら一人でする方が慣れていたからだ。図書室には司書のような温厚なおばさんがいて、僕は好きだった。彼女は「嫌ならやめればいいのに」と言った。校庭を眺めながら吐き捨てるように言ったのだ。がっかりした。校則が嫌なら学校をやめろというのはどうか。ああこの人も学校側の人なんだなと思った。でも違った。彼女は続けて言ったのだ。「かわいそうに」。

彼女が見ていたのは首謀者の上級生ではなかった。前列で神妙に「体育座り」をしている一年生たちを見ていたのだ。そこには僕の友人たちもいた。みんないつもとは違う顔をしていた。「かわいそうだ」と僕も思った。「嫌ならやめればいいのに」と。同時に僕は無性に腹が立った。まず首謀者たちに。彼らはほとんど状況が呑み込めていない下級生を威圧的に巻き込んだのだ。事前の根回しなど一切ない。問答無用と首謀者らは踏んだのだ。一年生などサルみたいなものだと考えていたのだろう。だからサル扱いされている同級生にも腹が立った。実際僕には校庭の級友らが何かに怯えている小動物のように見えた。嫌だ。なんでそんなことをさせられているのか。なぜそこでじっと座っているのか。それから、そんな情景を図書室から眺めている自分自身にも腹が立った。なんとも言えない屈辱を感じた。

騒動が終わってから僕はずいぶん責められた。新聞は授業をボイコットした生徒たちに好意的だったから、参加した級友らは調子に乗っていた。確かに彼らからしてみれば一人だけ図書室に隠れていたヤツなんて最低である。騒動のあいだ教室に居残っていた連中もいたが、その連中もまた妙に連帯しており「自分たちは上級生に命令されるのが嫌だった」みたいなことを主張した。やられたと思った。こうなるともう僕が同じことを主張してもダメだ。僕は校庭にも行きたくなかったし、教室にもいたくなかった。図書室に行った理由はそれだけなのだが、その行動にたいした意味はない。少なくとも級友らを納得させるだけの意味は見出せない。僕は黙り込むしかなかった。それからは暗黒の高校生活が続いた。

大学はもっと酷かった。僕が高校で味わった屈辱が制度化されていた。それも学生自身の自治によってである。彼らの正義は僕にとっては最悪だった。なんという気味の悪い不自由。大学は二年で中退したが、僕はその理由を親に説明できなかった。たいした理由などないからだ。僕の行動には意味がない。「意味なんていらない」。そう思った時、僕はようやく気が付いたのだ。人に何らかの態度表明を強いるような態度や言説、そして政治思想や宗教あるいは無神経な「モラル」がやりたがる啓蒙とか啓発とか善導とかいった働きかけが、僕にはぜんぶ鬱陶しいのだ。そこで何らかの意味にコミットしてしまうことが嫌なのだ。僕の行為が、鬱陶しい連中にとって都合の良い意味を生じさせてしまうのも嫌だが、都合の悪い意味を生じさせてしまうのも嫌だ。自分の行為がその意味によって何かに加担してしまう他ないとすれば、僕は無意味を選んだ。そういうことだったのではないか。以来、僕の座右の銘は「嫌ならやめとけ」である。

長々と個人的な思い出話を書き連ねて申し訳ない。政治思想的信条に突き動かされて行動している人たちに対する警戒心や嫌悪感が、僕にはどうもトラウマ的にあるようだ、ということを先ずは述べておきたかった。さて、絓秀実の『1968年』(ちくま新書)はまさに新左翼のアクティビスト、とりわけ今となっては無名に近い人々の活動に光を当てた書物である。こんな人々がいた、あんな人々がいた、有名な人もいれば、知る人ぞ知るという人もいて、その背後には誰も知らない多数の「新左翼的心性」を持った人々がいた。こんな出来事があって、こんな対立があって、そこには知られざる経緯があって、実はそこで世界史上の「思想的な大転換」が起こっていた。大雑把に言えばそういうことが書いてあって、読み物としてはとても面白い。

しかし絓秀実はエンターテインメントの作家ではなく批評家であるから、本書が何を批判しているのかを読まねばならない。端的に言えば、当時の「新左翼」たちによる革命闘争が、日本では「挫折」の体験として歴史化されてしまっていることへの批判である。それは誤った歴史観であって、世界的には「挫折」どころか今から思えば「大勝利」であったというのが絓の主張である。その勝利の起点が「一九六八年」だった(むろん最も集約的で象徴的な年として)というのが世界的な常識となっており、正しい歴史観であると。ところで「一九六八年」を現在もなお続く「世界革命」の起点であると認定したのは絓秀実ではない。イマニュエル・ウォーラーステインやジャン＝フランソワ・リオタールといった著名な現代思想家である。絓の言説はその認定を大前提としている。

それはそれとして僕には、単に日本の「新左翼」運動に対する誤った歴史観を批判することだけが絓の批評の射程だとは思えないのだ。もっとぐろぐろとした生々しい働きかけを感じてしまうのである。やっぱり警戒心や嫌悪感が拭えない。どこかに違和感があるのだが、それが上手く説明できない。説明しようと思うと、長々と書いた前置のようになってしまう。だから検証せずにカンだけで言ってしまうが、絓が本書でもっとも強く批判しているのは、「イデオロギーの時代は終わった」とかいう言説に甘やかされて調子に乗っている自称アクティビストの「おカバちゃん」たちではないだろうか。さらには美学的ニヒリズムや現代思想的シニシズムに陥っているだけなのに、その自堕落な「美」や「知」を絶望的に気取っている（気取っていないとやってられない）孤独な「詩人くん」たちではないか。

それが二〇代の小生意気な若僧であればまだ可愛げがある。問題は三〇代や四〇代のおっさんになってまで、そうした勘違いを克服できない連中であろう。だとすれば、四二歳にもなって「詩人くん」を大真面目にやり続け、なおかつ「嫌ならやめとけ」が座右の銘である僕などは、絓が批判している対象のうちでも最悪の部類ではないか。実際、僕は絓秀実による一連の「一九六八年革命論」に関する言説を読んで、何かにつけいちいち反発を感じてきたし、面と向かっていちゃもんを付けたこともある。それはようするに自分が批判されているような気がしたからだろう。もっと言えば、「お前はそれでいいのか」と煽られているような気持ちになるのだ。

ところで本書は「新書」にありがちな入門書の類――大学の教授などが自らの研究活動の分野で得た知識を、アカデミー外の世間一般の人々に向けて分かりやすく紹介する――ではない。それどころか『革命的な、あまりに革命的な』（作品社）の刊行後に知り得た新たな発見や、各方面からの批判への応接を加味して、自ら展開してきた論説をさらに強化するために書かれているように思う。新たな発見としては「山口健二」なる影の存在が登場していること、「偽史的」=「カルト的」想像力が七〇年代以降の（とりわけ八〇年代の）「新左翼的心性」に及ぼした影響について大きく言及している点などが挙げられるだろう。批判への対応としては、「革命」なる挑発的な言葉が影を潜めている点が挙げられるが、それは言葉に対する過剰反応に配慮したという程度であって絓にとってはおそらくどうでもいいことだろう。ここでは「革命」のかわりに「思想的な大転換」「世界的動乱」「切断」「ターニング・ポイント」といった言葉が使われている。それを「革命」と呼ぶことに過剰に反応した口である私などは、いくらでも言い換え可能だと言わんばかりの絓の態度に肩透かしを喰らった思いがした。

ただし絓の批評の態度や主張は一貫しており、それは本書「まえがき」でほとんど宣言のごとく明らかにされている。絓の言説によるなら、「現在では、誰も〈新左翼〉と自称しはしないが、〈新左翼的な〉な文化は、すでに常識的な心性と化して」おり、そのおかげで「エコロジカルに省エネを推奨するCMやセクハラへの嫌悪などなど」が「日常的な細部にまで浸透している」となる。この「などなど」には部落差別や民族差別などに対する取り組みが入るだろう。つまりそれら諸問題を「日常的な細部にまで浸透」させたのが、「〈新左翼的な〉な文化」を「常識的な心性」として持つ無名なる人々の、大いなる無意識に他ならないというのが絓の主張である。ようするに人々は今もなお実はイデオロギーの影響下にあるというわけだ。僕にとってはうんざりする話である。絓はそれを新左翼の「潜在的勝利」と言う。一九六八年から約四〇年後の「勝利宣言」である。この四〇年間、ではその「潜在的勝利」をもたらした無意識の最大の集合であるだろう「団塊の世代」が、いったい何をやってきたのか。そこはあまり問われていない。彼らこそ数に物を言わせて自分たちに都合がいいようにやってきた連中ではないのか。僕はそう思うが、そんなことを言ってみてもしょうがないような気がしてきた。

第II章

詩／映画

近代の一日

一九八六年一月。深夜ＴＶで私はスペースシャトル「チャレンジャー号」の炎上落下を目撃する。圧倒的な青空のなかを炎の塊が白煙を垂らしながら流れた。それは長い長い落下運動だった。アメリカの宇宙計画が書き換えを余儀なくされた瞬間である。以後その映像は私に繰り返し回帰する。一九九五年一月。私はヘリコプターの音で目覚める。不吉な予感がして早朝のＴＶをつけると、夜明け前の日本の地方都市を帯状の火が襲っていた。惨状が明らかになる前のそれは静かすぎる映像だった。暗闇に浮かぶ幻のような炎、それも以後の私に何度でも回帰する。たとえば私は読む。稲川方人の未刊の詩篇「さようならアントナン、ぼくはまだそこまでは行かない」には「ちなみに、はじめてグライダーを見たのは／竹藪のなかでだったが、／人間はおおむね七歳までに／最初の飛行物体を発見し、／その驚きをもとに／世界を矮小化する努力に入る」とか、「「いくつもいくつもちいさな火が夢に出て／オホーツクの海まで続いているよ」とか、「それに人間はなぜだかはだかでは生まれなかったし

／はだかでは死ねないかわりに、／二歳か三歳のときはじめて独りで／カメラの前に立つんだね。」という詩行がある。一九八七年一二月、「ユリイカ一二月臨時増刊・現代詩の実験」に掲載された詩だ。以後「ユリイカ」は年末恒例のこの臨時増刊を廃止した（七歳、三歳、二歳。回帰するもの、忘却の恵みに従うもの。だが私はレトロスペクティブな意識の一切を信じてはいない。レトロスペクティブな無意識さえも）。

一九九七年四月。「山の男」たちは軽自動車に乗って山を降りる。三井石炭鉱業三池鉱業所が閉山したのだ。妻たちがその帰還を道端で祝福する。その映像を私は夕方のニュースで見る。ビールを飲みながら。一九九七年二月。岡田隆彦が死ぬ。私はそれを深夜の電話で知る。現代詩文庫第三〇番『岡田隆彦詩集』には六〇年代に書かれた詩篇しか採集されていない。続集が編まれていない現在、私たちは岡田隆彦の七〇年以後を容易に辿ることはできない。現代詩文庫第二九番は『堀川正美詩集』でありそこにはおよそ五〇年代に書かれた詩篇、すなわち『太平洋』しか収録されていないが、れんが書房新社版の『堀川正美詩集』で一九七七年までの詩を辿ることはできる。だが一九七七年から先、堀川正美は完全な沈黙を選んだ。「時代は感受性に運命をもたらす」という詩の言葉がそのまま額面通りに生きられたというのか。たとえば堀川正美にとっての「時代」が彼の感受性に沈黙へと至るほかない運命をもたらしたのだとすれば、岡田隆彦にとっての「時代」は沈黙へと至る回路を予め閉ざされていたかのようにも見える。だがこの「時代」を「環境」という言葉におきかえてしまえば、これも矮小な歴史に回収されてしまうだけの戯言だ。岡田隆彦はいわゆる六〇年代詩という「環境」においてのみ「時代の寵児」的輝きを演じてみせた、というだけの存在なのだろうか。時代＝環境と等価であろうとした精神が七〇年代以降の彼自身の失速を余儀なくしたと考えれば済むのか。もちろん違う。私は一九九二年の夏に東京で、一九八五年に刊行された『時に岸なし』への偏愛を気狂いのように喋り続けていたような記憶がある。『時に岸なし』には一九八二年からほぼ一年半の間に書かれたものが収録されていると「あとがき」に記されてある。その間、岡田隆彦は「アルコール依存症」から来る体力の消耗と精神的頽廃を克服するため（?）に闘っていた。そういえば岡田隆彦の師と言われる飯島耕一にも似たような詩集があった。『虹の喜劇』と題されたその詩集は強度の「鬱」からの帰還（旅）が記録されている。

一九七四年五月。詩篇「ゴヤのファースト・ネームは」の中で飯島耕一は死んだ男とともにスペインの風景を行く。時に列車であり乗用車でもあるその移動を生き直しながら、飯島耕一は隣の部屋までの距離を果てしなく拡張していった。それはロマン主義の廃墟への巡礼とも言える痛ましい旅に思われた。一九七九年五月、あるいは一〇月。松浦寿輝は「物語」と題された詩篇の冒頭に「一人称の物語はここで終わる」と記す。その言葉は後に詩集『ウサギのダンス』の最初に置かれることになる。それは「私の廃墟」がもはやどのような美しい時間にも属さないことを宣言しているようだった。一九七〇年一一月。吉増剛造はアイオワへ旅立つ。その二六日、デモーイン・レジスター紙の記事で吉増剛造は三島由紀夫の自刃を知る。その記事は切り抜かれて詩集『王國』の二二一頁にはりつけられている。翌七一年二月。シカゴ。「アメリカでの一夜。突然、恋愛が発生する」。三月。ニューヨーク。「ボブ・ディランのレコードを聞く習慣」がついた吉増剛造は「古代王制のもと巨石をはこびつづけたエジプト人」の幻影とともに「漆黒の地下鉄」を巡る。九月。東京。「堀川正美氏に会う。凄し。

植物、死の徴し」。翌七二年一月。吉増剛造は強烈なアメリカ体験をもとに詩篇「王國」の制作を開始する。「王國」についてのノートにはこう記されている。「王國の／第一行は天皇にはじまる／渚に恋人が／走ってくる姿が美しい！」。『文藝』一九七二年三月号に発表された「王國」の最後から二三行目は「詩は壊滅する」という台詞の狂ったようなリフレインである。

吉増剛造／アレクサンダー・ソクーロフ／亀井文夫。こうした並列が表明している環境というものがあるとすればどのようなものだろうか。亀井文夫は敗北しつづけたし、ソクーロフは勝利しつづけている。そして吉増剛造はもはやそうした闘争の場にはいない。ほとんど死者のモノローグを主客としたような『ロシアン・エレジー』や、生者／死者の臨界を曖昧に消し去るようにして撮られた『オリエンタル・エレジー』の「映像」は、確かに吉増剛造の詩の言葉が可視化する風景に似ていなくもない。だがそれらは単に「映像的」な近似に過ぎない。なるほど亀井文夫の作品の多くには説話的なカッティングを裏切るようなショットが散見される。だがそれが亀井自身の意識もしくは無意識が反映されたものであれ、あるいは単に抑圧的な環境が作品破壊の形で反映されたものであれ、またより端的には経済的技術的な欠如が反映したものであれ、それらはメッセージの混乱を引き起こしはしても、イメージの混乱へと向かうものではない。この三者に、かろうじての共通項を認めるとすれば、作品内への非人称的な死者の視線の介入、という一点に尽きるだろう。吉増剛造のそれは空間からも時間からも自由を約束された浮遊霊のごとく、ソクーロフの場合は精神的な執着を伴う自縛霊のごとく、亀井文夫の場合は圧倒的な量の集合霊のごとく。そういえば『戦ふ兵隊』の中の占領地への行進のシーンはどう考えても勝者の歓喜とは遠すぎる静けさがあるとか、『上海』冒頭の高所から撮られた街頭シーンも何やら人間離れした薄気味悪さがあったとか思うと、いったいこれは誰の視線なのかと問わずにはいられないだろう。しかし、だ。ある意味では超越的な視線と言えるものを共通項として、賛美はしないまでも容認する環境というものが、政治的であれ宗教的であれ、ある集団によって共有されてしまうことの不愉快さは何度でも言っておかねばならない。

一七八八年。ウイリアム・ブレイクは『すべての宗教はひとつのものでしかない』のなかで「詩的天才とは、真の人間である。人間の肉体もしくは外形は、詩的天才の派生物でしかない」「すべての人間がその外形によってたがいに似通っているのとおなじく、すべての人間は（やはり同じような無限の多様性を呈しながらも）詩的天才においてたがいに似通っている」「すべての宗教も、宗教と類似のものも、ただひとつの源泉しかない。その源泉とはすなわち、真の人間、詩的天才である」と語る。詩的天才。先天性イノセンス。無意識のユートピア。一九七四年。小川紳介は山形県上山市牧野に映画製作の拠点を移し、キャメラから超越的な視線を徹底的に排除するための長期戦を展開する。それは「政治」と「映画」の和解を拒絶し続ける闘いであっただろう。一九七四年夏。足立正生は国外に脱出する。それは「映画」によるゲリラ戦がある飽和に達した瞬間かも知れない。あるいはより直線的に「世界を変える」ための局地戦を選んだのだろう。いずれにせよそれもまた超越的な視線と戦うための方途であったように思われる。『虹の喜劇』のなかで飯島耕一は快方＝再生へと向かうビジョンをギュンター・グラスのねずみの銅版画の中に求める。「低所から　低所からだ／砂もぐりだ」という祈りのようなリフレインが清々しく響き合う場所。そうした場所が、今おそらく失われつつある。

一九九七年四月二六日。アテネ・フランセ文化センターにて「映画詩　詩と映画の間、の旅」と題された上映会が催される。それは吉増剛造による詩の朗読と亀井文夫による映画とのコラボレーションという体裁を取っているが、実質はおそらくそうではない。他ジャンル間によるコラボレーションについて言えば、相互侵犯による破壊（他者との破滅的な接触）という出来事が起こり得ない場でのそれは、境界線＝安全地帯での戯れ以上のものではないと私は考える。だがここではそうした事態は起こり得ない。なぜならすでに詩が、上映される映画に先行する形で書かれてしまっているからだ。よってここでコラボレーションの出来不出来を語る意味はない。ではここでは何を問うべきなのか。おそらく、「吉増剛造」という詩的天才と対面することで、否応なしに空間化されるだろう秘境的な環境に対して、「映画」の「政治」こそを問うべきなのだ。ここでは「詩」と「宗教」との和解らしきものが演じられている。たしかに「詩」は「吉増剛造」を介することによって、超越的な視線を我々が相対化しうる視線、というものを獲得しつつあると言えるのかも知れない。吉本隆明であれば吉増剛造の詩を「日本語の民族語としての特色」を「奈良朝以前的」な根源にまで遡る試み、という言い方で解体してみせるだろう。その傍らに氏の「無意識を自分の外側に作らねばならない」とか、「無意識を胎児以前＝染色体のレベルまで溯る」といった言説を寄せてみると、それは未だ幾らかオカルト的な響きが残ってしまうことは否めないが、むろんこうした言説は吉増剛造をオカルト的外部として特権化するためのものではない。あるいはこういう言い方さえできるのかも知れない。脳機能障害という症例としてのみほとんど許されているだろう先天性イノセンス、あるいは狂気という無意識のユートピアのなかへ、吉増剛造は言語によって暴力的に参入してみせようとしているのだと。

では「映画」はどうするのか。ソクーロフの映画に超越的な視線を見出したり、亀井文夫の映画にそれに似たものを見出すことを、どのような歴史、あるいは環境に還元するつもりなのか。それをたとえば蓮實重彦がタル・ベーラの『サタン・タンゴ』に対して、「芸術を信じていますね」という一言で裁く、といった表層的なレベルでもって済ませ続けるつもりなのか。もう少しここでは野蛮な行為が共有されているのではないか。一九九七年四月二八日。銀座。私は瀬々敬久の新作『雷魚』を観る。瀬々敬久は「雷魚」＝「胎児」を唯一の生命力として、近代の廃墟「鹿島」で暮らす廃人たちの目前に、背後に、繰り返し泳がせてみせる。複数の「耐え難い過去」が「殺人」という場所で交差するという単純な物語のなかで、救いのない人々のその救いのなさが剝き出しにされてゆく。だが、瀬々敬久はただその救い難さだけを内面化しようとしているのではない。ここには、昭和の政治的身体とでも呼びうる最低の存在が、先天性イノセンス＝脳機能障害を持つ少女によって癒されるという美しく痛ましい出口（とりあえずの）がある。それが美しいのは、高所からの奇跡的な再生を白々しく信じようとするのではなく、低所からのぶざまな再生を淡々と生きようとしているからである。一九九七年の銀座などには還元できない倫理の存在がここにはある。瀬々敬久は昭和の最後、ではない「最後の昭和」を、映画で生き続けようとしているのかも知れない。だが「最後の昭和」はもっと乱暴な手つきでもって更新されようとしている。おそらく吉増剛造／ソクーロフ／亀井文夫という固有名が招かれているのはそのような危険な場所なのだ。

一九七一年六月。「なんでもアイオワとかいうところに吉増はちぢこまっていて、ときどき明日死ぬような手紙をよこす」と書いた岡田隆彦と吉増剛造との隔たりは、そののち広がる一方であったらしく、近年はもう詩集さえ送ってもらえなかったと吉増剛造はつぶやく。岡田隆彦のそうした決然とした態度には何かがあったはずだ。七〇年以降の現代詩が、なおも現代詩であろうとした時に排除しつづけた何か。岡田隆彦は「あるべき現代詩」の以前に、彼方に、佇みつづけた。「あるべき現代詩」などあるはずがないと私も思う。「明るいと思っていた。しかしやはり水のなか、濃い水の、ねばつきもする水の、いくらかきつい匂いもする水のなかにいたのだった。おお水のなかなのだ」(『時に岸なし』思潮社)。

チビクロ

孤独の写真

これに似た写真ならどこかで見たことがあると思ってまず思い浮かべたのが魚群探知機、気象衛星。海と雲のレントゲンか。ああレントゲンだと思うとコンクリートの内部構造を透視する非破壊検査という言葉がかえってきた。非破壊検査。僕はそれと同じ名前の映画のためのシノプシスを書いたことがある。痛ましい映画。それからソクーロフの『オリエンタル・エレジー』(95) のわざとフォーカス・アウトさせたビデオ映像に想像は行って、曖昧な走査線の向こうに老いた日本人たちが映ってぼそぼそ呟いているのをこの写真に似たもののように思い出していた。そして鶴の映像が出てきて「孤独ですか」という問いかけのテロップが入る。孤独だ。

UTERUSというのは子宮のことでGSと打って矢印してあるのは何の略かしらないが胎嚢とか

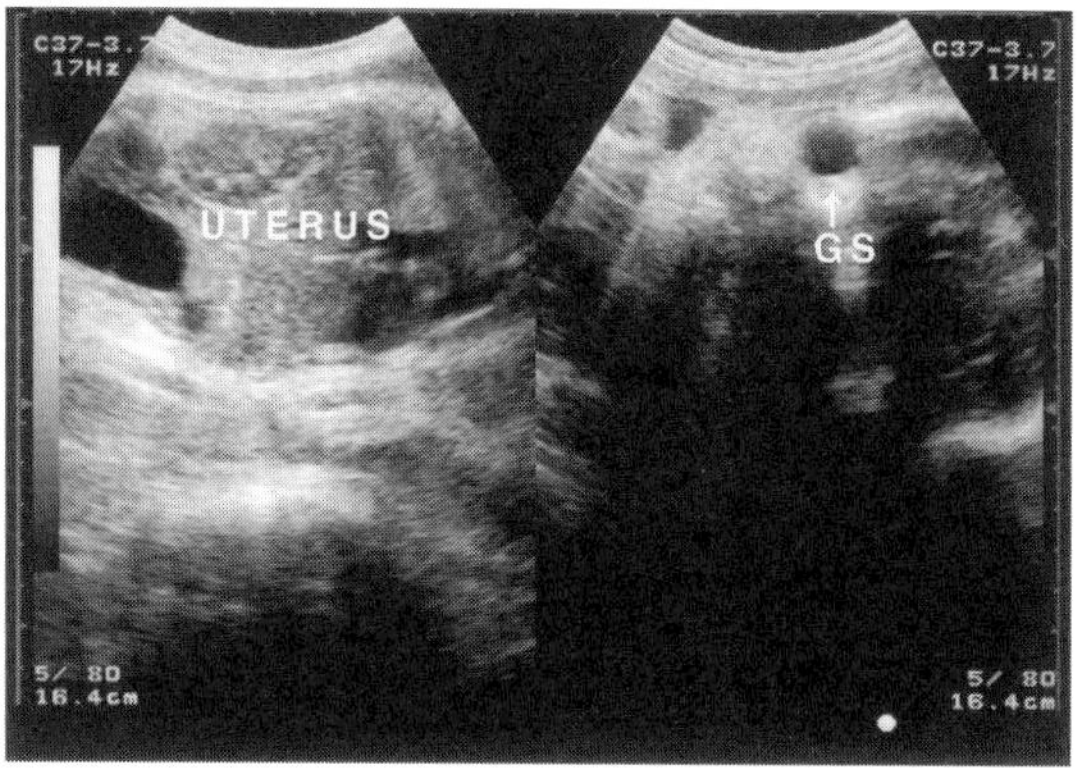

いうやつのことだ。胎嚢というのはまだ胎児になるまえの卵とか種とかそんな状態のもので生命の一段階と考えればいいのか。そうじゃない、成長の一段階だ。僕の子供の最初の写真だ、これは。黒い豆粒の影みたいなのがぶよぶよのスポンジ体に挟まっている。そいつは僕からはとても遠い所に匿われていて何一つ確かめることができないもののようだ。

　そんな不確かなぶよぶよを言葉にしておこうと思い、上の方の襟元かと思えるような曲線にあるしましまから忠実になぞろうとしていたら昔そんなふうな言葉を読んだことがあるような気がした。それで夜中に本棚にある本という本を片っ端にぺらぺら捲っていたら河野道代の『spira Mirabilis』（書肆山田）が見つかった。「それは空間でありまた永遠的なるもの。あるがままにあるべきあらゆる被造物に、それぞれ見合っただけのよりどころを将来する」「それには部分というものがなく、したがってまたなにものもそれを分割することはできない。実質は外界の影響を受けることがないために、打ち棄てられたかのように不変である」「われわれがその見えない実質において見ることが可能な対象は、対象であろうとすることの可能性だけなのである」。

ただしこれらの言葉は詩の手前に置かれ「考察者の生態」と名付けられた、詩とは隔てられた何かだ。詩の方は写真というよりは映画に似ていて物質自身の不定形な運動こそができうる限り正確な言葉で記述されている。そのすべらかな運動のなかで不意に「およそ抽象的なかなしみのうちにわたしは硬直した」という言葉に出会ったりすると、考察者でしかいられない者の痛みに温もりが与えられたように思われた。だがそうした言語の温もりも、写真の孤独の前では複雑すぎるのだ。言語が可視化した物質とは決定的に隔たり続けるそいつ、魂のふりをしてそこにいるそれ、僕はその孤独をチビクロと名付けた。

アリックスの写真

ジャン・ユスターシュの最後の映画は『アリックスの写真』(80)という一五分ほどの短編映画だった。アリックスという名前の女性が、彼女の撮った写真を友人(確かユスターシュの息子が演じていたと思うのだが)に見せながらその写真について解説、というかお喋りをしているだけの映画なのだが、次第にそのお喋りはインサートされる写真の映像とはまったく無関係な対象を巡ることになる。アリックスはひたすら自身の撮った写真について喋り続けているというのに、その写真ではない別の写真が画面には映しだされていく。僕は字幕のタイミングがずれているのではないかと苛立ちながら、その映像を何度も見直したものだが、そのうちにどうしたわけか激しい目眩のような感覚に襲われた。

写真自体が所有しているイメージと写真から喚起される言語的なイメージとは別のものだが、ユスターシュはここでアリックスのお喋りによって可視化されるもう一つの非在するイメージを導入しようとした。その三種の軋み、というか亀裂を、しかし彼がゲームのように楽しんでいるわけではないように思われるのは、そのあまりに文学的な自死を知っていることから来る印象なのかも知れない。僕が目眩を起こしたのは彼が仕組んだ混乱にではなく、その殺伐とした突き放しに言語が映像に対して持つ宿命的な欠損がちらついたからだと思う。その欠損こそを肯定的に語ることもできるはずだが、ユスターシュは言語と映像の双方を絶望的な嘲笑に曝した。ユスターシュは自らの死を密室の中でビデオ撮影する。彼が絶望してみせることで試みた可能性、あるいは死んでみせることで試みたそれは、非在しながらも否定し合う複数の固有性という倒錯したビジョンのなかへ、亀裂を押し広げるようにして降りていくことではなかっただろうか。外部との破滅的な接触であったはずのものが強く内面化されねばならなくなったとき、その試みは喜劇的なニヒリズムに陥ってしまったのだが。

ところでユスターシュの未見の作品に『きたならしい話』（77、日本公開題『不愉快な話』）というのがある。蓮實重彥によればそれはのぞき魔の話で、その話を言葉だけで語り聞かせる部分と記録映画ふうに再現する部分からなっているらしい。ところがそのシナリオを入手した山本均氏によれば話をするのは一人だけではないらしく、複数の人間がまったく同じ話を繰り返すのだと言う。女性の陰部をのぞき見るというおぞましい話を何度も男たちにさせることで彼が求めたのは、言語が散文脈において論理的に可視化するイメージの非固有性であり、それらが重層的に開いていく豊かさであったかも知れない。しかしそこで真に問われていたのは、映像に対する言語の欠損そのものを可視的にすることだったのではないだろうか。そしてユスターシュは短い生涯を通し、その欠損を曖昧な感傷、という意味でのポエジーによって補うことを断固として拒絶したはずだ。

フォーカス・アウト

『チビクロ』というのは、もともと一二年前に失踪した僕の友人（半魚）が一三年前に撮った黒猫の映画なのだが、撮り終える前に失踪したから編集も音入れもしていなくてただのゴミ屑だ。僕の持っている『チビクロ』の断片はフォーカスがわざとそうしたのかと思うほど狂っていて何が映っているのかわからない。緑色の草むららしきところを黒い影が横切っているだけなのだが見ようによっては友人の精神状態を反映しているようで気味が悪い。猫とはこういうものだと言いたかったのかも知れないが。まあ美しいと思えば美しいのだからゴミ屑と言ったのは失言だ。

ところでフォーカス・アウトと言えばアレクサンドル・ソクーロフの手法の一つで、何とかエレジーとか『精神の声』(95) とか題名だけならまだしも、どこかの対談で「内面が忙しい」などと現代的であろうとする作家なら口が裂けても言いそうにないことを悪びれずに言ってしまうソクーロフ

大木裕之『優勝 -Renaissance-』
1995-1997／88分／16mm ／製作：JEANS FACTORY ／スチール写真：都築憲司
© Hiroyuki Oki, Courtesy of URANO

を僕は決して嫌いではない。イメージの欠損から来る混乱を観るものに生じさせるフォーカス・アウトの効果、を採用して彼は内面だの精神だのといった過剰な物語を映像に呼び込む。もちろん映画のなかのそれは細部に過ぎないけれど。イメージの欠損に伴う不安や不快を聖性に結びつけるという手法は例えば大木裕之の近作『優勝——Renaissance』（95－97）にも見られるが、こちらはより攻撃的でもありもはや詩的などと呑気なことを言っていられない。結像することを拒絶しているかのような曖昧な像がまるで私たちの世界像（茶の間の映像体験が無意識にもたらしたものと言えばいいのか、しかも今やオート・フォーカスにハイビジョンが常識だ）の外部にある何かのように思われるとき、しばしば精神だの魂だの霊だのという言語的イメージが接近する。心霊写真などはその端的な例で、中田秀夫の『女優霊』（96）はまさにそのような手法でもって幽霊を登場させていた。たしかにそれらしき物質が現前しているのだからそれらしく、またそれを表現しているように見えなくもない。

詩的言語が曖昧に可視化する物質、あるいは精神とかパッションに属する情緒的な現象を可視化せんとするために費やされた詩的言語が、イメージの欠損によって現前している物質と触れ合うような場所というのは確かにある。というより現代詩ほどフォーカス・アウトの美学を愛し続けているジャンルもないのではないか。何かわけのわからんものが書かれているがそれなりに何となく読めるという状態がそれだ。あるいは言語の物質性というものをイメージの不確かさによってのみ感受し得るものとして消費している状態と言えばいいのか。だがそこにおいても言語の方が少し悦びすぎているように僕には思われる。イメージの欠損の方がその不安を慎ましく耐えているように思われるのはなぜか。イメージの欠損と言語の物質性がその本質において結ばれることはないことを本当は誰もが知っているはずだ。なのにそうした錯誤を故意に悦ぶのはなぜだ。映画『チビクロ』は僕にそいつを問う。嘘のくせに。

フレーム・アウト

「……一日の大方を部屋のなかで過す。半ば自己幽閉の日々。さとられぬように物音をたてぬよう、空室をよそおう。感づかれてはまずい」「ぼくの潜伏も判ってしまうのか。刑事が来たら何としゃべろう、ぼくのアリバイは、存在根拠は、どうして生きているのか、どうやって説得したらいいか……」。昔の吉増剛造の言葉だ。存在の不安というのは古い強迫観念なのかも知れないが、だからといってそこから逃れることもたやすくはない。またそうした不安がなければ、たとえば『透谷ノート』(小沢書店)のような美しいテキストは書かれ得なかっただろうし、さらにそれは、『オシリス、石ノ神』(思潮社)から『螺旋歌』(河出書房新社)を抜けて現在も書き継がれている詩作品の超我的とも言える志向性を、その端緒において決定付けたものであっただろうと思われる。映画で言えばポランスキーが、まさに存在の不安から来る強迫観念を描いた傑作『テナント』(76)を撮っていて、そこではポランスキー自身がカフカを思わせるような小男を演じていた。異邦人として登場するその男は、隣人たちの理不尽な苦情に怯え続け、自室で足音一つ立てられぬような状況にまで追い詰められたのち、その部屋の以前の借り主である自殺未遂の女性に自己同一化することで外部からの許しを得ようとする。ポランスキーはその外部を『ローズマリーの赤ちゃん』(68)同様悪魔どもの共同体として描いており、つまりは外部でも何でもなく過剰な自己意識の反映に過ぎぬものが彼自身を責め続けていた、という物語のヴァリエーションではあるのだが、本当にそうなのかという曖昧な終わり方をしなければならないところに、亡命者としてのポランスキー自身の孤独の痛ましさがあるのだろうと思った。

書くという行為が不安を癒していくということは幻覚だとしてもあるわけで、心理的には逃避に違いないとしても、離脱と言えばおかしくなるがまあそれに似たような瞬間を時に与えてくれたりもする。あるべき詩の像を確かな方法意識によって、あるいは詩に先行する歴史=物語からの要請によって問い続けることがしばしば空しくなるのは、詩を書くという行為には同時にそうした問いを欠いたエネルギーが作用しているはずだと思われるからだ。自らの視線からフレー・アウトし、無意識のユートピアへ亡命したいという欲望は、論理的な段階を伴うものではないし、あるべき詩の像が可視的なものとして見られているわけでもないのだが、欲望であるがゆえにまた排除しがたい。もちろんそれを礼賛するのはあきらかな後退であるばかりでなくかなり危険なことだと思うが、危険を冒して言えば、たとえば先に挙げた吉増剛造の詩を読むと、その欲望が実現されているかのように思われもするだろう。もし無意識のユートピア自身が視線を獲得したとすれば、まさにこのような詩として現れるだろうというふうに。確かにそこには、もはや誰のものでもない詩の自己像がオカルト的な外部＝未知を演じているとしか思えない風景がある。

それを天才、もしくは狂気による超越と言ってしまえば、そこでは、擬態であるかどうかという倫理的な葛藤が無効となってしまうようなイノセンスが信じられていなければならない。このイノセンスがしばしば聖性へと接近することは詩の本質的な問題に違いないのだが、詩人が超越者自身として語り始めるとすれば、それは詩の崩壊を意味することにしかならない。ではそれが超越者ならぬ亡命者としての神であればどうか。

福岡に来て一年になった。この一年間に僕は二〇〇作を超えるフィルムを（だから巻数にしたら一〇〇〇巻ぐらい）編集機に載せて記録を取り補修しそしてクリーニングした。その記録は分厚いファイル三冊に投げ込んである。だれも参照する者はいない。記録と言ってもこれはフィルムの状態に関するものに終始しているからだ。得ることのできる数値情報を総て採集したのち、さらにことさら映像そのものには興味がないといった身振りで僕はフィルムの傷痕を散文的に裁く。「画頭から二五一フィートより原版から焼き込まれた鋭い縦傷が断続的に画面中央を走り始める。巻末に近い八二八フィートからやや浅い縦傷がそれに加わり、同時に点々とした汚れが斑紋状に広がり始めF・Oを台無しにする」とかまあそんな調子だ。死んだ渥美清が映っていようと萬屋錦之介が映っていようとこの仕事には関係がない。記録したフィルムを登場人物ごと冷蔵庫のような低温の収蔵庫に葬ると一連の作業が終わる。

チビクロは女の子だそうだ。何でわかってしまうのかつまらない。つまらない罪悪感がまたぞろ顔を出す。ただし最初の写真（子宮のなかの小さな黒点）を見せられたときほどの罪悪感はない。僕は生まれる前から見られてしまっていたら嫌だと思うなと思う。父や母に対して僕の未知を返してくださいと言いたくなるかも知れない。自分の最初の姿を胎嚢まで遡って見てしまえる人間にどのような内面が約束されるのか恐ろしい。彼女はこの写真に父や母を超えた視線を必ず感じなければいけないのだ。「不可能な物語、読むことのできない、あるいは禁じられた物語、それが映像によって担われてよいものかどうか……」「あなたは沈黙することを知らなければいけないわ」「とどまれ、残れ、もはや動くなかれ」「この起源の写真、転倒の写真を起点にしてそこから始まる、あるいは始まったかも知れないものの一切を、再構成することができる。彼女のレトロスペクティブな意識、あるいは無意識において……」「視線の権利、それとも他者の発明、かしら」。『視線の権利』と題されたデリダの写真論（鈴村和成訳、哲学書房）をぺらぺら捲りながら僕はチビクロの孤独を思った。

超音波写真によって生まれる以前からすでに観察され記録されファイルされている彼女に対して、僕はどのような祝福の言葉がいまさら持てるだろうか。彼女があらゆる世界に対して大いなる門外漢として登場するということを、ナイーヴで大げさな身振りでもって信じ込まねばならないという事態はあまりにも不実で恥ずかしい。僕のなかには彼女の孤独と釣り合うものは何一つないと思う。あるのは残酷さだけだ。既に、未だ、視線を与えられることなく見られてしまうしかなかったものたちの恥辱を、言語によって犯してしまうあの残酷。視線の権利の、晴れやかな無機とは遠い。さて、名前を考えねば。

工都について

近代化の過程で増殖を繰り返していた各種プラントは、その結果として信じがたいような幾何学的風景を作り出す。システムとしての有機性を保っていたマシン間の関係も次第に複雑化し、それによって円筒状のパイプラインも直接性を失いはじめる。やがてシステムは矛盾を内包し、ほとんど意味を成さぬマシンが散在しだすころになってようやく私たちは事の異様さに気づく。いったい何がこうした異様を可能にしたのか。生産に追いつかぬ判断の先送りが無計画な拡張の背後に見える。しかしそれだけであるはずがない。こうした馬鹿げた風景はイノセンスの介在なしではありえなかったはずだと私は思う。私たちはもはやそれを擬態としか見做しえない時間を生きているつもりだった。にもかかわらず多数の無意識が集合されているはずの風景のなかにもはや誰のものでもあるはずのないイノセンスが疑いようもなく存在しているように思われたのだ。これが自然なのかと私は思った。自然からの敗北を意識しはじめた瞬間プラントの増殖は急激な減速を余儀なくされ、その風景は老いとともに朽ち果てていく過程に入る。稼働を続けるプラントの隣にはもう何年も放置され錆びついてしまったそれがある。やがてそれらは全体として錆び尽きる。およそ工都とはそういうところだ。

ヤン・ル・マッソン／ペニー・デヴァルトの『鹿島パラダイス』(72)から二五年後、瀬々敬久は同じ「鹿島」を舞台にした映画『雷魚』(97)を撮った。雷魚というのは一日地面に放置しても死なぬほど生命力の強い魚なのだが、その雷魚を瀬々監督は胎児のメタファとして風景の中に投げ込んでいるようだ。妊娠した妻を顧みず女遊びを続ける男、中絶の身体的かつ精神的後遺症に苦しめられる女、裏切った女に赤ん坊を焼き殺された男。ここには癒しがたい過去を背負った文字通り陰惨な人々が暮らしており、その陰惨さと見事に等価な「鹿島」で殺人という現場を共有していく。ここでは街も人間も雷魚という自然に敗北するしかない。主人公の男は東京から逃げ戻り若くして余生を生きているような廃人なのだが、その風貌や立ち居振る舞いにはどことなく政治的敗北を内面化したような雰囲気があり、昭和末期という時代設定も重なって存在そのものがどうしようもない閉塞感を漂わせている。どのようにもケリのつけようがないという苛立ちとそれを鎮める倦怠のなかで、彼は殺人という方法で強引にケリをつけようとする女に出会う。女に誘われるように彼もまた殺人という方法を試してみるのだが、「人を殺すってどういう感じですか」という彼自身の問いかけにすでに現れているように、その試みが彼を解放することはなかった。男はどこにも行き場を失ったどしゃぶりの雨の中で一人の少女から傘を差し出されるという癒しを受ける。その少女は脳機能障害＝イノセンスを持つという意味で雷魚と重なるもう一つの自然であると言えるだろう。

狂暴な自然。無意識の汚れそのものであるかのような。回帰する場所ではなく、この隔絶を剝き出しにしながら個の破壊へと反転するような場所。自ら子宮を突き破ってみせるような。雷魚、寄生虫の母体。瀬々監督はそうした自然を見出すことで、昭和以後の政治的身体の再生を可能性として引き受けようとしているかに思われる。あるいは「最後の昭和」に終わりなき逃走線を引いてみせたのだと言うべきかも知れない。「鹿島」から逃れた二人は、何一つ役割を持たぬ純粋機械の如き歩行で東京に混入する。それは物語の帰結ではなく胎動を予感させ、その胎動は物語ることへのナイーヴな抑圧を圧倒している。

チビクロはチビクロだ

　僕が最初に考えたチビクロの名前はスピノザのエチカだ。スピノザの相棒はレンズだった。僕の相棒はフィルムだ。ほとんど人と話をしないで一人で黙々とフィルムの補修やクリーニングをしながら暮らしている、という自己像がスピノザとレンズの関係に似ていてほしいわけだ。嘘でもいいから。それは日々の退屈と苛立ちを鎮める方便なのだがまったく効き目はない。そのうちやめてやる。で、エチカはやめて次に考えたのはピカという名前だ。これは一晩寝ずに考えた。アホだからだ。最初はヒカだった。これは悲歌から来ている。しかしヒカのままでは不吉だと思って読みだけピカにした。「比夏」と書いてピカと読ませる。どうでしょうか、と妻に言ったらふざけないでほしいと言われた。「ツルピカ」とか「ハゲ」とか「ピカドン」とか「ハゼドン」とか言われていじめられると言う。さすがに「ハゼドン」までは思いつかなかったがおおむね正しい発想だ。実は僕も「ピカドン」は計算づくであり、愛称は「ドンちゃん」にしようとまで密かに考えていたのである。不謹慎な話だ。アホだ。ピカもだめだった。じゃあ僕には朝起きられないというだけで一生を棒にふったようなところがあるからそれにちなんでネムリというのはどうだ。いくら狂って詩のようなものを書き続けても眠りほどの癒しは得られぬだろう。もうこの世界には奴隷のする仕事しか残っていない。眠った者勝ちだ。しかもネムリというのは宮沢賢治の童話の登場人物のような響きもあって可愛らしい。どうでしょうか。だめだ、やめた。僕には父親らしいところは何一つない。

　吉田一穂という詩人は父親としては最低だったと聞く。だがその最低ぶりは圧倒的だ。息子である八岑氏（やはり変な名前だ）の語るところによれば（「Poetica」九二年第五号より）、「ふつう、人間は明日ということを考えますね。ところが父の生活の中には明日という考えがない」とか「（父は）お金のためになにかするということは許さなかったから、（自分は）隠れて働いて、ときどき家に帰っていました」とか素晴らしい。凄まじいのは「『白鳥』十五章以外のものはすべて消滅させたかったようです。もし余命があと十年あって詩作活動していたら、『白鳥』も消滅したかもしれません。枕の下から出てきた最後のノートに書かれていた詩稿は、もう、意味を否定した音の世界、いわばマンダラの世界でしたから」というくだりで、まるで神話のようだ。

守中高明の詩集『二人、あるいは国境の歌』（思潮社）には「ファニー」という名前の女性が登場する。「ファニー」という名前が良いか悪いかは単にセンスの問題に過ぎないと思うが、たぶんいろいろ考えて命名したであろうそれが僕には恥ずかしかった。だがこの恥ずかしさは二人であることの自由を約束しているものだ。その自由を分配することのおぞましさや痛ましさもここにはある。名前によって二つは引き裂かれる。だが分裂した二つからも等しく隔たるひとすじのライン（詩行、国境）が存在する。「名、名／顔のない双子の朝へのさえずり／それゆえに私たちは」、そう「いつも小さな声で呼び合う」のだ。

野村喜和夫と城戸朱理にはどこか共通した印象が私にはある。それはどちらも彼ら自身の詩と等価の批評を書いておらず、端的に言えば詩よりも批評の方がつねに大きく、時に大きすぎるということだ。べつに等価である必要はないと言えるかも知れぬが、であれば自身の詩にだけは批評の言説を還元しないというところがあるかといえばそうではなく還元しまくっている。ただ直線的にというのではない。まず自身の詩が正当に読まれ得るような環境を整備するために批評の言語が費やされている。ジャーナリズムの不在をわれわれこそが補わねばならぬという奇妙な使命感があるのかも知れない。ところで、『討議戦後詩』(思潮社)という書物は、まさにそのような書物ではあるのだが、一方に「史書」的な性格を帯びている、というかそのような言説が支配的となっている、という点でより始末に負えない感じがする。野村喜和夫が詩誌『ミルノミナ』に書いた「われわれはうようよしている、われわれはひとりだ」という言説は、最近読んだなかでもっとも不愉快なものだった。それが自身が属するところのある時代の、ある集合の、ある環境こそを擁護するために書かれたに過ぎぬものであれば、再生産されるたびにしょぼくれていく状況論の一つということで済む。実はその類のものなのかも知れぬが、ちょっと胡散臭く思うのは、この環境は現代詩というローカルな場のみに還元されるものではなく、近代の終焉という出来事によって必然的に帰結したものであるという、やはり大きすぎる主張が背後にあるように思われるからだ。そして誰もこの環境の外部にいることを歴史的に主張できないという抑圧が含まれている。

ドイツ・ロマン主義以降の近代的な時間意識の解体とか、否定性による前進性の臨界というオクタビオ・パスの言説はよく分かる。だがそれを引き合いに出しながら、吉岡実を起源にするような別の一つの歴史を物語ってみせるというのがまず分からない。パスの言説を援用するならば、複数の歴史に自堕落に引き裂かれた白痴的身体を黙認せよという方がまだ分かる。だがそのような白痴的身体は批評的な言説を持たないだろう。審級を欠いたままデタラメに入力された映像や言語的イメージという既知が、無意識のうちにユートピア化されたような白痴的身体、あるいは見知らぬ子供。まるで詩人のようではないか。未知を後退と見なすような脱近代的な時間を生きていると信じているらしい「われわれ」も、いざ詩を書く段になると少なからず白痴的身体そのものと化してしまうものだ。もちろんもはや「天然」ですなどと言ってられぬ「われわれ」は、せいぜい内なる詩人を他者として意識する（自己同一化するよりはマシだという程度に）ことぐらいしかできぬ存在なのだが、そうであれば「われわれ」はそうした内なる詩人＝白痴的身体からの理不尽な敗北を一身に耐えていなければならないと思う。野村喜和夫の言う脱近代的な言説にはそういう身体性が致命的に欠けている。むしろたぶん「われわれ」とは内なる詩人をも解体し終えた存在なのだということが言いたいのだろう。近代の終焉というものが同時代的に集中的に起こるとも思われないが。

一方に超越を救済と見なすような環境がある。オカルト的外部へと無防備に開いていく人間は薄気味が悪い。しかし「われわれはうようよしている、われわれはひとりだ」という言葉が示す環境もまた同じように薄気味が悪い。「肯定」のために費やされる言説の困難さは今に始まったことではないが、問題はどこに還元しているかに尽きる。

チビクロの匂い

水木しげるの『のんのんばあとオレ』から引用しようと思っていくら捜しても本棚に見つからないので街に出てちくま文庫のそれを買ってきた。「ラバウルで、私は左腕《（ママ）》を失った。どうじにマラリヤにもかかった。もうダメだと、軍医はいったが、私にはそうはおもわなかった。南方の大自然のなかにつつまれていると、おかしなもので、生命というものは、なにものかに生かされているものだという感じがするからだ。／やがて、腕の切り口に、〈赤ん坊のにおい〉がした。再生のにおいだった。／私は助かった」。チビクロは生まれた時、プラスチックの水槽のようなものに入れられていたが、数時間後に車輪付きの小さなベッドに乗せられて僕たちのところにやってきた。顔を近づけると甘いような不思議な匂いがした。その時に、僕はこの匂いについて誰かがどこかに書いていたと思って、すぐに水木しげるの言葉を思い出した。それは曖昧な読書の記憶の中からよみがえり、前後の記述とは無関係に切り取られた、「赤ん坊は再生の匂いがする」という言葉だった。

詩を、本を読むようにして読むことができなくなって、読んでいるあいだじゅう別の言葉が介入してくるようになって、思わず詩のごときものを書きはじめるようになったころ、父方の祖母が死んだ。その葬式の最後で、祖母は親族の目前で裸にされ、お浄めの儀式にさらされていた。僕はちょうど祖母の足もとに立っていたので、彼女の恥部を正面から見下ろさねばならなかった。まるで枯葉のように干涸びて見える祖母の身体は、臓物の液化を思わせる生臭い匂いを微かにまとっていた。死体の内部で急激な時間の逆行が起こっていたのだ。それに似たもの、死体の匂いや時間の逆行に似たものならば他にも言うことができるかも知れない。だが、青臭い青年に自らの醜い身体のそのもっとも見られたくはないだろう部分を無抵抗に見られてしまう年老いた死体、である祖母の恥辱に似たものを考えるとき、それは言語を絶した。そんな想像をしてはいけないという声も聞こえた。それは生体と死体との物質上の隔たりを明確に意識するための儀式なのだろうから。

超音波写真の曖昧な映像として登場したチビクロだったが、その最初の写真、小さな黒い球体であったころの面影は、今ではもう全然まったく何にもない。生まれたチビクロからはほとんど想像力を奪われ、僕はただ馬鹿みたいに彼女の顔を眺め、視線を手、腹、足に移動させ、再び顔で静止させる、ということを繰り返している。それは彼女が人間に似ていることを確認して、安心するための行為なのだろう。言葉は一つも出てこない。何も考えていない。これでいいのだ、とバカボンパパ（は赤塚不二夫だが）の声だけが聞こえる。そこにおいて唯一未知に近いものがあるとすれば、僕にとってはあの匂いがそうだった。その嗅覚的なイメージを「再生」という言葉で意識したとき、朽ち果てた醜い身体とともに僕のなかに残りつづけている映像、人間の終末に訪れる恥辱、言語を絶すると思われた（ゆえに僕が書き続けることを約束してもいる）その場所、へと接続される柔らかな口のようなものが見えた気がした。

EXTERMINATOR！

九月に入りチビクロは横目で私を睨んでチッと舌打ちするようになった。もちろん気のせいにきまっているがわれながらアッパレだと思えてよしその調子だと目配せしているこの頃である。私はおまえを騙す気はないのだが今のところ騙す＝あやすしかない。

この夏は（などと書き始めることからして悪しき日本自然主義の兆候だが）インド産のダニ（なぜならインドから送られてきたブリキ製のフィルムのコンテナを職場からかっぱらって部屋に持って帰る前まではそんなことはなかった）に両足を食われまくって痒くてたまらずまったく思考できない。たとえば松浦寿輝の『ゴダール』（筑摩書房）の一行目「例によって、ゴダールはゴダールを反復する」を読みながら私が思っていたことは「鳥バード」とか「犬ドッグ」というダウンタウン的反復であって、思考は即座に『エキセントリック少年ボウイ』を巡る（「がんばれ地球、僕は限界だ」とか「明日になんかならなきゃいいのに」＝間章かとか）という次第である。バルサンを焚こうがダニアースを噴射しようがインド産だけに効き目がない。チビクロにまで被害が及んではたまらないが今のところ理不尽にセーフだ。まず見えない。そのくせもぞもぞしやがって嚙む。赤い湿疹となってはじめて見えるのだがその時はもう手遅れだ。めちゃくちゃ痒い。なんという厄介な存在か。おまえらは存在するなあほんだら。と、ここでサミュエル・フラーのような晩年の横山やすしが思い出されておこるでホンマ正味の話と崩壊した思考は続くのだがその間もずっと『ゴダール』の頁は捲られ続けているという始末だ。

私は実に短絡的に一九八〇年以降の日本の現代詩ではなく一九八〇年以降のゴダールの「日本語字幕」を詩に還元しようと思ったものだが、視線の権利を行使することの痛みに満ちたこの本の著者である松浦寿輝から見ればなんという貧しい行為かということになるのかも知れぬ。「詩人は詩だけ書いていればいいのだ」と、あるところで映画批評家から言われたことを思い出す。それから八年ぐらい経つが私はこのざまであいかわらず詩だけを書いていることができない。ジョナス・メカスの『フローズン・フィルム・フレームズ――静止した映画』(河出書房新社)のなかにアレン・ギンズバーグに対するこういう一節がある。「答は何かって? 詩が答だ。アレンにとっての答は詩でなければならないし、ほかに答があるはずもない」「(彼は)いつでもほかの答を求めている。他人の領分に、垣根の向こうに……」。この挿話から以下のことが学べる。亡命者であるメカスがそれゆえに「問われるべき私自身」という存在を信じなければならないこと、アレンが求めていたのは答えではなく問い(つまるところ詩を書くしかなかったのだから)であったということ。そしてその双方を確信犯的に欠いているのがゴダールであるというのは言うまでもない。詩人などという存在を信じることができず、私は詩人か否かという問いも必要とはしない今となってみれば、私とはダニに食われている両足であって問いとはそのダニに過ぎない。答えは簡単だ。痒い!

おおむね人間は（なんという書き出しだ）何もしていないという状態に長くは耐えられず、そのうち何かをしでかしてしまうものだと思われるが、それでも私は何もしないのだと半ば依怙地になって怠惰を決め込んでいるうちに、取り返しのつかない消耗と浪費の感覚が身体全体を支配しはじめ、その感覚にも慣れ始めるといよいよ病的怠惰というか廃人と呼ばれるものに近い状態になる。しかしながらそうは簡単に廃人に成り切れぬのは、そこにおいてもなお自己防衛的な本能として何ほどかの生産的な行いでもってこの何もしていないという罪を償いたいという欲望が現れてくるからであって、つまり何もしないかわりに人によっては思わず詩のようなものを書いたりしてしまうわけだ、というのがとりあえず分かりやすい。

なぜよりにもよって詩などを書いているのかという問いに対して、私はこのように言うしか他にないだろうと思うが、ようは廃人のふりをした病的怠惰の蜜月状態においてしか詩の如きものを書きたいという欲望には出会わないのだから、これは一過性であるべきある種の幼児性に属する行為だと思われても仕方ない。木造アパートの二階の窓から、隣家の白壁に生えた黴の模様や、冬枯れの二本の木を何もしないで一日中眺めていたのは一昨年のことで、十数年ぶりに朝家を出て夕方帰るという生活を始めた今となっては、さらにはチビクロ登場でそれなりに団欒しているこの頃は、発作的に苛立つことはしばしばだが、かつてのように布団に潜りながらなおも言葉に潜り込むというような行為はさすがにできなくなった。いまさら尾形亀之助でもあるまいが、しかし詩を書くことが労働に過ぎなくなるとしたらそんなくだらない労働は欲望しないだろう。私は詩を書くことが労働だと思ったことは一度としてない。

そんな話は論外として、ところで、作品化への執拗な意志と言語に対する慎み深い眼差しとが強い緊張感を伴ってせめぎ合うなかで、ふと深刻化した病的怠惰とも言うべき空虚な場に落ち込む時があるように思う。緊張を持続させるために、書くという行為の慰撫作用が自らに及ぶことさえも厳しく排除しなければならず、よって何もしていないことと書くことが同義になってしまうような場所。症例として言うなら、もはや自らの欲望を離れた書くべき文字が、書かれる直前に音と意味を壊しながら分裂増殖し、まるで言語自身がアナグラムのゲームのなかで崩壊を夢見ているような。書き手が言語の側からの眼差しに曝されており、それゆえ言語自身の崩壊に無抵抗に引き裂かれぬために彼自身の分裂を試みねばならないような場所。山本陽子、菅谷規矩雄の晩年、あるいは『ジャスミンおとこ』（みすず書房）のウニカ・チュルン。神がかり的に書きたいという欲望が作品化への意志を裏切っているのではないし、またその逆でもない。そこではその双方の欲望が共に、対言語の敗戦の傷痕を正確に記録するために消失しているのだ。彼らの詩が狂気とイノセンスとの特権的な出会いに成功しているとすれば、それは欲望することの外部で起こった出来事なのだと言うしかないように思われる。

無名の暮らし

　何もすることがないという一日があたりまえだった頃はよく古本屋を廻った。今でも時々古本屋に行くが、とりあえずふらふらと街に出てというのではなく、車を運転してわざわざ出かけるという感じだ。福岡に古本屋が何軒あるのか知らない。捜せば結構あるのかも知れないが、早稲田や神保町のような古本屋街というのはない。だからハシゴというものができない。これで物足りるわけがない。未知の詩集と古本屋で出会うという幸福な瞬間は夢のようになった。とはいえ、これは未知というのではないが、あの詩集がという詩集に思いがけず出会うことはあった。私は小野十三郎の『風景詩抄』（湯川弘文社）をある古本屋の片隅で見つけた。信じられないような安い買い物だった。高くても買ったと思うが、これは今年の最大の収穫だ。チンケな話だ。

　古本屋をハシゴするかわりに、私は図書館の一角にある個人文庫に頻繁に出入りすることになった。図書館にはどこでもそうだと思うがあまり人目につかない死角のような場所があって、その個人文庫もやはり捜さねば見つからないような場所に隔離されたようにして置かれていた。本はすべて詩集だった。詩集の多くはその個人宛に送られてきた献本の類で、見たことのない名前ばかりで、書架から引っこ抜いてペラペラ捲ってみても何か現代詩というのとも違うなという印象しか持てなかった。まあしかし私も無名詩人の端くれとしてこういう書物に格段の愛情を注がないわけではない。ちっとは好みに合うものもあるだろうと期待して性懲りもなく足を運んでいたのだ。するとある傾向を見出した。そこには昭和初期のモダニズムに属すると思われるような詩集の類が少なからず含まれていたのだ。しかし誰もが知っているような詩人のものではない。「詩と詩論」とか「VOU」「詩法」「新領土」といった詩誌に詳しい人ならばこれはという名前を発見していたかも知れないが。いや無理だろう。というのも奥付の発行年は時代的に共通しておらず、新しいのでは一九七＊年というものまである。だからこれらは昭和初期のモダニズムからの影響をストレートに自身の詩に還元した無名詩人たちのものだという方が正しい。そのような詩人がいて当然と言えば当然だろうが、それが一人や二人ではないというところが面白い。

その中の一冊に、これは圧倒的に感動的な書物があった。タイトルはモダニズムらしく横文字で『SEIN, SEIN』と記されている。「乳房、乳房」という意味か。おとなしい白い書物で、糸かがりのペーパーバックという素っ気ない作りがしてある。ようするにこれは製本以前の形なんだよという英国式伝統に則っているわけだ。だから表紙もロゴだけでレイアウトしてあって、著者名もローマ字で「KAORU IRIE」となっていた。イリエ・カオル。誰なんだおまえは。奥付には著者入江薫とあって、住所は門司になっている。発行年は一九五四年。とにかく分厚い。四三三頁。背はボロボロだが本文は柔らかい紙を使っているのでページが剝がれ落ちるということがない。しなやかで手にも馴染む。その四三三頁の、最初の一文字から徹底的に視覚的な意匠が凝らしてあった。つまり全篇タイポグラフィックな神経が張り巡らされているのだ。どの頁を開いても目に美しく、そして風通しがいい。ただし詩行は壊れきっている。その壊れ方には例えばマラルメを読むときに意識させられるような、詩法に対する過剰な問いや、書物としてのトータリティーを優先した作品行為がかなり暴力的に、未熟に不徹底な形で反映されているように思われた。その不徹底さによって、ここではむしろ単にフォルマリズムとタイポグラフィーの美学的な配置に奉仕するために詩行の崩壊が引き受けられているようにさえ読める。しかしたとえそれが正しく、つまり詩意識というよりは美意識に近いちょっとしたアイデアを実践するためだけに壊れているのだとしても、それを四三三頁持続させるというのはやはりどうかしている。そこには尋常ならざるパッションのようなものを感じずにはいられなかった。

そういうわけで私は入江薫という詩人にたいへん興味を持ったわけだが、そいつが誰なのか、どういうプロフィールを持っているのか全然分からない。ひょっとしたら知る人ぞ知るのかも知れないが調べようがない。いやあるのかも知れないが面倒だ。というところで普通は終わるのだが、どうしたわけか私たち（妻とチビクロと）は門司まで行ってしまうのだ。ちょっとした探偵気分で奥付にある門司の住所を歩いてみようというわけだ。まあ春に誘われて観光がてらというところだが。門司というのは山と海が接近した坂道の町で、どことなく尾道に似ている。それで、そう、とにかく私たちは歩きに歩いた。奥付の住所というのが簡単には分からない。石段と石段を結ぶ細く入り組んだ路地はどこからが私道なのかも見分けがつかない。坂道に雛段状に並んだ家々のたたずまいを懐かしい風景のように楽しんでいたのも最初の一時間ぐらいだった。こうやってどうせ私たちはくるくる迷い続けるしかないのだ、という気分は決して嫌いではないが、その間にチビクロによからぬ無意識を植えつけてしまったかも知れない。たぶんこの辺りだろうというところまで来て、でもこの先は山道だ。さらに山道を行くが結局お寺の境内に出て終わりだった。冷たい風がビューービュー吹いて木々が不吉に揺れていた。なんも分からねえ。分かるはずがない。

で、話は終わるのかというとそうではなくまだ続く。くねくねと入り組んだ石段が続く坂道の帰りにちょっと雰囲気のある家があって、低い石垣ごしに庭に面した部屋の中が見えた。部屋にはそれこそ文人の書斎とはかくあるべしといった雰囲気があって、奥の方には本棚が（たぶん壁一面だったろう）整然とならんでいた。そしてその部屋の隣、小さな窓のある部屋のその窓いっぱいにやはり本が積まれてあるのがシルエットになって透けていた。表札には木下＊＊とある。私たちはせっかく来たのにひやかしもしないで帰るのではあんまりだという共通の意識でもって、たいした期待もしないでおそるおそるその家の呼び鈴を押した。しばらくして猫と一緒に老人がでてきた。異様に背が低く目の赤い、というか爛れたお爺さんで、妻はあとであれは妖怪に違いないと言っていた。いや実は私たちは福岡の図書館の者で個人的に調べものをしておるのですがとか何とか言って、例の詩集をその老人に見せた。老人は詩集にはたいした興味を示さず、ああ＊＊先生ですか、先生の個人文庫になら私の詩集もあったのではないですかと言った。そう木下＊＊というのも詩人、それも自身が語るところによれば当地ではそこそこ名のある詩人らしい。あとは何々先生だの何とか君だのという交遊の広さがそれとなく散りばめられた雑談が延々と玄関先で続くことになる。ほとんど知らない名前ばかりだが時々知った名前も出る。知った名前に反応をしめしたところ、いやあ狭い世の中ですなと木下氏は言い、やっと話が通じたといわんばかりに表情を緩めた。

こういう詩集はあの当時みんなやっとったんですよ、いわゆる猿まねというやつですな。西洋かぶれの。これが詩だと思いますか。思う人がいるんでしょうなあ。あんたらのような若い人にはそう見えるですか。しかし今の時代に詩集に興味がおありだというのも珍しいですな。いやこんな詩ならわざわざ古い時代のものを捜さんでも今でも東京あたりでは書かれとるですよ。そういう雑誌がありますな。図書館の人なら知っとるでしょう。そういうのと私らのとは違います。重みというか、言葉の、そう重みですな、私らはエンペツで書いとるですよ。＊＊先生は言ったもんです。詩を書くっちゅうことはですな、私らの肉や血を切る、いや血は切るとは言わんですが、まあそういうもんです。詩人はみんな年寄りになってしまいましたが、それも今の時代では仕方ないことです。詩に興味がおありですか。勉強せないかんです。あんたらのような人が。まあせっかくこんなとこまで来ていただいて、何もありませんでしたが、この入江薫さんですか、死んどるですよ、おそらくはですよ。詩人はみんな死んでしまいました。入江さんですか。そういう詩人がたくさんおりましたが、たくさんおるうちの一人と違いますか。まあそんなところでしょうな。騒ぐほどのものではありません。勉強せないかんです。あんたらはどういう詩人を読んどりますか。ああ、そうですか、いや知らんですな。まあ、詩人はみんなしょぼくれとります。私のとこなんかわざわざ訪ねてくるもんもおりません。手紙もまあ来なくなりました。せっかく来ていただいたのに何もなしでつまらんですな。つまらんついでに……。

というわけで私たちはそれぞれ一冊ずつの詩集を持たされて退散した。箱入りの立派な本だ。奥付には一九七六年発行とある。表紙を開くとご丁寧に木下＊＊とサインしてあった。筆ペンだ。その文字が滲んで汚れているところを見ると玄関先に私たちを待たせて大急ぎで書いたのだろう。まったく哀れを誘う。「詩人はみんなしょぼくれとります」という言葉が呪いのように反響していた。「でも悪い人じゃないよな」とか「でも滑稽ね」とか「いやそれを滑稽と言える詩人なんていないよ」とか言い合いながら私たちは夕景の門司港を遠くに見おろす石段をとぼとぼと下りていった。まあ以上が今年もっとも印象に残った出来事だ。入江薫の詩集はそっと＊＊文庫の書架のもとあった場所に戻した。私は物凄く退屈しているのだ。何か面白いことはないだろうか。

今年もっとも感動した詩の言葉は「るしおる」三〇号に稲川方人が書いた「〈詩と啓蒙〉のためのパラグラフ」の中にあった。「ピロです、歴史的に」というのがそうだ。

人間は「石畳の陽溜まりに眠っている猫の名は？」と問うていた
「ピロです、歴史的に」とまた人間は答える

そのどうってことのない言葉がなぜ感動的なのか。「歴史的に」という言葉の使い方が新鮮だったからだろうと思う。「歴史的に」という言葉がこんなふうに使われているのを今まで読んだことがなかった。そこにはいかなるレトロスペクティヴな視線からも自由であろうとする突き放しがあるように思われた。それは悪意でもあり、子供っぽい反抗のようでもあって、晴れやかな言い切りの背後に悲しげな響きがあるように感じた。などと真面目に解釈してもつまらない。「歴史的」という言葉には「地理的」という言葉が対置できるだろうから、そうたとえば「石段の途中の家で眠っている詩人の名は」と問われて「入江薫です、地理的に」と答えるというのはどうか。いやもう入江薫は忘れよう。そんな詩人は存在しない。この「歴史的に」という言葉の語られ方にはある暴力のようなものが介在している。単に無根拠に断言してしまうことの暴力というだけでは足りない。ここでは、たぶん、ある倫理的な痛みが引き受けられている。それは例えば、疑わしきイノセンスの、その疑わしさを告

発するために引き受けねばならぬような倫理的身振りとは違う。言い換えれば、イノセンスがふるう暴力ともその疑わしさを告発する暴力とも違う別の暴力、否定するのでも肯定するのでもない言葉の暴力性があらわになっているように思われる。そしてその暴力性が強く自覚されている。それを自覚することで引き受けられているであろう倫理的な痛み。私が新鮮に思われたのはそれだ。

今年もっとも感動した読書は「現代詩手帖」一九九七年八月号のヴィクトル・セガレン特集に掲載された守中高明訳の「碑」を読んだことだった。というか、それと一九八三年に刊行された「風の薔薇」二号に掲載されている豊崎光一訳のやはり「碑」を読み比べる、じゃなくて交互に読んだことだった。それぞれ抄訳であって、同タイトルの重なりはなかった（たぶん意図的にだ）が、言葉の、言質の受け継がれのようなものを感じた。現代的であろうとする精神の中に、近代的職人的な言語の継承があるように思われて、仏文野郎はこういうこともできるのかと改めてその環境の豊かさに嫉妬させられた次第だ。ところで私はセガレンのことをずっとセレガンと覚え間違いをしていた。いろんなところで恥をかいていたはずだが、こうしたカタカナの覚え間違いという癖が私にはある。カタカナから文字を覚えた（怪獣図鑑のせいだ）のがいけなかったのかも知れない。レ・ミゼラブルもミラゼルブとばかり思っていた。本屋で何げなく本の背を眺めていてはっと間違いに気がついたのだった。もっとひどいのは上京したてのころ、街のあちこちのビルの窓に張られている「テナント募集」の張り紙を、どうしたわけか完全に「タレント募集」と読んでいた。ちっとも変だとは思わなかった。東京に圧倒されて下ばかり見て歩いていたせいだろう。まったく信じられない。

事物に対しても出来事に対しても反応が鈍くなった。様々なかたちで差し出される「作品」に対してもそうだ。しかしそれが優れた問いであるなら鈍さを突き抜けて記憶に残り続ける。タイミングの遅れはどうしようもない。記憶に残っている言葉や映像を羅列してみることはできる。だがそれらに共通の文脈を見出す気がしない。「敗者は映像を持たない」というある映画作家（ナギサ・オオシマだったか）の言葉。「死者の汚辱」という映画の特権性を巡る丹生谷貴志の小さなテキスト。その中の「〈言語が絶句する場所〉においてなお回り続けることができるキャメラ」というビジョン。また「言語を超えた〈イマージュの脳〉」という言葉。あるいは「忘却されてあることの自由を事物や世界から奪ってしまうという倒錯した痛み」「恥辱の痛み」「死者の恥辱」。岡田隆彦の「植物の睡眠」の冒頭。

ただ繰り返される名前にだけ
刺激される愚かな若者たちよ、
時を十分消化できず年経た大人たちよ、
静かに物を食べなさい。
がさつな者たちが、
今日も群をなして
目立たぬ微妙なエロスの芽
を踏みつぶしてゆくので
わたしはひどく不愉快だ。
静かに果物を食べなさい。

いまここで、植物が眠っている。

その倫理的な身体が「絶句しなさい」と言っている。だが私は絶句するということができない。何によっても、たぶん。「ここが天国だ」という天井の落書き。長い長い沈黙のあとで「カメは死んだ！」と唐突に叫ぶ井土紀州の映画『百年の絶唱』(98)。「悲しみのすかしは剝離せず、いなくならず、集合せず、数えられず、そして消滅しない」と書いた北條一浩。江代充の『黒球』(書肆山田)のなかの例えば「七月二八日／死にさいなまれる。明日、帰省する」という短い日記。不意に忘却の彼方に置かれた私の一日が回帰する。「死にさいなまれる。明日、帰省する」。私にもあった一日がここで正確に言い当てられている。この完全な二行。

そして様々な「追悼記事」。だがもうその死にさえ反応することができない。その人はもう何年も前から死んでいたはずだ、とさえ私は言ってしまえる。あの偉大な作家が死んだという話ではなくあの偉大な作家が誕生したという荒唐無稽を読んでみたいものだ。そういうわけで(もないが)私はチビクロを一葉と名づけた。「歴史的に」と(ピロのように)言い添えてみてもやはり恥ずかしい。とってつけたようで悪いがこれがチビクロの顚末だ。それから暫くして平出隆の「母のくれたる詩法」(『ユリイカ』一九九七年一〇月号)という作品を読んだ。その冒頭に「母は私の名を、愛読していた歌人の名からもらったらしい。ただし、文字は嫌って、響きだけを頂戴したと聞いた」とあった。そして「今日までまともにそのひとの作を読んだことはなかった。かえって遠ざけていたのかもしれない。手をのばせば届くところにあったものを、なぜかこの夏この小屋にひらくことになった」と続く。そして詩は「書くまでもない／私が目を凝らしているのは／詩歌の光のことではない」という言葉で終わる。その歌人が誰のことなのか、私にはやはり分からない。

チビクロとは無名の頃の（胎児時代の）一葉にとりあえずつけられた名前だった。生命の誕生という出来事に対する考察、というものをリアルタイムで継続してみるというのがこの連載のそもそもの発案であったと言えるが、中断や寄り道を重ねてしまったことでそれ自体は失敗したと思う。だが本当の失敗は一度も絶句することができなかったというところにあるのだろう。私は絶句できる瞬間に出会うことを期待していた。他者からの圧倒的な暴力に対して、言語がその敗北を身体的に受け入れざるを得ないような瞬間。それを不意の肉親の死であるとか「戦争」という暴力に対するのではなく。そして本当は「絶句できる」だけでは足りないのだ、ということこそを確認したかったのだと思う。絶句する場所においても可能な言語活動（回り続けることができるキャメラのように）というものがあるとして、その言語活動がふるうことになるだろう暴力を倫理的に引き受け得る視線を見出したいと考えていた。いや、そんなものならば日本の戦後詩はまさにそれこそを倫理として生きてきたのだということができるのかも知れない。しかし果たしてそうか。最後に前出の丹生谷貴志の「死者の汚辱」から、私が切実に問われねばならなかった部分を書き出してみる。この一節の固有名を「戦後詩」、そして「青を導く」を「詩を書く」と置き換えたい衝動に、読む度に私は駆られた。

「『ブルー』におけるデレク・ジャーマンの失敗はその倫理を死に瀕した自身の視線の問題においてしか引き受け得なかった点にあるのではないだろうか……彼は見ることの倫理的痛みに対する自身の無批判性をひきずったまま忘却でも記憶でもない青を導くことで痛みを回避する……」

「詩人」の部屋で「映画」は――『百年の絶唱』

　私はこの部屋に消尽するだろう。ここは孔であり、点なのだ。もはや外から持ち帰るべきものは何一つない。私は手ぶらで外出し、手ぶらのまま帰宅するだろう。しかしそこは本当は帰るべき場所ですらないのだ。一切の言葉が、イメージが、そして疲れがその孔に落ち込んでいく。この先、ここからは何も生まれない。私よりも小さい郊外はすでに滅びた。私よりも大きい都市は必ず滅びるだろう。滅びるべきである。すでに私と等価な外部は存在しない。

　部屋。私はここで言葉と出会う。だがそれだけでは足りない。私はここで映像と出会う。しかしそれだけでは足りない。私は数百の頁、数千の言葉の果てに、ようやく紙の上という場所に出会うだろう。また私は数千フィートの回転の果てに、暗闇すら定着していないクセノンランプの光そのものと出会うだろう。だがそれだけでは足りないのだ。私はそこに何かを刻まねばならない。二つ以上の力によって無防備に引き裂かれるだけでは足りないのだ。私は抵抗するだろう。死者の唇を借りて、この癒しがたい生に私自身の死の痕跡こそを刻むのだ。傷を付けるというやり方で。

井土「たいへん申しわけない。私は映画なのだが、帰る場所がない」

紀州「彼は沼へと急いだ。そこが最終的な場所なのだと思った。しかしそうではなかった。そうではなかったということを彼は確認した。それはすでに風景の方へと朽ちている。最終的な場所？　そんなもの、あるはずがない。それは誰からも奪われてしまったのだ。彼は死ぬということができなかった」
井土「亀が死んだ。死んだのは亀だ。私は映画なのだが、もう、どうしようもない」
亀「男ノ子ニハ良ク切レル刃物ガ必要ダ。ソンナコトハ百年モ昔カラ知ッテイル。僕ニ刃物ヲクダサイ。僕ハモウ部屋ヲ捨テヨウト思イマスカラ」
紀州「彼は言葉を携えて部屋を出ることを夢見ていた。十年、十年、しかし彼の言葉は一度も凶器とはならなかった。なぜか。紙の上での仮死へと欲望が崩壊していたからだ。彼は彼自身を治療していたというわけだ。彼はその凶器を自分自身に曖昧に向けていたに過ぎない。ゾンビの如き生がなま温かく反復されていたということだ」
井土「私は映画なのだが、映画を撮ろうと思う」
亀「僕ノ刃物ガ人間ノ薄イ表面ヲプスット通リ抜ケテ内側ヘト達スルコトヲ夢ミテイルヨウデス。プスット、アッケナク通リ抜ケル、ソノ感触トハドンナニカ素晴ラシイ理解デショウ。僕ハ内ト外ヲソノヨウニシテ壊スコトデショウ」

私の耳鳴りにそっと紛れ込んでさっきから囁いていた人間の声、というのは本当に人間の声をしていたのだろうか。わからない。何も思い出せない。私は呻くことに飽きた。人間の声は去ったが、今度は私が声を上げる番だ。しかし魂とは……。

魂、ということをどのように信じればいいのか、私にはわからない。だが魂が叫びたいと言っている。それだけは確かなようだ。この欲望はどこから来るのだろう。オカルト的外部という幻想にまで私は後退しようとしているのかも知れない。パッションの在りかがオカルト的外部に置かれている状態、いや、しかしそれだけではないはずだ。
亀「人間ハ迫害サレルタメニ私ト言ウノデス。悲シイ魂ハソノヨウニシテ取リ憑キマシタ。人間ノ怨念

ニハ果テシガアリマセン」
井土「私は映画なのだが、これはいったい誰の眼差しなのか」
紀州「彼はもはや彼自身を信じてはいない。誰のものでもないパッションに打ち砕かれて、破滅的な暴走を始めるだろう」
亀「男ノ子ニハ歌ガ必要ダ。石蹴リヲスルトキモ、人間ヲ殺ストキモ」

冬の光が私の身体を突き刺して通り抜けてゆく。寒さの思い出も残らない。みんな死んでしまえばいいと私の魂ならば言うだろう。忘れたとは言わせない。だがこの魂は、世界の総てを自己に還元したいという欲望と似てしまうだろう。私はただ誰かと等価な交換がしたいだけなのだが。いったい誰に何を差し出せばいいのか。何もない。あるはずがない。あるとすればせいぜい悲鳴に似た叫びだけだろう。冬の光が私の身体を突き刺して通り抜けてゆく。寒さの思い出も残らない。みんな死んでしまえばいい。忘れたとは言わせない。何が等価な交換なものか。

私は世界の総てに刃物を差し出してやる。あるいは、そうだ悲鳴に似た歌を。

この部屋と私を交換しよう。私は浮遊する一個の眼差しを残して消尽すればいい。もはやどのような場所も必要とはしない。

一九××年×月。「詩人」である私は部屋を捨てる。その間隙を縫って井土紀州の撮影隊が部屋に踏み込む。亀を遊ばせる。同年×月、やはり「詩人」である稲川方人が家ごと捨てる。その間隙を縫って井土紀州の撮影隊が押し入る。出番を終えた亀は稲川氏に引き取られたが、あっという間に失踪してしまう。美しい後日談だ。

私の二番目の『詩集』は、版元とのトラブルによって五〇冊のみが製本されただけで、残りは製本されぬまま、つまり紙の束の状態で、その部屋に運び入れられていた。部屋の片隅に白い紙の山ができていた。それはふたたび書物の形へと夢見られることもなく、また処分することもためらわれたまま、長く私の部屋に居座り続けた。やがて、私には製本された五〇冊が偽物であり、この巨大な紙屑こそが本来の姿であると思われた。つまりそれは、私自身の外部の形象として見られていたのである。

その紙の山を、どうにかしてあなたの「映画」の中で使えないだろうか、という話を井土紀州に持ちかけた時、ようやく私と彼とは出会う用意ができたのだと言ってよい。私たちはすでに映写技師としては出会っていたが、言葉の交換も態度の交換もそこではそれ以上のものではなかったと思う。そして井土紀州から私はシナリオを渡された。それは何度もの改稿を経たのちにもう手のつけようがなくなってしまった、という段階のシナリオであったはずだ。彼は「自由に壊してみてください」と言った。私はそれを持ち帰り、そして壊した。どこに持ち帰ったのか。私が詩を書く／書いてしまうという場所、最終的には詩形式へと帰結するしかない言語活動が渦巻く場所、つまり紙の上にだ。私が「詩人」として出会う、ということがあり得るとすればそこにおいてしかなかっただろう。
私が壊したシナリオは、ふたたび井土紀州によってほとんど跡形もなく壊されるわけだが、そこにおいてようやく「映画作家」としての彼が「詩人」としての私に出会ったのだとも言える。そして井土紀州は、撮影の現場において、その紙の山は使わないという判断をした。紙の山はフレームの外へと慎重に移動され、新聞紙で全体を覆われ、「絶対に触るな！」と書かれた紙が置かれた。これはあなたの魂のようなものだから、「映画」の道具には使えないと井土紀州は言った。私は撮影には立ち会わなかったが、しかしその紙の山は撮影中もずっとそこに佇んだまま「映画」の現場を見ていたことだろう。そしてこの部屋のなかでは、「映画」はフレームの外からの視線、「あなたの魂のようなもの」のそれを必ず意識しなければならなかったはずだ。

（井土紀州監督、一九九八年、八七分）

アンダーグラウンドの詩人／映画人

寺山修司

寺山修司が生涯抱え込んでいたルサンチマンの重さを思うと気が遠くなってしまう。でもそれだけではないのでしょうね。彼の欲望の果てしなさや、罪深さや、ねちねちしたパワーの根源は。いったい何でしょうか。やっぱり青年期に死にかけた体験というのが大きかったのかも知れませんね。それがどんなものか、私には判りません。

時代が良かった、ということは言えるのではないか。「山師」がたくさんいたわけだからね、あの時代は。「山師」のなかでは最強だったと思います寺山は。そのマルチ・タレントぶりを思えば、守備範囲の広さばかりに目がいってしまいますが、それはもう全然守備ということではなくて、攻め入っているわけでしょう。節操もなく。ようするに「ハッタリ系」の人だと思う。

映画は長短併せて二〇本ぐらい撮っていますね。アバウトですみません。代表作は『田園に死す』(74)ということになっているようですが、やっぱり実験映画と呼ばれている短篇や中篇の方が胡散臭くて面白そうです。「映写行為」とか「スクリーン」とか

「書物」などをテーマにした作品もあります。そのへんのマテリアリズム的な考察というのが、知的表出ではなく必ず暴力に向かうというのがこの人のミソ。滑稽で結構だという開き直りも見事だと思います。

その辺りが「山師」の「山師」たる所以であって、結局はみんな騙されていたのだろうし、もっと言えば騙されたいと望んでいたのではないでしょうか。あの津軽弁に。騙されることを期待させる、そんな存在はそうそういません。よっぽど人を惹き付ける才覚があったのでしょう。たぶん厭なヤツだったと思う。ようするにカリスマ性があった。それが演じられたものであったことは間違いありませんが。

寺山修司は寺山修司だったと言っておきましょう。映画を撮っているときも、物を書いているときも、彼は映像作家や劇作家や詩人や歌人であったのではなく、「寺山修司」を演じ続けたのだと思います。彼の様々な作品群のなかで、「これは本物だ」と思えるものがあるとすると、最初の歌集にまで遡らねばならないでしょう。そして一つでも「本物」があれば、あとは勢いでもっていくらでもハッタリ勝負できるのだということを、私は寺山から学んだわけですが、気が付いたらそんなことが通用するような時代ではなくなっていました。だから彼が一九八三年に死んだのは絶妙です。

一九三五年一二月一〇日、寺山修司は青森県弘前に生まれました。少年期に母に見捨てられて、青年期に病気で死にかけて、絶頂期をちょっと過ぎた頃に「のぞき」でしょっぴかれました。そして四八歳で死んでしまいます。この人の生涯はろくなものではありません。公安とも一悶着あったわけでしょう。まあ憧れますよ、普通は。でもね、寺山が本当にやりたかったことは、一回きりの、再現不可能な、それこそ死と等価な、なけなしの「跳躍」であったのだろうと私には思われます。映画や書物は複製芸術に過ぎませんが、寺山のそれは、どこかで消費されることを拒んでいるようです。まだしばらくは、放っておけばいい。

国文社というところから「現代歌人文庫」というのが出ていて、その第三巻が『寺山修司歌集』。思潮社というところから「現代詩文庫」というのが出ていて、その第五二巻が『寺山修司詩集』。入手しやすいし、比較的安価なので、それらを読んで下さい。繰り返し発見して下さい。それで充分だと思います。まだもの足りない人には、角川書店の「ハルキ文庫」が寺山本をかなりフォローしています。「ダゲレオ出版」というところから、『寺山修司実験映像ワールド』という六巻セットのビデオが出ていますが、それは高いので、買えとは言えません。さあ、想像しましょう。

福間健二

ディラン・トマス、スティーブン・スペクター、W・H・オーデン……。都立大の教授である福間健二が英文学の領域でもっぱら研究対象にしているのは、イギリスの現代詩人たちであるだろう。若松孝二、大和屋竺、足立正生、沖島勲……。学生時代に映画製作の現場にのめり込んだ福間健二が、共に時代を共有し、強い影響を受けたのは、「若松プロ」の錚々たる面々であるだろう。

『沈黙と刺青』『冬の戒律』『鬼になるまで』(一九七一－七二年、三部特集)、『最後の授業／カントリーライフ』(八三年)、『急にたどりついてしまう』(八八年)、『結婚入門』(八九年)、『地下帝国の死刑室』(九〇年)、『地上のぬくもり』(九〇年)、『行儀のわるいミス・ブラウン』(九一年)、『きみたちは美人だ』

（九二年）、『旧世界』（九四年）、『秋の理由』（二〇〇〇年）……。それらが詩人である福間健二のマスターピースである。他に訳詩集『東京日記』（R・ブローティガン、九二年）、同じく『ビリー・ザ・キッド全仕事』（M・オンダーチェ、九四年）がある。選詩集として『福間健二詩集』（現代詩文庫一五六番、九九年）、映画の本としては『石井輝男　映画魂』（九一年）、『ピンク・ヌーベルヴァーグ』（九六年）がある。他にもありそうだが、判らない。最初に書いた（刊行された）のは小説だと言う。

瀬々敬久、佐野和宏、サトウトシキ、佐藤寿保……。久しく映画製作から離れていた（鈴木志郎康の個人映画には参加していたようだが）福間が、再度現場に回帰していくきっかけとなったのは彼ら「ピンク四天王」の発見、というより「獅子プロ」の錚々たる面々との交友であるだろう。

そして『青春伝説序論』（69）、『急にたどりついてしまう』（95）。福間健二が脚本・監督した二本の映画。前者は16ミリのいわゆる「学生映画」であり、後者は35ミリのいわゆる「劇映画」である。前者は「若松プロ」に刺激を受けた青年の映画であり、後者は「獅子プロ」に刺激を受けた中年の映画であるだろう。

「あんかるわ」「あぽりあ」、そして「ジライヤ」……。「あんかるわ」とは六〇年代末に彼が狂ったように大量の詩を投稿していた同人誌であり、「あぽりあ」とは七〇年代に彼が寄稿していた同人誌であり、「ジライヤ」とは九〇年代に彼が主宰した同人誌である。「あんかるわ」には菅谷規矩雄という巨大な死者がおり、「あぽりあ」には山本陽子という突出した才能を持て余したまま夭折した詩人がおり、「ジライヤ」には佐藤泰志という死者、多くのチャンスをみすみす逃し続け、エスタブリッシュされることを望みながら同時に拒み続けるしかなかったような小説家（福間とよく似た、おそらく）がいた。

そして福間健二。一九四九年、新潟生まれ。高校時代に8ミリ映画を二本撮り、東京の都立大に進学する。大学院に進み、高校教師となる。七九年からの五年間を国立大学の教師として岡山で過ごす。岡山で結婚し、帰京し、大きな病気をして……。福間健二とは何者か。大学で英文学を教えることを生業としながら、現代詩と映画の深みに両足を捕らわれてしまった存在、とひとまずは言えるのだろうが……。

映画『青春伝説序論』と『急にたどりついてしまう』の間には二六年の歳月が流れている。大きな時間だ。しかし私は今回初めて『青春伝説序論』を観て、それらが二部作であることがよく判った。とにかく受け入れるしかなかったであろう社会生活、に注ぎ込んできたはずの二六年間を、フェード・イン／アウトではなく、カット・イン／アウトで削ぎ落とし、現代詩もろとも映画へと接続して（急にたどりついて）みせる。そうでもしなければ、現場への再接近（生身を切り裂くような、痛い……）を許せなかったのであろう彼の愚直さこそが、多くの不良中年たちを突き動かしたのだと思う。

第III章

映画／フィルム

みんな死んじまえ！——『ナチュラル・ボーン・キラーズ』

『ナチュラル・ボーン・キラーズ』、オリバー・ストーン、タランティーノ、映画批評、ある時代、ある集合、ある環境。「その暗闇には耐え難い時間が流れており」と言っているのは「私たちが以前殺したはずだ」と思っている者で、「暫くの不快な眠りののち、スクリーン上の事象とは無関係に」彼（落ち着きのない、不自然な）は席を立つのだ。「それはいつも途中で見切られるべき代物」であり、同時に最後まで軽蔑され続ける物語であるべきだから。「光は背後から照らされる」ので「私たちが観ているものは常に去り行く風景だった」し、実際「私たちはしばしば飛行機に乗っているような錯覚」に陥った。しかしそこに段階があるとは誰も思わなかったのだ。「いったいこの風景は誰に貸し出されたものなのか」と私たちの一人は問う。驚きが嘆きに変わる瞬間を言うためかも知れない。だがそんなことも本当はつまらない。あれが車（ブーブー）であれがピストル（バンバン）だった。そこまでは確かなはずだが、そうだ、周囲の笑いに「顔のない登場人物」が恐怖するあたりからおかしくなった。たびたび聞かされていた事態が今目の前で起こっているというのに、こんなはずではなかったと全員が思う。懐かしいとつぶやく醜悪を曝してなお「もう一度殺しに行ってくる」というわけだ。

ＴＶリポーターが地上戦に〝現実〟を見出す前からこれはベトナムの映画だった。ベトナム戦が生産的な物語であったことは一度もないと私は言わねばならない。しかし残念なことにベトナム戦は性懲りもない円環運動を続けている。ニヒリズムを背景として持つこの種のイノセンスをハリウッドは愛し続けてきた。アメリカがそれを許したからだ。ここでは最も頭の悪い一人が〝現実〟を見出したと思い込む。アメリカ軍が国連軍となってもこうした過ちは繰り返されるだろうか。もちろんそうではない。「われわれは自身の勝利を主張しない世界を選んだ」のだ。「この世界像はあまりにもくだらない」とハリウッドは考える。だがこのくだらなさが〝世界〟を未だ〝世界〟たらしめているのだということもハリウッドは知っている。この産業は〝世界〟からの撤退を容易に許したりはしない。だから「とりあえず映画は撮るが、近代の拡張は終えた」ことにする。映画はこの種のイノセンスがもう通用しないのだということを繰り返し確認しなければならない。いやちがう。もう確認は結構だ。「ハリウッドの歴史上ベトナム戦が生産的な出来事であったことは一度もなかった」と私は言うだろう。

「私は亡命者の一人として奇跡的に別の歴史を生きてきた。よって私の記憶がおまえらの歴史に共有されることはない。さらに加えるならば」私はそのような個人を無数に知っている。今日、明日、あるいは昨日、ハリウッドはいかにして「このくだらなさ」をクリアしてきたのか。そこには教訓がある。だが深い悲しみの教えを作家は保留する。「むかしは《厳格な形式主義が映画に勝利する映画》を夢見ることができた」とインディアン（歴史）が言うから。ところがわれわれのリアルはもうその夢を見ない。これはモラルなのか。「だからスタイルを選ぶしかなかった。より正確に言えば《複数のスタイルの選択とその接合》だ。私はそれだけで映画のような映画を撮っただろう。幸いなことに私の作品をフォルマリズムの映画と呼ぶバカはいなかった。必要なのは軽快さだけだ」と考える。このうそぶきはどうだ。

『ナチュラル・ボーン・キラーズ』、オリバー・ストーン、タランティーノ。そうだ思いついた。《天国》の失敗以降「私がハリウッドから学んだものはある種の〝なげやりさ〟に他ならなかった。とはいえ登場人物はどうせバカばかりなのだから」、私がなげやったものにこそ〝現実〟はあるのだと主張しても無駄である。「こうした不幸はプロジェクターの回転とともに回転し、静止とともに静止する」ものに過ぎないならば、彼のするそうした内部的な限定をどうして「私は詩的だ」と言って笑えるだろう。国連軍のように楽天的に「扉を開けたり閉めたりしているうちに」映画は終わる。としてもだ、あの映画では蜂が飛ぶ（ブンブン）しこの映画では人が死ぬ。「それだけのことだ」と最期の亡命者が告げたとき、私は総ての回転体（車のタイヤ、飛行機のプロペラ、船のスクリュー……）が静止するという幸福感を味わった。今思えばそれが彼の歴史からの唯一の贈り物だったのだ。そうではなかっただろうか。いずれにしても「私より東には思い出すことは何もなかった（バルバロイの言葉）」ということは明白である。

リハーサルの時代は続く。それは「殺すべき警官が現れるまで」だと物語は言う。どうでもいい。

ここでは誰一人、待機の不安に喘ぐものはいない。私は今日ソルトレイクへ一通の手紙を出した。私は今日死んだ仔馬の傍らに佇む少年に出会った。私は今日『フィニアンの虹』（68）を観た。僕は今日「複数の大佐の指令によって」時間潰しの仕事をだらだらと続けた。僕は今日新聞紙の束のなかから美しい出来事を知った。僕は今日「速い車に乗って逃げ去る」二人の英雄を見た。どうして「英雄」は逃げるのだろう。つまり俺はそんなナイーブな精神を信じてはいない。俺は今日二〇時間眠り続けた。一時間でこの世界の出来事を知り尽くし、残りの三時間で次の眠りを用意した。俺は今日死にかけた恋人に会いに行った。銃弾は頭蓋を粉々にした。それは俺の銃弾だった。「切断面に対する愛情のみがこの生命を維持している。いつ死んでもおかしくはないという危うさの上に立ち続けることは、だが端的に言って、長くは期待できないだろう。登場人物をゾンビとして許すくらいならば」みんな死んでしまえ。

ある時代、ある集合、ある環境。「相対的な苛立ちが音楽の映画を撮った」ようには私は何も書く気がしない。「この視線にはどのような権利もない」と呟くことで私は最悪の主体となったが、そのような主体までもがある種の映画にとっては意味を為すのだとすればこんなぶざまな環境はない。「たしかに一九七〇年代のある環境にとっては《最悪の主体によってしか裁かれ得ぬ映画》が可能だった。われわれの共有していた（と思われた）ものが映画にとっては全く無意味だったからである。すなわちベトナム戦だ。そこにはわれわれが学ぶべきものは何一つなかった」というのはどうだ。卑怯者の息子たちは悲しんでいる。一九九〇年から先、私たちには殺すべき警官も逃げ去るべきハイウェイも存在しない。くだらない悲しみだ。最悪である。素晴らしい。

「その嘆きは間違っている。私はあなた自身の声のなかに決別の響きを聞いた。なぜ映画は撮られるのか。分かっている。それが誰をも救わないからだ。五二人を殺したあなたは『フォレスト・ガンプ』(94)を撮るだろう。それは良いことでも悪いことでもない。どうでもいいことなのだ。もう悲しい主題の時代を生き直すこともないのだから、あなたは深刻な身振りでもってわれわれの裁きに応じるべきではない。《大いなる回転体を夢想した世紀には人は水に記された水のようであった》とか、《あなたの考えた人物があの扉を開けて入ってくる。その顔は圧倒的なサイズに拡大されることであなたへの忠誠を誓っているかのようだ》とか、何でもいい、何でもいいからここに放置していってほしい。放置を耐えた総てがあなたを壊し、放置によって失われた総てがあなたを愛すだろう」

(オリバー・ストーン監督、一九九四年、一一九分)

退場劇を想像しろ
——ロバート・アルトマン『プレタポルテ』を観に行く

昨日ドジャースの野茂がメジャー初勝利し、今日はサッカー日本代表がイングランド代表と接戦を演じる。テレサ・テンが死んで、ドラゴンズのオーナーも死ぬ。高木監督は辞任を決意し、その日の試合で審判に殴りかかる。退場だ。私の方は日曜日に『プレタポルテ』を観に行く。

登場人物はみんな滑稽で軽い。犬の糞があれば必ず誰かが踏む。誰もいない部屋のＴＶは必ずつけたまま。ハムサンドを喉に詰まらせて重要人物はすぐに死ぬ。マルチェロ・マストロヤンニはソフィア・ローレンと再会して、ジュリア・ロバーツとティム・ロビンスは飲んで抱き合って喧嘩してをくり返し、ゲイのデザイナーとか美人キャスターとか出てきて何かをやらかす。その他もろもろ。そこにはそれなりの理由や動機もある。ちょっとしたエピソードの連なりがあって、適当に重なって、それでどんどん軽くなって、最後は裸の女たちが行進する。服を脱いだモデルたちが生々しく見えるということもない。むしろゾンビに近い。

ゾンビのように鈍い存在とは私たちのこと。この〝鈍さ〟を〝軽さ〟でもって肯定している人々の環境がある。この〝世界〟はなかなか面白そうだ。少なくとも鋭さを主張するヤボな環境よりは。そういうことをこの監督は知らせようとしている。モード業界を切り取りながら。うんざりする世界像だ。でも誰も逃れられない。作品も一つのソフトに過ぎないということを彼はよく知っている。だから洒落ている。裸の妊婦の次は裸の赤ん坊。その脇で重要人物の葬送を済ましてしまう。それで映画は終わる。

この軽さはマルチメディアのそれに似ている。ここではもうリストラの必要もないから像を欠いた登場人物が増え続ける。しかも最後まで耐える理由がない。作家はどうするつもりか。ロバート・アルトマンはうまくやろうとしている。こんなもの肯定できるかばかやろうとか怒鳴りながらキム・ベイジンガーに退場させてすぐにその代役をあてがう。おまえにも代わりはいるのだと私たちが言う前にだ。そして「私は何処にでもいるし何処にもいない」と伝える。

〝現地〟への退場劇を想像しよう。私たちは〝現地〟にいないことは分かり切っている。それは想像力の彼方にかろうじてあるはずだ。そうではないのか。そう書いたことを笑うな。まったく映画のくせになんという衰弱だ。とりあえず〝鉄拳制裁〟星野に期待するしかあるまい。

（一九九四年、一三三分）

反西部劇的「サーガ」の顛末——『アウトロー』

某情報誌の年度版「シネマクラブ」なるもので『アウトロー』(76)は、「七丁拳銃を携えた一人のガンマンが北軍どもに立ち向かう」といった具合に紹介されている。もちろん間違いだ。一人で闘うどころか、主人公は逃走の道中で有象無象のやから(年老いたチェロキー・インディアンだとか、彼方の楽園を目指し旅をしている老婦人とその孫娘だとか、犬だとか)を味方につけ疑似家族的な一団を形成していく。そして最後には彼ら全員で宿敵を撃つのである。七丁拳銃などまったく出てはこない。ではなぜそうした間違いが記されているかは察しがつく。というのも当時の雑誌広告(おそらくチラシにもだろう)には、「沈黙の目が荒野を撃ち抜く!　南北戦争末期七丁の連発銃を身につけて《一人の軍隊》と呼ばれた凄いアウトローがいた!!」などという宣伝文句が付されていたからだ。いったいどこからこんな嘘八百が飛び出してきたのか今となっては判らぬが、「建国二〇〇年記念ワーナー超大作」と銘打たれ、一九七六年度の全米興行成績の第一〇位に堂々ランク・インしているこの作品が、日本ではさほど話題にならなかったことは間違いない。

ちなみに当時の「キネマ旬報」を見る限り、『アウトロー』は外国映画批評欄で短く取り上げられているに過ぎない。ベスト・テンではかろうじて四九位となっているが、それは川本三郎氏一人が一〇点を投じているからであって、それがなければ〇点という有様である。不可解なのは「封切外国映画一覧表」での上映時間が一時間一七分となっていることだ。この作品は二時間一五分のはずである。「キネ旬」の記録が正しければ一時間近くカットされていたことになる。ありえない話だとは思うが、しかし当時の扱いを見るにつけひょっとしたらという気にはなる。不運なのは同時期に公開されたアーサー・ペンの『ミズーリ・ブレイク』(76)に期待が集中していたことだ。それもそのはずで主演は前年『カッコーの巣の上で』(75)でオスカーを受賞したジャック・ニコルソン、共演はあのマーロン・ブランド。とはいえ、その期待も単にジャーナリズムの思惑でしかなく、興行的には『アウトロー』の方がよっぽど健闘した(一九七六年度洋画部門第二〇位)のだからなんとも収まりが悪い。

しかし『アウトロー』の収まりの悪さには「あらゆる面で」と言いたくなるようなところがあり、単に公開当時の不運を引き摺っているだけではなさそうだ。実際この作品を巡る言説はフィリップ・カウフマンの監督降板や、後にイーストウッドの愛人となるソンドラ・ロックの抜擢といったゴシップに終始し、作品そのものを論じたものは少ない。『ミズーリ・ブレイク』が当時流行の異色西部劇として売り出されていたのとは対照的に、『アウトロー』は本格派西部劇ということになっていたようだが、これは西部劇であると同時にイーストウッド自身が語るところの壮大な「サーガ」なのであって、その辺りの認識のズレがこの収まりの悪さ、語り難さの由来となっているような気がする。

確かにこの作品に七丁拳銃のドンパチを期待したならば口籠るより他あるまい。なにしろアートフルな作品である。発色や陰影の諧調が尋常ではない。監督自ら現像に立ち会った（「この映画で一番大切なのは現像所でのタイミングだった」）という事実を知らずとも、これには圧倒されるだろう。

西部劇、とりわけ「流れ者」を主人公とした西部劇には、主人公の来歴を伝聞でもって語らせるというパターンがある。自ら来歴を語ることのない寡黙なガンマンというキャラクターにとって、それは噂としてすでに広まっているという状況が好ましいのだ。直接的に主人公の神話化を描かないという形式は、効率的であるだけでなく効果的でもあった。そうした手法は『荒野のストレンジャー』（72）や『ペイルライダー』（85）でも採られていたし、『許されざる者』（92）もまた「彼はかつて極悪非道の凄腕ガンマンだったらしい」という伝聞の上に物語が展開していた。ところが『アウトロー』にあっては、そうした西部劇の一形式（イーストウッドが最も得意としていた）が見事に裏切られている。「サーガ」である以上は主人公の来歴を語る＝映像化することを避けて通るわけにはいかないからだ。

ではイーストウッドはいかにして主人公の来歴と神話化の過程を語ってみせたか。驚くべきことに彼はそれをアヴァン・タイトルまでのおよそ五分間と、テーマ曲に乗ってクレジットが流れる数分間の背後でもって完全に描き切っている。しかもその間ほとんどセリフはない。人里離れた山奥でひっそりと暮らしている農夫の家族が、北軍側についた悪党の集団に襲われる。一命を取りとめた農夫は実は凄腕のガンマンであり、南軍の残党らに誘われるまま復讐の旅に出る。闘いを繰り広げるなかで、彼は南軍残党のリーダー格にまでのし上がっていく。だが戦況は芳しくなく、次第に彼らは追い詰められていった。クレジットが終わるころには南軍残党たちがはや降伏の相談をしているという次第である。イーストウッド演じるところの主人公ジョージー・ウェルズだけが降伏を拒む。それが物語の本当の始まりだ。この時点で彼は、北軍をして「ジョージー・ウェルズが降伏しない限りこの闘いは終わらない」と言わしめるほどの大物となっている。冒頭のたった数分足らずで主人公の神話化に成功しているわけだ。

それはイーストウッド自身のパワー・プレイというより、フィル・カウフマンの脚本に負うところが大きいのではないかという気はする。だがここで見せるイーストウッドの「眼力」にはただならぬ気配があるし、例えば殺された息子を麻袋に包んで地面を引き摺っていくシーンで、不意に袋からこぼれ出る黒い小さな手の生々しさはまぎれもなく彼自身の凄みであろう。それはまた山賊どもに囲まれて衣服を剝ぎ取られてしまう美少女（まったく場違いではないかと思わずにはいられないそうした存在がイーストウッドの作品にはしばしば登場する）の、ぷるんと露出した白いおしりに接続されることになる。つまりはそうした細部の冴え（加えるなら見晴らしの良い草原で身を隠すために馬を地面に平伏させる――首根っこをねじ曲げて――シーン。そこでは馬の体温までもがちょっとしたエロティシズムを伴って伝わってくるようだ）にこそイーストウッドの真骨頂がいかんなく発揮されていると言える。

一九七六年はベルトルッチが『１９００年』を撮り、ヴェンダースが『さすらい』を撮った年である。カサヴェテスは『チャイニーズ・ブッキーを殺した男』を撮り、スコセッシは『タクシー・ドライバー』で成功した。そうした並記の傍らに『アウトロー』を置けば映画史的にはいかにも収まりが良い。しかしそれも今となってみればの話であって、一歩間違えばアルトマンの『ギャンブラー』

（71）やヒューストンの『ロイ・ビーン』（72）といった七〇年代屈指の西部劇がそうであったように、忘却の彼方に置き忘れられてもおかしくはなかった。この年にはジョン・ウェインの遺作となったドン・シーゲルの『ラスト・シューティスト』も撮られているが、日本での公開は79年。死去、という話題でもなければ公開すらされなかったのではないか。「灰から灰へ／塵から塵へ／神は与え／奪いたもう」。これは『アウトロー』のなかで主人公が最初に口にする台詞だ。

（クリント・イーストウッド監督、一九七六年、一三五分）

時間の殺伐 ――『東京画』

生彩を欠く破綻した「旅日記」

「小津の足跡を辿る旅日記風の小品」という当初の着想――偶発的な――をどうやら見失ったらしいふたりの撮影隊（キャメラマンのエド・ラッハマンと録音係のヴェンダース）は、いったい何をどう撮ればいいのか見当もつかないまま東京の街を彷徨い続ける。そうしたいきあたりばったりの無時間的な彷徨もかつてのヴェンダースの作品では美徳――確信犯的な怠惰の悦び――であったはずだが、『東京画』の彷徨は恐ろしく生彩を欠いている。それは単にイメージがどんよりとした曇天の光（東京タワーからの眺め）や青ざめた室内灯（パチンコ店）によって支配されているからというだけではない。ひとことで言えば「ノリが悪い」のだ。下手をすればR・バルトのいう「表徴の帝国」に回収されかねないようなイメージ（ゴルフ練習場、蠟で造られる食材のイミテーション、駅のポスター、新幹線……）

の羅列は、回収される一歩手前で無造作に放り出される。だからそこには「撮るべきものが何もない」という実感しか残っていない。

そうした東京の風景——一九八三年の——とは対称的に、笠智衆、厚田雄春へのインタビューは豊かな自然光に充ちており、緊張感のある、静かな、そして快活な時間が流れている。ヴェンダース自身の言葉で言えば「映画のエモーショナルなまなざし」がここにはあるということなのだろう。まるでこの二人の偉大な老人へのインタビューを撮影することだけが旅の目的であったかのような印象さえ受ける。もし『東京画』にこの二つのインタビュー・シーンがなかったらどうなっていたのか。ひょっとしたらヴェンダースは編集を投げ出していたかも知れない。実際、『東京画』全体のトーンを支えている彼のモノローグは、あるべきイメージの欠如をひたすら嘆くばかりだ。撮影から二年後に着手した編集作業がいかに困難を極めたかは彼自身も書いている（二年前に撮影したショットとのコンタクトを見失い……イメージのひとつひとつが誰か他の人が撮ったような感じがし……自分がなかなか見つからない……）ところだが、その困難の極みから彼はモノローグを始めねばならなかった。

とはいえこの二つのインタビュー――真摯で、礼儀正しい、良質なドキュメンタリーを見ているような――に、私はヴェンダースらしさが少しも見出せないのだ。もっと言えば作品のオープニングとエンディングに『東京物語』(53)のそれがそっくり引用されていることにも首を傾げてしまった。それはヴェンダースが抱えていた困難、つまり撮影時の敗北にいかにケリを付けるかという問い（それこそが『東京画』の主題であるべきだと思うがどうか）が、なんとなくうまい具合に回避され、作品としての整合性＝形式を得てしまったように見えるからだ。結局、笠智衆と厚田雄春へのインタビューを目的化してしまった時点で、「旅日記」としての『東京画』は破綻するしかなかったのではないか。ヴェンダースが切り取った一九八三年の東京の風景はもはや彷徨というより時間潰しに近い。足止めを食らっているわけだ。そう思えるほどそれらの風景はしょぼい。この「しょぼさ」もまたヴェンダースらしさとは遠い。ヴェンダース的な風景というものがあるとすれば、それはもっと殺伐としていたはずである。

「老人」に視線を向ける意味

だがここには別の殺伐さがあるように私は思う。風景ではなく、時間そのものが殺伐としているのだ。この「旅日記」はロードムービーとは少しも似ていない。ロードムービーには不可欠な「リズム」が致命的に失われているからだ。『東京画』の時間は流れ出すのにふさわしいリズムを見出せぬまま、ひたすら停滞と分断を繰り返している。作品半ばでヴェンダースはヘルツォークを東京タワーの展望台に連れ出し、「この地上にはもはや撮るべきイメージは残されていない」などと言わせる。それを受けてヴェンダースは「だからこそ地上に降りていかねばならないのだ」と告白する。この作品にとって最も大切な言葉だ。その直後からでも時間が流れ始めたならば、つまりリズムを恢復できていたなら、『東京画』はいかにもヴェンダースらしい映画になっていただろうと思う。しかし彼はそうしなかった。東京タワーから地上に降りたヴェンダースは雨の中を東京ディズニーランドへと向かうが、途中で嫌気が差してUターンしてしまう。このノリの悪さはどうだ。そしてこの脱臼こそが事後の編集によって見出すことのできたなけなしの関係性——小津とヴェンダースの、ではなく、一九八三年の東京とヴェンダースの——であったと言えるだろう。言葉が示す方向性とはまったく逆のベクトルを持つ、あるいは行為の流れのなかでは全く無意味なこのカットを、このタイミングでこれみよがしに挿入してしまうこと。ここにヴェンダースの賭け——風景の殺伐を切り取るのではなく、殺伐とした時間こそを構築しようとする——が露出している。ゆえにディズニーランドの駐車場のゲートの手前で車がUターンするイメージ——どしゃ降りの、灰色の——をロングで撮ったこの一カットが、私には『東京画』のベスト・ショットであるように思われるのだ。

言うまでもなく、「地上にはもはや生きたイメージはない、ゆえに私は地上にこそ降りていかねばなるまい」という主題は『ベルリン・天使の詩』(87)に引き継がれることになるし、「失われたイメージをいかに恢復するか」という主題は『夢の涯てまでも』(91)で反復されることになる。では『東京画』自身の主題は何だったのか。「旅日記」か。小津への生真面目な接近か。完成された作品が「小津への接近」という主題を仮構していることは確かだが、そこにどんな可能性があったと言えるだろう。繰り返すが、『東京画』とは撮ったという記憶さえ定かではないイメージ、恢復のしようがない、もはや自分の視線であったとはとうてい思えないようなそれに対し、編集段階においていかにしてあるべき関係性を見出すかという試みの記録なのだ。ヴェンダースはその体験を「他人のイメージというものと対決する編集者の仕事」という言葉で語っている。それは作家と作品との極めて暴力的な「引き裂かれ」の体験であったと言ってもいい。そしてその体験の先に『都市とモードのビデオノート』(89)はある。そこでのヴェンダースはもう遠慮がちな怯えたパッセンジャーではない。『都市とモードのビデオノート』で再び撮られた東京からは、地上の貧困なイメージを嘆くナイーヴな視線は一切感じられない。そんなものをいちいち「内面化」していられるかといった場所で堂々と闘っている。

それにしてもなぜヴェンダースは「老人」にばかり視線を向けるのだろう。ニコラス・レイ、笠智衆、厚田雄春、『さすらい』(76)の映写技師、そして『ブエナ・ビスタ・ソシアル・クラブ』(98)……。それはおそらく、イメージがもはや集合的な「歴史」を記憶し得ないという実感に関わっているのだろう。ドキュメンタルな視線が歴史を記憶し得た時代は現実としてすでに終わっているし、実感としても当分は終わったままであり続けるだろう。だからこそ身体的な「老い」がその表情=アクションに、言葉に、刻印された被写対象へと向かわざるを得ないのではないか。そこには「歴史」

——それがたとえ小文字で書かれたものであったとしても——を手放すまいとする強い態度がある。ヴェンダースが『東京画』の撮影を『リバース・アングル』(82)——「ダイレクトに撮られた旅日記」というアプローチの仕方はこの作品の延長線上にあったはずだが——のキャメラマン(リサ・リンツラー)ではなく、『ニックス・ムーヴィー』(80)のエド・ラッハマンに任せたのは決して「偶発的な」出来事ではない。

(ヴィム・ヴェンダース監督、一九八五年、九三分)

アメリカでは働かなくてもホテルの住人になれる

――『ミリオンダラー・ホテル』

ミリオンダラー・ホテルという、一九一七年にロサンゼルスに建てられたボロボロのホテルが舞台のこれは一応群像劇である。一応というのは、形式としては明らかに群像劇なのだが、主題としてはあからさまな純愛物だからだ。何せジェレミー・デイヴィス演じるところの主人公トムトムは少々おつむの弱い白痴君である。イノセントな存在です、というのが前提になっているわけだから、彼のする恋愛が純愛でないはずがない。そのうえ彼が恋する少女というのが、これまた何ていうか、まともな精神状態ではない。ミラ・ジョヴォヴィッチが演じる少女エロイーズは、恋人の死によってすっかり落ち込んでしまい、立ち直れないまま虚ろな日々を送っているという設定。彼女は意味ありげな読書に没入している。アバズレ女であるというのは一目見れば判るが、そうでありながらも魂の純粋性を主張しているような存在として描かれているわけだ。心神喪失女と白痴君の恋。なんてあからさまだろう。だから、この純愛映画は、その言葉のもっとも抽象的な意味での純愛こそを描こうとしているのだと言える。

一方、群像劇としても非常に良くできていて、出てくる人々はみんな魅力的である。とりわけピーター・ストーメアが演じるディキシーなる男。自分はビートルズのメンバーだったと信じ込んでいるという妄想系で、劇中ひたすらギターを弾いて歌っているのだが、その楽曲がいかにもビートルズ風で素晴らしい。他にもまあいちいち書いていても仕方ないがヘンな連中が出てきて、それぞれ味のある演技を披露しながらそれなりに重要な役割をこなしている。アルトマンばりの群像劇などと言えば何をトンチンカンなと叱られそうだが、私にはそう思えた。唯一ピンと来なかったのがＦＢＩの捜査官スキナーを演じるメル・ギブソン。何で？　という感じなのだが、ヴェンダースとメル・ギブソンは盟友であるらしい。盟友と言えばＵ２のボノ。今までもヴェンダースの映画に楽曲を提供していたが、ついにこの作品では原案者にまで至ったという次第だ。恐れ入った。恐れ入るがやはりピンと来ない。

これがデニス・ホッパーであれライ・クーダーであればピンと来るのかと言われるとちょっと困ってしまうが、正直言うとそうだ。ペーター・ハントケとかロビー・ミュラーとか、かつてのヴェンダース組の名前を見なくなったことにも複雑な思いはある。『夢の涯てまでも』の前後あたりでヴェンダースは付き合う連中を変えたのではないかという印象が強い。その代表格がボノだと思う。いやもちろんその後もピーター・フォークやリュディガー・フォーグラーを起用して自作の続編やリメイクみたいなものを撮ってはいたが、何となく乗り切れていないような感じだった。むしろヴェンダース組を排した『エンド・オブ・バイオレンス』（97）の方が乗っていたような気がする。そこで気を吐いていたのが脚本家のニコラス・クライン。ヴェンダースが文学者でも敬愛する映画作家でもないただの脚本家と積極的に組んだ最初の作品だ。その時は誰だおまえと思ったものだが、『ミリオンダラー・ホテル』の脚本もこの男。やはり気になる。この男がヴェンダースに何かをもたらしたことはたぶん間違いない。

むかし『パリ、テキサス』(84)を観たとき、私はこのハリウッド映画でも反ハリウッド映画でもない(と思われた)作品に、「アメリカ・ローカル」とでも言うべき視線を感じたものだ。と同時に作家性の濃厚な、いわば普通ではない映画という印象も持った。もちろんそれは、当時の批評がそのような先入観抜きでは観られないような環境を作っていたということもある。では『エンド・オブ・バイオレンス』や『ミリオンダラー・ホテル』の場合はどうか。作家性は希薄であると思う。また、メジャー・テイストであることを少しも苦にしていない、という意味では普通の映画(この映画の情報をインターネットで検察したらU2がらみのホーム・ページが最も早くから熱心に取り上げていた。これが普通ということだ)に近い。普通の映画に近いのだが、しかし決定的に普通ではないところを感じることも確かだ。それはやはりあの「アメリカ・ローカル」な視線の彷徨に関わっているように思う。

おそらくニコラス・クラインという脚本家がもたらした何かとは、「アメリカ・ローカル」な視線が、そのままの視線でメジャー・テイストを獲得していく回路だったのではないだろうか。そういえば『エンド・オブ・バイオレンス』も、その言葉のもっとも抽象的な意味での「暴力」を主題とした映画であった。「純愛」「暴力」といった、抽象性の高い主題を強引に設定するところから始めるというのが、どうもヴェンダース=クラインの方法論であるように思われる。

ボノの原案の着想となったイメージは極めて陳腐なものだ。「信じればできる」という思い込みでもって、「ミリオンダラー・ホテル」の屋上から隣の建物の屋上にジャンプする主人公というのがそれだが、まあいかにもメジャーな世界（＝よそ）のおとぎ話である。ヴェンダース＝クラインはその「よそ」を「ここ」へとまずは奪還してみせる。作品冒頭で主人公の白痴君トムトムがジャンプしたのは、隣の建物ではなく、地上に過ぎない。地上では彼を含めた呑気な幽霊たちが相も変わらぬ陰惨な日常を送っている。ここまでならいかにもかつてのヴェンダース的主題の反復だ。しかしここからが違う。ヴェンダース＝クラインは、その陰惨な日常をペーソスに富んだ群像劇として、また反則丸出しの純愛物として、つまり誰もが普通に観られるような破綻なき劇映画として撮り切るのだ。

彼ら幽霊と同様に「トウキョウ・ローカル」で陰惨な日常を送っているY氏は、「これはあれやね、『どん底』のリメイクや」と言い放った。鋭い。やはり判る人には判るということか。私は『ミリオンダラー・ホテル』を観ているあいだずっと、エズラ・パウンドというアメリカの詩人が書いた有名な、あまりにも有名な詩の一節を必死になって思い出そうとしていた。結局は思い出せなかったが、それはこういう詩だ。

「科学者たちは怯え／ヨーロッパの精神は止まる／ウィンダム・ルイスは盲目を選んだ／彼の精神が止まるよりも……／友達たちが憎しみ合うときに／どうして世界に平和が訪れるだろう／若いころはかれらの辛辣さが私を楽しませたが……／時間、空間／生も死も　答えにはならない／そして善をもとめて／悪を行う人間がいる／わが故郷では／死者たちが歩きまわり／生きている者たちは厚紙でできていた」（「詩篇」第百十五篇、新倉俊一訳）

（ヴィム・ヴェンダース監督、二〇〇〇年、一二二分）

批評！　映画

『ストロベリーショートケイクス』

　棺桶が東京の狭いマンションの一室に置かれている。その中で寝起きしているデリヘル嬢。彼女は、生きている間は見知らぬ男性たちと身体を接触させ、彼らの性欲を無防備に受け入れる。そして自分の部屋に戻り、毎晩、取り敢えずの（精神上の）自殺をしているわけである。そして翌朝、ゾンビのごとく蘇る。その繰り返しが彼女の日常を辛うじて支えている。

　むろん彼女は病んでいる。なぜ病んだのか。過去にどのような出来事があったのか。ふつう、物語というものはそこを熱心に語りたがる。しかし本作では、定期的に会っている学生時代からの男友達がいるということ以外は、まったく判らない。過去を問わないという態度。それは人間関係、とりわけ男女間のそれを円滑に持続させる鉄則であるだろう。しかし映画はそれでいいのだろうか。過去を問うこと。彼女の病の背景を知ること。つまり彼女の心の奥にある闇を暴くこと。それは確かにデリカシーを欠いた要求だ。ここでは、そのような要求があらかじめ遮断されている。彼女の内面には踏み込まないという前提。その共有を矢崎仁司監督はかなりデリケートに求めている。まるで「彼女の存在そのものをありのまま受け入れなさい」と主張しているようだ。センスの良い作品として、同世代の悩める女性たちからは共感が得られるのかも知れない。
だが野暮な私は共感しない。何を甘ったれているのかと思う。本作には四人の女性が登場するが、どれもこれも横っ面を張り倒したくなるような人物ばかりだ。自分を少しも大切にできない女性たちが、まるで犠牲者のように生きている。それが現代的と言うなら、本作は十分現代的な作品であるだろう。しかし映画は本当にそれでいいのか。原作コミックの世界がどうであれ、映画とはそもそもデリカシーなどから程遠い野蛮な見世物だったはずだ。

（二〇〇五年、一二七分）

『百年恋歌』

侯孝賢《ホウシャオシェン》監督の最新作。時代を異にする三つの恋物語からなるオムニバス形式の作品となっており、それぞれが監督自身の過去の代表作を想起させるような雰囲気を持っている。第一話の「恋の夢」は『恋恋風塵』（87）だ。物語が似ているというのではなく、郷愁をかき立てられるような抒情性が似ている。第二話の「自由の夢」は『フラワーズ・オブ・シャンハイ』（98）。衣装や道具、照明に徹底的にこだわった室内劇という点で似ている。第三話の「青春の夢」は『憂鬱な楽園』（96）。自堕落な時間の描き方とそこに漂う焦燥感が似ている。
それだけなら、『百年恋歌』は過去の自作のエッセンスを紹介したプロモーション・フィルムということになってしまう。それだけではない何かがここで試みられているはずだ。それは何か。おそらくそのヒントは原題に隠されている。「最好的時光」がそれである。第一話で青年は、兵役中に与えられた休暇という時間を、ひたすら憧れの女性を探し求めることに費やす。それはまさに「最好的時光」だ。第二話で遊廓の女は、馴染みの外交官が自分を身請けしてくれる時を慎ましく待ち続ける。だがそれは果たされない。外交官が「革命」に身を投じたからだ。美しく儚い時と光。
では、現代が舞台の第三話はどうだろう。時間を持て余した若い男女が暗闇のなかをさまよい続けている。『憂鬱な楽園』にはまだ光があった。どんよりとした重たい光が。しかしここにはもう光さえない。陰鬱な時間を紛らわせるために、男と女はバイクに二人乗りしてどこかへ出かける。どこへ。くすんだ都会の風景をただ逃げ惑っているだけだ。失われた美しい光、美しい時間。それが現代なのだ。映画にとっては最悪だ。そんな最悪の条件に映画は向き合うことができるのか。おそらく本作で侯孝賢が問うている主題はそれだ。（二〇〇五年、一三一分）

『マリー・アントワネット』

とても贅沢な映画だ。監督はソフィア・コッポラ。父親のフランシス・フォード・コッポラが製作総指揮でバック・アップしている。フランス政府が全面協力し、実際のヴェルサイユ宮殿での撮影が許された。マリー・アントワネット生誕二五〇周年記念。とにかく好条件がそろっている。当然お金も集まる。フランスだけでなく日本のプロダクション（東北新社）も出資している。だから本作はなんとアメリカ・フランス・日本の合作映画なのである。

しかし「悲劇の王妃をヒロインにした歴史超大作」という期待は見事に裏切られる。これだけの恵まれた条件下で、ソフィア・コッポラはひたすら遊

んでいる。ふざけてみせる。これを観たフランス国民がどう思うかなんてまったく考えてもいない。マリー・アントワネットとフランスの近代史をネタにして、もうやりたい放題である。ソフィア・コッポラの趣味とかセンスを観るだけの映画と言ってもいい。この図々しさはどうだ。ヴェルサイユ宮殿を借り切ってドンチャン騒ぎをし、三ヶ国から集めたお金を浪費し尽くす。ソフィア・コッポラによるソフィア・コッポラのための大いなる無駄使い。

実はそこに感動してしまった。彼女がやりたかったことは単純明快だ。マリー・アントワネットの映画を撮ることではない。まるでマリー・アントワネット自身が映画を撮っているかのように振る舞うこと。映画製作を通して、マリー・アントワネットのように身勝手な浪費を遠慮なく貪ること。この不遜な態度はちょっと凄い。かつて『地獄の黙示録』(79)で浪費の限りを尽くした父親は、さすがに精神に変調を来すほどのプレッシャーを感じていた。しかしこの娘はへっちゃらである。実に軽やかに遊び切っている。「ポップとはこういうことだ」と挑発的に突き付けてくる。いい根性だ。

(二〇〇六年、一二三分)

『華麗なる恋の舞台で』

舞台は一九三八年ロンドン。主人公は四〇代の人気舞台女優。実力名声ともに最も充実した頃であろう。しかし「老い」が始まっている。何かに刺激を感じることも困難になった。モチベーションを保つために神経をすり減らす毎日。もうこのままでは体が持たない。休みたい。彼女がそう懇願する場面から物語は始まる。主人公を演じるのは、『アメリカン・ビューティー』(99)での好演が記憶に新しいアネット・ベニング。自身も舞台出身で、まさにハマり役だ。

さて、彼女は歳の離れた若い男と恋におちる。それが刺激となり再び輝きを取り戻す。ところが彼に若い恋人ができて……。まあよくある話だが、面白くなるのはこの先だ。本作は復讐劇になっている。

それを軽快に描き、最後は「してやったり」という爽快感で締めくくる。でもちょっと恐い。見方を変えるなら、これはプライドを傷付けられたベテラン女優が、ムカつく連中を舞台上でコテンパンにやり込める物語なのだ。現実の世界で受けた心の葛藤を舞台上に持ち込み、虚構の世界で一気にケリをつける。「そりゃ反則だろ」と思うが、原作は文豪サマセット・モーム（『劇場』）。なるほど、詩人や小説家もまた似たような反則をしがちだ。

本作のテーマはやはり「老い」であろう。劇中、「君は映画に出るべきだ」と若い恋人が言う。「冗談じゃない」と彼女は映画女優を小馬鹿にしてみせる。そうではあるまい。舞台上で「老い」は隠せても、キャメラの前では無理なのだ。彼女は自身の「老い」に怯えている。それを認めたくはないからこそみっともない屈辱を味わう。失敗の後でようやく彼女は「老い」を受け入れ、折り合いを付けようとする。自信を取り戻す。自分がもっと好きになる。こうなると最強だ。ああ恐い。いや、実に元気の出る映画である。

（二〇〇四年、一〇四分）

『グアンタナモ、僕達が見た真実』

アルカイダの構成員に疑われたパキスタン系イギリス人青年たち。彼らは悪名高き「グアンタナモ」米軍基地に送られ、二年以上にわたって拘束・拷問を受けることになる。

本作は彼らへのインタビューと再現ドラマとで構成されている。再現ドラマには彼らの「そっくりさん」を起用。私たちがＴＶで見慣れたお馴染みの演出だ。さすがに映画だから再現部分はしっかり作り込んであるが、基本が「ベタ」なだけにどこか胡散臭く感じられる。

問題はそれを口にし難いところにある。なぜなら本作では「正義」こそが主張されているからだ。アメリカの欺瞞を告発するという明確な意図がある。映画は「グアンタナモ」がいかに非人道的で野蛮な施設であるかを描く。それは確かに凄まじい。

しかしだ。罰当たりなのは百も承知で言うが、青年たちの行動には不可解な点がある。結婚式のために祖国に集合した新郎とその仲間が、式を目前にして突然ボランティア精神に目覚め、米軍からの攻撃にあえぐアフガニスタンへ向かう。しかも集合した翌日に。そんな急展開がありえるのかと、私ならやはり疑っただろう。むろん「疑わしい」という理由だけで拘束し、拷問を加えるという米軍の行為は最悪であるし、その最悪に私たちも無関係ではない。米軍の行為は糾弾すべきである。その主張には当然共感するのだが、それ以上に薄気味の悪い何かがここで主張されている。

それは「この映画を疑うな」という主張であろう。共同監督の一人マイケル・ウィンターボトムは、証言には一切疑いを挟まないという態度で製作したことを公言している。それは疑われ続けた証言者たちへの配慮でもあろう。だがその配慮を「正義」の身振りで観客に押し付けてはいないだろうか。「真実」よりも「正義」を優先している。だからこれは劇映画なのだ。本作を観るなら、疑ってかかった方が断然面白い。

（二〇〇六年、九六分）

『松ヶ根乱射事件』

田舎町に漂う閉塞感のなかで、悶々と暮らす若者たちの悲哀を描いた映画と言えば、根岸吉太郎の名作『遠雷』（81）がある。「このままでいいのか」という焦燥感と、「どうしようもない」という無力感のなかで、若者たちは退屈な現実に抵抗し、幻滅し、葛藤する。本作には、そんな『遠雷』の寂寞とした世界観が確実に受け継がれている。監督の山下敦弘は自堕落な人間を描くのが得意だ。長篇デビュー作の『どんてん生活』（99）では現代のダメ人間をペーソス溢れる視点で描いた。

本作の登場人物たちもダメ人間ばかり。田舎町にアベックの強盗殺人犯が紛れ込む。強奪した金塊がこの町の池に沈めてあるのだ。それを引き揚げに来たのだが、季節は冬で水面は氷結。さてどうするか。なんと男は女にアイスピックを買いに行かせる。ところがその帰り道で車に轢かれて……。以上が本作の導入部。見事なダメっぷりだが、その二人を演じる木村祐一と川越美輪が素晴らしい。強烈な存在感だ。

さて、轢き逃げした青年は罪悪感のかけらもなく町をうろついている。案の定アベック犯に見つかってしまい、脅されるまま悪事に協力する羽目に。青年には双児の弟がいて警察官をしている。弟は兄の苦境を救うこともできないし、轢き逃げ犯として逮捕することもできない。この双児の父は家に寄り付かず、愛人の連れ子にまで手を出して孕ませてしまうような男。とにかくダメ人間たちの無限連鎖だ。「どうでもいいですよ」という諦めだけがこの町を支配している。もはや現代の田舎町で暮らす青年には焦燥感も抵抗もないのか。そう思った時、「松ヶ根」に絶望的な銃声が響く。まるで『明日に向って撃て！』(69)のパロディーのように。しかし明日が見えない。だからどこに向かって撃てばいいのか、誰に向って撃てばいいのか、わからないのだ。空しさが心に響く、いい映画だ。(二〇〇六年、一一二分)

『輝ける女たち』

本作が二作目の長篇映画となるティエリー・クリファ監督の、あまりに稚拙な演出に早々と見切りを付けたミュウ＝ミュウは、シナリオの構成上、自分がなんとかしてこの作品を支えねばならないと覚悟したはずである。その懸命な思いが画面のそこかしこから伝わってくる。いい女優だ。

大女優の存在感しか期待されていないような役柄のカトリーヌ・ドヌーヴは、主役をミュウ＝ミュウに譲って、この幼稚な物語を外側から眺めている。その態度はカッコいい。困っているのはエマニュエル・ベアール。二人の大女優とほとんど絡む場面がない。彼女が演じるのはキャバレーの歌姫。離散した家族の再会と和解がテーマの本作では、物語上いてもいなくてもいいような役である。

ところがこの監督は、エマニュエル・ベアールの歌を一番の売りにするつもりなのだ。カラオケ並みの歌唱力しかない彼女が、戸惑いながらもその要求に応えている様子は、ほとんどセクハラに近い。最悪の状況でも、「コケティッシュ」な女優であることを貫こうとする彼女の絶望的な顔がなんとも素晴らしい。

実は本作の主役は彼女たちではない。彼女たちが愛する中年男だ。男はかつてTVで人気を誇った手品師。過去の栄光にしがみついている面もあるが、渋い中年男として今なおモテモテという設定。ところが劇中で彼が披露する手品がこれまた「かくし芸」程度の代物で、カッコ悪い。ようするに肝心の中心人物が魅力的に描けていないのだ。

かつてジャン・ルノアールやロベール・ブレッソンは複雑な人間の心理を軽快かつ思慮深く描いてみせた。フランス映画は大人の映画だったのだ。人間の業に対して深い謹みを持つ土壌があった。大島渚や今村昌平を最高に評価する土壌。それが失われつつあるのか。映画の幼稚化が全世界的に進んでいる。

(二〇〇六年、一〇三分)

『選挙』

川崎市議会議員の補選に友人が立候補することになった。公募で選ばれたのだ。「小泉改革」の是非を問うために送り込まれた落下傘候補。市議選レベルでのいわゆる「小泉チルドレン」である。これは面白い題材だ。想田和弘監督は、友人という立場で候補者に密着し、選挙戦の様子をプライベートに撮影した。

選挙戦の記録係。誰もがその程度の認識だったのだろう。候補者本人、その妻、その支援者たちといった本作の被写体には、撮影に対する警戒心がない。それもそのはずだ。撮影機材は見慣れた家電製品と大差がないからだ。プロ仕様のカメラかどうかなんて見た目では判らない。デジタル技術の大衆化が可能にした現場。それはほどんど隠し撮りの世界である。

ズルい映画だ。被写体たちの緊張感のなさはどうだ。「映画が撮られている」という自覚など誰一人持っていない。緊張感を欠いたダレた映像。それは

© Laboratory X inc.

まるで運動会や卒業式を撮影したホームビデオの世界だ。ゆえに彼らは思わず本音を語ってしまうのである。カメラに向かってではない。候補者は大学時代の友人に対して、妻は候補者たる夫に対して、そして支援者たちは支援者で、愚痴や批判を口にする。カメラは存在を可能な限り希薄にして、その様子をちゃっかり記録する。彼らにはカメラを意識する余裕なんてないのだ。選挙戦に勝利するために必死なのである。

　そんな映像を作品にしてしまっていいのか。倫理的な疑問は大いに残る。本作は題材が題材だけにとても面白いが、それは偶然の面白さに過ぎない。監督もそれを自覚している。だから彼は本作を「観察映画」と定義し、トップクレジットで明示してみせる。観察者の映画。それは究極のドキュメンタリーだろう。だが彼がそれを実現したのではない。「家電」が可能にしたのだ。「家電映画」第一号に認定しよう。

（二〇〇六年、一二〇分）

『フランドル』

　アダムとイブの物語。純朴な青年デメステルと気紛れな少女バルブ。二人はフランドルという楽園（フランス北部の農村地帯）で暮らしている。何もない退屈な村だ。退屈しのぎに何をすればいいか。SEXぐらいしか思いつかない。二人は動物の交配のような無感情なSEXを繰り返している。バルブは他の青年とも成り行きまかせに関係を持つ。そこに罪悪感はない。

楽園を追放されたのはデメステル。彼は戦場に送り込まれる。一方、楽園に残ったバルブは姦淫を重ねる。そんな彼女に変化が訪れる。戦場でのデメステルの姿が見えてしまうのだ。それは凄まじい光景である。映画は楽園のようなフランドルの風景に、中東と思われる戦場の荒廃した風景を差し挟む。

青年たちはゲリラ部隊の少年兵を殺し、女兵士をレイプし、その代償として次々と殺されていく。最後には友人さえも見殺しにする。その惨劇に呼応するように精神を病んでいくイブ。アダムが戦場の狂気のなかで避け難く犯した原罪の数々を、これでもか、これでもかと見せつけられて、イブはようやく自らの原罪に気付くのである。

キリスト教の倫理観をテーマにした宗教的な映画。それだけなら日本人の私は「何を大袈裟な」と思ったことだろう。でも違う。これは「九・一一」テロ以後の正義をどこに求めればいいか悩んでいる映画だ。姦淫、殺戮、精神の崩壊。この世界は何かが間違っている。しかし映画は抵抗を描かない。若い二人は間違った世界を運命のように受け入れるしかない。信じられてきた「正しさ」がすでに瓦礫化しているからだ。こんな世界に救いはあるのか。それが本作の真のテーマである。

大きな、大きな物語である。監督のブリュノ・デュモンはそれを約九〇分で描いてみせた。そこが凄い。本作はカンヌ映画祭で審査員グランプリを受賞している。

（二〇〇五年、九一分）

『DON（ドン）』

かつて映画はジャンルに支配されていた。恋愛物、犯罪物、コメディー、西部劇、チャンバラ……。人々は好みのジャンルを選び映画館に駆け付けた。次にスターの時代が来た。御贔屓のスターが主演する映画であればジャンルなんてどうでもよかった。そして作家主義の時代に入った。スターではなく、監督が映画を代表するようになった。映画が「コンテンツ産業」に成り下がった今、すでに作家主義の時代も終わりかけている。では何が映画の顔になるのか。それがよく判らない。のっぺらぼうだ。

しかしそういった映画史とはまったく別の次元で独自に存在する世界がある。それがボリウッドだ。ハリウッド＋ボンベイ（ムンバイ）がその語源だが、世界最大の映画製作国であるインド映画の全貌は、おそらく誰も把握できないだろう。映画祭などで紹介されるインド映画はその一端にすぎず、しかも本国の大衆の支持を得ているとは考え難い、高級で良心的な作品が大半を占める。もっと低俗で、インチキで、ギラギラしている真のボリウッド映画が見てみたい。

その欲望を叶えてくれるのが、今年度のアジアフォーカス・福岡国際映画祭で紹介される『ＤＯＮ 過去を消された男』（シャー・ルク・カーン主演）だ。本作には犯罪、スパイ・アクション、カンフー、恋愛、お色気、ミュージカルといった映画娯楽のあらゆる要素が極めて俗っぽく混在している。そしてこれは百パーセントトスターの映画なのだ。主演男優はまるでトム・クルーズのようであり、織田裕二のようであり、ジャッキー・チェンのようである。

つまり古今東西のヒット映画の娯楽要素をパクりまくっている。それを悪びれる様子など微塵もない。なんたる健全さだろう。ここには映画が映画であった時代の熱気がある。立ち見が少しも苦にならないような高揚感。ボリウッドの実力。これこそが真のローカル映画だ。

（ファルハーン・アクタル監督、二〇〇六年、一六八分）

『パンズ・ラビリンス』

少女と母親を乗せた車が山道を走る。お引っ越しだ。途中、少女は道祖神のごとき怪物的なモニュメントを見つける。目的地に着くと、少女はその離れにテーマ・パークのごときアーチ形をした入り口を見つける。そこから迷宮に入っていく少女。導入部分は『千と千尋の神隠し』(01)とそっくりである。

さて、千尋がそのまま迷宮に入っていったのに対し、本作の少女はその手前で呼び止められる。現実に引き戻されるわけだが、彼女を呼び止めたのは母親ではなく、スパイとしてフランコ軍の陣地に潜り込んでいるレジスタンス側の女だった。ここから物語は、スペイン内乱時代の血なまぐさい現実に大きく傾く。

少女の新しい父親はフランコ軍の大尉。母親はすでにその男の子供を身籠っている。抵抗者に対する男の殺戮はファシストそのものであり、少女にはとても理解できない。だが母親はその男に従順だ。絶望的な現実。その現実に抗うために、少女は妄想を呼び込むだろう。あの迷宮にもう一度入り直すこと。この現実を変えてしまうこと。

しかしそれができない。妄想上のパートナー(牧神=パン)から課せられる条件(迷宮で暮らすためのもの)は死と紙一重なのだ。それはつまり、レジスタンスの苦悩そのものなのである。映画後半、少女の妄想世界にレジスタンス側の女が直接的にコミットする。そこから映画は大きくうねる。ファンタジーが現実に侵されていく。その残酷がスペインの近現代史と重なる。

ダーク・ファンタジー。それは「ハリー・ポッター」シリーズが成功したジャンルだ。しかし本作は、そんな無邪気な世界とは明らかに一線を画している。ギレルモ・デル・トロ監督の狙いは、ファンタジー=寓話を現実からの要請として描くことだった。それは残酷な試みになるしかない。その残酷を描き切った。OKだ。

(二〇〇六年、一一九分)

『呉清源　極みの棋譜』

稀代の天才棋士・呉清源の、少年期から現在に至るまでの半生を描いた本作は、あらかじめ自伝を読んでおかない限り、何が何だかさっぱりわからない。中国に帰ったはずが、次のカットでは日本で療養生活をしており、女学生と出会ったと思ったらもう披露宴となり、新婚生活を始めたはずがいつの間にか新興宗教の教祖のもとで集団生活をしているといった具合だ。その合間に囲碁の対局が入る。

　つまり物語を成立させるための細部描写を欠いているのだ。エピソードとエピソードをつなぐ脈略もない。それもそのはずで、監督の田荘荘《ティエンチュアンチュアン》は、撮影済みの多くシーンを編集段階でバッサリと切り捨ててしまったのだ。一度は撮影していたのだから、本作は壮大な伝記映画として構想されていたはず。しかし田荘荘はその構想を棄てた。そして、ストーリーよりも呉清源の精神世界を重視した作品に仕上げたのだという。おそらく、そっくりさん俳優が演じる再現ドラマになってしまうことを避けたかったのだろう。

　田荘荘の狙いが、ドキュメンタリーでも再現ドラマでもない伝記映画であったとすれば、それは実験的作品とならざるを得なかっただろう。本作を実験映画として観るなら、なるほどと思えなくもない。とはいえ、本来なら三時間程度は必要だったはずの作品を、無理を承知で一時間四七分に刈り込んだという印象は拭えない。本作のように撮影後の編集作業で長く逡巡を繰り返した作品は、時にとんでもない傑作になる場合もあるが、多くは失敗する。なぜか。

　編集で一発逆転というのは至難の業だからだ。一度キャメラで切り取られた映像は、映画にとっては現実そのものなのである。その現実を事後的に変えることは、奇跡でも起きない限り難しい。むろん中国映画界の巨匠・田荘荘は、そんなことは百も承知で奇跡に賭けたのだろうが……。

（二〇〇六年、一〇七分）

『再会の街で』

　最愛の家族を一度に失った悲しみから立ち直ることができない男。彼は自閉したまま廃人のように暮らしている。彼の精神を辛うじて支えているのは、七〇年代のロック・ミュージックだけだ。誰も彼の心の暗闇に入り込めそうにない。しかし、彼が愛するロックを共有できるような旧友であればどうだろう。映画は、彼を大学時代のルームメイトと再会させる。二人はまるで昔に戻ったかのような時間を過ごす。そして男は次第に心を開いていき……。

本作には誰もが知っているような大スターは出演していない。監督のマイク・バインダーも有名とは言い難い。どちらと言えば、映画通にひっそり愛されるような小品だ。心温まる友情物語であり、地味ではあるがなかなかの佳作である。演技派男優の競演も見事。

しかし、問題は何といっても「九・一一」だ。彼の家族は、ニューヨークで起きた同時自爆テロに巻き込まれたのだ。その設定が、本作の「愛すべき小品」的テイストを台無しにしている。背景が大きすぎるのだ。彼の悲しみは、個人的な小さなものではなく、国家規模の大きなものとして刻印されている。「九・一一」というだけで主人公は無批判的に同情すべき最大級の被害者となる。物語の核心を「九・一一」に丸投げしているわけだ。これはずるい。「九・一一」は不運な事故や災害ではない。テロなのだ。テロには意味がある。家族を失った者は、必死でその意味を考えるはずだ。無意味な死なんてやりきれないからだ。だがこの映画は何も考えない。「九・一一」を単なる友情物語のネタにしてしまった。この美しい物語は、病める男を救うかわりに、

死者を冒瀆してしまっているのだ。むろんこの監督に悪気はないだろう。そんな大袈裟な話かよと思うかも知れない。だったら「九・一一」なんて言わなきゃいいのに。惜しい映画だ。

（二〇〇七年、一二四分）

『ラスト、コーション』

男女の性行為を直接的に描くことがタブーなのは「猥褻だから」ということになっているが、そのタブーに挑戦すればするほど、映画は猥褻以上の現実に直面することになる。動物的で無防備ならざるを得ない性行為自体が、とりわけそのアクション（真顔のピストン運動……）において、冷静な他者から見れば滑稽でしかないという現実である。映画は銀幕上に拡大投射される運命にあるから、その滑稽さが嫌でも際立つことになる。ベルトリッチの『ラストタンゴ・イン・パリ』（72）や大島渚の『愛のコリーダ』（76）が直面した難題もこの滑稽さに他ならない。

本作のアン・リー監督もまた同じ難題と格闘している。トニー・レオンの年齢相応のお尻が例のアクションを伴い銀幕に拡大投射される時、性表現のタブーなど実は誰にとっても取るに足らない幻影だったと気付くだろう。やはり問題はこの滑稽さをいかにして超えるかなのだ。美的に？　知的に？　いや、アン・リーは「悲しみ」でもってそれを突き抜けてみせる。トニー・レオンのお尻は少しも美しくない。悲しいのだ。滑稽であるがゆえに悲しいのである。トニー・レオン演じる中年男をメロメロにする新人女優の、その決して肉感的ではない裸体も悲しい。

では本作から性行為の描写を除けば何が残るか。戦時下の中国（香港、上海）で抗日レジスタンスに身を投じる大学生たちの青春悲劇。祖国を裏切り、日本の傀儡政府に寝返った中年男の悲劇。暗殺工作のためにその男を誘惑せねばならない女子大生の悲劇。だがそれらは単に、原作を読めば済む程度の悲劇に過ぎない。しつこく言うが、トニー・レオンのお尻は文学的な悲劇など遙かに超えている。それはただひたすら悲しい。この悲しみは極めて人間的なものだ。同時に、優れて映画的なのである。映画が進化し続けていることを実感できる傑作だ。

（二〇〇七年、一五八分）

『実録・連合赤軍』

これは世間を震撼させた連合赤軍による一連の事件を、実行犯の手記や関係者の証言に基づき描いた映画である。しかし私は、本作を観ながらまったく違う映画を思い出していた。ジョージ・A・ロメロ監督の『ゾンビ』（78）だ。

『ゾンビ』では、生き残った少数の人間がデパートに立て籠る。しかし、デパート内にまで侵入してきた無数のゾンビによって、彼らは出口なしの状況にまで追い込まれていく。これは、「あさま山荘」に立て籠った革命兵士たちの状況と極めてよく似ている。彼らもまた生き残りであった。

若松孝二監督は、彼らがまさに人間であったことを描いている。そして彼らが対峙していた脅威の正体が何であったかを問う。「気絶するまで殴れ。目覚めたら革命兵士に生まれ変わっているはずだ」。山岳アジトでは、指導者のその一言がきっかけとなり、同志間での痛ましい殺傷行為が繰り返された。指導者の妄言は、いかに切羽詰まっていたにせよ、あきらかにオカルト的領域に出口を求めている。化粧をしているという、極めて人間的な理由で「総括」を求められる女性の描写が凄い。彼女は自らの拳でその美しい顔を破壊するのである。

彼らが対峙していた脅威とは、無感情かつ無自覚に暴力をふるうゾンビ集団というより、その集合体としての一匹の怪獣だったのではないか。ゆえに彼らもまたより強靭な存在に生まれ変わろうとした。人間を超えねばならなかった。怪獣をやっつけるためには、スーパー戦隊にでもなるしかなかったのだろう。何もふざけて言っているのではない。そうとでも考えねばやりきれないのだ。

ヒリヒリした緊張感が全編を貫いている。徹底的に描かねばならないという信念と、そこまで描いてしまっていいのかという倫理的な戸惑いとが、極限状態でせめぎあっているような映画である。

（二〇〇七年、一九〇分）

『ファクトリー・ガール』

アンディ・ウォーホル（ガイ・ピアース）とボブ・ディランに「二股」をかけた女、イーディ・セジウィック（シエナ・ミラー）。名家の令嬢で、抜群の美貌とファッション・センスを持った彼女は、六〇年代ニューヨークのアングラ文化を代表するアイドルとなる。本作はそんな彼女がドラッグに溺れ、破滅していく様を描いている。

監督のジョージ・ヒッケンルーパーは、本作をドキュメンタリー的な手法で描く。そっくり俳優による再現ドラマに加え、当時の記録映像や、かつてウォーホルが撮った実験映画の数々をふんだんに引用してみせるわけだが、面白いのは、それらの映像がすべて擬装であることだ。画像を粗くしたり、色調を古風にすることで、あたかも実際の映像であるかのように見せ掛けている。

思えばウォーホルのポップ・アートは、安っぽく、インチキ臭く、だからこそ新鮮でお洒落だった。本作もまた、彼のシルク・スクリーン画のように

「薄っぺら」だ。残酷な物語をひたすらポップに描いてみせる。そこが物足りない気もするが、見捨てられた女の葛藤を深刻に語ってみても仕方ない。「ポップ」とはまさに「使い捨て」のことなのだ。そしてイーディは自分自身さえも使い捨てた。ドラッグに溺れるとはそういうことだ。

もともと魅力的であるはずの人物たちを、この監督は漫画的なキャラクターにしてしまった。雰囲気だけで誤魔化している。しかし、そのためにかえって「喪失感」ばかりが際立つのだ。それは、オリジナルを永遠に失ってしまった感覚に近い。この「喪失感」は、郷愁に浸るよりもはるかに刺激的である。六〇年代のニューヨークは芸術家たちの最後の聖地だった。あんな急進的な時代は二度と訪れないだろう。この映画を観れば、それがよくわかる。

（二〇〇六年、九一分）

『譜めくりの女』

ピアニストを夢見る少女が音楽学校を受験する。実技試験の審査員には著名な女性ピアニストの顔も。しかしその審査員、少女が演奏中だというのに、無神経にもファンからのサインの求めに応じてしまう。動揺した少女はミスを連発、試験に落ちる。

本作は、成長した少女（デボラ・フランソワ）が、自分の夢を台無しにしたピアニスト（カトリーヌ・フロ）に復讐を仕掛ける物語だ。彼女はピアニストに接近し、「譜めくり係」として絶大な信頼を得るに至る。もはやピアニストは彼女抜きではまともに演奏ができない。そしていよいよ……。

しかし本格的なサスペンスを期待してはいけない。この復讐劇は、嫌がらせに過ぎないような些細な出来事の連続なのだ。あるいは滑稽な出来事だと言ってもよい。例えばピアニストの息子を計画的に腱鞘炎にする。演奏会の直前にバックレる。その程度の出来事が、実に大袈裟かつミステリアスに描かれる。モンティ・パイソンの悪趣味なコントのようだ。考えてみれば、少女がピアニストの夢を諦めたきっかけもまた、どこにでも転がっているような些細な不運だった。

小さな運命の躓きに、その後の人生を少しも楽しむことができず、惨めな復讐心を頼りに生きる娘。本人は必死だが、傍から見れば滑稽この上ない。それが本作の世界である。

この物語の残酷さは、肉感的で魅力的な娘が、ひたすら同性のピアニストを誘惑するところにある。ムンムンとした青い匂いを発散させ、自信を失いかけた中年女性を自分の虜にし、翻弄し、そして裏切るのだ。監督のドゥニ・デルクールの本業はプロのヴィオラ奏者だという。なるほど、異才の映画だ。

（二〇〇六年、八五分）

『靖国』

「靖国刀」の現役最後の刀匠である九〇歳の老人が本作の中心人物。工房で独り鉄を叩いている。インタビューする李纓監督の態度は礼儀正しく、被写体に対する畏敬の念を感じる。寡黙に答える老人も穏やかだ。ここにはいい時間が流れている。

だが質問は時に過酷である。「あなたが作った刀は、先の大戦でどんな意味を持っていたと思いますか？」。答えない老人。沈黙が続く。問いが大きすぎるからだ。老人が半世紀以上続けてきたであろう日常的な労働が、「歴史」という大文字によって問い返されている。

ここにはドキュメンタリー映画の暴力が露呈している。被写体の内面までもを他者の視線に曝そうとする暴力。李は、自らがふるう暴力に自覚的だ。老人の困惑をも共有しようとしている。ゆえに沈黙の時間を大切に残した。

作品終盤で同じ質問を向けられたとき、老人は、完成したばかりの「靖国刀」を手にしていた。穏やかに黙り込む老人の表情に、一瞬の緊張が走る。ここがクライマックスだ。この孤独な男は、刀で凄んだりはしない。そのかわりに、こう言った。「小泉首相の靖国参拝を中国人のあなたはどう思いますか？」」。見事な切り返しだ。ここで映画と「靖国刀」が鋭く対峙した。李は答えなかったが、答えられない自分を映画のなかに残した。誠実な監督だと思う。

正義は常に二つ以上ある。それはどんな時代、局面だってそうだ。歴史が神的存在によって公正に書かれ、一つの正義を証明してくれるという願いはオカルトに過ぎない。反省を求める態度も、反省してみせる態度も、嘘寒く、虚しい。結局、善悪の彼岸で、誰もが黙り込んだまま孤独に自問し続けるしかない。それが現在だ。（二〇〇七年、一二三分）

『デトロイト・メタル・シティ』

過激なデスメタル系バンドのカリスマ・ボーカルが主人公（松山ケンイチ）。悪魔メイクでステージに立てば若者のヒーローに。でも、実は嫌で嫌でたまらない。この青年、ひとたびメイクを落とせば、渋谷系のお洒落な音楽をこよなく愛する小心者だ。

そのギャップを徹底的に笑いのめす人気漫画が原作。「変身ヒーロー」の主人公が味わう栄光と悲哀を、ギャグに転化させたアイデアは秀逸だ。映画化にあたっては、原作のビジュアル・イメージの再現が最難関になるはずだが、そこは見事にクリアできている。役者はみんな素晴らしいし、音楽もいい。

監督の李闘士男はＴＶバラエティー出身（演出）。ＴＶで成功した才能が、硬直した映画業界に参入するのは決して悪いことではない。しかし、本作の残念なところは、安直な感動に物語を収束させた点にある。そこにどうしてもＴＶ的な軽さを感じてしまう。視聴率獲得のノウハウをそのまま映画に持ち込んだような印象か。

「音楽を通して人に夢を与えたい」。青年のそんな浮ついた願いを、原作漫画は辛辣に叩き、皮肉る。だから笑えるし、切なくもなる。ところが映画は、その願いを真摯なメッセージとしてマトモに描いてしまうのだ。そして感動を押しつける。こうなると役者陣の熱演も白けてしまうばかりだ。

もともと設定自体に無理があるナンセンス・コメ

ディーなのだ。自虐的ギャグだけで最後まで突っ走ってほしかった。主人公が理不尽な状況に悶々としているから笑えるのであって、その状況を肯定的に受け入れてしまえば何もかもぶち壊しである。

映画の観客は感動的なエピソードに感動したいのではない。映画に感動したいのだ。

（二〇〇八年、一〇四分）

『ブロードウェイ♪ブロードウェイ』

ブロードウェイ史上最長のロングランを記録したミュージカル「コーラスライン」。本作は、その一六年ぶりの再演オーディションに集まった若きダンサーたちの青春群像を追ったドキュメンタリーだ。

題材はとても魅力的である。個々のダンサーの物語、彼らが抱えた葛藤、舞台裏の駆け引き、そして勝者と敗者。ベタな感動がいくらでも期待できそうだ。しかし監督はあえてクールに描いてみせる。なぜか。原作者や初演時のスタッフ、キャストに対する敬意が本作の中心にあるからだ。

本作はおよそ三〇年前の、製作準備段階の音声記録や初演当時の映像といったレアな「お宝」資料をベースにしている。そこに現在の再演オーディションの映像が重ねられていく。ゆえに映画は厚みのある時間の経過、つまりノルタルジアに包まれているわけだが、それは単に郷愁を誘うだけではなく、痛切な喪失感を伴う。

監督のジェイムズ・D・スターンとアダム・デル・デオは、ドキュメンタリー作家としての自己主張を抑えている。娯楽性に媚びたりもしていない。古典的とも言える手法で彼らがやりたかったことは、おそらく「コーラスライン」の生みの親であるマイケル・ベネット（八七年に死亡）に対するオマージュであり追悼なのだ。

いつの時代だって、厳しい競争のなかでもがき苦しみ、自己実現の達成を夢見る若者たちはいる。本作はそんな普遍的なテーマを群像劇として切り取り、若者たちの輝きを賞讃しつつ、同時に一人の、失われた天才を静かにクローズアップしてみせる。躍動する新たな才能とそれを見守る死者。ここには時間の残酷さと優しさがある。とても洗練された美しい映画だ。

（二〇〇八年、九三分）

『青い鳥』

いじめ事件の「事後処理」に取り組む中学校が舞台。ある生徒が自殺未遂をし、転校した。担任が休職してしまった問題のクラスに、主人公の教師（阿部寛）が着任する。彼は生徒たちの顔を見回し、苦しげな吃音で言う。「忘れるなんて、ひきょうだな」と。

この「忘れたとは言わせないぞ」という態度は、生徒のみならず教職員にも向けられる。うわべだけの「反省ごっこ」にことごとく「否」を突き付けるのだ。何度も書き直させたという反省文まで焼き捨てる。

これは怖い。「否」の強度が尋常ではないからだ。教育者というより求道者に近い。あるいは刺客か。表情も口調も穏やかだが、それゆえ凄みが効いている。そしてこの凄みに、生徒らの戸惑った表情を対比させるのだ。

監督の中西健二はこの教師をあえてゾンビのごとく描く。学校という閉域に彷徨い込んだその「異物」は、のろのろと歩き、静かにたたずみ、そして

© 2008「青い鳥」製作委員会

責任を問う。「逃げられないぞ」と。その声は、不在の被害者を代弁しているのではない。ほとんど死者の声に近いのだ。ゆえに、超越的に響く。

物語は、一人の少年（本郷奏多）が自らの加害責任に向き合う過程を描く。だがこの少年は決して「異物」の言葉にうなずいたりはしない。キャメラは少年の怯えた眼差しを執拗にとらえ続けるばかりだ。本作を嘘寒い学園ドラマに収束させまいとする、監督の気概がそこにある。

陰湿で無自覚な集団的暴力を、教育的配慮といった温情抜きでいかに断罪するか。サスペンス、ホラー、復讐劇、心理劇。様々な要素を取り込みながら、作品は最後までひりひりとした緊張感に包まれている。オリジナリティーに溢れた、真の野心作だ。

（二〇〇八年、一〇五分）

『K－20　怪人二十面相・伝』

怪人の罠にはまったサーカスの曲芸師（金城武）が主人公。誤認逮捕された彼は逃走し、濡れ衣を晴らすために暗躍する。そこに探偵・明智小五郎（仲村トオル）やその婚約者（松たか子）が絡む。

とりわけ滑空や疾走のシーンが素晴らしい。まるで『ルパン三世　カリオストロの城』（79）、『天空の城ラピュタ』（86）といった宮崎駿の作品から、アニメならではのコミカルかつ超人的なエッセンスを抽出し、実写で描いてみせたような作品だ。その難題に『ALWAYS　三丁目の夕日』（05）のスタッフが挑戦した。

だから実写といっても、高度なCG技術（VFX）が可視化した合成映像の世界である。『三丁目の夕日』では古き良き時代の東京の風景を再現してみせたわけだが、その映像は郷愁を大いに誘いつつも、どこか薄気味の悪さを感じさせた。リアルであればあるほど気持ち悪い。それがCGの運命なのかも知れない。

本作の舞台は架空の都市「帝都」。時代は一九四九年。一部の富裕層が多くの貧困層を支配する極端な階級社会。そこにダークヒーロー・怪人二十面相が登場する。この設定が効いている。CGが運命的に持つ「薄気味悪さ」が大いに引き立つからだ。

痛快娯楽活劇。ひさしぶりにそんな言葉を思い出した。嘘に嘘を重ねて「これでもか」と見得を切るのも映画の力だ。本作はアニメが持つ「万能感」に届こうとしている。あり得ない風景のなかで、ありえないアクションが展開する。

退屈している子供を連れて、あまり期待もせずボケーっと観ていたらグイグイ画面に引っ張り込まれ、気が付けば親子揃って前のめりになっていた、というタイプの作品である。ようするにとても面白い。

（佐藤嗣麻子監督、二〇〇八年、一三七分）

『そして、私たちは愛に帰る』

ドイツ映画界の巨匠と言えばヴィム・ヴェンダース監督だが、本作はそのヴェンダースに喧嘩を売っているような映画だ。監督のファティ・アキンは在ドイツのトルコ移民二世。本作の舞台もドイツとトルコ。それぞれに問題を抱える三組の親子の物語が巧みに絡み合う。

物語を要約するのは難しいが、要となるのは主要人物の唐突な死である。ある家族の母の死。べつの家族の娘の死。いずれも呆気ない死だ。その死の背後で残された者たちが苦悩し、ドイツ－トルコ間の隔たりを越え、運命的に出会うという構成。「そして、私たちは愛に帰る」わけだ。

壊れた家族の再生が本作の大きなテーマ。それはヴェンダースの『パリ、テキサス』を容易に想起させる。また、父親との確執に苦しむ青年が主人公の一人となっているが、それもやはり同監督の『さすらい』がモチーフとしていた。重ねて本作は、同監督が得意とした「ロード・ムービー」の要素を色濃く含んでいる。ようするにヴェンダース的な匂いが随所にぷんぷんしているわけだ。

ただしここにオマージュやリスペクトは伺えない。むしろ好戦的だ。ヴェンダースの世界を解体しにかかっている。物語の展開や語り口が性急すぎるのだ。どこか苛々している。ヴェンダース流「ロード・

ムービー」の魅力はオフ・ビートな「ダラダラ感」だった。本作はほとんど真逆の態度で撮られている。「早送り世代」。そんな言葉を思い浮かべてしまった。余裕がないのだ。知的だが、我慢が足りない。見切りが早い。ただし、その生意気さこそが新しいとも言える。ともかく、「ニュー・ジャーマン・シネマ」の第二世代が登場したということだ。映画史的に歓迎しよう。

（二〇〇七年、一二二分）

『ホルテンさんのはじめての冒険』

生真面目で、朴訥で、無口な男ホルテン。ノルウェー鉄道の運転士を勤め上げた独身の初老男の、定年退職前後の数日を描いた作品。邦題タイトルから想像すれば、純粋無垢なホルテンの「はじめてのお使い」風冒険を、ほのぼの&しみじみテイストで味わうという感じか。

ところがこの映画、全然そうじゃない。ほのぼの&しみじみどころか、クレイジー&パンクである。物語が動くのはすべて夜。こんな夜ばかりの映画、観たことがない。「ノルウェーの夜」とでも題すべき作品だ。

その夜がまた長い。時間の経過の感覚がほとんど麻痺してしまうほどだ。しかもその夜はひたすら閑散としている。活気がない。時間が止まっている。

止まった時間のなかで、初老の男ホルテンだけが一人で右往左往している。

見知らぬ家に不法侵入したり、照明がおちたプールで泳いでみたり、「目隠し運転」なる自殺的行為に便乗してみたり、スキーのジャンプに初挑戦してみたり。それらすべてが真夜中の出来事なのだ。出来事だけを挙げれば、そうなる。

とにかくすごくへんな映画だ。なるほど監督のベント・ハーメルは、過去にアメリカの破滅型詩人、チャールズ・ブコウスキーの『勝手に生きろ！』を映画化した経歴を持つ（『酔いどれ詩人になるまえに』05）。ほのぼの&しみじみなんて糞食らえの才能なのだ。

本作のテーマは「孤独」に他ならない。夜以外のシーンで印象的なのは、ホルテンが養護施設に母を訪ねる場面である。唯一の家族であるその母は、すでにホルテンを認知できない。

雪原を走る列車。その圧倒的な白。そして長い長い漆黒の夜。見事な対比のなかで、一人の職業人の「孤独」が浮き彫りになる。カフカが観たら絶讃するだろう。

（二〇〇七年、九〇分）

『フロスト×ニクソン』

TV司会者デビッド・フロスト（マイケル・シーン）。イギリスでは人気者だが、過去に全米進出でつまずいた経歴がある。再チャレンジの機会を狙っていた彼は、ニクソン（フランク・ランジェラ）がホワイトハウスを去る報道映像を観て「これだ」と閃く。

ウォーターゲート事件で失脚したニクソンは、多くの疑惑を残したまま政界を退いた。彼にインタビューし、事件の真相に肉薄し、さらには国民への謝罪の言葉を引き出すこと。それに成功すれば、全米から注目されるはず。

一発逆転の機会を欲していたのはニクソンも同じだった。政界復帰を秘かに希望していたのだ。フロストのインタビューを利用して攻勢に出ようと。かくして二人の心理戦が始まる。

しかし本作にはもう一つの闘いがある。硬派ジャーナリズム×軽薄TV業界だ。ワシントン・ポスト紙の報道がきっかけとなったウォーターゲート事件とは、とりもなおさず硬派ジャーナリズムの勝利だった。その勝利に、フロストはちゃっかり便乗したわけだ。当然ジャーナリズムは彼を小馬鹿にした。

　ところが彼はニクソンに勝利してしまう。なぜか。TVメディアが不可避的に持つ無神経かつ残酷な力

を熟知していたからだ。一瞬にして被写体の心理までをも可視化してしまう力。その力を健全と見るか否か。しかし映画は判断を保留する。ただひたすら二人の表情を超アップで追い続けるばかりだ。

　ここに正義はない。あるのはフロストとニクソンの、野心と欲望だけだ。ゆえに美しいのである。TVが正義の味方を気取ることほど醜いものはない。少なくともフロストはそう直観していたのではないか。では今のTVはどうか。そう問いたくなる映画だ。（ロン・ハワード監督、二〇〇八年、一二二分）

『四川のうた』

　中国四川省成都に政府機関の巨大工場が存在した。通称「四二〇工場」。その敷地内には、三万人の労働者と一〇万人の家族が暮らしていたという。工場が五〇年に及ぶ役割を終えたのは二〇〇七年。監督のジャ・ジャンクーは現地に赴き、廃墟化しつつある風景をキャメラにおさめ、労働者一〇〇人に取材

する。

当初はドキュメンタリーを撮るつもりだったが、構成が長大ならざるを得ないために断念。劇映画として再現するのも困難で、結局、形式的にはドキュメンタリーだが、インタビューに応じる労働者たちを有名俳優——ジョアン・チェン、リュイ・リーピンほか——が演じるという方法を採った。

例えるならこういうことだ。かつて吉永小百合は『青春の門』(75)で、山田五十鈴は『女ひとり大地を行く』(53)で炭鉱労働者を演じたことがある。では、閉山する炭鉱を題材にしたドキュメンタリーにこの二人の大女優が登場し、自らの半生——炭鉱労働者としての——を大真面目に語り始めたらどうなるか。

「ふざけんな」という話にしかならないだろう。ところが本作のジャ・ジャンクーは少しもふざけていないし、才気をことさら気取るでもない。このあからさまなミスマッチを淡々と描き切る。ミスマッチと言えば、山口百恵のドラマ『赤い疑惑』(75)の主題歌に、アイルランドの作家イェイツの詩を重ねるという凄まじいシーンさえある。

やっていることは滅茶苦茶だ。なのに滅茶苦茶に見えない。それどころか豊かな情感さえ漂っている。なぜか。本作のギミックな時間や瞬間——整合性を欠いた——は、私たちの生にとてもよく似ているからだ。この監督はもうリアリティーなんて信じていない。映画だけを信じている。

(二〇〇八年、一一二分)

『ディア・ドクター』

中年で独身の偽医者(笑福亭鶴瓶)が主人公。舞台はかつて無医村だった山間の僻地。村の診療所には、救急医療の経験を持つ看護師(余貴美子)が一人。彼女が偽医者を支えている。また製薬会社の営業マン(香川照之)が出入りしており、売り上げ向上のために偽医者を利用している。

看護師と営業マンは、主人公が偽医者であることに薄々感付いている。しかしはっきりさせようとはしない。むしろ緩い共犯関係を結ぶ。人格穏やかで、昼夜問わず医療行為に勤しむこの偽医者が、村民の信頼を集めていたからだ。そこに一人の若い研修医（瑛太）が現れる。

研修医は、言わば異物である。安定した共犯関係を揺るがす存在だ。研修医をいかに騙すか。映画の前半はそれをコミカルに描く。だが後半は、もう一人の異物、偽医者の素性を疑う癌患者の老婦人（八千草薫）の登場によってシリアスな方向へと変わる。偽医者は老婦人とも共犯関係を結ぶ。彼女は病状を子供たちに知らせたくなかったのだ。「一緒に嘘をついてください」と老婦人。それは人命にかかわる重い重い嘘だ。

「必要悪」がどこまで倫理的に許されるか。それが本作のテーマであろう。研修医と癌患者という二重の異物によって、偽医者は追い込まれていく。映画はその様子を言葉ではなく、表情で描いてみせる。追い込まれているのは彼ばかりではない。登場人物のそれぞれが、「これでいいのだろうか」と自問している。

そして映画は、最後に主人公の孤独を浮き彫りにする。身上を偽るために、家族とも友人とも縁を切り、各地を転々としてきた中年男。その悲哀。いや見事だ。原作も脚本も演出も優れている。ぜんぶ西川美和監督の仕事だ。（二〇〇九年、一二七分）

『南極料理人』

本作の舞台は昭和基地から内陸へ一〇〇〇キロ入った「ドームふじ基地」。ここにはペンギンもアザラシも南極犬もいない。ウイルスさえ存在し得ない環境なのだ。

そんな極限の地で生活する八人の南極観測隊員。隊は、学術調査を担当する研究者たちと、彼らをサポートする医療や車両、通信の専門家で構成されている。本作の主人公は調理担当（堺雅人）だ。

映画は、彼らの活躍ぶりを劇的に描くのではない。淡々とした日常生活をスケッチ風に描く。原作が実話エッセーということもあり、個々のエピソードは極めてリアルだ。隊員たちの小さな悩みごとやいざこざを、「料理」に絡ませながら描写してゆく。堺雅人の寡黙な演技が素晴らしい。脇を固める個性派俳優たちとのコラボも十分に堪能できる。

危機的閉鎖空間における群像劇、と言えば、ふつうパニック映画を想像するだろう。本作にも確かにその要素はある。ところがここでは、パニックに至る直前で、すべてが喜劇になってしまう。決して「悪ふざけ」ではない。喜劇にしてしまわねば、死んでしまうのだ。なんせ外は氷点下五四度の世界なのだから。

彼らのそんな日常を支えているのが「食」である。冷凍食材と乾燥食材だけで賄われる料理。そんなものがグルメであるはずもない。しかし料理人は、それを究極のB級グルメとして差し出す。なぜか。必死だからだ。ここでは「食」こそが生命線であり、同時に最上の娯楽なのだ。

死と食を巡るコメディー。こんな映画は前代未聞だろう。監督は新人の沖田修一。チャプリンの例を引くまでもなく、優れた喜劇にはかならずペーソスが伴う。本作では、ラーメンもから揚げも哀しい。

（二〇〇九年、一二五分）

『パイレーツ・ロック』

ビートルズやストーンズといったUKロックが世界を席巻していた頃、本国では公共ラジオ局（BBC）しか存在せず、また法によってポップ音楽の放送は一日たったの四五分に規制されていた。そこに船を使ったロック専門の海賊ラジオ局なるものが登場する。海岸から五キロ以上離れれば法律が適用されないという抜け道があったからだ。当然、政府側はそれをつぶしにかかる。

海賊ラジオ局vs政府という話。信じ難いが、史実だ。とはいえ、さすがに「モンティ・パイソン」を生んだ国の映画。ブラック・ユーモアと悪ふざけで徹底的に小馬鹿にしながら、監督のリチャード・カーティスは描き切る。

海賊ラジオ局で活躍した伝説のDJたちに、高校を停学処分となった少年が絡み、成長していくという構図にはなっている。しかし、そんなことはどうでもいい。結局、ぜんぶ悪ふざけになる。インチキ臭い大人たちの群れに、場違いな美少年や美少女を放り込んで、何をやりたいのかと言えば『タイタニック』（97）のパロディーなのだ。

そのハチャメチャぶりはまさにパンクロック生誕前夜。最高にアホで下品でクダラナイ。むろん監督はそれを狙っている。

それでも本作が単なる喜劇で終わらないのは、劇中これでもかと流れるロックの名曲がホンモノだからだ。そして、胸に突き刺さるようなシーンがいっぱいある。名盤ＬＰレコードのジャケットがうじゃうじゃと海中を漂うカットはどうだろう。寝室でこっそり海賊ラジオを聴く少年、職場で聴く女性たち、トラックで聴く運転手。みんな美しくて正しい。

だらだらした散文的日常に対する一瞬の陶酔。それこそがロックという魔法なのだ。

（二〇〇九年、一三五分）

『スペル』

映画の原点は見世物小屋だった。そう再確認させてくれるような作品である。

銀行で融資業務を担当する女性が主人公。出世のため上司からの信頼を得ようと、住宅ローンの返済期限延長を求めに来た老婦人を事務的にあしらってしまう。逆恨みした老婦人は復讐鬼と化し……。

これが日本映画であれば、まず企画書段階でボツであろう。生活苦にあえぐ老婦人によるストーカー劇など痛々しくて見ていられないし、いささか差別的でもある。しかし、こんなメチャクチャな設定でも映画にしてしまうのがハリウッドの底力なのだ。

監督はサム・ライミ。『スパイダーマン』(02、04、07)の成功で巨匠となったはずだが、それは忘れたことにし、『死霊のはらわた』(81)でデビューした頃の自主映画テイストを存分に盛り込み、もうやりたい放題だ。

主人公は老婦人から「呪い《スペル》」をかけられてしまう。ここからは監督得意のホラー&ドタバタ喜劇の連続だ。ゾンビばあさんのしつこい襲撃、ゲロ、ウジ虫、鼻血ドバー。驚愕したり笑えたりしつつも呪いの理由が理由だけに途中からアホらしくなってしまうが、このグロで下品でナンセンスな世界はバカにできない。

どこまで本気なのかわからない。それがこの監督の真骨頂なのだ。ただの悪ふざけなら底が知れてしまう。すぐにシラケてしまうだろう。いや違う。この監督はおそらく、B級映画の歴史を本気で掘り起こそうとしている。

かつて映画は二本立てが普通だった。メーンの作品に添え物がくっついていた。低予算の、間に合わせの、デタラメな映画。「でも俺はそっちの方が面白かったぜ」というのがサム・ライミなのだ。「実は俺もそうだった」という人には必見である。

(二〇〇九年、九九分)

『アバター』

二二世紀という設定だが、極めて古典的な映画である。

侵略地における先住民との共生は、西部劇の時代からハリウッドが繰り返し描いてきたテーマ。『タイタニック』の監督ジェームズ・キャメロンは、それを未来の宇宙空間に置き換えた。しかし、侵略という行為をいかに反省的に語ってみせても、最終的には独善に至ってしまうというパターンは同じである。

また本作は自然保護をもう一つのテーマとしているが、はっきり言って宮崎駿が二六年前に『風の谷のナウシカ』(84)で描いた世界をCG化してみせたに過ぎない。デジタル3Dなる「飛び道具」を売りにしているものの、アバターなる半エイリアンの活躍や恋を、煩わしいメガネごしに一六〇分以上も見るのはつらい。

観客全員がヘンテコな3Dメガネをかけてスクリーンを眺めている。大昔に、そんな滑稽な体験をした一人として、本作は新しいどころか極めて懐かしい思いがした。デジタル3Dも過去のそれも大差はない。

立体映像はとっくの昔に映画界から淘汰されていたはずだ。それはちょっとしたアトラクションとして子供たちを楽しませ、すぐに飽きられた。なぜか。それが視覚に驚きと喜びを与える装置に過ぎなかったからだ。

私たちはすでに、3D以上の映画体験をしてきたはずである。観客は自らの想像力でもって、スクリーンの奥にまで行くことができた。与えられる映像の虚構性を自力で補うことができた。

3Dの復活は、そんな映画体験が、すでに共有できない時代に入ったことを告げているのかも知れない。遊園地に行くかわりに映画でも見よう。そんな感覚が本作には色濃くある。(二〇〇九年、一六二分)

『バッド・ルーテナント』

ドラッグ中毒で借金まみれの警部補《ルーテナント》の、狂気とも正気とも見分けがつかない不道徳で下品《バッド》な日常を描いた作品。

ニコラス・ケイジ演じる主人公は、『ダーティー・ハリー』のように警察組織からはじき出された一匹狼的ヒーローではない。廃人すれすれのジャンキー野郎が、薬欲しさにひたすら右往左往しているだけだ。

主人公は腰を痛めているという設定で、常に前のめりになってよたよた歩いている。なおかつだぶだぶの茶色のスーツ姿だから、まるで刑事コロンボを意識しているかのようだ。正義感を失い、欲望だけを満たし、墜ちるところまで堕ちた現代のコロンボ。あるかなしかの使命感でもって人を救い、事件を解決してもみせるわけだが、それはちょっとした気まぐれに過ぎない。

監督のヴェルナー・ヘルツォークが描こうとしているのは、モラルなき世界をさまよう疲れ果てた男の肖像であろう。本作のニコラス・ケイジは最初から最後まで疲れている。それをドラッグで覚醒させているのだが、過剰摂取による身体と脳の崩壊を、表情一つ、歩き方一つの微妙なアクションで見事に表現する。

本作は、もともとアベル・フェラーラ監督とハーベイ・カイテル主演で一九九二年に製作された同名映画のリメークであるが、ヘルツォーク&ケイジは前作に敬意を示すどころか、舞台をニューヨークからニューオーリンズに移し、色濃くあった宗教色を排除し、これでもかと言わんばかりに壊してみせた。さすがである。

希望のない陰惨な世界を描いているが、妙に明るいのは、ここには絶望がないからだろう。希望がないから絶望もできないのだ。(二〇〇九年、一二二分)

青少年育成のための映画上映

福岡で『赤軍――PFLP・世界戦争宣言』(71)を上映しようとしたら、県警が来た。二〇〇一年のことだ。僕が勤めている図書館には映像ホールがあって、ほぼ毎日、映画の企画上映をしている。僕はフィルムの保存を担当しているが、たまには企画もやりなさいということで、アングラ映画をやることにした。九〇年ごろに中野武蔵野ホールでアングラ映画の特集上映があって、僕はそれに通っていた。その特集上映を企画したのが鈴木章浩氏で、僕は彼に連絡して「福岡であれをやりたい」と相談した。鈴木氏は平沢剛氏に協力を依頼した。そうして僕と鈴木氏と平沢氏とで「福岡アングラ映画祭（仮）」の企画を立ち上げていった。

目玉はやっぱり『赤P』で、他に城之内元晴の『ゲバルトピア』(68)や、山崎祐次の『反国家宣言――非日本列島地図完成のためのノート』(72)なども上映予定だった。「公共施設でそんなのやって大丈夫？」というのは当然あったが、「まあええんちゃうの」という雰囲気を作っていった。勤務先の図書館は映画もやるがフィルムの保存もする立派なアーカイヴ施設だ。保存庫も温湿度管理されているし、保存担当職員（つまり僕のことだ）も常駐している。フィルム保存というテーマで言えば、多くのアングラ映画は国のアーカイヴでは保存対象外であるし、ほとんど個人で保管しているのが実情だから惨憺たる状況にあるはずで、そこに焦点をあてればアーカイヴ施設としての大義名分は立った。しかし県警が来てコケた。

県警は何をしにきたのか。その時僕はたまたまいなかった。対応に出た係長に聞いてみたが、ようするにどういった経緯でこのような映画の上映を企画するに至ったかを聴き取りに来たようだった。べつにお咎めという感じではなかったという。あたりまえだ。しかし「県警が来た」ということだけで雰気が変わってしまった。「まあええんちゃうの」が「やっぱあかんのちゃうん」に変わった。

職場の一番偉い人がビビって、この企画をやめなさいと言った。やめなさいと言われても、すでに広報物の製作に入っていたし、その一部はまかれていたし（だから県警が来た）、松田政男氏をはじめ、いろんな人の協力を得ていた。足立正生氏も故郷福岡での上映をたいへん喜んでいると伝え聞いていた。もうやめるわけにはいかない。だから、どんな形になってもとにかくやれる方向で考えようということになった。それはつまり、一番偉い人が拒絶反応を示すかも知れない作品を、ちょっと偉い人たちが判断して自主的に外す、自己検閲するということだ。それは凄まじい言葉狩りだった。映画を見ていないのだから、内容云々は関係なかった。「赤軍」はもちろん、「ゲバルト」「反国家」もアウトだった。「沖縄」もだめ、「アングラ」もだめ、「アバンギャルド」さえNGで、こういうのを気狂い沙汰という。一番下っ端の僕は「ああいいっすよ、ぜんぜんいっすよ」という調子だった。作品はいくらでも差し替えられると思った。もともとあれもやりたい、これもやりたいという感じだったのだ。

『赤P』は『銀河系』（67）に差し替えた。『椀』（61）も参考上映することになった。僕は最初それらをぜんぶ足立正生の映画として捉えていて、平沢剛氏にバカにされた。足立正生の映画作りは常に共同製作ということが意識され、厳しく組織されていたのだから、作品を一人の作家の名前に集約するのは間違いだとわかった。

赤軍とPFLPの共同編集作品である『赤P』は、図書館ではできなかったが、その代わりに中洲のど真ん中に会場を借りて勝手に上映した。『ゲバルトピア』もやった。平沢氏が作って送ってきた真っ赤などぎついチラシを僕は配り歩いた。安い印刷だったのでインクで手が汚れた。「俺は手を汚す」とはこういうことか。「ああこれじゃまるで支援者だな」と思って、持て余したチラシをぜんぶ那珂川に棄てたろかと思ったが、「仁義」という言葉がちらつくのでできなかった。

「仁義」と言えば高倉健。昨年（二〇〇二年）、高倉プロモーションから健さんが個人的に所蔵していた主演作の一六ミリがまとめてどかっと寄託された。職場全体が浮き足立った。おかげで高倉健の大映画祭が実現した。アングラの話題は、県警事件の余韻ともども一気に消えた。「やっぱ映画はこっちだよね」という雰囲気になっている。ああ無情。「ヤクザ」はOKなのかと言いたくもなるが、僕は嫌みは言わない。足立正生と高倉健が僕の頭の中では運命的に出会ったのだから、とりあえずそれでいいと思った。僕はまだ諦めたわけではない。

侯孝賢と私

　長期にわたる多量の飲酒により脳が萎縮していることを実感している。その萎縮した脳で考えられることは、せいぜい、フィルム文化の急速な衰退にどう対処すべきかであって、詩だの小説だのどうでもよくなった。人間のする書き物は一切が醜い。これはおよそ二年ぶりに書く文章だ。

　侯孝賢には二度会っている。一度目は一九九六年の東京国際映画祭だ。上映直前にニコチンを溜め込むのが私の習慣で、その時も、後に妻となる女性を会場に残し、喫煙所に向かった。喫煙所と言っても、当時はまだ分煙などしておらず、ロビーの一角に灰皿付きの長椅子があるという感じだったか。野球帽のようなキャップを被った小さなおっさんが一人、煙草をふかしていた。鉄工所の作業着のような薄手のジャンパーを羽織っていた。私のライターがなかなか点かないでいると、そのおっさんは自分の一〇〇円ライターで火を貸してくれたのだった。そしてそのライター（漢字の広告が側面に印刷された）を、「持ってけ」といった仕草で、私にくれた。首からゲストのＩＤカードがぶら下がっていて、そこに侯孝賢とあった。

　二回目はそれから約一五年後、私が勤める福岡市総合図書館でだ。福岡市がする何かのイベントのゲストとして、侯孝賢が来福していた。何のイベントだったか、調べればすぐに分かると思うが、めんどくさい。とにかく職場にヤツが来たのだ。私はヤツをフィルム収蔵庫に案内した。台湾映画の棚にサインをしてもらった。それから映写室、ホール内部、最後に図書館内の映画図書コーナーに案内した。ヤツが一番興味を持ち、長く居続けたのはそのエリアだった。書物の背中を眺め続け、いつまでも通り過ぎようとしないヤツに、私は日本で出版されたブルース・リーの豪華本を見せた。するとヤツが私に向かってカンフーのポーズをしてくれた。大好きなのだ、ブルース・リーが。ヤツも私も。そんなことは一瞬の、互いの目配せで全部わかってしまう。

アジア映画のなかで、「台湾映画」というジャンルを作ったのは侯孝賢だったと私は思うが、ではヤツのベスト・オブ・ベストはと問われたなら、躊躇なく『フラワーズ・オブ・シャンハイ』(98)と答えるだろう。ほとんど狂気に近い、フォルマリズムの極地である。だがそれは、ヒッチコックや溝口健二の美学とは程遠い。美学には回収できない、どうしようもない病気の産物だ。なぜなら、観ている観客には、ヤツがしている格闘がまったく分からないからだ。フィルムを直接扱う映写技師や編集者、あるいは字幕翻訳者であればギリギリ共有され得るかも知れないフォルマリズム。

つまり「ロール割り」を凄まじく意識しているのである。35ミリの二〇〇〇フィート一巻、約二〇分。それを意識している。『フラワーズ・オブ・シャンハイ』は二時間ほどの作品だが、それを構成する各一巻ごと、約二〇分で一つのエピソードが始まり、完結する作りになっている。その形式、約束事のなかで、勝負しているのだ。ようするに一巻が一章になっているわけだが、時間は連続しているので、観客がそれに気付くことは、絶対にない。映画の、時間芸術という逃れられない現実に対して、誰にも分からないような抵抗をしている。形式によって、時間を塞き止めようとしている。これが狂気でなくて何であろうか。私が知る限り、侯孝賢以外でその狂気が認められるのは、ハンガリーのタル・ベーラぐらいである。

クソったれはクソったれである——コリン・マッケイブ『ゴダール伝』

本書の原題は「ゴダール——七〇歳の芸術家の肖像」である。邦訳者の堀潤之と版元のみすず書房はその原題をあっさりと却下し、『ゴダール伝』なる邦題につけかえた。著者のコリン・マッケイブに少しも敬意を払おうとしないその態度はあっぱれで、しかもこの邦題には著者への批判が含まれている気がする。本書はゴダールの評伝であるが、この邦題は、まるでコリン・マッケイブによる「評」は要らないと言っているかのようだ。「伝」の要素だけでいいと。それに、本を売るためには「伝」が順当なのだ。読者はそこに「ゴダール物語」を期待するだろう。そして裏切られるわけだが、それはそれで正しくゴダール的ではないかとさえ思う。

実際、本書を読み進めてみれば、コリン・マッケイブによる「評」にさほどの意味はないことがわかる。彼の師であるアルチュセールであればどう解釈したか、あるいはデリダであればどう分析したかといった視点に寄り掛かっており、およそ紋切り型の域を出るものではない。ようするにゴダールを、著者が専門とする「モダニズムのポスト構造主義的研究」のネタにしているに過ぎない。それを「伝」の合間合間にしつこく差し挟むわけである。これは本当にしつこい。「どうでもエエことをネチネチ書きやがって」と腹も立ってくるが、本人は「評」こそが売りのつもりなのだから仕方ない。

僕はしかし、コリン・マッケイブが本書を「七〇歳の芸術家の肖像」と名付けたことには、それなりの意味があるように思う。なぜ「映画作家」ではなく「芸術家」なのか。そこに著者の辛辣な皮肉を読み取ることも可能だと思う。コリン・マッケイブは「芸術家」という呼称を決して楽天的に使ってはいないだろう。「芸術家」なる存在をリアルに肯定し得るような言説を、この時代はすでに失っているはずである。今となっては、「芸術家」とは人を小馬鹿にするときに口にする呼称なのだ。「彼は芸術家ですから」。その後には必ず苦笑が伴うだろう。「彼は詩人ですから」と同じだ。

思いっきり紋切り型の理解で申しわけないが、およそ古今東西の「芸術家」なる存在は放蕩息子のなれの果てであって、賃労働という概念を持たず、金は誰かが与えてくれるものだと思い込んでおり、ひたすらパトロン探しに明け暮れ、その過程で友人や恋人を裏切り、大いに傷つけ、時には死に追いやりながらもへっちゃらな連中なのだ。それが近代的な特権階級の産物であることは言うまでもない。コリン・マッケイブが描写してみせたゴダールの半生も、おおよそ以上の通りである。つまり人間としては最低だ。

よって『ゴダール伝』の「伝」だけを読み繋いでいけば、「人間として最低」なエピソードの連続となる。だがそれを過剰に強調したり、あるいは神話剝がしに躍起になってみても仕方ないのだ。なんせ「彼は芸術家ですから」。「ゴダールは芸術家としては一流かも知れないが、人間としては最低だ」ということが本書にはさらっと書かれているわけである。「芸術家としては一流」と「人間として最低」が同義であることは言うまでもない。それでもゴダールの映画を愛する人々にとってみれば、現代においてなお芸術家（最後の！）であり続けようとするゴダールの、その苦悩にこそ共感したいのかも知れない。傍迷惑な苦悩ではあるが、なるほど魅力的ではある。それをトリュフォーはバッサリと切り捨ててみせた。「クソったれはクソったれである」と。

僕が本書で一番感動したのはトリュフォーの言葉だった。新作の製作費集めに困ったゴダールは、長く絶交状態にあったトリュフォーにまで金をたかろうとしたのだった。一九七三年、トリュフォーが『アメリカの夜』を撮った年だ。当時ゴダールはコッポラがロサンジェルスに作った「ゾーイトロープ社」に出入りしていた。ゴダールの手紙はとても人にものを頼む態度では書かれていない。商業的にそこそこ成功しているトリュフォーに対し、その商業主義への追従を嫌みっぽく批判しつつ、ゆえに自分の映画＝芸術に出資援助するのは当然の義務だとのたまうのである。

この手紙に対するトリュフォーの返信が素晴らしい。「華々しい行動と言明を好み、放慢で独断的な君は、一九七三年の今も相変わらず君自身の台座に収まり続けていて、他人に無関心で、誰かを助けるために損得ぬきで数時間を割くということができないでいる。君が大衆に対して持っている関心とナルシシズムのあいだには、何かに対する余地も、誰かに対する余地もいっさいないのだ。（…）君にはある役柄を演じる必要があって、その役柄は威光のあるものでなければならないのだ。ぼくはずっと、本当の闘士とは、割の合わない、日常的な、必要な仕事をする家政婦のような人たちだという気がしていた」。

トリュフォーは不幸な家庭に育った。孤児だった。貧乏だった。本書のトリュフォーに関する記述は極めて少ないが、しかしそこで紹介されているエピソードはどれも感動的であり、真に神話的だ。ゴダールとトリュフォー。育った環境がまったく違う二人が、ほんの短い一時期であるとはいえ共に闘ったということは奇跡的である。その奇跡の最終章をトリュフォーは二通目の返信のなかでこう締めくくる。「君の返事を待ち焦がれたりぜずに待っている。なにしろ君がコッポラのグルーピーにでもなればたぶん君には時間が足りなくなるだろうし、君が次の自伝的映画の準備に手を抜くのは論外だからだ。ぼくはそのタイトルを知っているような気がする。『クソったれはクソったれである』だ」。

芸術家としては一流かも知れないが人間としては最低。これがゴダールの肖像だとして、では映画作家としてはどうなのか。はっきりしているのは、商業的には二流かそれ以下だという事実である。本書でもそれはエピソードとして軽く書かれている。映画業界から金を集めることが困難になったゴダールは、TV業界を次のターゲットにする。そして教育機関、さらには国や地方自治体が出資する公金へと手を伸ばしていく。「おまえらみんなわしのパトロンじゃ」の世界である。いかに芸術家を気取ってみせても、金をたかっていることに変わりはない。没落貴族とルンペンは紙一重なのだ。彼らは働こうとしない。賃労働を拒絶する。ゴダールをことさら神話化して、その「甘ったれ」を助長している連中こそが諸悪の根源なのかも知れない。

でもそんなことはどうでもいい。ゴダールの人物像に誰が何を期待するというのか。最低なのは判っている。映画作家としてのゴダールが問われるべきはその作品なのだ。商業的には二流以下であっても、その作品の影響力を考えたならば、超一流と言うほかないはずだ。多くの若き映画作家が、詩人や小説家が、そしてミュージシャンまでもがその影響を口にしている。僕でさえゴダールの映画からそれなりの影響を受けていると思う。コリン・マッケイブは、ゴダールが誰から影響を受けたかを熱心に書き込んでいるが、誰に影響を与えたかという視点を致命的に欠いている。「芸術家の肖像」で済ましてしまってはダメなのだ。

さて、唐突だが、本書にはバイク事故に関する記述が三つある。最初の記述はゴダールの母、オディール・モノーの死である。彼女はスクーターの運転を過って事故死したのだった。二つめはジャン＝ピエール・ゴラン。彼もまたゴダールと出会ってすぐにバイク事故を起こし、長期にわたって入院生活を送ることになる。三つめはゴダール自身だ。バイクごとバスの前輪に巻き込まれたゴダールは生死の境をさまよい、命をとりとめた後も二年近く現場に復帰できなかった。一九七二年から七五年に至る三年のブランクには、そういった事情があったわけである。

それらの偶発的な出来事には、何らかのサインがあるように思われる。「なぜ揃いも揃ってバイク事故なのか」。その問いに意味がないとは思わない。僕は映写技師をしていたことがあるから、そのサインがすぐにわかった。バイクと映写機はとってもよく似ているのだ。試しにバイクを縦に起こしたイメージを想像してみればいい。それは35ミリの映写機とそっくりに見えるだろう。上下に大きな回転体があり、それがモーターで制御されているという次第だ。僕はぞっとした。これは呪いだ。間違いない。ゴダールは映画から呪われている。映画は彼の母を殺し、ヌーベルヴァーグ以後の盟友として選んだゴランを殺しかけ、そしてゴダール自身をも殺そうとした。

ゴダールがアンヌ＝マリ・ミエヴィルという現在のパートナーを得たのは、彼自身のバイク事故がきっかけだった。ミエヴィルが看病したのだ。そこでゴダールはやっと母を取り戻したのだと言えなくもない。アンナ・カリーナやアンヌ・ヴィアゼムスキーといった彼好みの美少女に、母親役をさせるのは無理があった。しかし、だからといって映画からの呪いが解かれたとは言えない。どうすればこの呪いを解くことができるか。その答えを、ゴダールは『映画史』なる大作に見出そうとした。でも答えなんかないのだ。複製芸術の時代を芸術家として生きようとしているような男にとって、それは「ないものねだり」でしかあり得ないだろう。結局、「おまえらの映画がなんぼのもんじゃい。わしこそが真の映画じゃ。呪えるもんなら呪ってみせろ！」とゴダールは叫ぶしかなかった、ように僕には思われた。

フィルムアーカイヴはビデオを救えるか

1　ビデオのオリジナリティーとその再現性

色彩の濃度やバランス、像の明るさ、コントラスト、あるいはフォーカスといった、画質のクオリティーを支えている要素は、その作品のオリジナリティーを構成する大きな属性であると言える。ただしそれが必ずしも正しく再現されるとは限らない。フィルムは映写機によって投影されるのであるから、ランプの光量が足りなければ当然暗いし、フォーカスも映写技師の視力に左右される。またフィルムそのものが褪色しているような場合もある。とはいえフィルムであれば、作品のオリジナリティーを大きく損なわない程度には、その再現性が保証されているのであって、その約束の上に映画という産業は成立している。

一九九〇年ごろになるが、地方の映画館に行くと、新作映画のロードショー公開をビデオプロジェクターで行っているところがぽつぽつとあった。配給会社がビデオ版で配給していたということなのか。この映写技師を必要としないお手軽なシステムが、しかしその後広く定着することはなかった。やはり映画はフィルムでなければ、というわけで同じ全自動システムでもロング・プレイによるフィルム映写が今の主流である。たしかに映写技師が活躍できる領域は狭くなったが、ビデオシアターによって追放されるよりはマシだ。

ビデオ版によるロードショー公開というシステムが定着しなかった理由は簡単である。画質のクオリティーが悪すぎたのだ。フィルムを見慣れている観客の目には、ピンボケした、発色の悪い、暗い映像にしか見えなかっただろう。当時のビデオプロジェクターは、どれほど完璧に調整してもその程度の画像、ビデオなんだから仕方ないと思い込むしかないような画質が限界だったはずである。考えるに、配給会社は作品内容さえ再現できれば、画質のクオリティーが完全には再現できなくても商売になると踏んだのだろう。あれは一種の実験、というか賭けであったのかも知れない。もしそのシステムが観客に受け入れられたならば、複製にかかるコストだけでなく、配給上映についてまわったありとあらゆる運営上のコストが軽減されていたはずである。

もちろんビデオ産業のテクノロジーは凄まじい勢いで更新され続けており、デジタル処理されたヴィジュアル・イメージからはあのビデオ特有の、潰れたような、べたべたとした質感は失われつつある。いずれフィルム並みの解像度でスクリーンに投影される時がくるだろう。とはいえ、私はこのテクノロジーがいかに画質のクオリティーを保証したとしても、オリジナリティーの再現という点では本質的に不向きなのではないかと考えている。なぜならビデオとは黒い磁気テープ上に記憶された情報に過ぎないのであって、そのフォーマットに見合ったしかるべき再生機を必ず通過せねばならず、よって再生機側の設定一つで「色調」（色の濃さ、バランス、明暗、コントラストといった画質のクオリティーをここではとりあえず大ざっぱにそう呼ぶことにする）が変化してしまうからだ。加えて、再生機のみならずビデオプロジェクターの設定、もしくはTVモニターの設定によっても色調は左右されるのだし、そもそも設定以前にそうした映像機器には個別の特性というものまである。つまり同じ機種で、同じ設定値のもとで再生しているにもかかわらず、色調が異なっているということもあり得る。

こうしたことは観客にとっては実際取るに足らないことなのかも知れない。それなりにマトモな色が出ており、シャープな画像が得られればそれで充分なのではないか。実は私もかつてはそう考えていた。そう考えながら、映画祭などでビデオ投影のオペレーションをしていたのだ。しかし作家はそう考えない。とりわけそれがコンペの対象であればもう大変だ。次々に映写室に駆け上がってくる。「私の画がこんなに汚いはずがない」「色が違う」「暗い」「もっとシャープに映せ」といった具合である。私は反論した。「これはあなたの作品自体の画質のクオリティーがそのまま出ているのだ」「フォーマットに問題がある。VHSとベーカムを同じように映せと言っても無理だ」云々。色調はベクトル・スコープと波形モニターを使って基準値に設定していた。カラーバーがあればそれに合わせたし、ない作品についてもでき得るかぎりの調整はしたつもりだ。もちろんプロジェクターの能力には限界がある。だからといって取り替えることもできないではないか。私は少なくとも総ての作品を同じ条件で投影しているはずだった。それはコンペでは最も大切なことである。しかるに作家は不満を言う。必死なのだ。そして作家たちの執拗なこだわりに戸惑っているうちに、私はようやく自分が間違っていたことに気付いたのだ。すなわちビデオ作品にとって、画質のオリジナリティーなどというものが最初から存在しているのではない。それは作家自身によって、再生されるごとに修正・加工されねば得られないのである。

そんなことは当たり前ではないか、とジャン＝リュック・ゴダールならば言うだろう。ゴダールは映画祭のような場所でビデオがまともに上映されるはずがないということを知っていた。だから映写室に駆け上がったりはしない。そのかわりにあらかじめ大切な観客だけを自宅に招くわけだ。ゴダール邸には、ほとんど偏執狂と言えるほど、細部にまで神経の行き届いた鑑賞用のビデオシステムがあるらしい。そのシステムは、ゴダール自身によって、作品にとって最もふさわしい色調で再現できるように調整されていたことだろう。「この作品の鑑賞にとってこれ以上の環境はないのだ」といったようなことをゴダールは言う。つまりここで観た作品だけが唯一のオリジナルなのだと。「この作品」とは『(複数の) 映画史』(88－98) である。蓮實重彥によって紹介されたこのエピソードを読んだとき、私はビデオというテクノロジーがそのお手軽さの代償として犠牲にしたものの大きさを、改めて実感したのだった。

結局、そうした認識は「ビデオはネガティヴを持たない」という単純な事実に行き着くのだろう。ネガを持たないということは「プリント＝現像＝定着」という行為を体験していないということである。ビデオとは本質的に不安定な物質なのだ。この「像の不安」を解決する方法は一つしかない。フィルムに変換することだ。作家自身が最も正しいと考える色調をフィルムに定着させてしまうこと。これで少なくともフィルム並みのオリジナリティーは約束されるし、またその過程で「ネガティヴ」

を持つこともできる。しかしそうなった時点で、それはもうビデオ作品とは呼ばれないだろう。ビデオに固有にあった何かが失われてしまうからだ。ビデオとフィルムは、ヴィジュアル・イメージを相手にしているという点では同じなのだが、まったく違うテクノロジーと物質性に支配されていると考えた方がよい。

2　情報の透明性

では本題に入ろう。「フィルムアーカイヴはビデオを救えるか」。すかさず回答してしまうが、まったく異なった理念、異なったシステムを導入しない限り救えないだろう。フィルムに変換されていれば救えるだろうが、それではビデオを救ったことにはならない。それはすでに記した。なぜ救えないか。ネガティヴを持たないということも一つの理由にはなるだろう。原版と呼びうるマスター・テープは存在するのだろうが、そのフォーマットも決して不変というものではない。しかし、ただそういうことなら、フィルムアーカイヴはネガやマスター・ポジだけを保存していればいいということになる。現実には上映用ポジをも保存対象としているのだからそれはおかしいではないか。その通りだ。おそらく問題は別のところにある。確実に言えるのはこういうことだろう。アーカイヴという場所が対象にしているのは「物の物質性」なのであり、「情報の透明性」ではないということだ。ビデオを救えない最大の理由は、その物質性の希薄さにある。

そういう意味では書物やフィルムといった複製物も決してアーカイヴの理念を代表しているもので

はない。一般的な理解で言えば、アーカイヴが保存の対象にしているものとは文化遺産や美術工芸品や古文書といった「一点物」なのである。そこにはさすがに「一点物」にしかない豊かな物質性がある。書物やフィルムといった複製物はむしろ「ライブラリー」の対象になっているのであり、国立のフィルムアーカイヴであっても貸出機関的な役割を免れてはいない。「優秀名画鑑賞会」なるパッケージの巡回上映がそれだ。いずれ複製物の運命は「アーカイヴ」と「ライブラリー」という二つの矛盾した行為に引き裂かれ続けるしかない。としてもだ、少なくとも保存対象である限りはアーカイヴの理念を反映させねばならないだろう。そしてフィルムや書物にはかろうじてそれに足るだけの物質性が備わっているわけだ。その物質性が「プリント」という近代的なテクノロジーによって与えられていることは言うまでもない。物として画が映っている、文字が印刷されている。そういうことだ。ビデオの表面には何も映ってはいない。

福岡市総合図書館映像資料課は、英語表記すれば「FUKUOKA CITY PUBULIC LIBRARY FILM ARCHIVES SECTION」となる。つまり「ライブラリー」と「アーカイヴ」が並記されているのである。あり得ないではないかと思うが、これは優れて現実的な名称であると言える。ここでは主にライブラリーの役割としてビデオを収集しており、それはブースで一般利用できる。すべてVHSだ。それとは別にTV局や映画配給会社から寄託を受けたビデオというものが存在する。TV局からのものは報道素材が中心で、配給会社からのものは宣伝素材だ。それらはほとんどが3/4（U-matic）である。このままではライブラリーとして利用できないので、アーカイヴ側の対象となっている。保存しろということだ。どこかにしまい込んでおくのは簡単だが、それでいいはずがない。保存と保管は違う。保存という仕事には対象物のコンディションの把握が伴う。必要であれば補修やクリーニングも施さねばならない。フィルムにはそのノウハウがある。だがビデオにはそれがない。再生機のヘッドをクリーニングすることはできるが、ビデオテープそのものをクリーニングするなんてできるのか。そんな話は聞いたこともないが。実はTV局から寄託を受けたのはビデオだけではない。同時に大量の16ミリフィルムも預っている。彼らはいったい何をしているのか。

おそらくビデオを保存するためのシステムを考えるなら、その時代の最も優れたフォーマットに変換＝更新し続けるということ以外にありえないだろう。優れた、といってもそれが特殊なフォーマットであっては困る。ある程度は複製作業が容易でなければならないし、互換性も考慮せねばならない。というわけで、「画質のクオリティーの大きな革新が明らかな上で、そこそこリーズナブルなフォーマット」が新たなスタンダードと見なされる。そしてスタンダードたりうる新たなフォーマットが出現したとき、ビデオは一斉にこの作業、変換＝更新の作業に曝されるわけだ。実はこういうことをTV局はずっとやってきた。「1インチ」の時代から「3/4（U-matic）」、「1/2（VHS）」、「β-cam」を経て、いよいよ「デジタルβ-cam」が現在のスタンダードとなったわけだ。まるで「SONY」の歴史のようだ。ここに至り、もうそろそろあのお荷物のフィルムどもを片付けてしまっていいのではないか、ということにどうやらなりつつある。ヴィジュアル・イメージのデジタル化は、フィルムを処分するに充分な理由を与えるだけの革新性があったということだ。本当にそうなのか。疑念は強いが、しかしTV局がほとんど横並びにフィルム資料のデジタル・ベーカム化の作業をしているのは、おそらく福岡市に限った現象ではないだろう。

この変革と更新のシステムは、それが正しく運用されている限りは、「不死」を約束されている。そういう意味では画期的なシステムだと言えなくもない。ただしこのシステムが対象としているのは、「情報の透明性」なのであって「物の物質性」ではない。物には寿命というものがある。アーカイヴはその寿命と闘ってきた。「永久保存」というのは理念に過ぎないのであって、その理念は人間の等身を遙かに超えている。フィルムという物質は、可能な限り理想的な環境下で保存されたとしても、理論上はたかだか六〇〇年の寿命しかない。物とはそのように儚いものなのであり、そうであるがゆえに人間的な「いたわり」の対象になり得るのだ。もちろんこの「いたわり」は「エゴ」と言い換えることもできる。ただしこの「エゴ」は一人の人間のものではない。むしろ人間の知性的な営みを集合的に代表しようとする「文明のエゴ」なのである。そしてその「エゴ」が、ほとんど賭けに近い欲望によって維持され、もっともらしく外在化しているのがアーカイヴという場所なのだろう。ここでは「文明」がその死後に賭けているのだと言ってもいい。そう考えるならば、ビデオの保存システムにみられる世界観というものは、むしろ極めて人間的であると言えるのかも知れない。人間の寿命よりも短いスパンで「情報の透明性」だけをひたすら引き継いでいくのだから。ここでは物としてのビデオは単なる容器にしか過ぎないのだから。

3　デジタルアーカイヴ

ビデオは単なる情報の容器にしか過ぎない、人間のように。しかし人間の欲望はそうであることに留まることはできない。遺伝子工学的には理解できても、誰も自分が容器に過ぎぬものであっていいとは思わないだろう。であるから、物質の「不死」というありえない欲望をアーカイヴに託すのだろう。では、ビデオで試みられているように、そこから記憶＝情報だけを救いだし「不死」を約束しようとするなら、より一般的にはどういったシステムがありえるだろうか。こうした問題はビデオよりむしろコンピュータの世界が強いだろう。フロッピー・ディスクからMOへとフォーマットを更新してきたコンピュータの記憶システムは、すでにそうした容器を必要としない時代に入っているのかも知れない。つまり巨大なマザー・コンピュータに情報を送り込んでしまい、あとは通信情報としてやりとりするという。私はその世界には疎いので恥ずかしいが、インターネットがそうしたテクノロジーを代表しているのだろう。そしてこのテクノロジーは当然、新たな「保存」のシステムとして実用化されることになる。つまりデジタルアーカイヴ構想というのがそれだ。

　コンピュータの世界は私には謎が多いのだが、人間の思考パターンが数値として普遍的に形式化されているようなイメージがある。それは、なんとなくだが、高度な情報処理能力で死の概念を「否認」しているように思われる。つまり情報の「不死」を約束しているというより、情報に死ぬことのできない条件を与えているような気がするのだ。必要があればその情報をフロッピーやMOに落とすわけだが、必ずしもそうした容器を必要とはしないというこの保存と公開のシステムには、そもそも劣化という概念が存在しない。「情報の透明性」を永久的に救うだけでなく、保存と公開という矛盾、アーカイヴに不可避的に運命付けられていたそれを、あっけなく解決してしまうわけだ。デジタルアーカイヴ構想はすでに国家の事業として着々と進められている。埼玉かどこかに広大な土地を買収済みだ。おそらく、「プリント」という近代的なテクノロジーを体験していないヴィジュアル・イメージたちが最終的に救われる場所はそこだろう。あるいはフィルムの画像情報もデジタル処理され、そこに登録されることになるのかも知れない。一度登録さえしてしまえば、記憶喪失でも起きない限り情報が失われることはないだろう。死は百パーセント起こるが、記憶喪失はそう度々起こる出来事ではない。かくして情報の透明性が物の物質性に勝利するというわけだ。それはフィルムや書物という複製物に、物としての物質性など認められないという時代が来るということでもある。ありえない話ではない。

作家はどう考えるのだろう。映画祭の現場で必死になって画質のオリジナリティーの再現＝加工を求めた彼らも、たとえばホームビデオとしてリリースされ、茶の間のＴＶモニターで観られているような場所ではどうしようもないはずだ。ビデオとは「止められない嘘」のようなものとして、あるいは「映画の絵葉書」のようなものとして流通するしかないものだと見なすこともできるだろう。彼らはもっぱら作品の「公開」や「流通」を強く求めているのであって、オリジナリティーの「再現」であるとか「保存」だとかいったことを求めるだけの余裕はないだろうと思う。それに著作権の問題も絡んでくるわけだから。何年か前に、マーティン・スコセッシが中心になって、配給会社に対してそれを強く求めるという出来事があったと思う。フランシス・コッポラやスティーヴン・スピルバーグも名を連ねていた。スピルバーグは配給会社との契約条件にオリジナリティーの「再現」と「保存」を盛り込んだと聞くが、そんなことができるのも彼がハリウッドの大監督だからだろう。ふつう配給会社は、そんなことにまで金を注ぎ込まない。だからその仕事をアーカイヴが引き継ぐことになる。

しかし、仮にアーカイヴの保存対象となったところで、作品が「映像資料」だの「画像情報」だのと呼ばれることも、作家にとっては不愉快であるだろう。そんなことは百も承知だ。しかしアーカイヴはそうした作家の意志を尊重しない。なぜなら保存という行為に、「好み」であるとか「批評性」を反映させることはできないからだ。ここでは「作品」は等価な物質、もしくは情報として扱われねばならない。アーカイヴの理念とはそういうものだ。この仕事は同時代の作家のためにあるのでもなければ、キュレイターのためにあるのでもなく、そして誤解を覚悟して言えば、同時代の観客のためにあるのでもない。非営利的な公開を不可避の前提としているとはいえ、この「保存」という仕事は一〇〇年後、あるいは六〇〇年後の誰かにマスターピースをマスターピースとして手渡すために費されている。だからこそ作品のオリジナリティーを問わねばならないのだ。その誰かがたとえ猿であってもアーカイヴの理念が揺るぐことはないだろう。アーカイヴに登録すべきかどうかを判断するのは作家自身ではない。同時にそれはキュレイターでもなければジャーナリストでもない。誰にも判断などできないのだ。よって公的機関がこれを引き取ることになる。形式的にはそういうことだ。

いずれ国家事業としてのデジタルアーカイヴ構想は、フィルムアーカイヴや図書館の重要な役割の一部を回収してしまうだろう。その視線は書物やフィルムさえ、もはや容器としてしか認知しない。「そもそも複製品に過ぎない物に物質性なるものを見出すこと自体が、倒錯した視線だったのではないか」、そうした問いをビデオは発していたわけだが、デジタルアーカイヴがその問いに答えたのだと言えるかも知れない。映画や書物を物として保存する限り、保存の現場では現状維持をベスト・コンディションと考えるしかない。そこでは場合によっては「取り返しがつかない」ダメージが発生することもある。だがデジタルアーカイヴにはそうしたことはありえない。情報を対象としているのだから、それは劣化せず、いつでも再現でき、必要があれば修正・復元ができる。つまりいくらでも「取り返しがつく」のである。このほとんどオールマイティーと言える復元能力こそ、フィルムアーカイヴにとっては決定的な脅威なのだ。そして言うまでもなく、デジタルアーカイヴは「ノンリニア」な世界観によって支えられている。

「ノンリニア」という、このレトロスペクティヴな視線の一切を欠いたヴィジョンは、時間軸に支配されない空間の並置によって現時を立体化する。この視線は「情報の透明性」にのみ向けられているので、それを「対象化＝内面化」したりはしない。またそれは、人間的な思考のパターン——何かをしながらあれこれ他のことを思う——を結果的に再現しているとも言える。しかも「歴史」という概念を持たないこの世界観が、アーカイヴの理念（保存すべきかどうかを判断できるものは誰もいない。よってそれは無条件に保存されねばならない）に反しているどころか、それを実に優秀に体現してしまっているのである。この視線に一度乗ってしまえば、「物質性」への倒錯した執着など、ある意味では近代的な人間のエゴ——どうしようもなく頽廃した——を「内面化」したものに過ぎなくなるのではないだろうか。フィルムアーカイヴの存在意義を考えるとき、私は恐ろしくグロテスクで、いやしく、またさもしい欲望が、「人類のために」といったその高尚な理念の背後に見えてしまう。

だからこそ、なのだろう、おそらく。だからこそ私は「物質性」が失われてはならないと強く思うのだ。人間の欲望は決して透明なものではない。それはやはりグロテスクで、いやしく、さもしいものではなかったか。表現、あるいは創造という行為自体が、根源のところでそれらを免れてはいないと私は思うのだ。「形式」によって洗練されていれば済むという話ではない。「創造の場」とは、決してユートピアとしてあるのではない。それは誰にとってもできれば忘れてしまいたいような、彼自身の「身体性」がみっともなく露出しているような場ではないのだろうか。私は情報の透明性など愛することはできない。それは「透明な存在であるボク」には似ているのかも知れないが、人間には少しも似ていないから。人間の無意識はすでに汚れているはずだ。だいたい、いずれ腐敗するしかない人間に不死のシステムなど愛せるはずがないではないか。

4　ゴダールの本

ビデオには極めて希薄な物質性しかないと私は書いた。ゆえにフィルムアーカイヴはビデオが救えないのだと。そしてTV局が導入した終わりなき変換と更新のシステムや、国家によるデジタルアーカイヴ構想は、ビデオの物質性から強引に「情報の透明性」だけを救い出そうとしているという点で問題がありはしないかと。そこでは、同時にフィルムの物質性までもが忘れ去られようとしている。しかるにフィルムにはフィルムの物質性というものがある。それは概念ではなく実感である。ではビデオにそうした物質性はないのか。その希薄な物質性のなかに、ビデオ固有の感触、その実感は見出せないだろうか。そこで私は、再びあの一〇年前のビデオ画像、ビデオ版で公開された新作映画の観るに堪えない画質を思い出す。輪郭線のぼんやりとした、色彩のべたっとした、もやもやした、にじんだ、潰れたような。スクリーンに投影されることで強調されてしまう、ああした異様な映像にみられる不安定さ、不透明さこそが、ビデオ固有の物質性ではなかったのだろうか。いかなるフォーマットであれ、カセットとしてのビデオテープ自身にはフィルムのような確かな物質性はない。だがその画質には、物と情報との間に引き裂かれ、あるいはその双方から追放され彷徨い続けているような殺伐とした感触がある。ビデオの世界ではノイズのことをゴーストと呼ぶが、そのゴーストこそがビデオに固有の物質性を証明していたのではないだろうか。

とするならば、この物質性は、ある時代のあるテクノロジーの一段階においてのみ、かろうじて見出せたものなのかも知れない。今となってはそれも失われつつある、というより、テクノロジーの段階としてはすでに失われてしまったものだ。画像としてのビデオの物質性をことさら擁護するような言葉があるとすれば、それは画質のクオリティーの悪さを擁護してしまうことになる。これはもうアーカイヴの理念などで救えるものでもなければ、救うべきものでもない。「あの頃のビデオ画像には独特の雰囲気があった」「あれはあれで美しかった」と言う人は確かにいる。だがそれも、すでに古き良き時代へのノスタルジーの感覚に近いのではないか。あるいは失われたものへの断念のような。「ビデオは映画の絵葉書のようなものだ」と言ったのはゴダールである。しかし、ビデオというテクノロジーの本質を最も深く理解していたのもゴダールだ。それはゴダール邸での出来事に象徴されるだけではない。『(複数の)映画史』というビデオ作品は、フィルムをビデオに変換し、それをビデオ編集卓上で徹底的にリミックスしたものだが、決して新たなテクノロジーに対する悦びに満ちたものではない。というよりもむしろ、失われつつあるテクノロジー――プリントという――に対するレクイエムであるように私には思われた。このビデオ作品のオリジナルはゴダール邸にしかないが、「止められない嘘」としての複製品は映画祭を駆け巡っている。私は知らないが、おそらく劇場側の要請でフィルムにプリントされているのではないだろうか。されていたとしても、しかし私はゴダール自身がそれを望んだとは思えない。なぜなら——何度も繰り返すが——フィルムにプリントされることによって、あのビデオ特有の物質性が失われてしまうからだ。ゴダールが望んだのは、それを書物にプリントすることだった。

フランスの出版社、ガリマールから刊行された『(複数の)映画史』という書物は、カバーデザインこそガリマールのそれを採用しているが、四分冊(それぞれに十分なボリュームがある)で、頑丈な箱に入っているかなり立派なものだ。少し大判で、本文紙はアート紙を使っているからずっしりと重い。なぜアート紙を使っているかというと、これが一種の写真集とも言うべきヴィジュアル本になっているからだが、この書物が異様なのは、収録されている写真の画質にある。その多くが極端に悪いのだ。ただし単に悪いというのではない。悪いなりに相当手の込んだ画像処理をしているように見える。より鮮明な画像が得たければ、単にデジタル処理すれば済んだはずだ。ゴダールが意図的にそれをしなかったことは明白である。高級なアート紙も、その画質の悪さこそを再現するために使用されているとしか思えない。そして私は、この画質の悪さが、ビデオプリンターによってプリントアウトされたビデオ画像にとてもよく似ている、というより、まさにそれの極端な再現ではないかということに気付いたのだ。輪郭線のぼんやりとした、色彩がべたっとした、ややもやした、にじんだ、潰れたような。それは一〇年前に観たあの画像、不満足なビデオのテクノロジーがスクリーン上に曝してしまった異様さを思い出させた。驚くべき再会である。たしかにあの映像はこのようなものだった。ビデオ固有の物質性というものがあるとすれば、まさにこのような画像によってのみかろうじて見出せたのだった。それがものの見事に再現されているのだ。物質と情報との間を彷徨い続けるゴーストのような映像。それは再現されているだけではなく、紙の上にプリントされ、定着している。ビデオ固有の画像としての物質性を、フィルムではなく書物によって救ってみせるというゴダールの態度に、私は強く感動した。「情報の透明性」に抗っているのはフィルムだけではない。書物こそ「プリント」という近代の複製文化の恩恵を最初に、そして最大に享受した物質だった。ゴダールの視線は、この「プリント」という行為への欲望の持続を問うているのではないだろうか。

フィルムに変換するのではビデオ固有の物質性は救えない、ということを判っていたゴダールは、自宅に設営されたビデオシステムの要塞でもってそれを救おうとしていた。しかしそれだけでは、作品の運命（対象化＝内面化され、相対化され、消費され、やっと外在化するという）を作家のエゴでもって否定してしまうことになりかねない。作品の運命と作家の運命は別のものであり、よって作家は必ず自らの作品から引き剝がされねばならないだろうし、そうすべきである。この引き裂かれを経験していない作家がいるとすれば、それは大いなるアマチュアであるだろう。あるいはそれを「芸術」と呼んでもいい。しかし、そうであるなら作品は彼自身のために一つあればいいのであって、複製される必要はないだろう。映画はもちろん、ビデオはそれ以上に、そして書物もまたそうした意味での「芸術」には属していない。よってゴダールは自宅にしか存在していない『（複数の）映画史』のオリジナルを、どうしても複製化しなければならなかったのだと思う。書物化されたそれは、すでにビデオ作品としてのそれとは全く違う形式のものだ。しかし言うまでもなく、ここで彼が複製化し、再現しようとしているのは、映像作品としての形式ではない。「情報の透明性」から救い出されたビデオの物質性そのものなのである。おそらく、これは二〇世紀の終わりにしか試し得なかった一度きりの出来事であるだろう。この作品が近代的なテクノロジーに対するレクイエムのように思われるというのはそういうことだ。

5　零年、作家への問い

今日、デジタル処理されたヴィジュアル・イメージの再現は、コンピュータ・グラフィックス業界からの要請によって新たな段階を迎えている。CG作家たちは、もはやオリジナリティーの再現がフィルムによっても果たされないことに苛立っていた。デスクトップ上で作成されたヴィジュアル・イメージは、色彩のより細やかな階層を実現していたし、その滑らかな動きは一秒を二四コマで分断するフィルムなどでは再現できないらしい。「フィルムに変換された画像を観るたびにがっくりする」とCG作家は言い放つ。つまり彼らはトリニトロンのマルチスキャン上で生成され、そこにおいてのみ存在している画像こそがオリジナルだと考えているのだ。新たなテクノロジーはその画像をダイレクトにスクリーンへと送り出すことに成功した。このデジタルイメージ専用のプロジェクション・システムは今や実用化の段階にまで来ている。CG作家がデスクトップのモニター画面上に見ていたのは、CG固有の物質性だったわけであり、新たなテクノロジーがそれを救ったのだと言えるだろう。そこにはもはや手に取って確かめられるような物質性はない。その代わりにミクロの果てにまで分解され、集合され、加工され、合成された「情報の透明性」が新たなモンスターを生んでいるわけだ。

ゴダールの試みを繰り返すことはできないのだから、ビデオ作家もまた、失われた物質性を新たなテクノロジーでもって取り戻さねばならない。そんなことは、とりわけフィルムとビデオを使い分けている作家にとっては今さら言うまでもない問いであるだろう。デジタルカメラによって現実から切り取られた画像はどこか変なのではないか。それがどのように変な画像なのか。それを考えることから始まり、「そうであるから美しい」と宣言するに至るまでの過程を彼らがどのように見出すのか。あるいはそれは個々の作品が期せずして示してしまうことなのかも知れない。としても、私はやはり作家こそに問いたいと思う。「物質性」に対する感受性は明らかに後退している。それはおそらく人間の「身体性」の後退に同調しているのだ。「情報の透明性」が勝利するとき、作家もまた「透明な存在としてのボク」として崩壊するのではないか。そして作家が崩壊したとき、作品は作品たり得るだろうか。どうなのだろう。ビデオカメラにはシネカメラにはない記憶力と起動力がある。やろうと思えば二時間の長回しだってできるだろう。自在な編集作業と事後処理も約束されている。気に入らねば好きなだけヴァージョンチェンジを繰り返すことも可能だ。このテクノロジーには「定着」という概念がないのだから。ではどのような条件が作品の成立を告げるのだろうか。作家はどの段階で作品の成立を判断するのか。作家を作品から引き剝がす契機はどのように訪れるだろう。いかにして作品のオリジナリティーを主張するつもりなのか。

混乱した散文で申し訳ない。「フィルムアーカイヴはビデオを救えるか」というテーマで私はこれを書いてきた。そのテーマ自体、権威主義的な響きがあることも承知しているつもりだ。しかしこれは実直な問いでもある。フィルムアーカイヴはビデオをどう扱えばいいのだろう。どうせ救えないのだから放っておけばいいという話でもない。TV局は自局の映像資料しか保存対象にしないのだし、デジタルアーカイヴも未だ構想の段階に過ぎないのであって、そのオールマイティーな能力も可能性でしか語れない。その可能性を楽観的に信じるとしても、どの程度まで大衆化し得るかは判らないだろう。結局、問題はオリジナル・ビデオ・ムーヴィーなるものの物理的な散逸や崩壊をどう食い止めるかということに尽きる。フィルムアーカイヴはどう考えてもビデオを愛せそうにない。しかし、だからこそ愛さねばならないのだろう。保存の対象になり得るか、という問いは当然あるわけだが、少なくとも収集の対象にはしていかねばならないのではないか。作品や作家を無視することはできないのだから。

とはいえ、こうした言説の一切は、ビデオに対するフィルムの優位を前提にしたものだ。この一〇年来、私は常にフィルムとともにあったと言えるし、今でもそれは変わらない。フィルムという物質に対する倒錯した執着がこれを書かせている。そうしたプライヴェートな視線を抜きにすれば、社会的にはむしろビデオの優位の方が明らかなのだ。TV局の例で言えば、すでにフィルムはフィルムアーカイヴにしか存在していないことになる。ビデオというテクノロジーは常に更新され続けるしかないのだから、そもそも擁護の対象などになり得るはずがないとも言えるだろう。そうした視線の逆転に従うなら、救われるべきはビデオではなく、フィルムという「プリント時代」のテクノロジーなのだということになる。厄介な問題だ。ビデオを救えばフィルムが失われる。フィルムを救えばビデオが失われる。しかし、本当はそうではない。そうではないということを言わねばならない。そのためには、フィルムとビデオがそもそも生まれの異なったテクノロジーに属しているということ、フィルムの進化形としてビデオがあるのではないということを確認しなければならないだろう。そしてビデオに対するフィルムの優位があるとすれば、オリジナリティーの再現能力以上に、その確かな物質性において証明されるはずだろう。その上で、ビデオにもまたビデオ固有の物質性があると言えたならば、「情報の透明性」だけを普遍化しようとする視線——俯瞰的なポジションで情報を等価に管理する、全体主義的な——に抗えるのではないか。「フィルムアーカイヴはビデオを救えるか」なる問いがかろうじて立っている場所はそこだろう。

デジタルは重病人だ——フィルムアーカイヴの現場から

ビデオプロジェクターの技術的進歩と普及はこの一〇年で革新的に飛躍しており、今ではほとんどの学校（小中高大）に装備されているだろう。そのことでもっとも割を食っているのは16ミリ業界であって、大手メーカーの「エルモ社」がメンテ部門を残して16ミリ映写機の製造から撤退するに至ったのは周知の通りである。学校、公民館といった教育、文化行政の場が主に16ミリのユーザーであったことは間違いないだろうが、それ以外にも大きな市場はあった。TV局である。もっともこちらは映写機というより撮影機およびキネコ、テレコといった関係であるが、これも市場としては危篤状態である。もちろん、TV局が最近になるまで16ミリを記録媒体にしていたというのではない。16ミリが報道の現場で活用されていたのはせいぜい七〇年代の半ばあたりまでで、それ以降は特別な意図を持つ作品でない限り、すでにビデオが記録媒体となっていたはずである。撮影の現場ではそうだが、問題はそれ以前に記録された膨大な量の16ミリフィルムだ。TV局は長い間、つい最近まで、それらを捨てられずにいた。なぜならそれらがオリジナルの資産と見なされていたからである。

1インチからUマチック、ベーカムといわゆる業務用ビデオのフォーマットは変遷したが、その都度、あるいはいずれかの段階で、16ミリのフィルム資料の一部（二次使用の需要があったもの）はビデオに変換されていただろう。だがそうしたビデオは単にコピーに過ぎない。少なくともそういう理解はあった。だからTV局は、フィルム資料という厄介な代物を抱え込んだまま、決して手放そうとはしなかったのである。TV局が最近まで16ミリの大きなユーザーであった、というのはそうした事情による。つまり、平時はライブラリーの倉庫に眠らせておくしかないとしても、何か事が起きた時には叩き起こさねばならないわけだ。叩き起こすには、それら16ミリのフィルム資料を再生し、あるいは補修、修正、加工できる環境を整えておく必要がある。

そうした事情は、TV局にとっては悩みの種であったに違いない。古いテクノロジーに属するものがオリジナリティーを主張するという。ところがデジタルテクノロジーの台頭によって事態は一変する。今までのアナログビデオはコピーに過ぎなかった。しかしデジタルは違う、その技術はオリジナルをリマスタリングできる、というわけである。しかも劣化しない（家電メーカーの決まり文句だ）というではないか。かくしてTV局は悩みの種であったフィルムを処分し始める。デジタルベーカムというフォーマットの導入がきっかけとなって、おそらく日本中のTV局が、フィルム資料のデジタル化に躍起になっているはず（ただしこれも、私が不要となったフィルムを引き取りに行っていた五年前の話で、今ではもはや別のフォーマットがデジタル化の主流になっているかも知れない）である。

まずはフィルムから、というのは当然（扱いが困難で、しかも日々劣化し続けているのだから）だとして、ではアナログビデオのデジタル化はどうか。ここに面白い報告がある。二〇〇二年三月に（財）放送番組センターがまとめた『デジタル時代と番組アーカイヴに関する調査研究報告書』である。そのなかで、TBS編成局・ライブラリー部長の武川氏がこう語っている。「TBSは現在四八万本の（ビデオ）テープを保管しています。これだけの量のコンテンツを（デジタルに）移し替えるのは並大抵のことではありません。仮に一本六〇分のコンテンツが入っているとすると、四八万時間になります。これは二四時間ぶっ通しで再生すると二万日、つまり約五五年かかる量なのです」。ほとんど絶望的と言うしかない。五五年かけてデジタル化したとしても、これはそれで完了するという話ではない。なぜならデジタルベーカムというフォーマットも、テクノロジーの一段階に過ぎないからだ。武川氏は言う。「記録媒体はコンテンツの入れ物です。コンテンツそのものには寿命が無く、そのコンテンツの入れ物とそれを再生する機器に寿命があるわけで、永遠に入れ替えが必要である」と。結局TV局は、デジタルという、ソニーとNHKの共同製作的神話に煽られて、フィルム資料を「終わりなき変換」の世界へと葬ろうとしているのだ。これはなかなかいい商売である。と同時に、「映像」をデジタルの「情報」に解体するという罰当たりな作業であり、その「情報」にはもはやマスター＝原版と呼べるようなものは、根源的には存在しない。

ここには保存という行為における世界観の違いがはっきりと見て取れる。フィルムが映像の記録媒体であった時代は、アーカイヴはフィルムを物として（美術品や古文書のごとく）保存しておればよかった。しかしビデオ時代になると、もはやそんな悠長なことは言っていられない。ビデオに記録された映像は物ではなく「情報」に過ぎないのだから、それを保存するためには「終わりなき変換」

（その時代のもっとも優れたフォーマットに）を繰り返すしかないのである。映像にとってどちらがより幸福か、と考えれば、それはフィルムにプリントされる方に決まっている。ただしそれも保存ということを考えればのことであって、再び日の目を見るということで言えば、「変換」はそのチャンスでもあるだろう。デジタル化という大きな構造改革によって日の目を見ている映像作品も少なくはない。「NHKアーカイブス」などその好例であるが、ここで使われている「アーカイブス」なる言葉とは、記録保存所というよりはむしろ秀作コレクションといった意味合いの方が強いように思われる。

もちろんフィルムにはフィルムの問題がある。フィルムは放っておけば腐るのである。酸化し、どろどろになり、最後は固まってしまう。フィルムアーカイヴの仕事がそうした腐敗劣化からフィルムを救うことにあるのは言うまでもない。また、単に現在のコンディションを維持するだけでなく、復元という仕事も重要であろう。ここに一つのパラドクスが介在する。デジタル技術は、映像の復元に対して優れた能力を発揮するのである。デジタル情報化された映像は、コンピュータのモニター上で、いともたやすく（というわけでもないだろうが、絵画の修復のごとく職人業に頼るよりは遙かに機械的に）加工できるし、何度もやり直しがきくのだ。となれば、この技術を利用しない手はない。フィルムアーカイヴはフィルムをフィルムのまま保存すべきである。しかし復元を必要とするフィルムに対しては、デジタル情報化するのが正しい、ということになる。問題はその先である。デジタル情報上で復元された映像をどうするか。フィルムアーカイヴならばこう言うだろう。「もう一度フィルムにプリントし直せ」（実際そういう試みもなされており、その成果の一部は今年のカンヌ映画祭のレトロプログラムで紹介されてもいる）と。そこまでしなければ意味がないと私も思う。単にデジタル情報化しただけでは、いかに優れた復元が果たされたとしても「物」としての映像は失われたままだ。しかしそれもフィルムアーカイヴだから言うことであって、国家はそんなことは言わない。デジタル情報化だけで充分ではないかと言うだろう。なんせ高度情報化社会である。デジタル化は国家政策なのだ。となると、おそらく、デジタル化するための予算はついても、再度プリントする予算はそう簡単につかないだろう。そして市場はと言えば、リマスタリングされたDVD版の再流通しか考えていない。商売なのだから当たり前だ。

ところで、状態の悪いフィルムと美しくリマスタリングされたデジタル情報の、どちらを原版と見なすかも大きな問題である。デジタル情報に原版はないとさきほど書いたが、仮の宿（容器）は当然存在する。それはデジタルベーカムであったり、D-2であったり、DVカムやDVDであったりするだろう。そうした容器を、ひとまず原版と呼ぶことは可能だろう。フィルムアーカイヴはフィルムをあくまで原版と主張するだろうが、社会はどうだろうか。そのままで二次使用するには難がありすぎるフィルムは、いってみれば重病人のようなもので、常にケアが必要な存在である。一方でリマスタリングされた（完治した?）デジタル原版（とりあえずの、だ）は、実際は「終わりなき変換」という気が遠くなるようなケアを必要とするにもかかわらず、「劣化しない」というイメージでもって健康体を主張しており、また二次使用の可能性を大いに保証してもいるので、社会的には手放しで歓迎されることだろう。フィルムがオリジナル資料としての価値を失う、などということはあり得ないと私は思うが、市場経済によってそう判断される可能性は大いにある。そして国家や自治体による文化行政もまた、市場経済と全く無縁ではない。つまりTV局で起こっていることが、フィルムアーカイヴでも起こり得るということだ。

結局、技術革新（デジタル）による領土（フィルム）明け渡し要求に対して、フィルム保存を生業とする私は、傍迷惑で恥知らずな自意識を破滅的に、露骨に、表現するしかないところまで後退してしまった。そう思っている。もうどこにも逃げ隠れはできない。あらゆる批判を受けよう。しかしフィルムアーカイヴはそうであってはいけない。デジタルアーカイヴなどという幻影は幻影に過ぎない、という事実を繰り返し、強く、主張し続けるべきである。それらは「終わりなき変換」を生きる（あるいは死に続ける）情報の集合体に過ぎないのであり、アーカイヴなどではありえない。サーバー上に集積された画像情報などいったんシステム全体が記憶喪失になれば、何も残らないのである。そうした実体のない、いわばゴミ以下の代物を、いったい誰が愛するというのか。

映写機メーカーの撤退は実はなにも「エルモ社」に限ったことではない。そうした事態は一〇年前から具体的に起こっていたのだ。そして「ソニーPCL」がとうとう現像、テレシネといったフィルム・プロセス部門から撤退してしまった。今やフィルム産業の牙城を死守しているのは「コダック社」だけだという感がある。多くのメーカーがデジタル業界に参入していくなかで、コダック社はフィルムというマテリアルの優位を主張し続けている。8ミリの現像を未だに請け負っているというだけではない。「ジョージ・イーストマン・ハウス」なるフィルムアーカイヴの運営、そしてFIAF（国際フィルムアーカイヴ連盟）での指導者的役割、さらにはフィルム保存技術の実習教育……。ところがここでも悪い噂はある。コダック社のフィルム万歳戦略は、ソニーと争えるデジタル技術を開発するまでの時間稼ぎに過ぎないという。ああ……。

多くの映像が消える。記憶喪失のように。この文明が保存できる映像は全体の一%にも満たないだろう。フィルムアーカイヴは言う。ぜんぶ映像資料だと。劇映画もドキュメンタリーも、アニメーションも実験映画も、放送番組も、報道素材も、ホームビデオも、私やあなたや、彼や、彼ら、彼女、彼女たち、あれらの人々、家族、恋人、死者、犬、猫、もうこうなったらぜんぶ映像資料だとしておこう。フィルムアーカイヴは野戦病院のようだ。ハードレインが降るフィルム表面上で、私は何をやっているのか。何をやらされようとしているのか。頭を使って考えよう。遠くから氷川きよしの「ズンドコ節」が聴こえてくる。近くの小学校で何かやっているのだろう。ビデオカメラを回している親もいるに違いない。ハードレインを降らせたい、素晴らしく陰惨な時間だ。

フィルムアーキヴィストに関する七つの断章

1　イノシシのいる家

公用の軽ワゴンを運転しているのは研究員のS氏で、助手席の私は市街地図を横にしたり逆さにしたりして途方に暮れていた。私たちはL市郊外の古い住宅地の細道をゆっくり徐行しながら、同じ場所を何度も行ったり来たりしていた。目的地のすぐ近くまで来ているはずなのだが、その家が見つからない。結局私が車を降り、小走りで住宅地のなかを走り回ることになった。秋だった。落ち葉がたくさん散っていた。

その家は、私道なのか公道なのか見分けがつかないような未舗装の坂道を上った先にあった。広大な敷地に、ワゴン車ならば四、五台置けるような屋根付きのガレージ。従業員の宿舎らしき建物。資材倉庫。その奥に、立派な母屋がある。しかし何より目を引いたのは、巨大イノシシだった。ガレージ脇に、自家製と思われるかなりの大きさの鉄製の檻があり、その中でイノシシは微動だにせず起立していた。剥製ではない。

私たちに気付き、母屋から出てきた老社長は、得意げにイノシシ捕獲の顛末を語ってくれた。この季節になると、「なりもの」――地面に落ちた柿や栗のことだろう――を目当てに山から下りてくるのだという。猟友会の連中もさすがに町中で発砲するわけにもいかず、結局、社長が罠を仕掛けて生け捕りにしたのだと。いやはや、その怪しげな風貌にふさわしく豪快な話だった。

ところで私たちはイノシシの調査に来たのではなかった。社長宅に「山のようにある」という映画フィルムの調査に来たのだ。社長は新聞でL市にフィルムアーカイヴなる施設が存在することを知り、電話をかけてきたのだった。建設関係の自営業をしていること、今から約四〇年前に作業現場から映画フィルムを「山のように」持ち帰った――持ち主の了解のもとで――ことを告げた。持ち主は、かつてこの地方に存在した小さな配給会社だったようだ。フィルムは、「写真のやつと同じ大きさ」で「カンカンに入っとる」という。ならば35ミリに間違いなかろう。

「もろうてくれ」と社長は電話ごしに言った。

「どういった映画でしょうか?」

「昔の映画や。チャンバラ映画も混じっとるはずや」

私たちは興奮した。真偽のほどは定かではないが、とにかく早急に調査に出かけるべきだろう。そういうわけでS氏と私は社長宅に向かったのだった。フィルム保存専門員。それが、L市から与えられた私の職名である。フィルムアーカイヴで保存業務を担当する技術スタッフといったところだろうか。

社長は私たちを資材倉庫に案内してくれた。一歩入った瞬間にあの匂いが鼻をついた。酢酸ガスである。フィルムの腐敗臭だ。私が最も慣れ親しんできた匂いである。匂いの強度で私は、即座に、倉庫内にかなりの数のフィルムが存在するだろうことがわかった。風雨の浸食やカビでどす黒くずわずわになった段ボール箱が、倉庫の奥の壁一面に天井まで積み重ねられていた。一〇〇箱近くはあるだろうか。今にも崩れそうだ。段ボールの外にもむき出しになったフィルム缶が積まれていた。35ミリだ。フィルム缶はすでに赤黒く錆び付いており、積み重ねた重みで蓋は変形してめり込んでいた。ラベルらしきものはあるが、文字は読み取れない。確かに、そこには四〇年という時間の痕跡があった。

一箱の段ボールに八缶程度入っている。全部で八〇〇缶という計算だ。これを全部引き取れるだろうか。引き取ったとして、その後の仕事は私の肩にかかっている。当然S氏は私の顔色を窺うのだが、これぐらいでビビっていては話にならない。いや私だってこれほどの規模の35ミリの大量寄贈は初めての経験だったのだが、8ミリや16ミリの受け入れならそれなりにあるわけで、対応には慣れている。物欲しげな顔をしてはならないし、がっかりした顔をしてもならない。じゃあどんな顔をすればいいのか。簡単なことだ。役人の顔をしておればいいのである。実際、私たちはL市の公務員に過ぎないのだから。

「使い物になりますか？」と社長。

「中身を調べてみないことには、ちょっとわからないですね」

社長は申しわけなさそうな顔をして、「最初からこんな匂いがしとった」と呟いた。嘘ではないだろうと思う。しかし、四〇年の放置の間に腐敗が大いに進行したことも確かだろう。フィルムは腐る。腐って手に負えなくなる。大量に所持しておればなおさらだ。それでもこの社長がフィルムコレクターであったならば、決して手放そうとはしなかっただろう。コレクターは死ぬまでフィルムを手放したりしない。フィルムの大量寄贈は、私の経験では、ほとんどの場合ご遺族によるものだった。

私たちはとりあえずサンプルとして二缶だけを借り受け、帰途についた。S氏は黙ったままハンドルを握っている。険しい顔つきだ。厄介な「モノ」を突き付けられて、黙るしかないという感覚は、私にはよくわかる。アーカイヴは「ヒト」よりも「モノ」が優先される世界だからだ。

腐敗臭は車のなかにも漂っていた。廃品回収、というよりむしろ腐敗物処理か。しかし可能性はゼロじゃない。あの中に、失われた日本映画が含まれているかも知れない。

「あのイノシシ、どうするつもりなんでしょうね」と私は言った。

「飼うんだろ」とS氏。

腐敗した35ミリフィルム

「飼えますかね？」

「檻まで作ってるんだから、飼うつもりだろう」

「根性ですね」

「根性だよ」

あの老社長はフィルムコレクターではないが、蒐集家であることに違いはない。資材倉庫にはありとあらゆる「古物」が詰まっていた。骨董ではない。中古品や廃品の類だ。そこに、幸運にもフィルムが混ざっていたわけだ。使い道のない大量の35ミリフィルムを、それでも棄てずに四〇年も持ち続けたというのは根性という他ない。「廃棄するには忍びない」という感覚がそこには色濃くある。いかに傍迷惑であろうと、蒐集家には蒐集家なりの美学があるということだ。

まあ、そういうことにしておこう。

2 蛇と宇宙戦艦

蛇は太古より信仰の対象であった。畏怖すべき存在だった。蛇は、ある民族にとっては神の化身であり、またある宗教にとっては悪魔の象徴でもあった。ニンゲンは、黒くて、長くて、くねくねする存在が怖い。その恐怖はおそらく遺伝子に刻まれている記憶から来るのだろう。ニンゲンはかつて猿だった。その前は小ネズミだった。

私は小学生の頃に蛇を飼っていた。シマヘビの子供だ。そいつは熱帯に棲む毒蛇のような鮮やかな鱗をしていたが、成長するとその色彩が失われた。次第に可愛げがなくなり、グロテスクで無機質な存在となった。逃がしてやればいいのに、私はそれさえめんどくさくなり、餌も与えずに長く放置した。飼育箱は「月桂冠」と書かれた頑丈な紙箱だった。それに腐葉土を敷き、蓋に空気穴を開けていた。室内に隠した「月桂冠」の箱。箱のなかの蛇。その存在を、私はどんなふうに意識していたのだろう。すっかり忘れていたとも思えない。「蛇は祟る」とも親から聞かされていた。

一年半が過ぎていた。三月だった。中学校に上がるタイミングで私はいろんなものを棄てたが、その作業中にようやく「月桂冠」の蓋を開けてみたのだった。乾燥した腐葉土があった。それを恐る恐る道端の側溝に流し込んだ。蛇はいない。蛇は消えた。そう思った次の瞬間、私は蓋の裏にしっかりとへばりついた黒く長いものに気付いたのだった。蛇は生きていた。その時の驚愕をどう表現していいかわからない。「呪い」をかけられたとでも言っておこう。

フィルムは蛇だ
映写機の回転体に送り出されて
くねくねとその時系列的なミシン目に沿い
滑らかにうねりながら進む
同時に、
スプロケットに引っ掻かれて
カリカリと音を立て

恐るべき速度で、獰猛にとぐろを巻く
黒く、異様に長い生物
ニンゲンにとって、もっとも神秘的で、畏怖すべきにょろにょろ
生物は死ぬ
腐る
フィルムもまた……

いわゆる「筋者」の若い衆が病気も怪我もないのに入院しており、暇つぶしにキャッチボールをしたり釣りに出かけたりしている小病院が地方都市のローカル線の果てにあって、裏社会との共犯関係でボロ儲けしたとおぼしき金を道楽に注ぎ込む院長の趣味は16ミリフィルムの収集であった。息子は二人とも不良で、兄の方は遠くにある全寮制の高校に送り込まれているらしい。弟は中学生で、私がもっとも愛した友人である。彼の家、その小病院で、一四歳の私は飽きもせず洋物のブルーフィルムを観ていた。映写をしてくれたのは若い衆たちだった。院長は健康な入院患者の娯楽や性欲解消のために、映写機やフィルムを提供していたわけである。

あの素晴らしい小病院には、ブルーフィルム以外にも多くの16ミリがあったが、そのほとんどが輸入物の字幕なしの西部劇だった。私の直観が正しいとすれば、院長は西部劇を収集したかったのではなかろう。やはり目的はブルーフィルムなのだが、それだけを輸入するわけにはいかない諸事情があり、観もしない西部劇にそれを紛れ込ませるという手法をとった。いや、ブローカーからとらされた。

つまり、白人女性を我が物にしたいという欲望に、莫大な無駄金を投じたわけである。なんという滑稽さ、なんという哀しさであろうか。

しかし馬鹿にしてはいけない。家庭用ビデオが普及する以前は、似たようなフィルムコレクターが各地にいたし、彼らに怪しげなフィルム――権利処理の曖昧な――を売りつけるブローカーも多数いたのだ。金持ちの密かな道楽とはいえ、確実にその筋の裏物市場はあった。それにこれは単にコレクターに限った話でもない。8ミリ映写機普及の初期段階では販売促進ツールとしてブルーフィルムの類が活用されていたと聞くし、ビデオデッキの普及にもその手の裏物ビデオが介在していたようである。信憑性云々以前に、極めて健全で納得のいく噂である。「始まりはエロから」は、あらゆる映像メディアに共通する鉄則かも知れない。そして「泥沼もエロから」なのだ。

かくして、私がフィルムという黒蛇に出会ったのは16ミリのブルーフィルムが最初だったわけだが、むろん当時の家庭用のフィルム市場は8ミリが主流だった。かつては日本全国津々浦々、駅前の商店街のカメラ店で8ミリフィルムや映写機が普通に販売されていたのだ。私の体験では、ビデオの普及が地方都市まで広がったのは一九八〇年代に入ってからで、一九七〇年代の終わり頃まではまだ8ミリの市場が存在していた。一九六五年生まれの私は、中学二年か三年のころに8ミリ映写機とフィルムを購入している。映写機が当時いくらしたかは覚えていないが、フィルムについては箱に定価が印刷されているのでわかる。二万三〇〇〇円だ。『スターウォーズ』(77)と『宇宙戦艦ヤマト』(77)の短縮版を買った。いや、親に買ってもらった。

そう書いてしまうとボンボンみたいだが、私の家族はもともと工事現場の飯場で暮らしていたので

フィルムヴューワーのステインベック

あり、その頃までにはそこそこ出世して持ち家に住んでいたとはいえ、どう考えてもお金持ちではない。買ってくれなければ自殺するぐらいの勢いでゴネまくった覚えはあるものの、「もうめんどくさいので買ってやろう」といったレベルの話でないし、酔っ払った父が勢いで衝動買いしてしまったとも思えない。たまたま競輪で大儲けしたか。

いやいやそうではない。買ってくれたのは母だ。今から思えば、我が子の、仲の良い友人が医者の御子息だったことが、母にはプレッシャーになっていたのではなかろうか。まさか本当に買ってもらえるなんて……。親に大変な散財をさせてしまったという感覚が私には確実にあった。つまり私は、8ミリフィルムや映写機に「飽きる」わけにはいかなかったのである。それからおよそ三〇年、私はフィルムと共に生きてきた。

フィルムが好きだ。映写機の、テレシネ機（フィルムをビデオやデジタル素材に変換する装置）や、ステインベック（フィルムヴューワー）が好きだ。くるくる回転するものと黒くて長いものが好きだ。パチンコやパチスロもくるくる回転するから大好きだ。そういう感覚を、映画史研究家に理解してもらう必要はない。映画は好きだが、私は映画よりもフィルムが好きなのだ。この感覚はどうしようもない。蛇の呪いだ。

8ミリから16ミリ、35ミリ、70ミリ、9.5ミリ、スライド、ロールスライド、玩具フィルム、紙フィルム、とにかくありとあらゆるフィルムを扱ってきた。ネガもポジも、ニュープリントもぼろぼろのユーズドも腐敗プリントも。しかしあと五年遅く生まれていたなら、私はフィルムと出会うことはなかっただろう。青臭い欲望ならばビデオでお手軽に叶えられていたはずだ。私は、映画フィルムという物質と必然的に出会うことができた、おそらく最後の世代である。

3　孤独について

ここからはぜんぶローマ字で書いてやりたい気分だが、めんどくさいのでやめる。唐突で申し訳ないが私は詩人だ。でも詩では食っていけないのでフィルム保存の仕事をしてきた。いや「フィルム保存も詩人の仕事だ！」と怒鳴りたいが、真夜中に叫べるほど若くはない。もう四五歳なのだ。まったく嫌になっちまう。この文章も真夜中に書いている。とりあえず酒を飲ませてもらう。

「日本映画に未来はない。なぜなら過去がないからだ」

そう言ったのは、偉大なフィルムアーキヴィストにしてフィルムメーカーでもあったオーソン・ウェルズだ。というのは真っ赤な嘘だが、一説によると戦前の日本映画のおよそ九割がすでに失われているという。そのような国で「作家主義」なるものが成立するとは私には到底思えない。初期の作品が観られないということは、その作家の全体像が摑めないということである。私たちは溝口健二の全体像を知らない。小津安二郎の全体像も知らない。マキノ雅弘や伊藤大輔のそれも当然知らないまま語っているわけだ。「記憶を頼りに」という時代もすでに終わっている。

じゃあどうすればいいのか。

発掘するしかない。

それは中生代の地層で発掘された一片の化石から恐竜の全体像を想像することに似ている。そう、発掘される映画のほとんどは欠片なのである。日本のフィルムアーキヴィストたちはひたすら失われた映画の欠片を拾い集めてきた。それは真の意味で考古学的仕事だった。いいかもう一度言う。それは考古学的な仕事だった。もう一度言うぞ。仕事だった。趣味じゃない。

私の仕事はアーカイヴが収集した新旧様々なフィルムの納品検査、補修、クリーニング、編集、報告書の作成から始まる。さらには収蔵庫内でのフィルムの保存管理、出入庫作業、またそれに伴うコンディションのチェックと続く。フィルムを上映使用する以上、このチェック作業は延々とループし、半永久的に続くだろう。

半永久的保存。

なんとも詩的な言葉ではないか。

永久と言わないところが慎ましやかだが、それが、私の仕事に課せられたとりあえずの目標値である。だが結局、半永久も永久も期限がないということでは同じなのだ。ほとんど天文学の世界である。

つまり一人のニンゲンが生涯をかけても結果なんて出ないわけだ。それがフィルム保存の世界なのだから、一生を棒に振るぐらいの覚悟がなければ虚しくてやってられないだろう。同時に、好きでなければやってられないことも事実である。

この「好きでなければやってられない」が、「趣味のようなもの」と見なされてしまう要因であろう。フィルムアーキヴィストたちは、発掘という考古学的事業と、保存という天文学的事業を同時に抱えながら、それが趣味と見なされてしまう底なしの不安までをも抱えなければいけない。もっぱら技術を提供している立場の私でさえ常にその不安に曝されているのだから、研究職の連中の不安はいかばかりだろう。

「多くの人々が明日の生活に貧窮している時代に、フィルム保存などという趣味的領域に予算を計上するのはいかがなものか」

そう問われたならばどうか。

かつての私ならこう答えただろう。

「まったくその通りだ。みんな、今はフィルム保存のことなんか忘れてくれ。景気が良くなるまで、フィルム保存は安月給のおれが人知れずコツコツやっとくからよ」

だが、もはやそんな呑気なことも言っていられない。

予算凍結が決まった国立メディア芸術総合センターが「国立マンガ喫茶」なら、東京国立近代美術館フィルムセンターはさしずめ「国立名画座」か。アーカイヴが一部のマニアに娯楽を提供するだけの施設だと思われてしまうのは堪えがたいし、間違っている。同じ名画でも絵画ならいいのか。いにしえのファインアートばかりを後生大事に拝んでいたって絶対ダメだろう。教育的にダメだ。日本は木版画の時代から複製芸術の大国だったではないか。なのになぜ複製芸術を小馬鹿にするのか。低く見積もるのか。私にはさっぱり判らない。

ともかく不安を抱え込むこともフィルムアーキヴィストの仕事のうちだ。そう思わないとやってられない。胃が爆発してしまう。敬意なんてこれっぽっちもいらないからバカにすんな。どれだけ予算が削られようと人が削られようと厄介者扱いされようと、フィルム保存は誰かがやらねばならないわけだし、そんなもん誰かにやらせとけばいいじゃねえか。その誰かとは、この私だ。いいかよく聞け。オーソン・ウェルズとアルフレッド・ヒッチコックと淀川長治が私の師匠だった。私にはこの仕事を続ける資格があるはずだ。やらせてくれ、たのみます。

すみません、酔っ払ってきました。

4　幽霊について、ゾンビについて

かつてフィルムは、ニンゲン同様、危険物だった。火薬の原料でもあるニトロセルロースでできていた。それを私たちは「ナイトレイトフィルム」と呼んでいる。このナイトレイトはニトロのことだ。ニトログリセリンのニトロ。一般的には可燃性フィルムとなっているが、正確には速燃性フィルムと言うべきであろう。森も家も書物もニンゲンも可燃性なのだから。

ナイトレイト。美しい言葉だ。その響きには当然、「真夜中」という誤訳がへばりついている。そして『ナイト・オブ・ザ・リビング・デッド』（68）。言わずと知れたゾンビ映画の古典である。監督はジョージ・A・ロメロ。私はナイトレイトという言葉の響きから反射的にこの映画をイメージしてしまう。フィルム保存とは、ゾンビどもから映画を隔離し、保護するという行為なのかも知れない。あるいはニコラス・レイ。私はナイトレイトという言葉の響きから反射的にこの映画監督の名をイメージしてしまう。駄洒落とアナグラムと狂気は紙一重だとソシュールが言っていた。いや、ロラン・バルトだったか。どっちでもいい。そんなことより大事なのは、ニコラス・レイには『夜の人々』（48）という作品があるということだ。リビング・デッド？ いや、そうじゃない。夜の人々はゾンビではない。腐った肉体など持たない、幽霊的な存在であるべきだ。

そう、ナイトレイトフィルムの美しさは、幽霊的である。その質感は、可能な限り薄くスライスされた硝子のようで、透明度は後に開発されたいかなる安全素材のフィルムよりも高い。下手に触れば割れてしまいそうな脆弱さと緊張感がある。そこに映っている人物も風景もまた幽霊的であるのは当然であろう。しつこく繰り返すがニンゲンは死ぬ。そして風景は、多くの場合ニンゲンよりも早く死ぬ。

そして化学臭だ。それは理科室で嗅ぐような匂いではない。私はピストルを撃ったことはないが、おそらくピストルを撃った後に残るだろう匂いだ。あるいは、私は戦場に行ったことはないが、前線に近付くにつれ次第に漂ってくるような匂いか。硝煙の匂いだ。それがかすかに残っている。

危険物。

幽霊。

それが、ナイトレイトフィルムの属性である。

ところで、ロールフィルムのパイオニアであるイーストマン・コダック社が不燃性フィルムの開発を始めたのは一九〇九年だった。ただしそれは小規格の家庭用フィルム——家庭内に危険物は禁物だろう——であって、それを映画用35ミリフィルムとして商品化したのは一九四八年である。速燃性フィルムの生産を中止し、さらにストック分を掃き出し、不燃性フィルムへの完全移行が実現したのは約四年後の一九五二年頃ということになっている。国産メーカーの富士フイルムもそれに遅れること二年で不燃性フィルムへの移行を生産レベルで完了している。

俗にセイフティーと呼ばれている不燃性フィルムは、主に酢酸セルロースをベースの原料に使っており、「アセテート」という素材名がその総称である。ナイトレイトが硝子だとすれば、アセテートはプラスチックのようなものだろう。燃えるのではなく、溶ける。つまり危険物ではなくなったわけだ。その代償として、フィルムは透明度を失った。むろん、アセテートの表面が白く濁っているというわけではないし、ポジの仕上がりは現像技術にも大きく左右されるはずだが、それでもなお、白黒で表現し得る画像の鮮度と深みに確実な差異があるように思われるのだ。

ただしこの差異は、ナイトレイトとアセテートを比較すればのことであって、そんなことに心を痛めるのはフィルムアーキヴィストだけであろう。アセテートの普及とほぼ同時期に映画はカラー化していったのだから、そもそも比較して語られることもなかったのである。フィルムは、安全性を保証するために本来持っていた透明性を失い、かわりに色彩を獲得したわけだ。

ところがその色彩が定着できるのはおよそ二〇年で、それを過ぎると褪色が始まる。三〇年も経てば飴色となる。いわゆるセピア調というやつだ。それによりオリジナリティーが致命的に失われる。鑑賞に堪えられない。一九八〇年代に現像されたカラーフィルムより、ぼろぼろで傷だらけ、欠損だらけの白黒フィルムの方が遙かにオリジナリティーを保持している。

いや褪色だけが問題ではない。もっと大きな難点がある。アセテートフィルムは腐るのだ。原料が加水分解し、強烈な酢酸臭を発する。どろどろに溶け始め、ロール状のフィルム面がべたべたと接着する。溶解期を過ぎると乾期が訪れ、接着したフィルムは一枚の分厚いＬＰレコード盤のごときものとなる。最後にそれはぼろぼろと崩れ落ちる。そう、ゾンビのように。

この加水分解によるアセテートの酸化腐敗を、私たちはビネガーシンドロームと呼んでいる。症候群《シンドローム》。つまりこれは感染する病気なのだ。しかも高温多湿の条件下では発症を抑えることができない。日本はその条件下にあるから、すでに多くのアセテートフィルムがこの病気に感染もしくは潜在的に感染している。ゾンビに噛まれたニンゲンがゾンビ化してゆくように、強烈な酢酸臭が、他の健康なフィルムを刺激するのである。結果、ビネガーシンドロームの集団感染という事態が起きる。「どこがセイフティーかよ」という話である。

ゾンビというのは単なるメタファーではない。なぜなら、この病気は一度発症すると治癒することができないからだ。ニンゲンにできることは、せいぜい病状の進行を鈍らせることぐらいである。ゾンビ化したフィルムを片っ端から駆逐すれば済むということでもない。それが現存するたった一本のフィルムかも知れないのだから。

腐敗性物質。

ゾンビ。
それがセイフティーフィルムの属性である。

5　岸辺のアルバム

再び社長宅を訪れたのは冬だった。軽ワゴンを運転するS氏も助手席の私も、薄緑の作業服の上に紺色の防寒着を羽織っていた。後部の荷台には集められるだけ集めた35ミリ用のフィルムケースと、それでも足りないだろうと用意した厚手の段ボールが詰め込んであった。その隙間に、三人の無口な男たちが収まっている。男たちは短期のアルバイトで、三月いっぱいまで資料整理の作業をすることになっていた。

「でっかいイノシシがいるよ」

私は後部荷台で沈黙する三人に話しかけてみたのだが、反応する者はいない。振り返ると若い男の一人が、ひどく侮辱されたと言いたげな顔をしていた。そりゃそうだ。私たちは動物園に遠足に行くわけではない。

フィルムは結局、全部を引き取ることにしたのだった。「必要なフィルムだけを選別したらどうか」という意見は当然出た。しかしそれでは社長が納得しないだろう。お金や手間をかけずに手っ取り早く処分したい、たぶんそれが彼の本音なのだ。それに選別するとなれば、社長宅に何度も出向かねばならないし、作業をするスペースまでそのたびに借りることになるだろう。現実的には無理な話である。私たちは全部を引き取る条件として、所有権を放棄し、その後のフィルムの取り扱いについては一任してもらうことを社長に申し出た。つまり、私たちの判断で廃棄することもあり得るということだ。

いつも息が詰まるような小部屋で作業しているのだから、たまには外の仕事も悪くはないだろう。そんな調子で誘ってみたら、三人の男たちは運搬作業の手伝いを快く引き受けてくれたのだった。映画フィルムの搬出搬入も資料整理の範疇に入るはず。しかし、考えるまでもなく、アルバイトの彼らには映画フィルムに格別の執着などない。私は、なんとなく彼らを騙しているような気持ちになったので、この仕事が、キツくて、汚くて、気が滅入るかも知れないことを、リーダー格のMさんにしつこく説明した。

「そんなの、自分ら慣れてますから」

Mさんはそういうのだが、果たしてどうだろうか。

「とにかく廃品回収じゃねえんだ。それを忘れないでくれ。たぶん先方は短時間で片付けてほしいと思ってる。でも勢いだけでバタバタ搬出してしまったら、後が大変なんだよ」

そう。相手に遠慮をし過ぎて、後でキツい思いをするという体験を、私は何度もしてきた。資料の受け入れは最初の段取りが肝心なのだ。引っ越しと同じで、日を跨がないという鉄則のなかで、それでも時間はたっぷりかける。

「車に積み込むまえに、ある程度の整理作業をするつもりだ。先方はイライラするだろう。文句の一つも言ってくるかも知れん。言わせとけ。ずうずうしく居座って、やるべきことをきっちりやる。そこが今度の仕事のキモだ」

私の言葉をMさんは軽く受け流した。「こちとらおまえら役人どもの何倍も苦労しとるんじゃい」という自負があるのだろう。三〇代後半というが、すでに中年男の悲哀さえ感じさせるMさんの風貌は、まあ好意的に言えば疲れ果てた一匹狼といった感じだろうか。まだ二〇代前半と思われる二人の男も、「不機嫌です」と顔に書いてあるような無口なタイプだった。

さて、朝の九時過ぎにアーカイヴを出発して、社長宅に着いたのは一〇時頃だったろうか。私は巨大イノシシとの再会を楽しみにしていたのだったが、残念なことに、消えていた。空っぽの檻の前でたたずむ五人の男たち。

「いやホントにいたんだって」

私の言葉にうなずくS氏。三人の男たちは「どうでもええよ」という顔で遠くを見ている。そこに社長がやってきた。「あのイノシシはどうしたんですか?」と聞きたい気持ちはやまやまだったが、聞いてくれるなという社長の表情を私は咄嗟に読み取った。それよりも社長の顔は明らかに、私たちがたった一台の軽ワゴンで来たことに落胆していたのだった。

「これじゃあ何往復もせないかんじゃろ」

そうだ。それが私たちの作戦だった。社長宅からアーカイヴまでは往復一時間半はかかる。搬入作業を計算すれば二時間か。つまり、その間に整理作業をさせていただこうという寸法だ。フィルムはほとんどが一〇〇〇フィート缶で、一缶がおおよそ八分程度だから、映画一本につき一二缶前後ということになる。その一二缶がひとまとめになっておれば作業は簡単だが、おそらく多くがバラバラになっているだろうことは下見の段階で予想できた。というのも、サンプルとして持ち帰った二缶が別々の作品だったからである。

「一日仕事になるじゃろうのお」

社長には申し訳ないが、もちろんそのつもりだったたし、実際その通りとなった。バラバラになっているフィルムを全巻揃えてフィルムケースに詰める。私たちは社長宅のガレージを借り、まずはその作業から入った。第一便が社長宅を出たのは一一時を過ぎた頃だったろうか。運転手役のS氏と若手の二人がアーカイヴへの搬入作業をし、私とMさんが社長宅に残って整理作業を続けることにした。

ブリキ缶に入った35ミリフィルムはずっしりと重い。それを五、六缶まとめて持ち上げて腰を痛めた映写技師は大勢いるだろう。それだけでも重労働の類と言えるが、今回はそれに腐敗臭と錆の粉塵が加わる。軍手とマスクをしていても、その匂いと汚れは鼻と指先にこびりつくのだった。作業を進めるうちに腰に鈍痛が走り、全身が腐敗性物質でどろどろになっている感じがした。とにかく痒くてたまらない。すぐにでも作業着を脱ぎ捨て、シャワーを浴びたい気分だ。

全巻揃えられたのは七割程度だったろうか。欠巻のあるフィルムは欠巻のまま送り出した。最後に残ったのは缶ラベルが読み取れない不明分だ。最終便が戻ってきたのは午後六時を過ぎた頃だった。軽ワゴンにはS氏一人。アルバイトの二人の男の子は前便の搬入で作業終了にしたようだ。私とMさんとで残りの不明フィルムを荷台に載せた。その間、S氏は社長と談笑タイム。これも大切な仕事だ。

そうして総ての作業が終了した。

「乗ってくか？」

S氏の誘いに、私たちは首を振った。

「いやもう乗って帰るだけだ。搬入は明日の朝でいいよ」

ここからバスや地下鉄を乗り継いで自宅に帰るより、アーカイヴ経由の方が楽に決まっている。それでも私とMさんは同時に首を振ったのだった。労働の時間は終わった、もう解放してほしい、そんな気分だったのだ。

寒かった。

とにかく寒かった。

私とMさんは、軽ワゴンが走り去るやいなや、昼食時に入った近所の蕎麦屋にかけこんだ。ストーブのある暖かい店内に入ると、ストーブに一番近いテーブルに座り、軍手を外した。お茶を出しにきた店の人が露骨に嫌な顔をした。臭いのだ。腐敗臭が私たちの衣服と髪に染み付いていた。

キツい仕事をした後なのに、二人とも食欲がない。これも腐臭のせいだろう。私たちは「板わさ」とビールを頼んだ。二人してビールをあっという間に飲み干すと、今度は日本酒の熱燗を頼んだ。

「あのフィルム、どうするんすか?」とMさんが呟いた。「ほんまに意味のある仕事なんすかね?」

批判したくなるのはわかる。やはり思っていた以上に理不尽な仕事だったのだろう。資料整理の時給はたかが知れている。ふだん紙資料の整理をしていた彼らにしてみれば、今日の仕事は割に合わなかったはずだ。

私は黙っていた。意味があるかどうかなんて問うてはいけない。これから意味を探すのだ。まず金槌で缶の蓋を叩く。側面に粉を吹いたようなフィルムが出てくる。強烈な腐敗臭。無水エタノールで

引き取られたばかりの病んだフィルムたち

側面を何度も磨く。手回しの巻き取り機を使ってフィルムの破損状態を調べる。この段階での補修は最小限にとどめておく。とりあえずヴューワーに通りさえすればいい。そこでようやく動画と対面できるわけだ。そうやって私は、サンプルの二缶を調査したのだった。引き取った八〇〇缶についても同じ作業をすることになるだろう。その中から一つでも失われた映画が発掘できれば、それが意味だ。

『岸辺のアルバム』だよ」と私はMさんに言った。

同世代なら知っていると思ったのだったが、彼はきょとんとしていた。

「昔のTVドラマだ。山田太一の」

川岸近くに建てたマイホームが、台風による増水で流されようとしている。逃げ出した家族がその様子を呆然と見つめている。まだ間に合う。何かを持ち出すべきだ。一番大切な財産。それは何だ？

「母親の八千草薫が叫ぶんだよ。家族アルバムを救ってほしいと。二冊でも三冊でもいいって。家族の記録なんだ、かけがえがないんだって」

ほろ酔い加減のMさんは難しい顔をしている。

「家族アルバムと映画フィルムはぜんぜん違うと思いますけど」

「どう違う？」と私は問い返した。

「家族アルバムはプライヴェートなものでしょう？　でも映画はパブリックなものじゃないですか。やっぱ違いますよ。家族アルバムは一点物でしょう？　だからかけがえがないんでしょう？　それが消えたら悲しむ人はいるかも知れない。傷つく人だっていると思います。でも映画フィルムが消えたって、それで傷つく人なんているのかな？」

熱燗もう一本！

「パブリックなものなら、消えても構わないのか？」

「僕はぜんぜん平気ですね」

「一点物でもか？」

「ちょっと残念、ぐらいですかね」

そう言われて、私は口籠ってしまった。パブリックとプライヴェートは、本来つながっていなければならないものだし、そんなに簡単に分断できるものではない。個人の体験や記憶だけが単独にある世界なんてつまらないじゃないか。パブリックな体験や記憶というものが存在し得る世界を想像することはできないのか。「そこに自分もいた」と思えるような映像が、かけがえのないものとして実感できないか。君の家に家族アルバムがあるように、君が生きている世界にだって岸辺のアルバムがあるべきではないのか。

そんなことを言おうとして、でも、「違う」と思ったのだった。それは嘘だ。実感としてそう思う。公共的財産、たとえば美術館や博物館のコレクションを、私たち個々の財産でもあると実感したことが一度でもあっただろうか。それらは市や県や国に属するもので自分たちのものではないと、自分だって思っていたはずだ。この国のパブリックには、インディヴィジュアルが含まれていない。歴史的に。それはたぶん、市民革命を経験していないからだろう。なんか大袈裟な話になってきたが、そんな気がしてきた。

Mさんが勝ち誇ったように言う。

「昔の映画が観れなくなったって、痛くも痒くもないですよ。映画は好きですけど、音楽も聴くし、TVも観るし、ゲームもしますから。映画だけが特別だとは思えないですね」

完全否定である。

いやちょっと待ってくれ。そう言いたいが、もう言葉が出てこなかった。哀しい。そして臭い。酒を飲めば嗅覚が麻痺してくれると思ったのだったが、逆に麻痺していた嗅覚が蘇ってくるのだった。おそらく体温が上がったことで腐敗ガスが活性化しているのだ。痒みも増してきた。背中や肩口や太ももで小さな虫がいっぱい蠢いている感じ。

ヘラヘラ笑いながら、「まったくやっとれんのお」的な態度で二人は日本酒の熱燗を飲み続けた。フィルムの腐敗ガスを大量に吸い込んだ人体はどうなってしまうのだろう。私が知る限りそれを調査した研究者はいない。しかし、まったく影響がないとも言えないのではないか。ビネガーシンドロームがニンゲンには感染しないという保証はない。腐敗したセイフティーフィルムのようにどろどろに溶けていく人体。そんなおぞましい最期を想像しながら、「おまえらが何と言おうと、オレにとって、映画フィルムは岸辺のアルバムなんだよ」と心のなかで思いっきり呟いた。

6　これでいいのだ

私たちは戦前のサイレントのチャンバラ映画を期待していたのだったが、社長宅から引き取ったフィルムにその類のものは含まれていなかった。しかしまったく無意味だったわけではない。一本の白黒長篇アニメがあったし、その他にも残存が確認できない教育映画や記録映画、独立系プロの作品、さらにはB級の洋画が見つかった。白黒長篇アニメは、東京国立近代美術館フィルムセンターと共同で復元し、L市と東京とドイツで公開されるに至ったのだった。それは戦後初の長篇アニメだった。戦時下、戦意高揚のための国策アニメしか作れなかったアニメーターたちが、初めて自主企画で製作した長篇作品だ。現在の、「ジャパニメーション」のルーツとも言える作品だった。

全国的には大きな話題にならなかったがL市ではメディアの格好のネタとなり、複数の新聞社やTV局から取材を受けた。私はここぞとばかりにフィルムアーカイヴの存在意義を訴えたのだった。自分自身の存在意義を確認したいという気持ちもあった。それは誰かが見出してくれるものではない。自分で主張するしかないのだ。それもまたアーキヴィストの仕事であろう。しかし取材対応を重ねるうちに、これはどうも違うのではないかという気持ちになってきたのだった。

映画発掘は確かにネタとしては好印象であろう。普段は上映企画の紹介ぐらいしかメディアには取り上げてもらえないのだから、たまにはアーカイヴの裏方の仕事に関心が及ぶのも悪くはない。だが、発掘の実績だけでアーカイヴの仕事が評価されてしまってはいけないのではないか。地味で話題にならない領域だとしても、やはり保存こそがアーカイヴの仕事の第一義でなければならないはずだ。

ところで、国際フィルムアーカイヴ連盟が定めた倫理規定によれば、保存用フィルムは上映使用してはならないということになっている。つまり、保存用と上映用の二つのポジフィルムを持ちなさいというわけだ。むろん最優先に保存されるべきはネガである。オリジナルネガ、もしくは複製ネガ、そしてマスターポジ。それらがアーカイヴの一次資料としてあった上で、上映用ポジは、資料にアクセスするための二次資料という扱いになる。さらにそこからデジタル媒体といった三次資料が派生するだろう。

それはしかし、あくまで理想に過ぎない。経済基盤が比較的豊かな国立アーカイヴならば可能かも知れないが、地方に点在するローカルアーカイヴには無理な話だ。フィルムアーカイヴには保存と公開という矛盾する命題が課せられているわけだが、それをたった一本のフィルムで兼用しているのがローカルアーカイヴの現実なのである。

「そんなもんをフィルムアーカイヴと認めるわけにはいかない」

厳格なアーキヴィストであればそう言うだろう。実際、私はそれに似た言葉を何度も聞いた。じゃあ私は何なのか。ここで何をしているのか。

「倉庫番みたいな仕事だろ」

そう言われたこともある。それでいいじゃねえかとも思った。私はフィルム保存の専門技術者ということになっているが、本当にフィルム保存をしているのは私ではない。収蔵庫だ。正確に言えば収蔵庫の空調機であり、その温湿度設定を二四時間体制で維持する集中管理システムなのである。フィルムは室温五度、相対湿度四〇%の環境下で四〇〇年の保存が可能だということになっている。むろんそれは理論値――イーストマン・コダック社が研究発表した――であって、実際のところは誰もわからない。フィルムは誕生してから未だ一〇〇年余りの歴史しかないからだ。

とはいえ、いずれにせよ、フィルムの補修やクリーニングの技術が保存を可能にするのではない。環境がそれを可能にするのである。問題はその四〇〇年という理論値に、上映使用による劣化という条件が含まれていないことにある。つまり保存用フィルムを上映使用せねばならないローカルアーカイヴにその数値は当

フィルム収蔵庫の様子

てはまらないわけだ。では何年間保存すればいいのか。むろん誰にも答えられないだろう。だから「半永久」とでも言っておくしかない。

「上映用と保存用の二つのフィルムを持つことができたなら、君のような存在は必要ないだろう」

それも実際に言われた言葉だ。その通りだと私も思う。上映用フィルムの取り扱いについては、民間の映画館同様、映写技師に任せておればいいわけだ。上映用フィルムがいかに劣化しようと、上映可能な状態さえ保つことができれば鑑賞上は問題ない（大きな欠損があれば別だが）し、それは決して困難なことではない。この一〇〇年余りの間、映写技師たちが、狭くて暗い映写室のなかで延々とやってきた仕事である。そして保存用フィルムを扱う場合は、現像所に任せてしまうのが誰が考えてもベストであろう。日本の現像所には累々たる技術の蓄積があるからだ。

この際はっきりと言っておきたい。映画復元の現場を担っているのは現像所なのだ。先ほど例に挙げたアニメーションも、最終的には発見された元素材から複製ネガを作成し、ポジに焼き直すという作業をしなければ「復元」とまでは言えなかった。日本には現像所の機能を持つアーカイヴは存在しないから、当然、民間の現像所にその作業を外部委託しているわけだ。私にできることは、腐って破損したフィルムを、映写機もしくはテレシネ機にかけることができるようにすることまでだ。つまりフィルムを、映画として「観る」ことが可能な状態に戻すという作業である。それは「復元」ではなく「補修」だ。それによりフィルムは、ようやく調査可能なものとなる。

もう一つ言っておかねばならない。映画発掘の現場を担ってきたのは、アーキヴィストではなくコレクターたちだった。だいたい日本には一九七〇年にフィルムセンターが開館するまでアーキヴィストなんて存在しなかったはずなのだ。私たちはみな後発者であって、アーカイヴが発掘と称している活動の実態は、実はコレクターたちの身銭を切った——私財をなげうってという話も聞く——蒐集の成果に多くを負っている。その成果を借り受けて、複製ネガを作成し、ニュープリントに焼き直しているわけだ。その事実はもっと知られていいはずだし、コレクターたちの貢献は大いに評価されてしかるべきだろうと思う。発掘はコレクター経由で復元は現像所任せ。それが日本のフィルムアーカイヴの、偽らざる現実だろう。

しかし、それでいいのである。

アーカイヴは、何より資料を保存する場所なのだ。

そして保存する資料を、公共の財産として登録する場所なのだ。

上映用フィルムと保存用フィルムの二つを持たないアーカイヴは、おそらく世界中に点在していることだろう。その総てを未熟なアーカイヴと言うことはできないはずだ。与えられた現実と条件のなかで、保存と上映公開という矛盾した行為の兼ね合いをいかにつけるか。それを考え、実践すること。そして「半永久」というイマジナリーな目標値を、もっともらしく保証してみせること。結局それが、私の仕事のテーマなのだと思う。発掘とは違って、ひたすら地味な作業が続くばかりの世界だ。

繰り返しになるがしつこく言っておこう。「上映使用しなければならない保存用フィルム」のコンディションを、可能な限り現状維持させること。その難題が私の仕事の本質である。だから私は倉庫番ではない。墓守でもない。言うなれば庭師に近い。こまめな手入れを信条とするという意味で。ハサミを道具とするという意味でも。つまり私は、結局、バカボンのパパなのである。

さて、庭師と同じく私たちの仕事にも様々な道具が必要なのだが、その道具の入手が年々困難になっている。フィルム産業自体が衰退している——デジタル技術に圧されて——状況であるから、それに関連した機器類や道具類が生産中止となるのも当然の事態だろう。フィルムを補修するためのテープ一つにしても、特殊なものは海外の中古市場にストックされているものを輸入せねばならない。

私が使っている道具類と薬剤

また、もっとも一般的なフィルムヴューワーはドイツのステインベック社製のものだが、そのメンテナンスも困難になりつつある。長くその輸入代理店をしていた国内の会社が休業に至ったからだ。

ともかく、技術があっても道具がなければ手も足も出ない。仕事に必要な道具類の入手ルートが確保できること、機器類の修理を可能とする環境が維持——自前で修理してしまうことも含め——できること。そうした能力が、これからのアーキヴィストには必要と

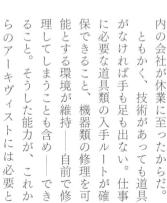

なってくるのかも知れない。ちなみに私は二種類のハサミと五種類の薬品、四種類の補修用テープ、二種類の布と高品質の綿棒、ピンセット、二種類の製図用の極細ペン、編集用手袋、使い捨てマスク、二種類のスプライサー、パーフォレーション補修機、35ミリ／16ミリ兼用のリワインダー、一四年間座り続けている相棒のスティンベック、主にそれらを使って仕事をしている。

技術の蓄積、そして継承。これもフィルムアーカイヴが抱える大きなテーマだ。フィルム技術者は高齢化が進んでおり、若手の育成が極めて困難な環境にある。将来性が期待できない分野に若者が参入することは稀であるだろうし、新参者を育てたところで食っていけるだけの仕事が与えられるのかどうかも判らないのが現実だ。フィルム技術者の供給を民間に頼っている限り、いつかは必ず人材不足の問題に突き当たるだろう。せっかくフィルムを保存していても、それを扱える技術者がいないとなればどうしようもない。そろそろフィルムアーカイヴ自身が技術者を育てねばならない時期に来ているはずなのだが、しかるべき養成システムは皆無に近い現状だ。

今のところ、ニューヨーク州ロチエスターにある「ジョージ・イーストマン・ハウス」が世界で唯一のフィルムアーキヴィスト養成学校（短期研修の類を除く）で、そこに世界中から技術習得を求める人材が集まってくる——あるいは送り込まれる——といった感じになっている。ほとんど『ハリー・ポッター』における魔法使い養成学校のような世界だが、むろん、フィルム保存はファンタジーではない。

7　二〇一〇年のジム・モリソン

二〇〇九年は、日本のフィルムアーカイヴにとって画期的な年だった。フィルムセンターが収蔵している『紅葉狩』（1899）というフィルムが重要文化財に指定されたのだ。二〇〇七年より文化庁は映像関係資料――フィルムのみならず紙資料等も含め――の調査を進めてきた。その最初の成果が得られたわけだ。映画生誕からおよそ一一五年後、ヨーロッパに最初のフィルムアーカイヴができてからおよそ七五年後の出来事である。これにより、ようやく日本の映画フィルムは、燃えたり腐ったりする産業廃棄物ではなく、保存する価値のある複製芸術品でもあり得ることが公に確認されたわけだ。東京国立近代美術館フィルムセンターのアーキヴィストたちが頑張ったのだと思う。しかしこの出来事は、多くの国民はもちろん、映画関係者にさえほとんど知られていないだろう。

失われたフィルムの発掘は、そもそも化石発掘よりも困難な事業だった。戦前のサイレント映画が、どこかに大量に眠っている――たとえば北朝鮮あたりに――という夢は、夢のままで残しておいてもいいが、今となってはほとんど期待できないだろう。ゆえに私たちは、たとえ見出されたフィルムが欠片であっても感動できるわけだし、そいつに意味や価値を与える努力をしてきた。復元をし、公開もしてきた。まさに考古学的事業だ。しかしその一方で、夢を見るよりも大切なことが私たちにはある。

それは今現在、収蔵庫の暗闇のなかで息をひそめているフィルムたちを、あるいは映画会社や民間の流通会社の倉庫で管理されているそれを、可能な限り最良の状態で保存し続ける――著作権を配慮しつつ——ことだ。私たちは、大島渚の全作品を、今村昌平の全作品を、神代辰巳や相米慎二のそれを保存し続けることができるし、そうしなければならない。むろんこれから撮られるだろう映画についても同じである。今もなお映画や映像資料が大量に失われ続けているということを忘れてはならないし、一時的にではあれデジタル神話に踊らされた時代があったことも憂慮しなければならない。

デジタルは「情報」に過ぎない何か——真っ黒な磁気テープや銀の円盤に入っている——であって、「モノ」ではない。映像保存の現場で働いている私が断言するが、「情報」なんて保存できるわけがない。小型薄型のペラッペラの記憶媒体への変換作業を、その媒体が更新されるたびに繰り返さねばならない——それはそれで業界にとってはビジネスチャンスになるわけだが——し、記憶媒体を介在させないためには無限に膨張し続ける人工頭脳を創造するしかないわけで、そんなものは経済的どころか物理的にも不可能なオカルトに過ぎないだろう。

むろん映画作家には「今」しかない。いつだって切羽詰まっている。それはどんな時代であってもそうだったろうと思う。しかし作品は作家とともに死ぬのではない。「モノ」として残る。いや残すべきだ。同時代の観客だけで消費してしまってはいけないと思う。作品には作品の運命があるはずなのだ。作品には作家の運命とは別の未来が約束されていてほしい。その未来とは、すでに私たちの与り知るところではない。私たちではなく、私たちの子供たちが享受すべき時間なのだ。

その時間に向けて、豊かな財産を、ニンゲンの必死の営みを、手渡してやらないといけない。二〇世紀は映像の世紀らしいが、冗談じゃない。失われたのは戦前の日本映画ばかりじゃない。世界中の記録映像が、報道映像が、すでに散逸し、かつ散逸しつつあるのだ。大きな事件や紛争や天災ばかりを記念写真のように残したところで、そこに私たちの記憶を喚起する力がどれだけあるだろうか。私たちはエピソードだけで生きているのではないはずだ。そして私たちもまた、いずれ死すべき「モノ」に過ぎない。ニンゲンもまたフィルムのように傷付く、裂ける、腐る。

私がもっとも敬愛する詩人ジム・モリソンは、自殺する直前に二冊の詩集を自主制作している。一九七〇年のことだ。いずれも五〇部の私家版で、一冊は『神・視覚についてのノート』、もう一冊は『新しい創造物』という表題を持つ。言わずと知れた「ザ・ドアーズ」のヴォーカリストだが、アンダーグラウンドのロックスターとして登場する以前に、彼はUCLAでフランシス・フォード・コッポラと共に映画史を学んでいた。この二冊は、映画についての詩的考察によって編まれたもっとも深淵で、美しいテクストだと私は信じている。彼の詩集が私の生涯を決定的なものとした。

詩集にはこう記されている。

「私たちが生きて、見てきたものは、私たち自身の《外部の形象である》。だがそれを《外部の形象である》と信じられるためには、そこに私たち以外の視線が意識されていなければならない。それがかつては神であり、今では映像なのだ。それを奇跡的に記録し得たものがフィルムという物質である」

すみません。嘘です。そんなことは書かれていない。でも、たぶんそれに似た言葉が美しい暗喩でもってこっそり書き込まれているような気がするのだ。フィルムアーカイヴを決して低く見積もってはいけない。生活に直結しない贅沢事業だとしても、私の仕事は、子供たちに借金を押し付けてなんかいないはずだ。財産を残すためにやっているのだ。

アニメーション『バクダット姫』の共同復元

二〇〇四年の一二月に、福岡市内在住の個人より約八〇〇巻（一〇〇〇フィート缶）の35ミリフィルムの寄贈を受けた。フィルム缶はすべて錆付いており、工具がなければ開けることができず、作品名が書かれたラベルも多くは判読が困難だった。三〇年以上も倉庫に置きっぱなしだったそうである。想像通りフィルムは腐敗が進行していたし、汚れや破損も酷かったが、手作業でのクリーニング、補修等の作業をしてみたところ、画も音もまだ生きていることがわかった。

その中から、一本の白黒アニメーションが出てきた。全六巻物で六巻とも揃っている。一巻目の冒頭で確認したところ、題名は『バクダット姫』。演出・脚本が芦田巌。さていかなる映画か。山口旦訓・渡辺泰『日本アニメーション映画史』（有文社）には『バグダッド姫』（48）とある。演出はやはり芦田巌となっているから、まず同じ作品と見て間違いなかろう。ただしこちらは全八巻となっている。ということは福岡で発見された『バクダット姫』は再編集短縮版ということか。「戦後初の長篇フル・アニメーション」とのことだから、それなりに歴史的な意味を持つ重要な作品であろう。ただしこの作品の完全版が保存されているようであれば、今回の再編集版の発見にはさほどの価値はないであろう。私はそう考えた。

東京国立近代美術館フィルムセンター（以下ＮＦ

C、現・国立映画アーカイブ）に保存されている同作品も『バクダット姫』ではなく『バグダッド姫』となっており、二〇〇四年七月から八月にかけて開催された上映企画「日本アニメーション映画史」のなかで紹介されていることがわかった。同企画の番組表には『バグダッド姫』（三七分／35ミリ／白黒／不完全）とある。「不完全」という言葉が実に引っかかった。私はNFC版『バグダッド姫』と福岡版『バクダット姫』を比較検証すべきと考えた。福岡版のフィルムを補修し、簡易テレシネでビデオ化した。作品時間は四八分。NFC版より一一分長い計算である。さっそくNFC主任研究員（現・国立映画アーカイヴ）の岡田秀則氏に相談した。ビデオを送ってNFC側で比較検証していただくことにしたのだが、担当者の常石史子氏からはいつまでたっても音沙汰がなく、こちらから確認の連絡をしたところ「ビデオなんて観る気がしない」と実に好ましく率直な返事だった。そこでNFC版のビデオを送っていただき、こちらで比較することにした。

NFC版『バグダッド姫』のビデオは、スクリーン撮りをしたものだった。大阪のプラネット映画資料図書館がそのビデオを作製したとのこと。つまりNFC版は、もともとプラネット映画資料図書館が所蔵していた同作品のポジフィルムを借り受け、そこから複製・復元したものだった。福岡版との最大の違いは作品冒頭のタイトル、クレジットの有無だった。福岡版にはあるそれがNFC版にはないのだ。なるほど、なぜ『バグダッド姫』となっていたのかこれで判った。他にもストーリー展開上必要だと思われるシークェンスが二ヶ所ほど欠けていた。

おおむね以上の内容を常石氏に報告した。同時に、この作品を当館の映像ホールで上映する予定であることもお伝えした。比較検証の結果から言えば、「幻のアニメーションが福岡で発見！」ぐらいのふれ込みは可能だと考えた。むろん、可燃性のフィルムをそのまま上映することはできない。デジタルビデオに再収録したものを上映するつもりだった。ところがフィルムアーキヴィストたる常石氏にしてみればビデオ上映などもってのほかであり、せっかくの発見なのだからフィルムで上映すべきだと強く主

復元された福岡版『バクダット姫』の冒頭

張されるのだった。まったく正しくあっぱれだが、いかんせん私たちにはフィルムに復元するだけの余裕はないのだった。「ではNFCと共同で復元をしましょう」と常石氏。実はその一言が、私たちにとってはずいぶん大きな力になったのだった。

私はこの発見の価値を量りかねていた。失われていた作品が発掘されたのではない。すでに不完全版なら存在していた。それでも新たに発見された福岡版が完全版であれば、大いにその価値は認められるだろう。しかるにこれも再編集短縮版なのである。せいぜい一一分程度の新発見なのだ。とはいえ駒数に換算すると一万五八四〇駒もある。この作品はフルアニメーションだから、一万五八四〇枚の画を当時のアニメーターたちは描いたはずなのだ。そう考えるならこの一一分は重い。またこの作品は「日本初」の長篇アニメではない。「戦後初」だ。なんとも中途半端な印象がする。しかしながら日本初のアニメが戦時下の不自由な環境下で作られた戦意高揚映画であったことを考えるならば、戦後初のこの作品は、自主的な企画として作られたという意味での日本初の長篇アニメであり、現在のアニメに直接繋がるような作品であるとも言えるだろう。さあどう判断すべきか。フィルムアーカイヴとしては、今回の発見の意義、その価値を可能な限り高く評価すべきだろうと思う。しかしながら、それが粉飾のようであってはならない。そのジレンマが私にはあった。「NFCから共同復元の呼びかけがあった」ということ。結局、そのことが「一一一分間」の価値、「戦後初」の価値を保証したのだと思う。情けない話だが、前進するためにはそのような保証が必要な場合もある。

常石氏と共に復元作業を進めていくなかで、NFC版と福岡版がそもそもバージョン違いだということもわかった。当初はNFC版に欠けている部分を福岡版から抜き取って、ごっそり嵌め込めば済むと考えていたのだったが、細かく観ていくと、NFC版はNFC版で意図的に再編集されており、さらに短縮された版であるだろうと思われた。具体的には、カット変わりでちょこちょこ切り詰めているのである。フェード・アウト&イン、ディゾルブの出口と入り口でばっさり切り捨て、ダイレクトにカット編集している。これでは作品の持つリズムが台なしだろうと思われた。そのようにして、この作品は何度も何度も再編集され短縮されていったのだろう。今回の共同作業では、そうした細かな演出部分も可能な限り復元した。失われた完全版には及ばぬだろうが、再編集版としては十分に復元し得ていると思う。

地方とアジアの映画発掘
――『ドレミハ先生』『義民　冨田才治』『海に生きる人々』

まず最初にお断りしなければならないが、『ドレミハ先生』（51）は途中一巻が欠落している。東京で病気療養をしている先生を山村の子供たちが見舞うという単純なストーリー。子供たちはお小遣いを出し合い、旅費を貯め、男女一人ずつの代表者を決める。そこから場面はポーンと飛んで東京。鉄道の高架下で、大きなリュックサックを物色する二人の不良少年。出てきた饅頭か何かを口にする一人の隣で、もう一人は添えられていた手紙を開く。「ドレミハ先生へ」……。次のカットでは、夕暮れの東京を眺めながらしょんぼりと佇む代表の男の子。

失われた一巻で何が起こったかは推察できる。代表二人に託された先生への贈り物が奪われてしまった、その顚末が描かれていたであろう。また代表二人を東京へ送り出す様子も描かれていたに違いない。肝心な起承転結の「転」にあたる部分と、痛切な「出来事」が失われていることになる。アーキヴィストである私は、この取り返しの付かない喪失に悶え苦しむわけだが、同様に、映画の方にも、生徒全員からの大切な贈り物を失ってしまい途方に暮れる子供の姿があるわけで、この二つの喪失感が重なった時、なんとも言えぬ感情がわきあがってきたのだった。監督の北賢二は脚本家・佃血秋（映画史上に残る大ヒット作『籠の鳥』の脚本家）の弟子。本作は佃血秋の脚本・監督で製作に入ったが、途中、佃が急死したのだった。主演の八洲秀章は「さくら貝の歌」等で知られる昭和の名作曲家。

『義民　冨田才治』（33）になるともう欠損どころの

話ではない。唐津のお寺の住職によって自主製作された本作（当時小倉で一座を構えていた中根龍太郎に依頼したとの談話が残っている）は、劇場を借り、活弁付きで上映されたのち、映画フィルムとしての役割を終えている。16ミリであれば、自宅その他にプライベートな上映環境を求めることも可能だが、35ミリとなると難しい。映画の噂を聞きつけ、「ちょっと見せてほしい」と訪ねてきた客に住職はどう対応したか。

映画から一齣ずつカットを抜き出し、それをスライドにし、紙芝居風に再現したのだった。一度バラバラになったフィルムを元通りに編集することは、もはやできなかったようだ。

結果、フィルムはでたらめに編集されたまま今に至る。本作の復元には、佐賀大学の田中明・元教授や郷土史研究グループが長年にわたり取り組んできたが、活弁台本でも発見されないかぎり復元は不可能だろうと思われる。いや、活弁台本が発見されたとしても、それを参考に編集し直す行為が「復元」と呼べるのかどうか。やはり「再編集版」とでも呼ぶしかないのではないか。今回は、まったく手を加えることなく（ニュープリントに焼き直してはいるが）、アーカイヴに持ち込まれた時点での状態をそのままお見せしたい。

『海に生きる人々』（59?）は、漁村の近代化を推進したい漁業協同組合連合会が企画した映画であるが、船舶エンジンや農業機械で有名な某メーカーが協賛しており露骨なPR映画となっている。船にエンジンさえ付ければ近代化に成功すると言わんばかりの内容で、本当に大丈夫なのかと思ってしまうが、ローカル映画ならではのガードの甘さというか、大らかさが本作の魅力でもあろう。

しかしもっと凄いのは、クライマックスで誰もが聴いたことのある超有名映画音楽が流れるところだ。ローカル映画なら何でもアリ、というわけでもなかったはずだが……。私は、不覚にもそのシーンで感動してしまったのだった。ともかく、題材はなんであれ、「おれたちは映画を撮ってるんだ」という過剰な自意識が画面のそこかしこに溢れており、それがたまらなくいじらしい。

二〇一〇年の城之内元晴あるいは城之内元晴の全作品が福岡にある理由

僕は福岡市総合図書館のフィルムアーカイヴ・セクションで保存管理を担当している。一九九六年の開館時に着任しているのでもう一四年になる。

映画フィルムや映像資料を公共の財産として保存するのがフィルムアーカイヴの役割なので、収蔵作品については保存権（現物の所有権）と図書館内映像ホールでの上映権しか取得していない。つまり、営利目的は当然のことながら非営利目的であっても館外に貸し出すことは著作権上できないのだ。しかしながら母体が図書館ということも手伝い、誤解されることが多いのが実情である。「なぜ図書館なのに映画フィルムを貸さないのか？」という問いもしくはクレームは絶えることがない。苦戦を強いられているわけだ。

ただしそれは福岡市が保存権を購入取得したフィルムについてであって、寄託作品についてはその例ではない。寄託作品の所有権はあくまで寄託者に属しており、寄託者による出庫依頼があれば原則それに応じることになっている。フィルム収蔵庫は室温五度、湿度四〇％の環境を常に保っているので、自宅や民間倉庫で保管するよりも遙かにフィルムは生きながらえることができる。この環境下では腐敗や褪色が免れるからである。寄託者にとってアーカイヴの収蔵庫は、理想的な保存環境が無料で得られる貸し倉庫のようなものだ。

それゆえ、わが国のナショナル・フィルムアーカイヴである東京国立近代美術館フィルムセンターでは、寄託でのフィルム受け入れは原則的に行っていないようである。所有権を放棄する＝寄贈することが受け入れ条件になっていると聞く。とはいえ収蔵スペースは無限ではないから、寄贈であれば何でもかんでも受け入れるというのではなかろう。作品および映像資料の歴史的価値、公共的価値が必ず問われているはずだ。

僕が勤める福岡のアーカイヴでもそれは同じであって、収蔵スペースはフィルムセンターの相模原分館（収蔵施設）の一〇分の一にも満たないのだから、寄贈フィルムの受け入れにも慎重にならざるを得ない。ましてや寄託フィルムともなれば言わずもがなである。福岡市総合図書館が寄託フィルムの受け入れを決断した背景には、新規参入のアーカイヴとして収蔵点数の充実を図りたい――なるべく予算を使わずに――という事情があったことは確かだ。

しかしそれ以上に、保存担当の僕としては、所有権の放棄＝寄贈という条件に心情的に引っ掛かるがゆえ、しかるべき環境で保存されていない映画フィルム――とりわけ小プロダクションや個人作家のが多数存在していることに心を痛めていたのだ。それで二〇〇一年にアンダーグラウンド映画祭なるものを企画した。公的機関で保存対象となっていないが、映画史的にも美術史的にも極めて重要であるだろうと思われる作品の現状――プリントの状態――を一度点検してみたいと思ったのだ。そして可能であれば、そこで集められたフィルムの保存を自分が手掛けたいと。

長くなったが、以上が「なぜ城之内元晴の全作品が福岡にあるの？」という問い――何度もあった――に対する答えだ。僕は東京の下北沢で城之内美稲子さん、それからその日初めて父親の映画を観た――シネマ下北沢で――という娘さんと面会した。それも確か二〇〇一年のことだ。城之内元晴のフィルムを寄託したいという希望を伝え聞いて福岡から出掛けていったのだったが、まだ躊躇しておられる様子だった。当然だ。亡き夫や父の大切な遺品なのだから、日本の端っこの遠い土地から来た見知らぬ若造――当時僕は三五歳だった――に託せるわけがない。

「今すぐにとは思っていません。フィルムの劣化が数年で大きく進むことはないでしょうから、ゆっくりと考えてください。そしてもし、僕に預けていただけるのであれば、いつでも連絡してください」

僕はたぶんそんな感じのことを言ったと思う。美稲子さんから再び連絡をいただいたのはその二年後だったか三年後だったか。僕は映画史研究家の平沢剛氏といっしょに神奈川県二宮の美稲子さんの家を訪ねたのだった。城之内元晴のフィルムは二つの大きなお茶箱の中で保管されていた。ちょっと感動してしまった。自宅でフィルムを保存するには最善の方法である。立派だと思った。美稲子さんは城之内元晴の映画を守っていた。すごく大事にしていた。そこには愛があった。でも愛だけではフィルムは保存できないのだ。そのことに美稲子さんは長く苦しんでおられたのだろうと思う。

「僕に保存させてください」

そうして「城之内元晴コレクション」は福岡市総合図書館の宝物となった。むろん寄託資料であるから、美稲子さんからの出庫依頼があれば応じているが、それについても無条件ではない。保存責任がある以上、フィルムの取り扱いについては貸出先に厳しい注文を付けているし、その確認のための合意書も英文その他で交わしている。貸し出し前のコンディションのチェックと返却時のチェックも毎回している。かなり大変な仕事だ。

ここ数年、僕が記憶しているだけでもニューヨークの「アンソロジー・フィルムアーカイヴス」——あのジョナス・メカスが主催する実験映画の殿堂だ——をはじめアメリカ各地の大学や美術館に貸し出しているし、カナダやドイツでも巡回上映をしている。クロアチアのザグレブに貸し出した時は、先方の研究者から『新宿ステーション』で城之内本人が朗読している詩のテキストが欲しいとのリクエストがあった。フランスではフィルムアーカイヴ発祥の地でもあるシネマテーク・フランセーズで上映された。これは本当にすごいことだ。お隣の韓国にも貸し出した。この一一月(二〇一〇年)にはイギリスの各大学での巡回上映があり、今その出庫準備をしているところである。

映画への試み／映画『非破壊検査』

映画への試み

私はシノプシスという書き物の形態を知らない。もちろん、シナリオなど書けはしない。ギリシャ喜劇の一つが対象とした主題も知らない。しかしながら山本氏の要請には応じて数枚の書き物を手渡すべきだと考えた。

＊

この春、二六歳の私はついに故郷とは呼べぬ地方都市、陰惨な工業都市（四日市と記してもいいが）にいる。

私は朝から雨が降っていさえすれば仕事を休むことができる。そのような種類の仕事をしている。

雨降りの休日に私は図書館に行く。図書館で時間を潰しながら、映画を見るか、競輪の開催日ならば場外車券を買いにゆくだろう。

この街の図書館では吉岡実の四冊が読める。「現代詩文庫」、『「死児」という絵』、それから『サフラン摘み』と『夏の宴』。この街で読むことのできる吉岡実はたったそれだけだ。

彼の死の七年前、高校生の私はまず自由に閲覧でいる。

きる書棚にある「現代詩文庫」のそれを読み、続いて『サフラン摘み』、『夏の宴』を書庫から借り出して読んだ。読めなかったが、読んだ。東京に出てからは他の総てを、読めなかったが、読んだ。今も読めないが、私は『静かな家』が一番好きだ。

この春、私は久しぶりに吉岡実をオリジナルの装丁のもので読もうと思い、貸し出しのカードに記入し、司書の女性に提出した。

私の母の年齢に近いその女性は、書庫に入ったまま数分、捜しあぐねているのか姿を見せない。私はカウンターの前では間が持てずに、閲覧式の本棚をぶらぶらと巡っていた。

急ぎ足で私に駆け寄ってきた彼女は、どうしたのかあるべき場所に見当たらない、もう少し捜してみるが時間がかかる、あなたはまだここにいるだろうか、と私に尋ねた。いるだろう、私は答え、窓際に置かれた長椅子（駅のベンチのようだ）を指さし、閉館まであそこに座っている、と言葉を続けた。

私はアレキサンダー・ウォーカーの『ガルボ』のページを捲りながら待った。時間は引き延ばされたように過ぎたので、待つのは苦痛ではなかった。あの女性は捜すのを諦めたのだろうか。諦めたのならばそのように報告するはずだろう。それとも私がここで待っていることを忘れてしまったのか。あまりにも遅すぎる。それでもまだ調べ続けているのだろうか。まさか蔵書の背中を一冊ずつ調べているわけでもあるまい。私は今日も廃人のように見えただろうか。

なぜ図書館の、この駅のベンチのような長椅子に座っている男たちは、みな廃人のようなのか。

彼女が私の前に立っていた。手にはなぜか『「死児」という絵』を持っている。彼女は実に悲しげに告げる。やはり見当たらない。あるべき場所に書物の厚み分の空白がある。あなたを書庫に招き入れそれを見せられないのが残念だが、やはり見当たらない。他に紛れ込みそうな場所を調べてもみたが、ない。私はあなたが読みたいというこの二冊のことを知っている。見覚えがある。だがなくなっている。貸し出しの記録を遡れば、最後に貸し出されたのは吉岡実の死の数ヶ月前。それは確実に返却されている。だから、氏の死後には一度も貸し出しの手続きがされていない。記録はそこで途絶えてしまった。申しわけない。今読むことのできる一冊はこれだけだ。彼女は『「死児」という絵』を私に差し出す。これは持っている。だから借りる必要がない、と私は断わる。申しわけない、彼女は再び言う。そして声を大きくし（周囲に聞こえるように）高価な書物の紛失が度々あることを訴える。さらに、書庫に納められた書物まで紛失するとは嘆かわしいことだと加える。その言葉に私は不快を覚え、だがやむをえないだろう、他の誰でもなく、吉岡実なのだから、と呟く。それにしても白昼堂々……と彼女が言いかけたとき、閉館を告げるトロイメライだ。彼女は言いかけた残りの言葉を捨てただろうか。

白昼堂々。そんなタイトルの古い日本映画があっただろうか。白昼堂々、吉岡実の二冊を立ち入り禁止の書庫から盗み出した怪盗、そいつを私は憎まない。むしろ親和を覚える。

しかしこのトロイメライ。一切のリアリティーが失われてゆくのはなぜだ。あの司書の女性。母親であってもいいあの未知の女性が、死んだ吉岡実のためか、それとも怪盗への苛立ち、職業人としての彼女なりの流儀なのか、いずれにせよ小一時間もかけて一人のリクエストに応えるために奔走したというのは、あまりにも間延びした話ではないか。

山本氏にはここでことわっておくがこれは実際に起こった出来事だ。と、書き添えること自体どうでもよいことだろうが、しかしこの虚構のレベルは私には耐えられるものではないし、撮られるべき映画のためにならばむしろ体験を組織し直すのではなく新たな虚構として差し出す必要があったのかも知れぬが、それもまた私にはつまらなくどうでもよいことであり、私にとっての生は、まさにそのようなつまらなさの連続なのだから。

やはりトロイメライだ。

私とは耐えられない虚構そのものだ。

＊

怪盗、そいつを登場させることはできない。かわりに、あの陰惨を極めた二人の旧友に再会しよう。

私たち三人が犯した軽犯罪の数々をどのように挿入しようか。腕力も速力（ようするに単車だ）も持ちえなかった私たちの喜劇。

盗んだ品々を教室で売り捌いたあの貧しさをどのように書けば許されるか。誰に許されるのか、ではない。私自身がいったいそれを書くことを許せるのか。許せないだろう。

貧しさは度外視だ。

たとえば盗み出した数百枚（三人で三〇〇枚は下らないだろう）のうちの何枚を私たちは聴いたのか。

半魚、ギョンキー、そしてチン松。この呼び名を私たちは商店のエレベーターの中で言い合い、時には他校の女生徒たちを笑わせたものだ。

ラジオから流れる音楽を録音すること、そこから店内に並んだLPを盗むことはたった半歩のこと、総ての音楽は盗まれるべきもの、たとえシューマンの「子供の情景」であっても。

私たちが聴かなかった音楽の数々、つまり売り捌くために手を汚したほとんど総ての音楽にかわって私たちが聴いていたのは、私に聞こえていたのは、この三人の、誰の悲鳴でもない。そこにあったのは、実にしなやかな私たちの指先、張り詰めた視線、そして乱れることをこらえた静かな足音、そして一気に、ばらばらに駆け出す快活な足音、さらさらと流れる商店街のアーケイド。しかしそれらを音楽と言い直すことを私は許さない。

怪盗、おまえは吉岡実のそれを売り捌くつもりか。蔵書印と分類シールのあるそれをしかしどうやって。もしも所有するための遊戯であるなら、おまえの指先は私たちよりも劣る。

ギョンキー、尻尾を出すのはいつもおまえだった。おまえに足りなかったものをおまえの母は愛するだろうが、私は今もそれを憎むだろう。私が憎むのでなければ誰が憎むというのか。

後ろから見知らぬ男に肩を叩かれ、そいつが私服の補導員であることぐらいすぐに了解できる私たちだったが、逃げ遅れたのはギョンキー、やはりおまえだった。

よりにもよって（誰に買わせるつもりだったのか）数冊の少女写真集をおまえは押収されたのだ。

気の毒に。

それが私たちの計画外の犯行だったので、おまえは紙袋（逃げる途中で証拠品を捨てることができる）ではなく学生鞄にそれを忍ばせていたということか。なぜおまえは度々そうやって私たちの知らぬ間に単独犯行に及んだのだ。おまえはついに犯罪者の感受性を持ちえないまま……。

犯罪者の感受性。私はそいつにこだわっていた。男子高校生である私が、こいつは犯罪者だ、私は比類なき犯罪者である、と自らに言い聞かせながら万引きを繰り返した。そうでなければ、中学生の遊びになってしまうと。

つまらない。

しかし生きている。

その他の犯罪についてはしらをきり通したギョンキーが私の名前を漏らしたこと、それを憎みはしない。半魚の名前を出さなかったおまえの判断は正しい。

あの人通りの多い交番もまた、駅のようだ。私は交番の椅子に座り何の到来を待っていたのか。


救いのない判断か。巨大な、雲のない、躊躇なく言い渡される絶対か。私たちが唯一共有できると信じた、偉大な「敵」の現前だったろうか。

青空に対する悪意、そこから引き出された攻撃性、そうしたものがそのまま甘えに擦り替えられてしまう情景を私たちは何度通過したのか。

この交番からも煙突は見える。取り調べの、机の上にはビニールに包まれた少女の笑顔がある。

卑屈にうなだれるギョンキー、そして私もおそらく、最後には卑屈にうなだれてみせただろう。

すまないチン松、とギョンキーが言う。チン松。なんてこの場に不似合いな名前。これが比類なき犯罪者の名前だ。

時折私たちを覗き込む通行人の彼方に、おまえはどのような救いを求めていたのか知らない。私は知らないが、与えられるのはいつも無残で腹立たしい救いばかりだ。またぞろ敗北のシチュエーション。

擬態、擬態。そして私たちは高校生にもなって盗癖の抜けない中学生以下の不良性を演じなければならない。よろしい今回は見逃してやる、そんなつまらない言葉を引き出すために。かわいそうなギョンキーのために。

私はおまえを救うだろう。だが私は私を救わない。私は許されるためにここへ来たのではない。

そう考えることで私が望んだものは、どのような救いからも遠い勝利のシチュエーションだったのだと。

この街のどこからでも煙突は見える。それがどうした。私はいつかあの一本に登るだろう。

私たちの狡さを引き出した力。それを私が憎むのでなければ、ギョンキーの無念さを私が悲しむのでなければ、私の恥ずかしさを私が耐えるのでなければ、いったい誰がそれらをそうするというのか。

だがそこで信じられた私は今も貧弱な物語のなかをうろついている。

私は仲間からチン松と呼ばれる男だ。

シノプシスを書けという山本氏の要請も物語ならば、それに応じてワープロを叩いている私の指もまた、そして五月の喧噪も、卓上のウーロン茶も、なにもかも擬態を示し始める。

帰宅を許された私たちをどのように歩かせよう。横ではなく縦に。午後七時のよそよそしいアーケイドを、後ろを歩くギョンキーには目もくれずに私は歩くべきだ。凶悪な目付きをして、顎をあげて、怒りをあらわにしながら早足で歩くのだ。

やはり私を煙突に登らせようか。

あの孤児院の少年のように、だ。山本氏はタイガー・マスクの何話めかのエピソードを覚えているだろうか。伊達ナオトが所属するプロレス団体が四日市公演をするという話。彼は戦いの前に地元の孤児院を訪れて、そこでチビッコ・ハウスのケンタくんに似た少年に会う。その孤児院もまたつぶれかけていて、そしてどういう経緯かは忘れたけれども、その少年は煙突に登るのだ。ようするにその程度の虚構。けれども、一人の伊達ナオトを私は用意することができない。

子供の情景。

それで済ます気にはなれない。

どうすればいいか。

恐れをなしたギョンキーの離反。少年窃盗団の解散。悪ふざけとしか思えぬが、その後彼は母の強い勧めで絶大なる宗教団体へ。

そして私は吉岡実を読んだ。

しかし半魚は。

半魚！　なんてずるがしこい奴。あいつは最後まで逃げ切ったばかりか大学受験までまんまと逃げて、さらに国境を越えてアメリカへ（なんて美しい想像力！）逃げ去ってしまったのだ。

これが体験に基づいた虚構。

いったい誰のクロニクルなのか、それを問うことはもう止めにしよう。

半魚は、あの美しい逃走線を引いた半魚は、たった半年で青ざめながら舞い戻ってきたのだから。

あの息苦しい工業都市へ、そして即座に私のいる東京へ。

ここからも喜劇。

＊

東京駅のホームで半魚を出迎えた時のことを覚えている。私は、私が初めて上京した時に私の兄（新派役者だった悲しい兄、どうして兄や弟のことを思うときだけ否応なく悲しみに曝されるのか）がそうしてくれたように、半魚の重たい荷物を持ってやったのだった。そして颯爽と、そうだ颯爽としていなくてはならない、ホームの階段を下りていった。

私たちは地下鉄に乗り日経新聞の別館を目指した。疲れているのか緊張しているのか、なぜか声のトーンを落とした半魚に対して私は無理に明るく振舞ったものだ。半魚は春からジャーナリスト専門学校に入る。その学費を日経新聞から借りて。つまり新聞社の給費学生。

私たちは担当の男に会い、その男に別館のレストランで欲しくもない食事を喰わせてもらい、戦争の話を聞かされ、半魚の仲間となるだろう新聞配達青年たちの無能さを聞かされ、そして逃げるなと脅迫されていた。私も同じだった。

再び地下鉄に乗り（今度は三人で）南池袋の販売店へと連れていかれる。半魚も、私も何も喋らない。

半魚が口を開いたのは、彼がこれから生活することになる部屋に通された時だ。取りあえず茶碗などの日用品を買い揃えるようにと男は言い、それを買うべき店の場所まで（今まで何度もそうしてきたように）指示し、そして立ち去った。半魚はこの陰惨な部屋を見渡して言う。マジかよ。

陰惨。またしても陰惨。この書き物のタイトルをいっそ陰惨にしてしまおうか。たとえば和英辞典で【陰惨】を引いてみる。すると「〜な光景 a ghastly scene」とだけ出ている。なんだ名詞はないのか。そこで私は英和辞典でさらに調べようとする。あるじゃないか。ghastliness。しかし意味は陰惨でいいのか。私は頭が悪い。仕方なくghastlyの意味で補おう。死人のような、青ざめた、ぞっとする、不快な、ひどくお粗末な。なるほど。ここからghostまでは数センチだ。ゴーストではなくガースト。間抜けだ。だがガーストという単語はない。ガーストリネス。もっと間抜けだ。陰惨な光景、としなくてはならなかった和英辞典の気持ちが分かる。

その陰惨な光景。ここはまるで二等船室だ。無理やり日光を遮ったような暗さ。三畳にも充たないだろう部屋を「己」の形で切断するベッド。このベッドの上の部分で相部屋の男が眠るのだ。なんという不可思議な壁だろうか。

ったく、という意味の半魚の舌打ち。

私たちは一時も早くその場から立ち去っただろう。南池袋の猥雑な街角を歩き、指示された店に茶碗などを買いに行った。途中、朝日新聞社の販売所があったはずだ。茶色のタイル貼りの洒落た寮。外見はまさにワンルーム・マンション。そいつを見上げながら、ったく、という意味の半魚の舌打ち。そしてまったく同じ意味の私の舌打ち。あの夕暮れ、他の販売員が夕刊の配達をしている時間、私と半魚は絶えることのない舌打ちを南池袋の街に降らせたものだ。

あの夕暮れ、私たちはどのようにして別れたろうか。買い揃えた日用品、それを入れたビニール袋をぶら下げてあの陰惨さへと決死の覚悟で向かう半魚、その不安気でしかし毅然とした後ろ姿。と、こう書けばよいのだろうが、私は本当にそのような後ろ姿を見ただろうか。

半魚、私はおまえと二人して飯を喰いたかった。

喰ったことにしよう。私たちは二人で居酒屋へ入り、焼き鳥や焼きおにぎりやニラタマを食べ、ビールを飲み、そして私たちが降らした総ての舌打ちをそこで笑い飛ばした。

あのアメリカ女とのロマンス。

私はそれを電話で聴いただろうか。それとも桜に狂う井の頭公園で、おまえが歩きたいと言った早稲田大学のキャンパスで、あるいは理由もなく都電に乗り、鬼子母神や雑司ヶ谷を歩いたあの日だったか。

目の離れた、鱗のような痘痕だらけの、醜い半魚。おまえが抱いたというアメリカ女を私は疑わない。ソルトレイクの何とかという小さな街で、おまえを殺しかけたという刺青の男の存在も私は疑わないだろう。

つじつまが合わない。そんなことがいったいどうだと言うのだ。新学期が九月だろうと四月だろうと、雪の夜に芝生で抱き合っても半魚、間違いに気付いたおまえが口ごもる必要なんか少しもなかったのだ。

女の身体はどうしてあんなに柔らかくて軽いのか、そう言った半魚の、アメリカ女とのむせび泣くようなロマンスは、おまえが信じるのでなければ、私が信じる。

悲しい半魚。

ジャーナリスト専門学校へなんか一週間も行かなかった半魚。朝刊と夕刊の間に眠り、夜はコンビニで働いて、その金で新聞社から借りた金を一日も早く返そうとした半魚。

半魚に最後に会ったのはおまえには関係がない、そして私が一切の関係を断ち切る直前の、早稲田大学の球場（今はもうない）だったはずだ。

どうしよう、と半魚は言い、私は言った、逃げろ。おまえには勇気がある、逃げろ。そんなところに監禁されているのは馬鹿だけだ。金なんか返すな。半魚は言う。だけどもう二年間の学費が前払いしてある。おれが払わなければ親が払うだろう。おれはアメリカの一件でずいぶん迷惑をかけた。そうしたいところだが、しかしそうすればもうおれは帰る家がなくなってしまう。私は言う。帰るな。逃げろ。なんとかしろ。なんとかしたい、もっと割のいいバイトを捜せればいいのだが。あと半年くらいならおれも持ちこたえることができそうだが。

ガースト、ゴースト。まったくおまえは死にかけた金魚のようだった。あと半年もしないうちに幽霊だ。

しかし、そしておまえは逃げた！ 見事に。

それ以来私は一度もおまえの姿を見かけたことがない。おまえは私からも逃げてみせた。

半魚の最後の言葉を覚えている。じゃあチン松、おまえも早く立ち直れ。

その言葉が痛い。

忘れていた、私は未だ立ち直っていなかった。

あのころの私のままだ。私はいつも判断を間違えるものだろうか。大学から逃げ、そして今、東京から逃げてここにいる私は、もうすでに家族と呼べる者のいないこの町に舞い戻っている私は、誰の目にもみっともないゴーストだろうか。

人はなぜ立ち直ることができるのだろう。

半魚、おまえは立ち直ったのか。ギョンキーははっきりと立ち直っている。新しい家族を見出したのだ。


人はなぜ立ち直ろうとするのだろう。この怒りと憎しみを、いったい何と替えられるのか。

私がそれを愛するのでなければ、この怒りと憎しみを愛するのでなければ、誰がそれを愛するというのか。

子供の情景。

あのころの私のままだ。

私は一度も半魚には再会していないし、あの痛ましい南果歩（『伽椰子のために』の彼女を私はひそかに愛し続けていた）に一人も出会っていない。その東京で、何かの偶然で、私は映画の仕事にありついていた。その私なら知っていると山本氏は言うかも知れない。だが私はその私を知らない。

立ち直らないだろう。

その兆しは至るところに見出せはしたが、そのたびに見送ってきたのではなかったか。私は判断を間違えるものだ。

自閉、屈折、精薄、それが私を言い当てる言葉であるのならそれでいい。そのような私がいたというのであれば、いてくれていい。

何にも似ていない私が、その私が書き始めたこの書き物が、遺書に似てくるというのはなぜだ。映画が遺書に似ることはない。あったとしても、それを許してはならない。

だから物語を、さらに書き進めようと思う。

＊

アテネ／スタンス。

このように記すことはその運動形態の相違から本来無効だろうが、私の置かれていた立場を簡潔に言うのならこれが正しいように思う。まさに私はこの「／」でしかない位置にいたのだろうと「かろうじて」自覚する。

あまりにも物語に乏しい、しかし明らかに虚構でしかなかった三〇ヶ月をどのように処理すべきか。何も挿入しないことが最も適切だろうが、それを山本氏は許さないだろう。私はあの救いのない脅迫電話の犯人なのだから。

私は愛すべきものに敵対する。なぜなら、それらが一度たりとも私を愛そうとはしなかったから。この幼稚な自意識のサークルの中から私は未だ抜け出せずにいると書けば済むように思う。だがそこに記された私もまた、言葉通りの行動を何度も覆さずにはいられなかった私なのだ。

私には、加えて私の行動には、理由がなく説明がつかない。それを捏造することはいとも容易いが、そして求めに応じてそのようにしてきたのだが、その度に私の不自由が増してしまったのは当然。

なぜおまえは映写技師をしているのか？　なぜおまえは字幕製作をしているのか？　なぜおまえは映画を観るのか？　おまえはここで本当は何がやりたいのか？　そうした質問の答えを私は一切持ち合わせていない。不平を漏らしながら、親和を示しながら、積極的に、消極的に、持続を望み、断絶を仄めかし、最終的には裏切るに決まっている人々との関係を、一時的に愛した。

私の限りなく希薄な生はその希薄さにおいて自覚される以上のものではありえないという事実を疑い、その疑いを自覚することを怠り、だから自覚されたそれは必ず致命的な不足と過剰があるだろうと思う、そう思うにもかかわらず私の来歴を深みにおいて示そうと欲した。と、こう書いても私はその言葉を裏切って……ストップ。ナルシシズム、被害妄想、その貧弱な傷。

オーバー・ザ・レインボウ。

そんなものはもうどこにもない。それはいかなる映画からも遠い。映画は必ず地上に降りてくるのだから。映画が映画として地上に降りるための、それを降ろすための、亀裂が私には見えただろうか。自ら亀裂骨折をきたしたものには見えないと言うべき。むしろ私は何も観ていなかったと。

一人の映画作家とのすれ違いを思い出してみるのもよい。一つのフィルムを二人して観、一人はそれに嫌悪し、私は感動する。そのエピソードが私と映画の総てを語るのかも知れない。その人に私が恋したのであれば。

パス。

私は映画に敵対したいのだろうか。アテネ／スタンスが展開する運動にことごとく不和を感じたという私がいる。その私を連れて、とうとう最悪の逃走線を引いてしまった私が、再びこうやって映画に接近しようとしている。そうだこれは映画を理解し得ない私がそれへと接近するためのシノプシス以前の試みだ。

アンダー・グラウンド。

それをスクリーンに深く刻まれた傷痕だと言い換えることは、しかしできない。東京の、どの劇場のスクリーンにもそのような傷はない。そんなものはどこにもない。

出張映写。

ありもしないスクリーン貼り。低く傾いた白。すなわちブランク。

映写室の幽霊。

毎秒二四コマでするすると零れ落ちるフィルム。その黒い固まり、の広がり、への不安と期待。

期待だ。世界中の映写技師がフィルムの切れる瞬間に立ち会うことを期待している！

以上破棄。

私は決着の付け方を知らない。

何もなかったのだと言えば済むことなのに。

脅迫電話。

この地方都市からの。上ずり震える声を犯罪者の擬態で覆って。深夜の留守番電話を狙って。二、三人殺してやる！

それが意外な成果（？）を上げたことは山本氏から聞いた。それが私の声だと知った人は激しい嫌悪を示したし、誰の声とも知らぬ多くの人たちは扱う映画の危険、それへの関わりの深度によって恐怖したと。

ゴーストであることの恐怖。

私への嫌悪。

これは映画への亀裂となるのか。

いずれにせよ私は許されるために知らせているのではない。私の知らぬ人が知らぬ深度で傷つき迷惑している。それはそれでいい。そうあるべきなのだ。

私は犯罪者だと言い聞かせながら電話をしたのだから。もちろん、名乗る必要はない。私では恐怖にはならない。だがそれも終わりだ。私が嫌悪されている。そうであれば成功。それが本当にそうであるならば。しかしそれを信じることもできない。悪戯。はた迷惑。そして嘲笑。

山本氏は自ら名乗って詫びを入れるべきだと言う。だがこれは犯罪なのだ。それを私が信じるのでなければ。

必要なのは悪霊。

あるはずのない憎しみが現前することの恐怖。

見えるはずのない像、聞こえるはずのない声が聞こえることの戸惑い。

暴力的に貼られた一枚のスクリーンだ。

映画『非破壊検査』

この春、二六歳の私はついに故郷とは呼べぬ地方都市、陰惨な工業都市（四日市と記してもいいが）にいる。

私は朝から雨が降っていない日には橋桁工事の現場に行く。私は現場で最も年少の鉄筋工見習いだ。

この現場は終わりかけている。去年の秋から始めて今年の三月までの工期。そして春から私はタケちゃんと尾鷲の現場に行くことになっている。

タケちゃん。

初老の少年だ。来歴は知らない。金沢の出身と聞いているがそれも定かではない。言うまでもなく独身者。

釣りの好きなタケちゃん。二回の休憩時間の一五分、そして昼食後の半時間余り、タケちゃんは必ず釣り糸を垂れている。私は退屈な昼休みに川辺で読書。なぜなら私はここでは変わり者だからだ。その場に馴染まない。それはどこで何をしていても同じこと。態度を変え、話を合わせて、仲間として認められたいとは思わない。そのような行為の一切を欠いたままここにいる。ここはそうした協調性を欠くことが許される職域なのだと言い聞かせて。

字が書けない多くの人夫たち。字が書ける私。だから私が示すここでの総ての協調は醜い。

タケちゃんも変わり者。パチンコをせずマージャンをせず女を買いに行かない。だけど競輪だけはする。

競輪、それがタケちゃんと私の接近を作る。私は場外車券場でタケちゃんと会い、お互いの外れ車券を報告し合い、この男と現場で無視し合うのが不自然、というか無視するのがむしろ面倒な関係になる。

タケちゃんが現場の川辺で釣り糸を垂れる、その横で私は読書する。

ところで、この男は死ぬ。

私が見殺しにする。

という映画。

非破壊検査とはつまりレントゲン。コンクリを打った後にレントゲンで不備を調べる。公団の仕事にはそれが付きものとなっている。また、古い橋などでワイヤーが切れていないかどうか調べるのもこいつ。

私は運転免許を持っているので現場まで人夫を連れていく、という役割を負わされる。助手席にはもちろんタケちゃん。

道化の役割を買うのはこの男だ。いい歳をして、とは私は思わない。この男の魅力をどう書けばいいか。タケちゃんは私がタケと呼ぶことを望む。

だけど卑怯な私は痛くてそう呼べない。

小動物をこよなく愛するタケちゃん。現場に迷いこんだネコに、周囲のひんしゅくを買いながらも弁当を分け与えてしまう男。どの猫にもニャンタと呼ぶのは悲しい。毎朝カモメに食パンを投げ与えるタケちゃん。ワゴンの(朝礼までの数分を待機している)なかからの軽蔑の視線。雪の中で川辺のタケちゃんが食パンを投げる、という風景に私は接近している。

その私を認め、おどけて、カモメはええなあ、と言うタケちゃん。

私が投げる食パン。

タケちゃんの投げる食パンを空中でキャッチするカモメたち。だけど私の食パンは川を流れて遠くのカモメがついばむだけ。

タケちゃんの指さす彼方、カモメの親方がいる。たしかに他のカモメに比べて異様にでかい。カモメの親方(タケちゃんがそう呼ぶのだ、悲痛!)は一人背を向けて外敵の飛来に備えている。その堂々とした立ち振る舞いを知るのは彼と私だけだ。

いつか、タケちゃんが言う、いつかボクちゃんの指先までカモメが降りてくるんだ!

カモメの挨拶。カモメに認められた幸福。

その指先の重みを私も愛するだろう。だけどそれは果たせない。

非破壊検査。

タケちゃんもレントゲンで検査してもらうべきだった。私もまた、だ。

しんどい、と漏らし、ワゴンの中で横になるようになったのはいつ頃からだったろうか。

一人も釣り人のいない川辺。吉岡実が読みたいと思う私がいる。読んでいるのはしかし稲川方人！『2000光年のコノテーション』。

私は西暦二〇〇〇年さえわからない。私は西暦二〇〇〇年に、未だ三五歳だ。

非破壊検査の日。

昨日打ったコンクリの型枠（まったく方舟のようだ）を外す。まだ温かいコンクリ。あたり一面に湯気が立っている。

幻想的！

しかしまたもや喜劇。

私とタケちゃんが作った一本の橋桁に鉄筋の誤り。肝心な棚筋が浮いたままだというのだが。薄っぺらな図面を広げて茫然とする私たち。不確かな線の一本が私を反撃しているのか。こんなことで。シーツ（ワイヤーを通すための固いチューブのようなもの）にワイヤーを通して緊張（桁の両側から機械の力で引っ張り、コンクリの重みでどうしても中央で沈んでしまう桁を水平に戻す）すれば終わりだというのに。実際この程度の誤りは幾らでもあるのだ。しかし公団はそれを許さない。構造的にどうだと言うのではない。図面は絶対なのだから。これは警告のための見せしめ、としても馬鹿げている。その馬鹿さ加減がわかっているから、検査官は残りの橋桁を検査しない。この一本さえどうにかすれば。該当部分のコンクリートを崩す。そして浮いた鉄筋の結束（もう溶接してしまえと怒鳴る親方）した後に、ふたたびコンクリを流しこむとする。しかしだ、そうしてカムフラージュした橋桁にワイヤーを通して緊張したならば、まず割れてしまうだろう。と、無能な所長が言う。どうして現場付きの所長というのは文学者のようなのか。またしても敵対心。近親憎悪。

とにかく、乱暴者（親方だ親方）が言う、とにかくコンクリを剝がせ！

さあコンクリート作戦。

人夫たちの不平。タケちゃんに対する侮蔑の言葉。茫然としたタケちゃん。しかしここでも私は失われている。

三月の出来事だ。よりによって恐るべき晴天。気温の上昇。うんざりする無駄な仕事。大男たちがツルハシ（こんな仕事ではほとんど使うことのなかった）を振り下ろしている。バールを使ってどうにかしようとするタケちゃん。邪魔だと怒鳴られてもそこを動こうとしない彼の五〇歳の生涯。

私は親方の言いつけにより測量助手。ピア（川中に建てられた橋桁を乗せるための土台のこと）とピアの傾斜を調べるため測量。私は川中のピアの上に立ち、測量ゲージのついた棒を垂直に持つ。対面するピアからあの所長が三脚のついたキャメラ（にしか私には見えない）を覗き込んでいる。私が被写体なのではない。映るとすれば棒を持つ私の指だけなのだろう。

図面上あってはならない傾斜がある。しかし多くの建造物は許容できる誤差が計算してある。

私の指がここで操作すれば図面を裏切ることぐらい簡単。

そうしろとタケちゃんの背中は言うだろうか。

休憩時間、タケちゃんに会いにカモメが飛来してくる。だけど今日ばかりは休憩はなし。カモメが私のいるピアの上空で旋回している。

その時、タケちゃんがふらつきながら一人ワゴンに休みに行くのが見える。よっぽどのことだ、と私には思われる。無念だろう。このような時に、休息を取らねばいられない彼の身体は、無念だ。

カモメはええなあ、と私が呟いている。

しかしこの映画監督、必死になって片目でファインダーを覗き込んでいる文学者。私はこいつに従順である必要は全くない。

だから犯罪者の指が動く。

私の指はおそろしく繊細なのだ。

動かすな、と監督。

動くな、ではなく動かすな。私はどこにいるのだろう。

ああまた動いた。

キミはそんなこともできないのか、と。

キミ！

そんな呼びかけは書き物のなかだけにしてくれ。

代われ、キミじゃ駄目だ。

私はこの測量棒をひゅるひゅると監督目掛けて投げてしまおうか。そうはしなかったが、そうしてもいい。

梯子を伝ってピアを下りる。ゴムボートなどなくても濡れるのは足だけ。だけどゴムボートだ。こいつがこのために用意されてある。これがいつでも現場に置かれてあったらどんなにか楽しかったろう。私はタケちゃんとゴムボートに乗り、そしてカモメの親方に会いに行きたかった。このボートに乗って、私たちはあのヘドロの海まで、などとは考えない。このボートに乗って、私たちは尾鷲まで行くだろう。あの測量カメラはそれを追うことができない。ざまあみろだ。

ワゴンの中のタケちゃん。

頑張りすぎたのか、いつもより青ざめている、というより土色だ。大丈夫か、と問う私。おう、と答えるタケちゃん。

非破壊検査。

私にはその能力が全くなかった。


それから昼休みまでの九〇分私はなにをしていたろうか。型枠大工らと共に動いたはずだ。型枠の修復。木端の片付け。そんなところだろう。

昼休み。弁当を二つ持ってワゴンまで。ワゴンの中の異臭。夥しい嘔吐物。タケちゃんの大きすぎるいびき。

判断しろ。

私は親方のところへ駆け出す。そして報告する。だが親方はワゴンまで歩こうとしない。飯を食い終わるまで待てと言う。いつもならばこんな判断をしないはずだ。あんな腹立たしい非破壊検査さえなければ。私は言う。危険だ。放っておけない。ならばおまえが飯場へ連れて帰ってくれ。飯場へ？　そうだ。救急車を呼べば？　ダメだ。救急車を呼ぶのは厄介だ。飯場に連れ帰って様子を見ろ。救急車は飯場から呼べ。

私は知っている。

現場で倒れるのと飯場で倒れるのとは労災上の違いがある。責任のたらいまわし。そういうことだ。

私はワゴンを発車させる。

どこへ？

私は知っているのに。

タケちゃん、と私は呼ぶ。

おう、と声が聞こえる。

大丈夫なのか。大丈夫であってほしい。その思いが私を飯場へと向かわせる。私は判断を間違えるものだ。

それに、「それに」と私は考える、それに私は付近に病院の位置を知らないし、余計な寄り道をすればむしろ。

手遅れになるかも。

その不安が私の中を駆け巡っている。信号灯の総てを私は憎む。私は赤を憎む。

タケちゃん、おう、タケちゃん、おう、その繰り返しが悲鳴に近くなっていることに私は気付かない。

どうすればいいのだ。病院はどこだ。飯場へ行き着くルートに病院はあったか？　なかったろう。なのにこのルートを外れないというのはなぜだ。

犯罪者の感受性。

私は人を見殺しにするかも知れない。するだろう。いままさにそうしている。

「タケちゃん！」という叫び。

もう聞こえなくなった「おう」という声。

聞こえないのだチン松。いったいおまえは何をしている。

私は振り返る、しかしここからでは二列目の後部座席で横になったタケちゃんの姿は見えない。

私はついにハンドルを切れない。知らない病院を捜すことはできない。飯場に着いたらすぐに救急車だ。

私のアクセルの踏み方、ハンドルの切り方は逃げ惑う強盗犯のようだったか。落ち着け落ち着け。

カモメ！

尾鷲！

そんな叫び声があっただろうか。

尾鷲にもカモメはいるはずだ。それに一番楽しみにしていた「ホンマものの釣り」を教えてもらえるのにこのルートを外れないというのはなぜだ。

飯場。

戦場からの復員。

私は後部座席のタケちゃんが見られない。

すぐに119。

炊事のおばちゃんにたどたどしい報告。これは私の声ではない。事件が遠ざかって思える。

そして私は食堂の長椅子に一人で座っている。おまえは事件に対する自覚が足りない、という私の声。そして「あかんわ」というおばちゃんの報告。場慣れした人の声だ。

あかんわ、あの子。

あの子。

そうだタケちゃんは「あの子」と呼ばれていたのだ。十は年下に違いないこの女性から。

私は、知っていた、という風にうなずいてみせる。死んだのかタケちゃん、ではなく、死んでいたのかタケちゃん。

見殺し。

これが事実。

虚構にしてしまうにはあまりに惨い事実。万引、脅迫電話、見殺し。

タケちゃんの金沢を私は知らない。行くはずだった尾鷲も私はついに知ることができない。この街を離れて、新たな逃走線を引くはずだった地名。それに私は呪われることになるだろうか。

タケちゃんの死。みんなの迷惑。嘘のような葬儀。無縁仏。タケちゃんは一度も新しい家族に出会わなかった。

私もまた、だ。

最低。

非破壊検査。

私はそれを憎み続ける。

検査されるものは破壊されなければならない。そう思う。検査するとは破壊するということだ。破壊したくないのならば何も検査するな。

私は泣かなかった。

犯罪者だからだ。

犯罪者はゴムボートに乗って逃げる。それを決してカメラは追うことができないだろう。同伴者はカモメ。そいつは比類なき親方だ。片手には食パン。片手には吉岡実の『静かな家』。行き先は不明。ざまあみろだ。

初出一覧

I

詩人の生きる道……（2003年1月）
稲川方人考……『稲川方人全詩集』思潮社、2002年2月
続・稲川方人考……「現代詩手帖」2002年6月号
ドンブラコ……「現代詩手帖」2010年11月号
サタンの書……「現代詩手帖」1999年4月号
純粋詩人に物申す……「図書新聞」2627号（2003年4月26日）
殺気と抒情……「現代詩手帖」2007年10月号
詩クロニクル2001……「図書新聞」2520－2564号（2001年2月3日－02年1月1日）
読書日録2002……「週刊読書人」2443－2445号（2002年6月28日、7月5日、12日）
これから……「現代詩手帖」1994年3月号
ミスター・フリーダム……「midnight press」12号（2001年夏）
包丁男と泡沫詩人……「midnight press」19号（2003年春）
ニッピョンギョと詩のことば……「國文學」2003年10月号
インタビュー　詩集のつくり方……「ユリイカ」2003年4月号
ジュニアの世界……「図書新聞」2660号（2004年1月1日）

いやな感じ……「d/sign」13号（2006年10月）
「詩人くん」と「おカバちゃん」……「d/sign」14号（2007年5月）

II

近代の一日……「映画芸術」383号（1997年夏）
チビクロ……「現代詩手帖」1997年1月号－12月号
「詩人」の部屋で「映画」は……「sagi times」1号（1998年5月）
寺山修司……『アンダーグラウンド・フィルム・アーカイヴズ』河出書房新社、2001年7月
福間健二……『アンダーグラウンド・フィルム・アーカイヴズ』河出書房新社、2001年7月

III

みんな死んじまえ！……「カイエ・デュ・シネマ・ジャポン」15号（1995年春）
退場劇を想像しろ……「カイエ・デュ・シネマ・ジャポン」16号（1995年夏）
反西部劇的「サーガ」の顚末……キネ旬ムック『クリント・イーストウッド』2000年11月
時間の殺伐……キネ旬ムック『ヴィム・ヴェンダース』2000年6月
アメリカでは働かなくてもホテルの住人になれる……「映画芸術」396号（2001年夏）
批評！　映画……朝日新聞西部本社版2006年11月9日－10年3月5日
青少年育成のための映画上映……「情況別冊」4巻6号（2003年6月）

侯孝賢と私……………………「BIG RED ONE」10号（２０１４年秋）
クソったれはクソったれである…………………「d/sign」15号（２００７年12月）
フィルムアーカイヴはビデオを救えるか…………………「sagi times」２・1/2号（２０００年３月）
デジタルは重病人だ…………………「現代詩手帖」２００２年７月号
フィルムアーキヴィストに関する七つの断章…………『日本映画は生きている』岩波書店、２０１０年７月
アニメーション『バクダット姫』の共同復元…………「ＮＦＣニューズレター」２００６年４－５月号
地方とアジアの映画発掘…………………「ＮＦＣニューズレター」２０１０年４－５月号
二〇一〇年の城之内元晴　あるいは城之内元晴の全作品が福岡にある理由
……………………『〝城ちゃん〟在りき――城之内元晴回想文集』２０１１年１月
映画への試み／映画『非破壊検査』……………………（１９９３年）

スチール写真提供

『東京画　デジタルニューマスター版』
3800円＋税
発売元・販売元：東北新社

『マリー・アントワネット　通常版』
3800円＋税
発売元・販売元：東北新社

『選挙』
2800円＋税
発売元・販売元：紀伊國屋書店

『再会の街で』
1400円＋税
発売元・販売元：ハピネット

『ラスト、コーション』
3800円＋税
発売元：フライングドッグ
販売元：ビクターエンタテインメント

『青い鳥』
3800円＋税
発売元・販売元：バンダイナムコアーツ

『ホルテンさんのはじめての冒険』
4500円＋税
販売元：東宝

『フロスト×ニクソン』
DVD 1429円＋税
発売元：NBCユニバーサル・エンターテイメント

『パイレーツ・ロック』
Blu-ray 1886円＋税
／DVD 1429円＋税
発売元：NBCユニバーサル・エンターテイメント

＊情報は2018年５月時点

カバー写真 ｜ 小山泰介
Untitled (Lines), 2007

松本圭二セレクション9
チビクロ

著　　者	松本圭二
発 行 者	大村　智
発 行 所	株式会社 航思社 〒113-0033 東京都文京区本郷1-25-28-201 TEL. 03 (6801) 6383 ／ FAX. 03 (3818) 1905 http://www.koshisha.co.jp 振替口座　00100-9-504724
装　　丁	前田晃伸
印刷・製本	倉敷印刷株式会社

2018年6月18日　初版第1刷発行

ISBN978-4-906738-33-5　C0395